行走的姿势

行走的姿势

Xing Zou de Zi Shi

刘起伦 著

线装书局

图书在版编目（CIP）数据

行走的姿势 / 刘起伦著. -- 北京 : 线装书局,
2018.1
ISBN 978-7-5120-2830-2

Ⅰ. ①行… Ⅱ. ①刘… Ⅲ. ①散文集－中国－当代
Ⅳ. ①I267

中国版本图书馆CIP数据核字(2017)第183211号

行走的姿势

作　　者：刘起伦
责任编辑：姚　欣
封面设计：王文龙
出版发行：线装书局
　　社　址：北京市丰台区方庄日月天地大厦B座17层（100078）
　　电　话：010-58077126（发行部）010-58076938（总编室）
　　网　址：www.zgxzsj.com
经　　销：全国新华书店
印　　刷：北京博艺印刷包装有限公司
开　　本：787mm×1092mm　1/16
印　　张：18.75
字　　数：290千字
版　　次：2018年1月第1版第1次印刷
印　　数：0001-2000册

线装书局官方微信

定　　价：48.00元

散文的另一种视角（序一）

远 人

我在多种场合说过，读散文，我更愿意读诗人写的散文。倒不是说纯粹散文家写的散文不好，而是我更喜欢诗人在行文时选择的角度。诗人与散文家撰文的重要区别之一，就包括二者面对同样的题材之时，诗人表现的角度往往更新颖，完成的效果也更独特。

起伦是有30年写作经验的诗人，他的散文作品一直不多。原因大概有二，一是他更在意诗歌的表达手法，二是觉得非用散文来表达某些题材会更好时才选择散文。对我来说，读这样不多的散文，会读得更加仔细，对诗人的理解也会更加深入。

起伦这部散文集分为八辑，分别为“行走的姿势”“诗人酒事”“成长中的若干词条”“1981年的记忆”“纪念”“杀鸡记”“流水的片段”“一个忧郁症患者的笔记”。这八辑有一种内在的连贯，那就是都指向起伦自己的生活。散文的最大功能也就是承载生活，要不然三毛也不会说“散文是生活的一部分”。

起伦用散文写生活，这是和他诗歌联手进行生活互补的方式。

第一辑“行走的姿势”主要以他前往新疆为主线。游记是散文中不太好写的文体。到此一游的文字我们都见得太多，如何出新，是今天写游记文字的重要方面。起伦的新，在于他时时携带面对人与事的思考。一般的散文会有思考，起伦的思考不是简单地面对景物的感慨思考，而是从诗性层面进行思考，也就像他夫子自道所说的那样：“我想说的是，我不是在写它，甚至不是在体验它，只是在阅读它。”将旅程视为“阅读”，是起伦的游记特色，所以他的描写能让我们跟着他进入每一天的生活。起伦在新疆与青海的旅行经验丰富，他总是选择和自己内心有关的一面，譬如在《朵生花》一章里，他参观王洛宾纪念馆，他的笔尖就没有像其他人一样，连篇累牍地将王洛宾生平与成就来一番资料性介绍，而是将笔墨落到纪念馆内的讲解员身上，而且，他和讲解员合影的理由是，“是因为她长得最漂亮吗？我坦然回答：这只是一个方面，更重要的，是她用心灵在给我们讲解。”我们从中能够体会，一个用自己内心感受外界的诗人，最关注的也一定是碰触自己内心的。起伦在用心感受，所以也用心写出感受。全书用旅行为起点，说明的就是起伦在展开他散文的旅程时，携带了自己最诚实的内心，它使全书具有了一个用内心碰撞内心的基点。

第二辑“诗人酒事”是一组群像。和第一辑一样，它来自起伦的生活。这一辑的文字又一次显示了起伦对散文视角的独特性。让“酒”作为整组文章的引子，串联起他认识的人和经过的事。这种方式本身就独特，在起伦的行文中，作为读者，我们不仅看到他生活的一面，还看到他性格的一面。中国历史上，酒历来就与诗歌有不解之缘，起伦的诗人身份决定了他在写酒的文字中少不了诗人的身影。这组文章也的确是他和诗人们的交往，从他师长辈的王燕生、韩作荣等人，写到故乡的诗人李志高、罗鹿鸣、聂沛、聂茂等人，再从故乡出发，写到身边的诗人。从这些和酒有关的文字中，我们看到的其实是一个个诗人肖像。散文免不了写人，如何写，需要的就是视角。起伦用酒将所写的对象圈到一起，这就是诗人才具有的写作旨趣，我们从文字中看到一个个活灵活现的人物。

第三辑“成长中的若干词条”和第二辑有异曲同工之处。写酒是为了写人，这一辑的词条则是将自我分解在一个个词中。我对这辑文字有所偏爱，因为它告诉了我们一个诗人的来历。整组文字从作者 5 岁写起。有点像自传。自传不会如此写。这里又一次显示了起伦的诗人视角。他将一个个词语概括自己的前半生。收篇中他自问，“我的命运可以有另一种写法？”我倒是觉得，没有。我信人的宿命，也信词语的宿命和写作的宿命。起伦的宿命就在写作中体现。这组文字有了词的承载，会变得好写，也会变得不好写。说好写，是因为词语带来的割裂性会使起伦将生活片段化，读任何一部传记，哪部又不是片段化？只是那些看起来具有整体感的传记会让人忽略内在的片段。作为诗人的起伦则索性将片段成型，给我们的阅读带来更集中和更突出的写作特色。写作本来就需要特色。起伦的方式避开了单纯的“童年视角”，让我们从写作的层面体会到起伦的散文特色。

第四辑“1981 年的记忆”是全书之重，也是全书最长的单篇。对起伦来说，1981 年是他的命运之年，高考和随后离开故乡的生活都在这一年展开。起伦这篇长文写得十分细腻，不论篇幅还是位置，都在全书中占有承前启后的作用。从结构上看，这一单篇直接将我们带到 1981 年之后的重要生活当中，第五辑的“纪念”与第六辑的“杀鸡记”也就顺理成章地出现。这三辑和前面三辑一样，都是起伦以人物为主线。“纪念”打开更深刻的生活，它涉及到死亡。人到中年必然面对的就包括死亡，对活着的人人来说，死亡是对生命加深体验和认识的方式。起伦写了王燕生、肖金鉴、唐兴玲、东荡子、郁金、聂青等师长朋友的死。这组文字多层次反映出起伦的内心，和随后的“杀鸡记”一样，读者能够在这些文字中发现起伦作为诗人也作为男人的丰富一面乃至脆弱一面。我甚至觉得，没有丰富和脆弱，起伦也写不出全书最后两辑“流水的片段”和“一个忧郁症患者的笔记”。

最后压卷的两辑具有相当的文本性。尤其将它们和最初几辑比较的话，几乎看不出彼此有什么关联。这些“片段”与“笔记”全部来自起伦内心，它们和外在的经历无关，和内在的经历却又息息相关。这两组文字在构成起伦奇妙的诗人世界。我一直觉得，绝不是一个人在写分行文字了，他写的就是诗歌，也绝不是一个人是诗人了，他就一定得用分行文字来证明。形式永远是外在的，关键得看内在是不是有一种属于诗歌才有的涌动。起伦的“片段”和“笔记”只会属于一个诗人。它们显示的微妙、高远，甚至一些寓言性质的故事，都在散文的包装下涌动诗歌的内在。这是起伦在散文中建立的新颖视角。

就散文来说，它太需要这样的视角。

2017 年 4 月 6 日

行走的情怀（序二）

方雪梅

四月多雨，春气蚀骨。坐在一团浓绿的春里，读起伦兄散文随笔集《行走的姿势》，思绪就像随了春风，起伏不已。在我看来，这本厚厚的手稿，是一个军旅汉子坚定的骨骼里横生的柔情；是他在人生路上，用文字留下的脚印。他的行走，与山河有关，与乡愁有关，更与思想有关。这种行走，有盛大情怀。

作为老朋友，我读过他不少诗歌，常常被其极具穿透力的句子打动；也常常惊叹他细腻的文学感觉和精准独到的词句中深蕴的美学考量。最让我折服的是，他心里总有不绝的创作激情，几乎随时随地，灵感的火花就能萌发，这对于一个有几十年写作经历的作者而言，实在是太可贵的气质。现在，我从这本《行走的姿势》中，再一次感受到了他写作气质的多重性和旺盛的创作势头。他的文字半径，从诗歌的疆域，抵达了散文随笔的领地，且同样的既有金属的质地，又有河山妖娆与月色柔软。

他行走，将沿途的风景和盘托出：边地的风光，成长中的点滴，家乡的人事，战友的情谊，诗人们的趣事，校园的往昔……让我的心也不由自主在其笔下的山河里驰骋：从吐鲁番的葡萄架下，走到石河子军人之城；从克拉玛依的油田，到布尔津的五彩滩……达坂城的水果，博格达峰的白雪，准噶尔的野马，恰库图尔的美食，这沿途的风物人情，都在他的笔录中鲜活地呈现。

脚步的行走，让他思想的维度，更宽阔。在他的文字里，喀纳斯湖上的夜空，“星星们近得就像从怀抱喀纳斯湖的群山中那些树上长出来的果子，仿佛伸手可摘……每一颗星与另一颗星都相隔着我们无法想象的距离，它们都有着自己的意志和独立的思想……”他从自然景观，生发对生命的感悟：“而人生不过短短几十年，相对而言，连流星划过夜空的一刹那都算不上，困囿于某些事，并因此烦恼、愤懑，似乎有些可笑了。”看到被人用绳子拴住双脚的鹰，他感慨：“一只失去王者之风的鹰；一个囚徒；一个道具。我第一次如此近距离地看到鹰。我看见了它眼里痛苦的眼神。它看得见蓝天，却永远失去了蓝天！这让我又联想到里尔克的那首著名的诗作《豹》，以及牛汉的诗《华南虎》。”在湖边的原始森林前，他记下这样的感受：那些隐于时间深处的树木，尊重生死轮回的法则，在岁月刻蚀之下，一些老树倒在地上，而它的身旁却有更多的新树挺拔着身姿……”作为一个优秀的写作者，起伦具有极其敏锐的洞察力，其笔下对寻常景物的书写，常常“小处见大端”，从中可看见人文、社会以及时代的发展，亦见其思想的光焰。

在他笔下，故土也好，边地也好，都是一方水土、四面风物的投影。他从老家祁东那个叫白地市的小镇和八庄门的村子出发，开始自己上大学、入军营的人生行旅，又在诗文中深情地转身，回望那里的一切。故乡是他心里的图腾，也是他所有梦想的地理背景。白地市镇，那条老旧的文化街上，有关老娘、有同学“w”“y”和录民、祥明、云生们，有后院里的枣树，有羊角棘与钓竿竹，还有露天电影……有他少年时莫名其妙的自卑、怅然与豪迈，有他 1981 年高考决战的日日夜夜，有他砍柴割草的乌山，有他父母双亲的身影，当然，还有他情窦初开的忐忑与羞涩……这点点滴滴的萦怀往事，都清晰得像电影胶片，在这本书稿里放映出来；也像祁东天空的雨水，径直滴到读者的心里。我惊讶，一个人要有怎样深厚的情感，才能将故土上琐碎的一切，刻录在心底，并且在几十年后还纤毫不忘？

起伦的写作是丰泽的，也是骨感的。除了边地旅痕，故土旧事，这本书里，人声喧闹处，愈加生动有趣：他那些在诗文里呼天啸地的文友，那些精神敞亮学识驳杂的师长，在酒杯前亦有纵横捭阖的气象，不再是“老村沽酒慰烦愁”，而是知己相逢，喝上一盅，哪怕喝到吐，也绝不含糊。真正是，诗文美酒里，天宽地阔，情谊厚实。

书稿的后几辑文字，多为散文诗短章，笔触干脆，哲思之火处处。包括对人生的思考，对个人情感、社会现实、生活状况、以及精神层面的敏锐关注和细腻捕捉，读来有如阳光落在手心，能掂出激情与理性的重量。

一个作家，从文学的自发转入到文学的自觉，必须经历时间霜色的浸润。丰富的人生阅历、天赋的潜质与后天的勤奋向学，叠加一起，加速了他在文学道路上向前推进的马力。他文字的背后，是故园质朴的乡土，是钢铸的军营；前者给了他朴实、真诚，后者淬炼了他执着行事的坚毅品性。而广泛阅读，将里尔克、米沃什、博尔赫斯、罗杰·加洛蒂等国外大家，带入了他的视野，让他的文字因为汲取了丰富养分而变得血肉饱满、更具张力。在我看来，起伦的散文随笔写作与诗歌写作，是互相渗透的，其发散性思维，奔突的想象力与理性、从容、严谨、交织一起，形成很强的穿透力。我喜欢这部作品叙事能力的强大和叙事语言的多变，有时平实、亲切，充满烟火气息；有时精致、机巧，充满诗性。最让我欣赏的，是他善于从生活的积淀中，捕捉日常生活场景的各种细节，所写文字生动鲜活，有很强的现场感。

作为朋友，我很高兴，能见证他这一路行走的步伐；见证他从一个文学爱好者，成为一个著名诗人的历程。20多年前，一个飞雪漫天的上午，我与起伦初次见面。风华正好的他，一身戎装，帅气逼人地卷着门外风雪的清寒，走进了我的办公室，同行的是他所在军校的另外两位作者。这次见面，对他的印象，深刻得仿佛被锉刀刻在记忆的板块上：他高而瘦，长相俊朗，脸上挂着干净的微笑，甚至还带着一丝腼腆。吝于言词的他，安静地听我们几位谈诗论文，偶尔回答几句，眼睛里却燃烧着明快的光芒。他递给我一叠稿子，有诗歌，也有散文诗。稿纸上的字迹，写得工整端庄，仿佛列队的士兵。细读他的文字后，我有一种强烈的职业感觉：这个作者极具文学潜质！后来，他果真干了不少给我的副刊版和其他报纸添砖加瓦的事。最让人惊讶的是，在很短的时间里，他的诗歌成了《诗刊》《人民文学》等各大文学期刊的“常客”。其中《漂在血缘里的祖国》组诗，被《诗刊》“中国新诗选粹”栏目选登，入选湖南文艺出版社出版的《祖国颂——建国50周年朗诵诗选》，并获得了《解放军文艺》“1997—1998双年度诗歌奖”；其《酿酒的农妇》，获得《诗刊》举办的全国诗赛的二等奖，他登上了人民大会堂颁奖典礼的领奖台。接着，他应邀参加了第十六届青春诗会……今天他的名字已经赫然进入中国优秀诗人方阵的前列了。

作为戎装在身的军人，他有治国安邦或者折冲樽俎的政治理想，我不觉得意外。意外的是，他报国之心中，竟还有一曲清词、万缕诗情与绵延大爱，赋予河山家国与春花秋月。这就是铮铮铁骨与似水柔情了。

很荣幸，因为文学，我与他成了知音与挚友。随着几十年友谊的深入，我对他的了解更加全面。除了工作中的沉稳、严谨，文学上的执着、坚毅，才情灼灼的起伦，在生活中是一个这样的哥们：心地善良柔软，为人真诚热情，重情重义。例如，对当年提携过自己的老作家、老编辑：王燕生、韩作荣、萧金鉴等人，他始终心怀感恩，生前去看望，生后去悼念。时至今日，他对已故老师们的家人，依旧以亲人之情帮之待之；对外地来拜访的乡亲、战友、同窗、文友，总是像对远方亲戚一样好吃好喝地接待，唯恐有半点怠慢；老家的人带话来，说村上要修路，他一次便捐出8000元……

他还不遗余力帮助、提携、鼓励身边的文朋诗友，帮他们修改稿子，推荐稿子，甚至“拽着”他们前行。据我所知，多年前，为了鼓励一位有写作潜力的朋友，他甚至将自己的诗作，以朋友的名字在杂志上发表，这位老弟知道后，感动得立马投身写作，如今果真佳作迭出，成果不俗，且与起伦成为意气相投、豪情相通的铁杆文友。正因为起伦的文学成就与人格魅力，赢得了大家的信任和敬重，无论在当年的“6+0”诗歌群体，还是在今天的“浏阳河西岸”诗歌沙龙，他都是大家心中的灵魂人物和写作上的标杆。

扑面而来的岁月，改变了许多东西，文学的篝火，却一直在他心野燃烧。20 多年前，我读到了他最初的文学梦想；今天，我看到了他在文学原野挥旌奋进的姿势，仿佛挽弓射日之壮士。这部《行走的姿势》，就是他人生行走，思想行走，文学行走的铿锵脚步，是他生命盛年的一往情深。

2017 年 4 月 25 日夜

目　录

1　序一：散文的另一种视角

4　序二：行走的情怀

001　第一辑　行走的姿势

069　第二辑　诗人酒事

105　第三辑　成长中的若干词条

163　第四辑　1981 年的记忆

183　第五辑　纪念

205　第六辑　杀鸡记

215　第七辑　流水的片段

267　第八辑　一个忧郁症患者的笔记

281　跋（代）：诗人爸爸，军人爸爸

287　后记

第一辑

行走的姿势

新疆，我们来了！

1. 新疆，我们来了！

南航 CZ6890 航班比预定抵达乌鲁木齐的时间晚到近半个小时，当飞机快降落前，机上的广播便用汉维两种语言向乘客介绍，让你一下子感到你已经踏入了新疆——中国版图上的雄鸡之尾，这片占了中华人民共和国六分之一面积的美丽疆土。广播说，地面温度为摄氏 22 度，我们好像顿时感受到了新疆盛夏的凉爽快意。

新疆于我，此前是神奇的，也是陌生的，除了传说还是传说。但作为一个湖南人，新疆于我又是亲切的。大概在我刚上初中时，无意中得到一本小说《金瓯缺》,这是讲述湖南人左宗棠收复新疆失地的故事。那个时候，我甚至是从字典上才查出“瓯”的读音和意义，我知道了伟大祖国有一片永远不能分割的土地，也知道了左宗棠这个湖南人。长大后，我了解了另一个湖南人、开国上将王震以及“八千湘女上天山”的故事。所以,2004 年，当我的侄子二虎应征入伍，可以选择去浙江和新疆时，哥哥征求我的意见，我说，去新疆吧！

飞机降落后，在取托运行李时，坐在后舱的孙安敏、曾必正、华仕明、曾小专与我和陈代清汇合了。曾、华几人都是长沙实业家，安敏的朋友，我们此前没见过。这次结伴同游新疆，安敏向我们做了介绍。

令人不解的是，我在推行李车时居然被静电击了一下。这种情况我只在北京干燥的冬天碰到过。我心里一惊，莫不是有什么警示？前两天，当一些同事朋友得知我要去新疆，除了远人外，都事先统一了口径似的说，这个时候你还敢往新疆跑啊！仿佛那是个避之犹恐不及的阴森恐怖之地，我多少有些不以为然。但从朋友同事的话语中，可以看出内地人对于新疆安全局势的担忧，这种担忧必定损害新疆形象，继而影响新疆的经济建设，特别是新疆的旅游业。关于这一点，我想，接下来的新疆之行我们将得到印证。

与我们同行的国家一级演员、长沙女子大学的王萍老师中暑了。她倒是十分开朗地说，这是在长沙带来的，到了新疆，相信很快会好的。听她这么一说，大家都开心一笑。我心中刚刚因静电击手而产生的阴霾和隐隐担忧被驱散了不少。

在出口处，我的学生东道主马强，以及先于我们到达新疆的兄弟：江苏的徐统存、范献忠，陕西的姜勇、四川的陈德辉，早早就等在那里，脸上洋溢着真诚热烈的笑意。昨天，徐统存给我通了电话，知道我也去参加他们六班同学聚会十分开心，并告诉我，他和范献忠两家先一天从江苏赶到新疆迎接我们。五队弟兄见面后，握手或拥抱，一边寒暄一边接过我们的行李，簇拥着走向机场外的停车场。马强告诉我，沈阳的张宝民、福州的穆思奇，因单位临时有重要工作任务来不了，早早就订好了机票的张宝民，甚至在通电话时，都一副哭腔了。我能理解他们，同学情谊重，但这个年龄段都是单位骨干，必须以事业为重。这也是 20 多年前，我担任他们队长时，常灌输给他们的理念。马强又告诉我，太原的王琪，已起飞了，估计 12 点能到乌鲁木齐。从弟兄们脸上，我知道了，新疆绝不是让人视为畏途之地。我心彻底释然了。

在去招待所的路上，我想起了行前委派给自己的某项使命——用文字真实地反映亲历的一切，所见、所闻、所思。去年，远人来新疆《西部》杂志代职，两个月时间，他走访了新疆大部分地方，写下了十来万字的旅疆游记。我每天早上比以往提前半小时到办公室，先开电脑阅读他的文章，然后去食堂进餐。他的文章几乎成为我每天早餐必不可少的一道开胃菜，让我对新疆有了更多了解，也更加向往。这次来新疆，我答应远人弟，多少也写点文字出来，算是对他去年游记的一个呼应。尽管我知道，此行只有几天时间，势必一路匆匆，真正的走马观花；而且我手中这支笔比不得远人的生花妙笔，是笨拙的，我将要记录下的文字也是琐碎的。但，我还是要对这片美丽神奇的土地，也对兄弟履行自己的诺言。

2．“吐鲁番的葡萄熟了”

今天的安排是参观吐鲁番，整整一天，行程紧张。

负责我们这几天行程的大巴车已等在招待所门前，陪同今天参观的是曾思源主任和王晓婷干事。曾思源告诉我们，上午到吐鲁番，先参观火焰山，中午在市里就餐；下午参观葡萄沟、坎儿井，晚上到大阪城吃晚饭。

虽说新疆与内地有两小时时差，但太阳已早早出来了，阳光明晃晃的有些刺眼，大家纷纷掏出墨镜戴上。我这人怪，从来不喜欢戴墨镜，可能是有色弱的缘故吧，对色彩不敏感，更加希望能看清世界的本来面目。我抬头看了看乌鲁木齐的天，真的好蓝。这样的蓝天，空气是多么洁净啊！这样的蓝天不能不让人心生欢喜。这样的蓝天下，人们的生活应该是平和、宁静的。

从乌鲁木齐到吐鲁番有 180 多公里路程。由于昨晚的酒，没有一个人是睡好了的。上车后，曾思源将今天的安排作了简短说明后，并不需要下达口令，大家不约而同闭上眼睛，补个回笼觉。我也想闭目养神，但又担心错过沿途美景。于是强打精神，一边小口喝着泡好的一大杯茶水，一边不时观赏路旁风景。是啊，好不容易来到新疆，我不想错过任何美景，也不想错过任何美食。

从中学到大学，我都念理科，没修过地理课。来疆之前，我特意在办公室墙上张挂的中国地图上把新疆这一块进行了温习。我知道吐鲁番位于区府乌市的东偏南方向不远处。至于其他的，上网搜索，无非它是个盆地，北依天山，南瞰罗布泊，东临哈密，西接巴州，自古是沟通天山南北和我国内地的交通要塞，是古代“丝绸之路”上的一个重镇，是天山、戈壁、大漠环抱的一片神奇绿洲。这些文字对我并无质感。但在我心里,"吐鲁番"这个名词早就有了它的位置,它几乎就是"新疆"的代名词。还在大学期间,是歌唱家关牧村用她醇厚唯美的女中音,将吐鲁番以及它的葡萄树深深种植在我心里。每当我听到或自己哼唱《吐鲁番的葡萄熟了》这支歌,幻想中,那一嘟噜一嘟噜的葡萄真的晶莹剔透地熟了,我的心与"克里木"一样,和"阿娜尔罕"一同醉了。我将这支歌工整地抄在一个蓝色塑料皮的本子上,大学毕业时,我是带着三个手抄歌本去单位报道的。转眼就 30 多年了!

参加工作几年后,我们科室来了一个从新疆调回来的战友,叫彭全跃,我们还是家属区的邻居。他常向我描绘新疆,说到吐鲁番。他的妻子是中学老师,去过几次新疆,居然能做出维吾尔族姑娘那种能将脖子左右横着扭动的舞蹈动作,足以让我对她另眼相看!今天,不,马上,吐鲁番对于我已不再是传说了。我怎能不激动?我想我们一定会相互融合的!

我正沉浸在这些美好回忆中,车在路边停下了。曾思源喊大家醒醒,说到检查站了,要查验过往车辆和人员的证件。也好,坐了一段时间的车,大家正好醒醒瞌睡,下车活动一下筋骨,司机也可以得到休息和解乏。下车后,我们见到的值勤特警,都戴着头盔、身穿防弹衣、荷枪实弹的。我知道,这是为了打击恐怖主义,确保新疆稳定和人民生命安全的必要举措,让我们这些外地游客感到心安。但事物都有两面性,内地人见到这种架势,自然会觉得这里局势还是存在不稳定因素,心里又会产生些许不安。乌鲁木齐白天气温还是较高,紫外线也很强烈,这些执行任务的特警辛苦了!我向他们投去了敬意的一瞥。曾思源告诉我,这样的检查站,新疆的主要公路和城市的入口处都设置了。

车行不久,又停下了。曾思源让大家下车看风车。这儿的风真的很大,我们被吹得衣袂飘飘。在道路两旁,那些空旷的坪地里,有好多高大的风车,每一架风车有 70 多米高,像身披白色战袍的巨型战将迎风挥舞着手中的柳叶刀,蔚为壮观!利用风力和太阳能发电可以缓解石油和煤炭资源日益缺稀的矛盾,也很环保,我认为值得推广。记得 2006 年我到内蒙古锡林郭勒草原，也见到过很多这样的风车。

自通过检查站后，大家回到车上，也都精神了。为了活跃气氛，坐在前排的南京某区政府秘书的徐统存拿起了车里的麦克风，自觉充当起主持人，要大家出节目。首当其冲的自然是王萍老师了，有这样一位国家一级演员在，不欣赏她的免费表演那才是一车的傻子！王老师并没拿出大腕的矜持，大大方方唱了一段花鼓戏，绝对原汁原味。后又想到五队的弟兄们曾在浏阳河边求学3年，她接着唱了一曲《浏阳河》，把大家的思绪拉回到曾经同甘共苦的岁月。陈蕾，中国人民公安大学学生，未来的警花，代表晚辈唱了现今流行的《时间都去哪儿了》。几曲下来，大家便把矛头指向我。我早有心理准备，就唱《吐鲁番的葡萄熟了》！我提出来会唱这首歌的人都一起唱。我刚起了个头，陈德辉的爱人，就跟着唱了起来，她原来是一位民间高手，唱起来居然有些关牧村的味道！会唱的都跟着唱，不会唱的也跟着旋律小声哼哼。

啊，吐鲁番的葡萄在我们的歌声里，熟了！

3．“没有过不去的火焰山”

导游小姐是在我们到达吐鲁番旅游中心时上车，加入到我们这支队伍的。她人长得比较喜气，满脸堆着似吐鲁番今天的阳光一样的笑。她这样开始了自我介绍：我叫刘佳思，佳人的佳，思想的思。我跟她开了个玩笑，“有思想的佳人”很难得呢。她有礼貌地对我说了声“谢谢”，说，这是个很好记的名字，中央台有一档子娱乐节目叫“非常6+1”，我是“6+4”。我心里又是一乐，我还是“6+0”呢——早在2000年，长沙六位意气相投的诗人组成了一个诗歌团体，取名“6+0”，公开出版了诗集，我便是成员之一。刘导游为了怕到了景点人太多，方便招呼大家，给我们的团队也取个名，叫“六六团”。她自然希望大家六六大顺，在新疆的每一天都事事顺心——

在后面的每一处参观，我们一行人都将这个名称一直沿袭下来，直到离开新疆，这是后话。

我们马上要参观的景点是火焰山。大家的运气真是太好了，今天火焰山的气温只有38摄氏度，是近一段时间以来最凉快的一天。这个季节，温度一般都在44度以上，火焰山夏季最高温度甚至可以达到50度，地表温度，可达70度，沙窝里石块上都可以煮熟鸡蛋了！刘导游的话让所有人都咋舌了，怪不得这里叫火焰山！她补充说，自己的运气也真好，连续两天没接待旅游团队，都快忘记自己是个导游了，今天大家到来，能接到一个30人的大团队，太开心了。

看来，刘佳思的高兴是发自内心的。所以一路上，她几乎穷尽了所有知识积累，也调动了全部热情，给我们做讲解。火焰山是吐鲁番最出名的景点之一，位于吐鲁番盆地北缘，古丝绸之路北道，呈东西走向。火焰山，维吾尔语称“克孜勒塔格”,意为“红山”,早在唐朝,就因其炎热被名为“火山”。说到唐朝，我们所有的人自然都会想到《西游记》，想到唐僧西天取经在火焰山受阻，想到孙悟空“三借芭蕉扇”，与红孩儿、牛魔王、铁扇公主的斗智斗勇。

火焰山全长有100多公里，最宽处有10公里，主峰海拔831.7米。单从高度来说，这实在是个不起眼的小山丘。全疆海拔7000米以上的山峰就有16座之多！这样一座山，全然因小说家吴承恩的《西游记》给其附上了神话色彩而出名，可见文学艺术力量的强大，应验了“山不在高，有仙则名”那句名言。当然，800多米已是吐鲁番之最了，因为吐鲁番平均高度是负海拔100多米呢。

然后，她又向我们介绍了本地经济，开始一个劲地讲到吐鲁番的水果如何如何与众不同，讲得大家直咽口水。她说，吐鲁番的葡萄是世界含糖量最高的，这个结论还是一个颇为自负的美国农场主，用精密仪器测出来的。从刘导游口里我还获悉“哈密瓜”与吐鲁番人的“天大委屈”和“冤假错案”。包括我在内,谁不想当然地认为“哈密瓜”的原产地就是哈密呢？

故事缘于清朝乾隆年间，一个哈密王到朝廷进贡，带去了吐鲁番的一种甜瓜。乾隆皇帝品尝后，大赞好吃，问身边文武百官此瓜何名？可无一人知道。一个聪明的太监灵机一动，既然是哈密王进贡的，就叫“哈密瓜”。于是，“哈密瓜”作为贡品，年年被送到京城，名字也越传越广。

刘佳思不愧是个优秀导游，绘声绘色地给我们讲了很多当地典故和笑话，然后不失时机地当起了推销员，建议我们在吐鲁番买房子，说一定会有很大升值空间的。当她得知我们之中，有不少湖南人时，聪明的她马上说，吐鲁番与湖南最有缘分，是湖南对口援疆城市。陈代清小声告诉我，他的一个同事正在这里代职，已经约好午饭时见面，给他带了些湖南土特产来慰问慰问。说到代职，我立即想到现任湖南郴州某县委书记的谭建上，这位年轻有为的老乡，还在南岳工作时，我们就认识了。作为援疆干部，建上曾在吐鲁番市挂职两年。我发了个信息，告诉他，到了他曾经战斗过的吐鲁番。他马上回复，新疆是个好地方，祝旅途愉快并安全顺利。

我们一行人这样开心地说着笑着，到了景区。一下车，就看见大门张挂着大红横幅“热烈欢迎三湘人民”，湖南来客自然开心得不得了，纷纷要站在横幅前拍照留影。不是湖南的弟兄和家人心里难免有些小小失落。倒是范献忠开朗地说了句，我们这个团是队长当团长，队长是湖南人嘛。我没多说什么，我知道，这肯定是为了前不久或即将有一个湖南有分量的团队来或将来吐鲁番弄的。

吐鲁番原来还是个爱国主义教育基地。有一个展馆，陈列了很多照片和塑像，近代列强国家的人，巧取豪夺，从吐鲁番盗抢了很多的宝贝。那些被钉在历史耻辱柱上的家伙，让人看了心生厌恶和痛恨！

在景区立着一根巨大的“金箍棒”——一个电子温度计，进入了吉尼斯世界之最。我们围着它走了一圈。

如此靠近地来到传说中的火焰山，我们仔细打量着它，同时与想象中的那座山做着比对，还真的很接近。崇山秃岭，寸草不生，飞鸟匿踪。天空蓝得连一丝白云都没有，烈日当空之下，赤褐色的山体在强烈的光照下，砂岩灼灼闪光。由于今天温度不高，人舒适了，却见不到炽气翻滚，烈焰熊熊，火舌燎天的场面，多少有些遗憾。而刘佳思给我们取名“六六团”，是为避免游客过多，怕我们人员走散不好招呼，现在看来她的担心是多余了。景区内所有零散游客加在一起也没有我们这个团队的人多。

我看见了一架小飞机在头顶飞翔，像一只大鸟。这是观光飞机，只能坐两个人，我在长沙的千龙湖景区也见到过，可以居高临下观赏全景。当飞机飞过山去，我想起了一句俗话：没有过不去的火焰山！在来疆的路上，一个晚辈给我发了条微信，她结婚了！是啊，她与男友相爱两年，产生过一些矛盾和分歧，这也正常，能够好事多磨，最终携手，就应该好好珍惜这份情缘，今后的人生路还很长。唐僧师徒西天取经，历尽磨难，最终得到真经，修成正果，才更为世人所称道！记得自己曾经看过某部电视剧，有一句台词：人生的精彩之处不是实现梦想的那个瞬间，而是坚持梦想的过程。我在想，事业如此，爱情如此，大到新疆目前存在的一些问题的处理也应如此。只要心有大爱，只要坚持，就没有过不去的火焰山！

离开火焰山时，我在小摊上花了15元钱，买了一顶西部牛仔帽——它伴随了我整个西行，直到最后一天，在青海门源，我将它送给了一位朋友作纪念。

中午，在市区一个叫“艾海提江”的快餐店吃午饭。我给侄子二虎打了电话。他得知我到了新疆十分意外也十分高兴！去年，退役之前，他参加了公务员考试，有幸录取，经过为期一年的培训，将下到基层工作。他说，在新疆服役8年，已经爱上这片土地，愿意为新疆建设出力，我很支持他。而且，他在新疆还收获了爱情，他的未婚妻小赵，是他战友，陕西人，先他一年退役，也录了公务员，现在和田工作。二虎告诉我，他们将在8月份结婚，春节时相偕回湖南。我祝福他们。不久，小赵也给我打来电话，邀我们去和田。而代清，那个在吐鲁番代职的同事没来，倒是他来疆探亲的妻子来了，告诉我们，他正在处理一起交通事故，有人员伤亡。我有些不安，随着年龄越大，听到某些事总是心有不忍。

4. 葡萄沟与坎儿井

尽管外面紫外线强，气温也高，但一进“艾海提江”却并不感到热，所以店里没有空调，连风扇都没有一个。新疆很多地方都是这样，因为干燥，有风，只要遮蔽了太阳光直射，就不会感到闷热不爽。不像湖南，空气湿度大，气温一高躲在哪儿都难受。进到里面，就闻到了饭菜的香味，一下勾起了我们的食欲。也许，昨晚光顾着喝酒，没吃其他东西，而早餐因胃受了伤害，进食也不多的缘故；也许，是因为上午参观消耗了不少体力，的确饿了。手抓羊肉饭很快上来了，味道真的不错，分量也足，每人面前有一碟子当地泡菜，曾思源还特地从店门口那个烤肉炉买来烤羊肉串，大家吃得有滋有味。吃完饭，再喝奶茶，然后大家就动身了。下午还有两处参观：葡萄沟和坎儿井。

葡萄沟其实是火焰山的一道峡谷，100 多公里长的火焰山有很多峡谷。这一峡谷离我们用餐的快餐店不过 10 公里路程，乘车很快就到。刘佳思告诉我们，葡萄沟可是吐鲁番的旅游胜地，有 8 公里长，2 公里宽，这里人口只有 8000 多人，除了水果，种不了其他农作物，2007 年已被国家正式批准为 5A 级旅游景区呢！她谦虚地说，不过，这个 5A 可能与内地 5A 还有差距，但这是在新疆啊。要是往年旅游旺季，这里的游客是摩肩接踵，熙来攘往，可今年……唉！她那声“唉”里包含的意思，我们都懂。

对于葡萄沟这个地名，我也早不陌生，还在女儿读小学时，她的语文课本里就有《葡萄沟》一文。因为小学要求学生每一课都能背诵，做家长的自然充当孩子的临时监考老师。也就是这样，我知道了葡萄沟这个地名，更知道了这儿盛产很多声名远播的水果，譬如杏子、香梨、蜜桃、沙果，当然最著名的还是葡萄了。

在葡萄、葡萄藤和叶子搭起的凉棚下，大家一边拍照、一边哇哇地惊叫着。导游说，这里的葡萄有四类，共五百多个品种。我们除了惊叹并不怀疑她所说的。真的，你看，绿叶间挂着的一大串一大串葡萄，有红的、有绿的、有白的、有紫的，还有黑的，好像五光十色的珍珠玛瑙，美丽极了。我能感觉得到，我们中的很多人都想亲手去采摘几颗尝尝。但是，看见每个藤架上都挂了一个牌子：“葡萄未熟，不能采摘，否则罚款一百元。”便将伸出去的手缩了回去。记得小学课本上写着，要是在葡萄成熟的时候去葡萄沟，热情好客的维吾尔族老乡，准会摘下最甜的葡萄，让你吃个够。看着他们的馋样，我说，等一个月之后你们再来吧。

今天的游客真不多，除了我们，只见到很少一些人。在葡萄藤架下，有一些摆摊买纪念品的当地人，没精打采的，见到我们，起初有些兴奋，但见我们对摊位的东西不感兴趣时，眼皮又耷拉下去了。还有几个摊主干脆在葡萄树荫下的竹床上躺着睡觉，懒得吆喝。

然后，刘佳思领着我们去参观专门用来制作葡萄干的晾晒房，她给我们讲解了葡萄干的制作流程，告诉我们葡萄干的保质期只有一年，并教我们如何辨别当年的葡萄干和质量好的葡萄干，并不失时机告诉我们，她在淘宝网开了个网店，如果今后我们有什么需要，可以上她网店。我们去了景区里所谓的阿凡提的家和巴依老爷家参观。关于阿凡提的故事，小时候都读到过不少，他是维吾尔族劳动人民智慧的一个化身，是否真有其人，我们不得而知。

参观过程中，一直有个问题像葡萄藤一样在缠绕我，吐鲁番的年降水量只有 16 毫米，而蒸发量可达 3000 毫米，火焰山这么干燥，葡萄沟又是靠什么来灌溉这些果树？我正有些疑惑，就看见了一道沟渠，碧清的水在渠中奔涌。导游说，葡萄沟内有一条“布依鲁克河”经过，这条河是冰山的雪水融化形成的。我们临渠掬水，感到渠水的确沁凉。水是人类命脉，这里的人们之所以能够生存，全靠了冰山融化的雪水。如何引导并保存这些雪水，我们参观了坎儿井民俗园后，就知道了答案。

说真的，不是这次来新疆吐鲁番，我还真不知道坎儿井是怎么回事，更不知道它居然是与万里长城、京杭大运河并称为中国古代的三大工程，《史记》中都有记载。有句“读万卷书不如行万里路”的话是很有道理的。

如果我在书中曾读到过有关坎儿井的资料，并没有来到现场见识的话，我不会有太深的印象，更不会为我们的祖先为了生存而所做的不屈不挠的抗争而赞叹不已！吐鲁番的坎儿井有1100多条，总长度达5000公里，也可以算得上是“地下万里长城”。

坎儿井的结构，大体是由竖井、地下渠道、地面渠道和“涝坝”（小蓄水池）组成，其水源是吐鲁番北部的博格达山和西部的喀拉乌成山的积雪融化和春夏的雨水。前文叙及，吐鲁番地势最低，低于海拔100多米，“水往低处流”，聪明的古人发明了“坎儿井”，起到对水资源的引导和留存，才让这一方水土养活这一方人。至于想了解得更多，已超出这篇短文意旨，有兴趣的话，可百度。

我想说的是，参观这个民族园，确有一些让我特别感兴趣而不能不记录下来的事。如一进园门，迎面就摆着一个硕大的铜水壶，壶身比一个人还高。维吾尔族人有个习俗，客人一进门就用铜壶洒些水让客人洗手。在水比油贵的吐鲁番更显得对客人的尊敬。而这把铜壶居然是很久以前一位巴依老爷打造的，是件古董，他打造这把壶的目的当然是炫富，就像今天某些富二代在网上晒出他们的豪车一般。我对围着壶参观的“六六团”成员说，你们中间有爱打麻将的，还不赶快来摸一摸铜壶的手柄（壶把），讨一个“胡吧胡吧”的吉利！

在去陈列馆的走廊上，导游遇到了民族园的工作人员，一位维吾尔妇女，她们一见面就亲热地用维吾尔语打招呼，然后两边脸贴了贴，但没拥抱。那架势有点像法国的贴面礼。我问了问刘佳思，是不是维吾尔族人见面都这么亲切地贴面，她告诉我只限于很熟的女性之间。在陈列馆，我们下到了地下水渠，用事先准备好的矿泉水瓶子装了水，导游说，这里的水经过检测，水质非常之好，可以直接饮用。我们喝了一口，真的甘冽润爽，比“农夫山泉”还好喝！

而我最想在这篇短文里记载的一段文字是，坎儿井在吐鲁番还有个别称，叫“林公井”。这个“林公”就是我十分敬仰的民族英雄林则徐。坎儿井虽不是林公发明，但在虎门销烟之后，他谪戍伊犁，当他来到吐鲁番，看到了坎儿井的功效，不顾年逾花甲，不戚戚于一己得失，冒风沙，顶烈日，带领人民，开渠垦荒，泽被后世，其千秋伟业，必然流芳万代！

参观完坎儿井，吐鲁番之行就结束了。在民族园门外，我们登车与导游刘佳思道别时，她还没忘提醒我们一句：如果需要吐鲁番土特产，记得上她的淘宝网网店！

5. 达坂城的夜宴

东道主马强在达坂城等我们。一定有惊喜在达坂城等着我们，我想。

上午去吐鲁番时，我们的车途经达坂城，没停车。我们只透过车玻璃一晃而过地瞥了一眼这个令人产生诸般联想的地方。达坂城这个名词和吐鲁番一样，上个世纪 80 年代初，就乘着歌声的翅膀飞进亿万中国人心里。而《马车夫之歌》里那个梳着长辫子、长着漂亮大眼睛带着嫁妆还领着妹妹的新娘，就那么一次次鲜活地出现在我们幻觉里，让我们充满期待与向往。如果把时间退回 30 年前，能到达坂城，那一定是来寻梦的，一定希望有一份美丽邂逅。至于《马车夫之歌》后来干脆换了歌名为《达坂城的姑娘》，我想，是为了更加强化达坂城这个地名吧，就像如今特别强调特产的原产地。

达坂城位于乌鲁木齐与吐鲁番两地的中间，我们再一次重温沿途的风景。我们能看见离公路不远处的水流，有些地方稍宽，有些地方窄得像小沟，有些地方干脆断流了；我不知道当地人是否给它命名为河。但凡有水的地方就有青葱的植被，有树木和青草生长，就会见到羊群。当然，在某些干旱的地段也见到一些低矮的灌木，不知道名字，我只做着自己的揣测，没有问车上其他人。快到达坂城时，我还注意到路边的树和草都是朝着一个方向倒伏，而且每棵树半边长得茂盛另半边枝叶稀疏，成为一种别样的景致。稍加思索便知道这是风的杰作。

在新疆工作多年的曾思源告诉我们，达坂城是新疆四大风口之一，这里的风是出了名，成为一种标志。无论冬夏，都刮西北风，而且风大的时候，刮得石头到处跑。想想也是，达坂城是个大谷地，所有的风到这里都汇聚着朝一个方向劲吹，所以那些利用风力发电的大风车就竖立在这片土地上。不过思源还讲了个有意思的现象，这里的夜风更加厉害，夜里 12 点开始，早上 7 点结束。关于这一说，后来我上网搜索并没得到证实。千百年来，这里的一切都摆脱不了与风相伴的宿命。生活在这块土地上的人民，也必将靠着勤劳、智慧与坚韧，与自然抗争，一代代生息下去。

从达坂城往更远处眺望，我看见了一座雪山，这是天山山脉东段的著名高峰博格达。“博格达”是蒙古语，义为“神山”“神仙居住的地方”之意。这座海拔 5400 多米的山峰终年积雪。此刻，山顶雾霭缭绕，如一位披着面纱的神秘仙女，若隐若现，偶露峥嵘。我知道，此行还将参观天池，能近距离一睹这位“仙女”芳容，我已经有些按捺不住急迫的心情了！

晚餐安排在达坂城镇子边上的一个农家乐，下高速路不远就到了。在车上曾思源就告诉了我，这个农家乐的主人小葛过去是马强的司机，退役后，在这里买了 40 亩地，种植水果，办起了农家乐餐饮。我们一行下了车，马强和小葛早早就在迎候我们。我看到了一个烤羊肉串的炭火炉子，一个穿白衬衣的中年男子正在烤着肉串，香气弥漫。马强说这位师傅姓杨，一级烤肉师。烤肉师还有等级？我将信将疑。不过，“杨”师傅烤“羊”肉串倒也挺合适的。门口有好几张长茶几，上满摆满了新鲜的杏子、蟠桃、西瓜、葡萄，还有酸奶和冰激凌，大家乐歪了，不待主人招呼，就毫不客气地饕餮起来。这些新鲜水果味道真的很美！看到大家一副馋相，主人很开心。小葛告诉我们，杏子、蟠桃都是自己果园里摘的，等大家吃饱了，还可以自己到树上摘一些带走，听闻此言，女人孩子脸上就乐开了花。在交谈中，小葛告诉我，他老家是山东高密，原来是莫言的老乡。

水果吃得差不多时，烤肉端上来了，肉串、羊腰子、羊肝什么的，一大盘子！马强告诉我们，为了专门接待好我们，小葛谢绝了其他订餐的客人。羊是今天才特意宰杀的，怪不得肉特别新鲜。杨师傅一边烤肉一边对我们说，新疆的羊好啊，吃的是冬虫夏草，喝的是矿泉水，拉的是六味地黄丸，尿的都是太太口服液。逗得大家又开心一笑。没想到这个烤肉串的大叔还有些幽默细胞。

我问马强什么时候去达坂城里面参观。马强说，城里就别去了，在外围看一眼，就不难知道里面是什么模样了，还是保留一点联想更好。——是啊，这里没有高楼、没有厂房、没有街市，除了居民和牲畜，生长的就是石头、太阳和大风了。硬要说它是“城”的话，那就是中国最小的城了。

女人孩子到果园摘水果，男人们聊着今天参观的感受。我说，水果和烤肉串已经吃饱肚子，等果子摘得差不多，我们就回乌鲁木齐吧，我想将今天的见闻记录下来。马强说，队长，早得很，刚才是餐前开胃点心，正餐还没开始呢！一边说着，一边指挥手下从车里搬出两箱白酒，送进农庄里的大蒙古包。我想，今晚只怕又是一场“混战加恶战”！

由于人多,夜宴分在两个蒙古包里进行。马强、曾思源和我们“六六团”的男人，也就是说，要喝酒的人在一个蒙古包，其他人由王晓婷陪着在另一个蒙古包。桌上摆满菜肴，每个人的分酒器里已斟满白酒。马强的开场白是这样的：小葛，你将农庄门关上，再把那两条拴住的狼狗放开。酒席不结束，谁中途离席，被狗咬了，概不负责。这小子！ 20 多年前当学员时挺文静一个人，不多说话，看来，这些年的磨砺，他已变得气定神闲，具有大将风度了。

还是这样充满深情的酒，还是这班重情重义的人，斗酒的激烈场面和昨晚招待所里那一幕大同小异，只是酒喝到中途，另一个蒙古包里响起了明快的音乐，接着传出一阵阵欢乐的笑声。马强说，队长和弟兄们到新疆来了，我特意请来了达坂城“一枝花”古丽，来给大家表演节目助兴。这可是保留节目！

期待中，我们蒙古包的门帘掀开了，古丽出现在我们面前。那边的大部分人也跟来了过来，看来刚才她们还没有乐够。一见到古丽，我们笑得差点喷饭！所谓的“一枝花”原来是一位维吾尔族大妈，戴着花头巾，穿一条大红花儿的长裙，本来就黑的脸上长着一颗大黑痣，抹了一层不均匀粉脂，嘴唇红得吓人，尤其是身材肥胖臃肿得有些过分！古丽进来后，抛着媚眼环视大家，然后夸张地用双手托一托自己硕大的胸部。那样子滑稽极了！我们一笑，古丽就开口了，欢迎大家来达坂城做客，接着委屈地说，年龄大了，不美啦，惹你们笑话啦，想当年自己可是达坂城的一枝花，王洛宾歌里的新娘就是自己。还别说，她那维吾尔族腔调的女声娇滴滴真的好听。

音响一开，古丽就跳起了民族舞蹈，尽管身材臃肿，可动作轻盈标准。她跳到徐统存身边，拉起瘦小的统存共舞，这一胖一瘦，一灵一笨，让人忍俊不禁。而古丽冷不防抱住徐统存，在他脸上亲了几口，留下几个红唇印，更是让我们笑得前俯后仰！我们说，被一枝花亲吻了，得喝一杯酒。然后，古丽挨个儿身边舞蹈，每人喝一杯酒。她舞到我身边时，马强说我是大家的队长，古丽就要与我拥抱、亲吻。我实在消受不了这份艳福，用手挡她。可古丽不依不饶，居然拿出霸王硬开弓的架势来，我极力躲闪。从大家无比开心的笑声中，我知道我的样子一定也很滑稽。最后古丽说，没面子，很受伤。为了安慰她“受伤的心灵”，我只好自罚了两杯酒。这个时候，文章走到我身边，小声告诉我，你难道没看出来，他是个男人，就是那个烤羊肉串的杨大叔。我才恍然大悟！他那夸张的大胸脯是两个大气球！可能，安敏和代清早已经识破这位“一枝花”的庐山真面目，与他们跳舞时，就一个劲揉捏“她”的“大胸脯”。惹得“古丽”嗔怪地骂他们是“色鬼”。

这样跳舞敬酒一圈之后，“古丽”到蒙古包外面卸了妆再进来，已恢复男装，还真是那个烤肉串的杨大叔。他继续表演小品，给我们助酒兴。他很有语言天赋，只要报出我们中某人是什么地方人，他的表演立即就改用什么地方的方言。我们都想，此人如果被精心包装，在电视上推出来，说不定也会有某个小品明星那么火。求其次，放到长沙的田汉大剧院，他的表演也会让看客笑爆棚的。这应该是达坂城夜宴最可口的一道佳肴！

酒喝得差不多，我提议去盐湖边走走，得到大家响应。没到达坂城里面走走，再错过近距离观看盐湖，就太遗憾了。盐湖离农庄不到1000米。上午坐在去吐鲁番的车上，我们惊鸿一瞥地看过，曾思源也作了一些介绍。达坂城盐湖面积有35平方公里，被称作“中国死海”，湖水的含盐量是海水的七倍，人在水中不会下沉，不会游泳的人也可以轻松地躺在水面休息、看书，甚至喝酒。如果人在盐湖里泡上一泡，还可以治疗皮肤病呢！

走到盐湖，暮色四合了，但夜色里还有微光，暗蓝的天幕之下，远处黑红的山峦隐在一派静谧之中，近处的盐湖泛着白光。尽管未能在盐湖里游一次泳，但来到它的身边也算是一次亲密接触。而范献忠却一直往前走，一不小心，双脚就踏了进去。我们都笑他。他连连说，不亏不亏，没在盐湖洗盐浴，洗了脚也不枉此行。

夜风起了，夜风很凉。白天的吐鲁番气温那么高，此刻的盐湖可能只有十度左右。风渐渐大了起来，看看时间，已是晚上11点多了，我们回到车上，向乌鲁木齐进发。乘着酒兴，我在车上发布了一道队长令，大意是，五队弟兄们毕业后10年一次的聚会已经搞了两次，下一次大聚会还要8年，号召大家以小班级为单位组织灵活多样的聚会。责成秘书出身的徐统存起草文书，放在五队QQ群发布。

几十分钟后，我们的车就要开进乌鲁木齐市区。在检查站，留着络腮胡须脸有些黑的姜勇，与执勤的特警开了个无伤大雅的玩笑，成为我们“六六团”的花絮，增加了大家此行的集体记忆。王萍说，这是枪打出头鸟，引得大家哈哈大笑。

6. 在白杨沟

按照计划，早上9点半起床，早餐，10点出发去白杨沟。

昨晚，达坂城的夜宴在我强力干预下，大家总算能全身而退。经过一晚休整，精神面貌尚好。不过，我知道，以新疆人的热情好客和马强的性格，昨晚没让我们醉，今天就可能会醉；今天不醉，明天则一定会醉！

临出发前，王晓婷到每个房间，提醒大家一定要准备好长衣长裤，最好是厚一些的外套或秋衣秋裤，白杨沟的气温可低了。吃早餐时，安敏告诉我，今天起伏，也就是说，真正的盛夏来了，如果在长沙，这个时候白天在外面活动，不防护好，是会晒脱一层皮的。白杨沟不过距离乌鲁木齐市区50来公里，气温至于会那么低？我将信将疑。不过，我还是上身穿了短袖T恤，又在外面套上长衬衣，下身穿了两件长裤。但当我看到从半途上车的马强的爱人身上穿的是羽绒服，我说，弟妹，你这也太夸张了吧！

马强今天全程陪同。陪同我们参观的，还有他的一位哈萨克族的同事，我们只记住了他的姓——贾尔肯。贾尔肯是西白杨沟人，父亲曾经担任过副县长和县人大主任。对于白杨沟的介绍，自然贾尔肯最有发言权。车一启动，贾尔肯就介绍起来，白杨沟属于乌鲁木齐市的南山风景区。南山早在唐朝就是有名狩猎区，清代又成为著名牧场，并成为一个游览避暑胜地。尤其新中国成立后，它美丽的风景便吸引了无数慕名而来的游客。南山景区最著名的去处有东、西白杨沟、后峡、甘沟、灯草沟、水西沟和庙尔沟等等，虽然这些地方都各有特点，但也都具备天山北坡自然景观的共性。我们今天参观的是西白杨沟。贾尔肯说，不是我自吹，西白杨沟是南山最负盛名最值得一游的地方。他还给我们说了一些哈萨克人的习俗和生活习惯。

车行进一个多小时，接近景区，气温就截然凉下来了，仿佛与外间是另一番天地。天上还下起小雨，山间有雾，使得这一片土地蒙上些许神秘色彩。弯弯山道上行驶着不少大交通车和小车。这一点，与我们昨天参观火焰山、葡萄沟游客稀少也大不一样。景色越来越美。我们的目光和心都活跃起来了。从车窗往外看，峰峦一座连着一座，奇峰突兀峥嵘；沟壑一道接着一道，淙淙流水穿行嶙峋怪石之间；参天的白杨和云杉连峰续岭，浓荫掩映之下，如茵的绿草之上，有不少白色的蒙古包和毡房；当然，还能看到珍珠一般散落在青草间的羊群。所有这一切极其和谐地构成一幅美丽的巨幅油画，我们也成为这画的一部分，成了画中人。

快到景区，马强接了个电话，原来是我们的老朋友、五队的兄弟张超打来的。我的脑海里立即出现一个中等个子，身材结实，话语不多但踏实肯干的小伙子形象，他如今担任阿克苏地区某边防团的主官。前年，五队在长沙组织了毕业 20 周年大聚会，因重责在身，他未能参加。22 年过去，人到中年的他会是个什么样子呢？张超在电话里十分诚恳地说，很想念队长和五队的兄弟们，极力邀请我们去阿克苏。可是由于时间关系，这次我们的行程并没有安排去他那儿。是啊，如此辽阔的新疆大地，短短几天，我们不可能都走得到的。我只能表示遗憾，同时，我也邀请他方便时带着家人回长沙、回母校看看，经过 20 多年发展，如今全变样了！

我们的车到达景区门口，车开了不到 100 米就停下。马强说，我们下马观花吧，大家自由走走，到前面的瀑布处集合，两公里的样子。

一下车，一股凉飕飕的冷气扑面而来，我不由得打了个寒战。温度大概 10 度的样子，一如长沙的深秋或初冬感觉。此刻，我才意识到对形势估计不足，看到景区的一些工作人员身上穿着黄色的军大衣，我想只怕今天还得抗击寒冷了。不过，我也看到了一些年轻人穿得很单薄，有一对看上去是幸福的恋人，都是短衣短裤短裙，他们一边照相一边欢快地说笑，一点都不冷的样子。看来，他们是用爱情在温暖彼此。我们“六六团”的成员自由组合，走得快的，健步如飞，像是竞走，能让身体发热；走得慢的，慢悠悠的，像是闲庭信步，聊着事业、家庭和孩子；我和文章几个不疾不徐，走在中间，一路观赏这美丽的风景。我们行走的水泥路右侧是陡峭的山崖，傍着道路是一条清澈见底的小溪流，溪流那边有一条崎岖山道，有不少马匹走着，这些马匹都是供游客骑的，马背上都是两人，游客在前，马的主人坐在后面拽着缰绳，以确保安全。我们几个人商量着返回时去骑骑马。

走了五六百米，我看到一块空草地上有一匹枣红马，皮毛红如炭火，可爱极了，没有马鞍和缰绳，在那儿自由自在地吃草，忙走到它身边和它合影。它一点也不怕人。几个人回头看见了马强的儿子，喊道，马壮，过来和你兄弟合个影吧。马强的儿子真名叫马英杰，父亲叫了马强，大家给他取了个别名“马壮”。“马壮”一点也不生气，乐呵呵地跑了过来。

两公里的路途对谁都不成问题，走快走慢，40分多钟的样子，“六六团”的人都到了瀑布处。未见瀑布之前，先听到了喧响之声。举目望去，只见绿树遮蔽处，断崖壁立，有一条落差四十余米、宽约两米的瀑布，一泻而下，似银龙飞舞。瀑布跌落处，水花点点，有雾岚生焉，别有景致。如果，单从瀑布大小来说，在我的经验里，这条瀑布真算不得什么。2010年，我去贵州出差，参观过黄果树瀑布，其气势夺人，让人难忘；2012年去阿根廷、巴西访问时，更是参观过伊瓜苏大瀑布，其声音，几公里之外听去，都响若惊雷，那更叫磅礴恢宏！我站在伊瓜苏大瀑布边，激情难抑，口占了一首打油诗：“千里征途千里险，一路坎坷一路歌；绝处逢生留绝唱，壮丽人生壮美诗。”当然，在秀美的西白杨沟，有了这一挂瀑布，也使一派山岭平添几分灵动！

我们在瀑布处合影后，马强宣布，中午，我们就在贾尔肯家的蒙古包吃中饭。然后他对我说，队长，昨晚在达坂城听你的，没让大家多喝。今天可是在哈萨克民族自己家里做客，不喝醉酒，就是看不起少数民族，这关系到民族大团结。

好家伙，竟准备了这么一顶大帽子！不管怎么说，我、陈代清、文章以及陈德辉的爱人，还是按照来时路上商定了的，都要骑马返回。等下醉就醉吧，醉酒之前先要策马扬鞭，养养自己一腔豪气再说！

7. 天池

游新疆必游天池，这是题中应有之义。

天池，古称“瑶池”，一个天然高山湖泊。它地处天山博格达峰北侧——17日，我们去达坂城时，远远打量过这座“神女峰”的另一个侧面。位于阜康市南偏东40余公里，距乌鲁木齐市110公里。“天池”这一名称出自乾隆年间出任乌鲁木齐都统的明亮的《灵山天池统凿水渠碑记》（“见神池浩渺，如天镜浮空”，故名“天池”）。这是个生长神话与传说的地方。生活在滚滚红尘中的我辈凡夫俗子，既然来到人间仙境，何不放下一切俗务，做上半天神仙？

可是想归想，做起来却是另一回事。早上起来，陈代清已在回湖南的飞机上。昨晚，我们还在睡梦中，他接到电话，他的辖区发生了一起特大交通事故。事故就是命令，他连夜赶往机场，买了最早的航班，提前结束了休假和他的新疆之行。侄子二虎今天没课，早早赶到招待所，他陪同我们一起参观。

交通车走了两个小时，到达天池景区。今天是周末，天气晴好，游客不少，不像我们前天参观吐鲁番景区时稀稀落落的景象，这让人感到欣慰。曾思源协调了一辆大客过来，我们一行坐上出发。

先是走了一段平坦的路，这段路叫金银大道，也叫迎宾大道。因为深秋之后，这里就下雪了，洁白如银的路上铺满金黄的落叶，故得其名。这个季节的景致美轮美奂，是摄影爱好者的天堂。然后沿着盘山公路蜿蜒而上，导游一路做着她的讲解。她讲到这里的地理构造，岩石形成了沿途各景点的特点以及有关它们的传说。诸如“天池石门”“王母的蟠桃园”“五十盘天”“龙潭碧月”（又叫“王母洗脚盆”）“西小天池瀑布”“醴泉隐乳”“仙女泳池”等等。她讲得最生动的是西王母与周穆王邂逅生情，后来苦苦等待的爱情故事。自然，这样的故事也最能打动我们这些饮食男女。她的介绍中有不少专业术语，加上景点一个接一个，应接不暇，我没怎么记住。不过我不急，我想回去之后上“百度”，对照着回忆所见到的，记忆就深刻了。此刻，我要做的事，只是用自己的双眼尽情观赏我能见到的一切！

最让我醉心的是这里的蓝天、这里的白云，以及蓝天白云之下满山遍野苍翠的云杉和雪松。这些高寒植物，有着比人类更加出色的沉着与韧劲，缓慢而精心地生长。它们挺拔一如支支向天的毛笔，在蓝天白云间抒写和感怀。我记起郭沫若陪同西哈努克亲王参观天池时写下的诗句：一池浓墨沉砚底，万木长毫挺笔端。让我醉心的还有那条紧紧傍着公路，飞花溅玉、玲珑剔透、奔流而下的河流。它，让整个天池风景区都灵动起来了！

当导游说到，天池面积近 5 平方公里，呈半月形状，此时我恰巧从车窗往外看，一轮半月正悬挂天上，是下弦月。我查了日历，农历二十三。来新疆这几天，大好白天，日头正旺，每天都能看见半个月亮悬在中天，形成日月同辉之景。我想起了新疆民歌《半个月亮爬上来》，由刘欢和一个女童合作的演唱版本，我每次听了都如痴如醉。当然，我认为王洛宾歌里的那半个月亮一定是夜里的，有一种朦胧之美。一直以来，我都是喜欢半月甚于满月。由此我又联想到晚清湘人曾国藩，他追求的境界也是“花未全开月未圆”，所以他的书斋取名“求缺斋”。不过我又想，如果月亮是西王母临池梳妆的镜子的话，还是满月比较好。

车在离天池还有 800 米的地方停下了，所有游客需下车步行。我们听到了热闹的歌声。原来，不远处有一个舞台，那些穿着民族服装的哈萨克少男少女在舞台上热情地舞蹈着，这是专门演出让游客观赏的。等我们走近时，他们纷纷从舞台下来，拉游客和他们联欢。“六六团”不少人鼓动我上去，我虽心动但没行动。不过，我还是以他们作背景，让人给我照了张相。

继续走了一小段路，天池就出现在我们眼里了。只见群山环抱之中，一池湖水晶莹如玉，湖边坡地绿草如茵，野花似锦。真不负“天山明珠”的盛誉。“六六团”和其他游客一样,拿出各种摄影器械,摆着各种“Pose”。我还是习惯于用自己的眼和心来尽情感受。

我想起了自己 2010 年陪同领导去欧洲访问时，见到的某些湖泊，譬如瑞士的日内瓦湖、琉森湖等，其水源都来自阿尔卑斯山上的冰雪融化。当时我就想，中国现阶段还属发展中国家，发展难免以牺牲环境做代价，很多自然环境遭到了令人心痛的破坏。不知道国内还有没有这么清澈的湖水。此刻，眺望着不远处高入云端的博格达雪峰，它闪烁着皑皑银光，如仙女惊艳，艳得那么横空出世；再凝视眼前这一池澄碧之水，如翡翠，又美得那么水到渠成。它们相映成趣，构成高山平湖这绰约多姿的景观。所谓山静养性，水动养情，性情中的我产生了一种强烈的欲望，就是想投身到天池的怀抱之中。而马强、曾思源仿佛看透了我的心思，他们早就做好了乘坐游船游湖的安排——船在水上走，人在画中游，此情此景，我们岂不就是瑶池赴约的神仙！

下了游船之后，兴奋不已的“六六团”成员们，在传说是王母一支金簪化成的称作“定海神针”的老榆树前合了影。我看到了几只搏击长空的雄鹰，这是我来新疆后第二次见到鹰，我想如果鹰能够飞得更近点就好了。有一只鹰好像与我有心灵感应似的，一下就飞了过来。我已经清晰看见了它的羽毛，遗憾的是，太阳光过于强烈，我看不清它的眼睛。但我能够想象到它目光的锐利。它在人们的惊呼声中，像傲慢的国王在巡视自己的领地。我赶紧用手机拍下这珍贵的画面。同时，我记起了自己 1991 年创作的那首十行诗《鹰》(其时，我正担任着五队的队长)。那首 20 多年前的诗作，其情其景，好像特意为今天的奇遇而作。我在心里默诵着：

我无法把闪电从这个下午撕下来 / 骄傲的鹰，天空是一种千古不变的法律 / 而你，是这法律与生俱来的叛逆 / 在积雪的山岭上空，一只鹰 / 一柄吐着沉静光芒的刀子，分解 / 寒冷的空气，群山在你视野涌动 / 天空下，我的眺望因你有了高度 / 我感到什么东西被你无情击碎 / 鹰啊，请让我重建内心的秩序 / 或许要用整整一生，来完成辉煌的一瞬！

多少年了，我不太喜欢选择人流如织的时节去风景区，譬如，我第一次去庐山参观就是选在下雪的冬季；我最近一次想去桃花源也计划在游人稀少桃花落尽的秋天；就是去岳麓山登山，我也喜欢雨天或夜里。而今天，看到这么多游客，我却满心欢喜，甚至希望如此美景应有更多外国人来共赏，来赞叹。

午饭我们是在湖边一个蒙古包里吃的自助餐。品种不少，味道也不错，只是昨天的醉酒到现在还有反应，我吃了几口有点反胃，二虎忙去帮我打了一碗热羊汤。就着这碗羊汤，我才慢慢把盘中的饭菜吃下去。午饭之后，我们有半个小时休息时间。此时外面太阳更大，紫外线更强烈了。“六六团”的大部分人，却不愿坐在饭店里或树荫下，仍然来到天池边观赏和摄影，再多看看静穆的雪山和一池荡漾的碧波，似乎要将这一切都铭刻在心底。在这里，我找到了“流连忘返”这个成语最生动传神的诠释。

返回乌鲁木齐时，我们顺路参观了久负盛名的新疆军区某工兵团，到了马强曾经任职的有着优良传统的“王震连”——这是在我的要求下安排的。作为工程兵一名老兵，一直以来，我就想去两个团参观，其一，就是新疆这个团，另一个在西藏拉萨。

晚餐，“六六团”又分成两拨，我、安敏、文章、王萍由曾思源陪同，参加兵团军事部王将军的家宴。思源告诉我，“用激情干事业，用忠诚守边疆”这句在全军都叫响的口号，就是他总结提出的。将军是大才，有军区“第一支笔”的美誉。这位从南岳后山“三间茅草屋”里一步一个脚印走出来的将军，是1976年应征入伍来到新疆的。见到故乡来人，他引用了毛主席《水调歌头 · 重上井冈山》的诗句“三十八年过去，弹指一挥间”。昨晚，张检向他做了汇报后，他便盛情安排这一老乡聚会。晚宴气氛异常热烈，虽然没有蒙古包里的献歌敬酒节目，但王萍和省委宣传部那位领导席间合作奉献的湖南花鼓戏片段《洗菜心》《补锅》，将晚宴推向了高潮。新疆的湖南老乡更是在二人原汁原味的演唱中，感受到了浓烈的乡音乡情！

8. 米拉吉

从红山公园出来，贾尔肯向我们道别，他家里有些事情要处理，陪了我们一天了。

那几个热衷于在大巴扎购物而没去红山参观的人，以及曾思源、王晓婷已到了酒店的包间。马强因临时有个电视电话会议，没有过来。我们上了二楼，来到六号包间。

“米拉吉”一语源出《古兰经》，意思是“步步高升，喜从天降”。多么富有喜庆吉祥的店名，本身就能吸引食客。位于克拉玛依南街的这家米拉吉，是一个挂牌五钻石级的清真酒店。据在当地开“宝岛”眼镜店的周杰和开“宝石林”玉器店的刘贵介绍（周杰和刘贵都是湖南邵东人，邵东人会做生意于此可见一斑），米拉吉是乌鲁木齐最正宗、最有特色、也最负盛名的民族酒店。下午，我们在参观“宝石林”时，曾必正对妻弟刘贵说，晚上你安排到乌市最好的店子，弄个烤全羊招待老家湖南的客人——烤全羊是新疆接待客人最隆重的礼仪。小王和刘贵都说,最好的店子莫过于“米拉吉”了，但烤全羊只怕这个时候可能预定不到了。果然，电话接通后，对方说不提前八九个小时是预定不到烤全羊的。最后还是贾尔肯用民族语言和对方进行了较长时间沟通，总算订上了。大家都很开心，看来这番新疆之行，在欣赏美景之余，我们都在不知不觉中变成了“吃货”。也难怪，央视“舌尖上的中国”刚播出新疆美食,大老远来了,还能不让人大快朵颐!

如果仅按面积大小来衡量，这家店子算不得是一个大店子。但它的装饰很别致，极具民族特色。丝毫没有某些豪华酒店那种金碧辉煌的俗气，房间的桌椅都很古朴。桌子是长方形的，门、窗和房梁都是纯手工木雕，木质很好，雕工精细。走廊和包间的墙上，挂着很多沙画和油画作品，有反映回族人民日常生活的，有诠释《古兰经》经文的，当然也有描绘新疆自然风光的。这些油画都标明了作者姓名和售价,既是非常典雅的房内装饰,也可以作为艺术品被客人购买收藏。我浏览了一下，价格在八千元到两万元不等。

这家店也很正规。因是清真店，不让饮酒，连啤酒都不行，自然客人得遵守这里的规矩（不喝酒，倒是合了我们心愿。几天下来，我们都遭到了“重创”，我喉咙都喝得嘶哑了）。而且为了保证客人的饮食安全，他们也绝不允许客人自带任何食品饮料来店中食用。离上菜还有点时间，王萍在进店门时，看到门前不远处有西瓜卖，忍不住想吃。她想请服务员去先购买一个来解解馋，遭到拒绝。她又提出自己买一个进来，店方也不同意。怎么办？她只好领着几个人，到店子外面买了个 20 斤重的瓜，吃完了再进来。她连呼过瘾，说这是今年以来吃到的最好的西瓜！

安敏说，你们的胃被 5 角钱一斤的西瓜填满了，不预留点空间，等一会儿各种美食上来，你们后悔吧。果然，不一会儿，各种风味小吃，包括水果，一道道摆上来，几个吃西瓜的人战斗力明显不行，才大呼吃亏。当主菜——香喷喷的烤全羊端上来时，我感到大家眼里都在放光。曾必正却不无遗憾地说，面对如此美食，没有酒还是少了点什么。不善饮的曾小专却说，没酒，最好最好！只有我知道，米拉吉晚餐的酒是省了，未必今晚的酒能省得了。刚才，坐在我身边的曾思源接到马强电话，说我们这边一结束，就给他电话，要请大家再吃夜宵喝啤酒。我则提议，用奶茶当酒，感谢几位在新疆的湖南老乡的热情款待。

这样开心吃着、聊着，等我们吃得差不多时，我们包间的门打开了，原来，开眼镜店的小王不知什么时候出去将酒店大厅演奏的 5 位民族民间艺人请了过来。冬不拉弹响了，手鼓敲响了，歌唱起来了，一个头戴金黄小帽，身上的服饰也镶嵌着金色花纹的大叔，给我们跳起了节奏明快的舞蹈。这位大叔是典型的维吾尔族人，古铜色的脸，上嘴唇蓄着浓密的胡须，满口金牙露出一种可爱的“俗气之美”，他人高大且胖，可跳起舞蹈却显得很是灵巧，尤其一双眼睛炯炯有神，像是燃烧着火焰。大叔独自跳了不一会儿，王晓婷干事就上去了，与大叔跳起了对舞。小王虽是汉人，但她生在新疆，长在新疆，民族舞跳得也很地道。刘丽霞看得眼热心跳，一曲未终，她就把王晓婷换下来，自己与大叔跳了起来。其他的人都围着他们，无比开心地拍照，鼓掌。大概维吾尔族大叔从我头上的白发和周围的人站位看出来，我是客人中的尊长，不断用手势邀我。大伙儿也起劲怂恿——在参观天山时，他们就想鼓动我去与那些进行表演的哈萨克族少男少女一起舞蹈，想看我出丑。我心一横，上就上，随着乐器和歌声的节奏，手之舞之足之蹈之，不亦乐乎。我知道自己笨拙一如企鹅，越是这样越能博得大家的开心。能够为娱乐大家做点自我牺牲又何妨！跳了一会儿，我还忍不住从那个打手鼓的小伙子手里要来手鼓，敲了起来，可是不得要领，敲得不够响亮，于是还给了他。

当我们余兴未尽地回到招待所，马强早等在大门口。他说，队长，一天没见面了，咱几个找个地方说说话去。不由分说就拉着男子汉们又上了车，连刘贵和周杰也没放过。“说说话”，你懂的——自然是用某个夜宵摊子的小吃和啤酒交流了！

喀纳斯之旅

1. 更改行程

此行能去喀纳斯，确实出乎我的意料。那天，孙安敏和曾必正商量着放弃库尔勒，改行喀纳斯，征求我的意见，我二话没说，立即同意。知道要去喀纳斯，我甚至有些激动。

去年，远人新疆代职，去了喀纳斯，写下一篇美文，对那里的风景作了绘声绘色的描述，还记叙了湖南省作协一位领导凌晨时分在喀纳斯湖游泳时碰到“水怪”的事，让我神往。而远人之前，对于喀纳斯的了解，我正是看了湖南金鹰纪实频道“丁点真相”栏目一个关于“喀纳斯水怪”的专题片。

从版图上看，喀纳斯位于雄鸡尾巴翘得最高也最美的那片羽毛上。它与蒙古、俄罗斯、哈萨克斯坦相距都很近。它也是地球上离海洋最远的地方——我认为，绝非偶然，而是上苍刻意安排，才在这内陆最深远处，留一汪美得令人喘不过气来的碧水。

新疆旅游公司的宣传册上，印着这样的文字：喀纳斯——中国的瑞士风光。瑞士，2010 年我去过，那里的风景的确很美。但我有理由相信，喀纳斯除了美丽之外，一定还有更多原生态的东西和民族风情。很多到过新疆的人都说，去过喀纳斯已经足够。是啊，这里有森林、草原、雪山、湖泊，有牛羊满山，有驼马成群，有图瓦人的木屋，还有美丽的白桦林……

这些字眼，足以在任何一个人心里构成一幅天趣之图。

我总认为，风景还是自然野趣的好。不要像很多风景最后成为名胜古迹，被过多古人、前人的记忆壅塞，变成僵硬的符号。还好，喀纳斯与我前面参观过的那些地方不一样，还没有附着太多古今名流“到此一游”的诗文。它，对我来说，就是风景。

不过，有了《金鹰纪实》频道的节目和远人的文章作底，我想，这次去喀纳斯，也不是“素面”相见了。

2. 石河子

丰田考斯特在经过石河子市时，没有停车。因为今天去喀纳斯的行程有700多公里。上午走高速公路，经石河子，抵达克拉玛依市，午餐。下午转217国道，经乌尔禾，参观魔鬼城，当晚下榻布尔津。

当我一看到路牌上写着“石河子”时，心里便涌出诸多记忆。同车中人，并没有谁知道我此刻心里在想些什么。对于“石河子”这个名字，我一点也不陌生。这是一座由军人选址、军人设计、军人建造起来的新城。城市绿化覆盖率已达到百分之四十二，被联合国授予“人居环境改善良好城市”，被人们赞誉为“戈壁明珠”。它曾一度是新疆建设兵团总部所在地。想到新疆建设兵团，我自然要想到湖南浏阳人王震将军，想到“八千湘女上天山”。十万农垦大军，亦兵亦农，为祖国边疆的稳定和新疆的繁荣，做出了突出贡献。而为了稳定军心，八千湘女离开故乡，远赴新疆，这中间又演绎出多少不为人知的悲欢离合。今年是新疆建设兵团成立六十周年，中国人民银行特意发行一套金银币以示纪念。是的，共和国不应该忘记他(她)们，也不会忘记他（她）们。

作为诗人，我对石河子的敬意，更因为它在中国诗歌版图里，是一个重镇，因为有《绿风》诗刊的存在。

我知道，被聂鲁达称作中国“诗坛泰斗”的艾青曾因被打成“右派”在这里生活多年，创作出不少脍炙人口的佳作，也流传下这位“右派”诗人和开国上将王震之间友谊的佳话。

1985年，《绿风》创刊之初，我的中学同学、诗人聂沛，就以早期代表作《生命交响曲》斩获《绿风》诗刊设立的首届“奔马奖”首奖。作为我们友谊的见证，聂沛将那枚奖牌赠予了我。我一直珍藏着。想到这里，我忍不住拨通了聂沛电话。聂沛知道我们的车正路过石河子时，也很激动。他说，石河子是他平生第一个远方记忆。

令我意想不到的是，导游彭培中从我们通话中听到《绿风》时，接过了话题。他曾经接待过一个诗人团队到过石河子，参观过艾青纪念馆。他告诉我，他还知道新疆本地出了个著名的军旅作家周涛。这让我对他刮目相看。

我想，如果单单我一个人，我一定会在石河子市停留半天。回程，我们还得路过这里，我一定会要求车子在此停留片刻，哪怕驻足10分钟也好。而此刻，我只能向这座沙漠里的绿洲，也是诗歌的绿洲，行一个深深的注目礼。

3. 在路上

闭目养神之后，一睁开眼，我看见路旁大片的胡杨林，十分惊喜。地段应该在离克拉玛依不太远的地方。

2010年6月，我去酒泉卫星发射基地调研，在沙漠里，见到过胡杨林。陪同我们的基地干部告诉我们，胡杨是生长在沙漠中的唯一乔木树种，耐寒、耐旱、耐盐碱、抗风沙，极具生命力。有这么一句话来形容胡杨，“生而千年不死，死而千年不倒，倒而千年不朽”，足以说明一切。它还是一种神奇的树，春夏为绿色，深秋为金黄，冬天为红色。只是，那片胡杨林不是太大。而眼前，蓝天之下，辽阔的大地上，这苍苍莽莽的胡杨林，让我震撼！这是生命的礼赞！关于胡杨林，远人在《木垒三章》里有过极细致的描述。

当看见道路两侧旷野上密密麻麻架设的外号叫“点头机”的采油机器

和管道，我就知道到克拉玛依了。稍有常识的人都知道，克拉玛依是新中国成立之后，勘探、开采的第一个大油田，是我国重要的石油石化基地，是一座新型工业城市。我们在这里午餐，作途中简短的休息。我想起了两个人。

去年 11 月，毛泽东文学院办了一期新疆少数民族作家培训班。克拉玛依市文联主席浪潮和小说家兼翻译家艾布都在这个班里学习。浪潮、艾布两人都是维吾尔族人。我和远人在维吾尔族的古尔邦节请他们喝酒，从而见识了少数民族汉子的酒量——两人都是“公斤级”的。

下午参观魔鬼城才是今天重点，是此行特意安排的一个项目。

从克拉玛依市到魔鬼城，100 公里，这段时间正好适宜导游对我们进行“课前”预习。小彭告诉我们，这里是不少电影的外景拍摄地，如获得过奥斯卡奖的《卧虎藏龙》,还有《七剑下天山》《苏武牧羊》《冰山上的来客》等等，因为电影的推介，使得这块不毛之地扬名海内外，成为人人都想一睹其怪的风景名胜。

我一边听着，一边用目光扫掠沿途风景。我看见了路边一个广告牌写着 :《江格尔》——史诗发源之地。说实在话，以前总认为自己勉强算得上是个诗人，此刻，我为自己居然不知道有《江格尔》这样一部史诗而暗自脸红。对于史诗，我知道的有《荷马史诗》，也知道藏族居住区有口耳相传的《格萨尔王》——这是世界最长的诗。这些诗我都没读过。我读过的著名长诗只有但丁的《神曲》。去年，我的乡友充原，花几年时间写作并出版一部近两万行的长诗《白日梦》，这份勇气就值得人赞许。

我还看到一个奇怪的路牌，上面写着:注意横风。我不解其意，问小彭。他告诉我，这里是新疆一个著名风口，风力最大时可达十二级。 2007 年春节期间，一次大风将一列火车都吹翻了。所有人为之咋舌！我联想到达坂城的风。

劲风如刀啊！千年万年，一刀一刀雕塑出这奇诡的魔鬼城地貌。

在景区门口等待专门运载乘客参观的无轨小火车时，同行的人迫不及待地用相机和手机拍照，我则坐在长廊水泥长凳上，回味导游刚才的话。谁能想到 200 多万年前，这儿是一个大湖泊呢？所谓沧海桑田，世事变迁，不禁令人感叹。在强大的时间面前，一切是那么微不足道。而人生在世，短短几十年，有几个知己贴心的朋友，是多么难得！我拿出电话，和远人通话，相互通报近些日子各自的行踪。

至于魔鬼城里那些风蚀出来的奇特景观，譬如什么“石猴观海”“罗马斗兽场”“富士山”“雄狮横卧”“大鹏展翅”等等，确有惟妙惟肖的，也有牵强附会的。何况，不同的观赏角度，得出不一样的视觉效果。再说，这里的一切不是坚硬的岩石，而是泥土，风吹上几年，可能又成了另一副嘴脸。我不想在这篇文章里啰唆。还有，关于魔鬼城的传说，如今网络这么发达，“百度”一下就知，无须我饶舌。

我想有一点我得记下来，快要结束参观时，导游“提醒”我们，离开时要静悄悄的。因为这里到处布设了魔王的暗哨，如果大声喧哗，被认为对魔王不敬，会被扣留下来罚做苦役。这当然是个笑话。但我想到的是，人类在大自然面前，确实应该心存敬畏。

我们静静离开。魔鬼城在身后隐入时光之中。突然，我灵光一闪，冒出两句诗来:“岑寂的只是时光,不是灵魂\灵魂总会在它想要呐喊时呐喊。”

4. 从布尔津到贾登峪

早早起来进餐，8 点准时出发，大家有些迫不及待想见到传说中的喀纳斯了。

当“考斯特”经过布尔津西大桥，桥下河水淙淙，孩子们欢呼雀跃:啊，大海啊！大人们也开心地笑了。昨天，途径福海县时，看到乌伦古湖，导游说这就是福海。新疆缺水，能有这么一面湖水，已殊为不易。人们便夸张地把它称作海。个中意味，大约与北京后海、北海差不多。

关于福海，要补述几笔。这是新疆的重要渔业基地。每年一月份，这里都要举办盛大的“捕鱼节”，大家开着拖拉机来到冰冻的湖面，凿冰撒网。去年，捕到的最大一条鱼卖出29万元天价。想着万头攒动，大人喊叫、孩子撒欢的场面，就让人震撼，让人心潮澎湃。我从来认为，劳动的场面最美，劳动中的人最美！

布尔津，是蒙古语。蒙古人把3岁的公骆驼叫“布尔”;“津”，放牧者。而哈萨克人叫此地“奎干”，两河交汇之地的意思。布尔津河在此汇入额尔齐斯河。汇流后的额尔齐斯河，更加浩浩荡荡，奔向北冰洋。

从布尔津县城到贾登峪160多公里。喀纳斯湖面积大约45平方公里，而向四周延伸的自然景观保护区面积达到5500多平方公里。布尔津的经济以农牧业为主，主要经济作物是油葵、打瓜、大尾巴羊。

在道路边，我们见到了连片的油葵，很美、很壮观。这种向日葵低矮，与我小时候在老家乡下见到的那种一人多高的向日葵显然不是同一品种。油葵看起来更像梵·高那幅著名油画《向日葵》。记得去年远人在新疆专门写了一篇文章《打瓜》，当时，我也为有这么一个怪名字的瓜果感到好奇。我问小彭打瓜到底是什么东东。他告诉我，打瓜本身不是用来吃的，里面长着的瓜子，炒熟了让人嗑，就是著名的新疆瓜子。说到大尾巴羊，小彭想考考我们，为什么这里的羊长着一个硕大的尾巴？我们当中不乏智商高的，小朋友曾子晗就说，这里寒冷的季节长，是不是要靠大尾巴积攒的脂肪过冬。而我想到的是达尔文的进化论；想到的是一方水土养一方人，其实也养一方牲畜和植物。所谓物竞天择，适者生存，即是如此。

160多公里路不算太长，但为了确保游客安全，这里采取了一个限时措施，即车辆在途中必须走够最低时间，从而限制了驾驶员不能开飞车。小彭又给我们讲了一些少数民族习俗、一些发生在此地的典故。譬如他说，在哈萨克人家不能夸孩子；更不能数羊，就像你家里的存款是不能让人知道的。他还讲到，民国时期，驻扎在喀纳斯的一支国民党军队在边界附近演习，一发炮弹打飞了，落入苏联境内，正好对方一个战区司令在视察防务，活该他倒霉，被流弹炸死。结果差点弄出恶劣的外交事端。是真是假，不得而知。反正故事传说，真真假假，姑妄言之，姑妄听之。王萍也贡献一个笑话——“倒脚板叔叔”，让人忍俊不禁，大家笑得前俯后仰。司机连忙说，坐好坐好，注意安全！

我一边听着这些开心事，同时没有错过沿途风景，有疑惑处，就问导游。譬如在某些路段，我看到有一排排整齐的白色平房，知道这都是政府出钱为哈萨克牧民修建的，有点像内地的安置小区。在一处弯弯山道，我对那些裸露在太阳下、大风中的花岗岩群发生了兴趣。小彭告诉我，这些是亿万年前海底的石头，很多年以前，有人曾于此地发现了远古时期的大海贝壳化石。昨天，在魔鬼城时，已知200万年前那儿曾是一个湖泊，说这里曾经是大海，也就没什么惊奇和不可理解的了。都是时间的杰作，都是造化使然！

在一处较大的休息处我们停了下来。这儿有集市、有商铺、有地摊，还有一所七星级厕所。进了厕所，看到墙上安装的电视。据说这个厕所花了200多万。我不知道这里的施政者出于何种心态，一个厕所建得这么豪华，真是滑稽！而这里的一些老年妇女、儿童怀里抱着一只小羊羔，追着游客，可怜巴巴地希望游客抱她们的羊羔照相，收取5元钱的道具费。一个小女孩一直跟在华仕明后面央求着。华仕明被跟得实在不好意思，只好抱着羊羔照了张相，给了她5元钱。

而我看见了一只鹰！一只站在一位大叔肩头上被绳子拴住双脚的鹰；一只失去王者之风的鹰；一个囚徒；一个道具。我第一次如此近距离地看到鹰。我看见了它眼里痛苦的眼神。它看得见蓝天，却永远失去了蓝天！这让我又联想到里尔克的那首著名的诗作《豹》，以及牛汉的诗《华南虎》。

5. 诗之旅

去年夏天，我去北戴河疗养，在那里，我写了一首200多行的长诗《北戴河札记》，发表在《诗品》上。今年，迟迟没有得到诗意的委托，倒是陆陆续续写了十来万字的散文随笔，并已在《湖南文学》等刊发表数万字。新疆旅行前，我对远人、聂沛等兄弟说，看来此番西域经历，只能用散文来体现了。

虽然我不写诗，但诗却主动来找我。

在贾登峪，所有人下车，办理手续，换乘景区区间车。我看到广场有一面黑色大理石墙。走近一看，原来是一面诗墙，上面镌刻着沈苇的《喀纳斯颂》，这让我兴奋不已！沈苇，著名诗人，《西部》杂志主编，鲁迅文学奖获得者。他的诗大气、睿智，有着对人类生存状态的关注和悲悯情怀，我一直很喜欢。虽然彼此没见过面，但因远人代职这层关系，我们在电话里有过交流，相互认同。此前，我有诗作在《西部》发表。这次来疆，因是集体行动，行程紧凑，并没惊动他。但一个人到了某地，那儿有自己的朋友在，即使不联系，你心里也会感到踏实和温暖。在贾登峪看到沈苇兄大名和诗作，倍感亲切。

"喀纳斯，当我轻声念诵你，盛大的风景转过身来——"我一目十行匆匆读着，由衷赞叹：写得真好！我记得沈苇的《喀纳斯颂》是一首长诗，这面诗墙可能只刻录了其片段吧。没关系，等参观喀纳斯湖之后，再进网络全文拜读，会更有感触、更有共鸣的。

刚坐上区间大巴，手机提示音响了。李志高从遥远的祁东老家给我发来信息，告诉我，写了一组献给我的诗歌，已贴博客。我想那一定是充满兄弟间深情厚谊的最美诗行。但我没急于进手机阅读。这些天，我一直处于美好事物包围之中，我想，这份幸福还是留待回湖南后慢慢受用吧。自从大学毕业携笔从戎，爱好诗歌创作后，就有一些比兄弟还亲的朋友走入我心灵和现实生活之中。我们之间那种遥相呼应、那种彼此默契、那种惺惺相惜，无须更多言语表白，但早已深谙于心！

事情往往那么凑巧，接到李志高信息后不久，又接到诗人梦天岚的信息，他要李志高的电话号码，打算向志高约一组诗歌。梦天岚与志高是毛泽东文学院四期的同班同学。

感悟沈苇诗作，念着诗歌的好兄弟们，我想，缪斯女神决不会弃一位坚定追随者于不顾，诗意早晚会再一次眷顾于我。我相信，假以时日，或可写出一组有关新疆的诗歌来。

如此看来，这也算得上是一次诗歌之旅。

6. 喀纳斯

从贾登峪到喀纳斯湖，30 公里，乘坐区间车约 60 分钟。这是一段美得让人心跳加速的路途，是我无论如何无法一笔带过的风景！

贾登峪，是一个人的名字，一个神秘的传说，这里是神的后花园。我看到了一些小木屋，看到了低矮却从容的生活！那个叫贾登的善良老猎人，当初也是住在这样的木屋里的吧。我看到了与道路一同蜿蜒的喀纳斯河。我们往上走，它往下流。这条发源于喀纳斯湖的河流，时而水流湍急，浪花四溅；时而水流舒缓，河滩绿草如茵。某些地段的河床巨石密布。公路与河在葱郁的森林之间穿行。这里到处生长着落叶松、雪里云杉、冷杉和白桦树。人们将白桦树比作树中的美少女。有一个奇异的现象，每一棵落叶松身旁都有一个“美少女”相伴。导游讲到白桦林时，讲到情人的眼睛和眼泪，讲了一个凄婉动人的古老爱情传说。

喀纳斯，蒙古语是美丽富庶、神秘莫测的意思。这里被称为“中国最后一片净土”，它同时被称作“可汗之水”和“神的眼睛”。

在途经喀纳斯大桥时——说是大桥，其实不过 20 来米。而喀纳斯河水在此分出截然不同的动静，上游平滑如镜，下游跌宕起伏，河水澎湃汹涌。过了大桥，依次是喀纳斯河的三道著名的河湾：卧龙湾、月亮湾、神仙湾。在鸭泽湖旁边，有一个成吉思汗敖包，这是每年 6 月份举办盛大祭祀活动的地方。当地图瓦人都会在这一天来到这里，祈求风调雨顺、牲畜肥壮。

到达喀纳斯核心景区，已近午时。我们下榻在交通分乘站对面的“蓝湖宾馆”。这里的房子都建成蒙古包的形状，每一个“蒙古包”里面又隔成若干个标准间。“蒙古包”以英文字母加以编号，以示区别。我们这一行人全安排住在 F 号。当我看见许冬云和陈蕾拿到的房号是“F117”时，我说，你们一不小心，登上了美军的战斗机了。

简单洗漱后，按照约定时间集合，午餐。而小朋友一刻也没闲着，曾子晗和孙樱瑞手里都拿着一朵蒲公英对着小嘴开心地吹，吹得那些白色小降落伞到处飞。蒲公英是她们在“蒙古包”外面的草坪里折的。而有意思的是，我们的中餐里，就有一道凉拌菜“醋拌蒲公英叶子”。服务员告诉我们，这道菜特别清火。于是，大家纷纷伸出筷子。还别说，一路上因上火鼻孔里长了个包的文章，吃了蒲公英叶子，没过多久，就说舒服多了。

吃过中饭，大家不再休息，来到分乘点，等着去观湖的车辆。差不多等了半个小时。其实，从此处到喀纳斯湖也不过两公里，但大家还是得把体力放到在湖边多走走。导游说，司机在吃饭。往年，这个时节游湖的最多一天有近万人，司机忙得根本顾不上吃饭。而今天，大部分的车辆整齐地排列着停泊在那儿，只少量车辆在运行。今天的客人看起来，也就五六百人样子。

喀纳斯湖终于走进我们的眼瞳。此刻，没有一个人不是从心底发出一声惊叹！这就是我们赶一整天路，回去还得坐一整天车，来回行程 1400 多公里，想一睹其芳容的喀纳斯湖啊！对它景色的描绘，网络已经有太多大同小异的文字。我不想为了这篇文章，而增加一些泛泛的表达。

我想说的是，一看到翡翠般的湖水，我们心身都轻松了！湖中有供游湖的快艇。可我们谁也没想着去乘坐。三三两两自由自在地沿着湖边走，多好！与那天我们参观天池坐画舫游湖的想法截然不同，我固执地认为，在喀纳斯湖里安排快艇是个败笔。它破坏了湖的素净空白和原始野趣。一张不曾着墨的纸，留给人的想象空间更大。

我想说的是，我又看到了一只鹰，这与在来贾登峪路上看到的那只拴住脚的鹰，不是一回事。这只鹰才配得上“雄鹰”这个称谓。它藐视人的存在，在湖面低低盘旋，像是在巡视自己领地和守护属于自己的宝藏。

在某些地方，看见了露出水面的白沙。我用手抓了一把在手里揉了揉，细腻滑爽，我想到了广西北海银滩的沙子。自从进入景点，这里就修建了一道一米多宽的木栈道。栈道上蒙了层钢丝网，意在防滑。我想，尤其落雪下雨后，它的作用会体现得更充分。

我想说的是，紧挨着湖边的就是原始森林。那些隐于时间深处的树木，尊重生死轮回的法则，在岁月刻蚀之下，一些老树倒在了地上，而它的身旁却有更多的新树挺拔着身姿。

沿着湖边向前一直走了一个半小时，开始往回走。尽管我们走了不到一小半，但已经很满足。当我们走到集合地点时，我看见离我们大约10来公里远的那头，乌云密布，乌云之脚踩着群山。乌云浓厚处，一定在下雨吧。乌云向着我们飘过来了，暑气顿消，清凉立即包围了我们。购买了羽绒衣的女同志兴奋地说，雨啊，快快下吧，我们的装备终于派上用场了！

往回走，我看见了乌鸦群，有上百只，这么大的乌鸦群，我还是第一次见到。起初我还以为是庞大的鹰群。当年我在北京进修时，常在黄昏去登攀学校边的百望山，深秋和冬天的黄昏，我也能见到一些乌鸦，在落光叶子的山间，或飞翔，或哇哇地叫着，更添北方秋冬郊外的肃杀氛围，让人感到不舒服。但这里的乌鸦群没有怪叫，或者说此刻它们保持着良好的素养，只是飞翔，倒也颇为壮观。

走到一面坡地，我看见许多不知名的小花，红的、粉的、黄的、蓝的、紫的。但我不能用争奇斗艳这个词来形容它们。它们开得那么自由自在，并不为任何一双欣赏它们的眼睛而存在。它们甚至比那些高大的乔木更与世无争。我想起米沃什的诗句："我不愿成为上帝或英雄／只想成为一棵树／为岁月而生长／不伤害任何人……"

7. 迎娶

吃过晚饭，不到9点钟，时近黄昏太阳落山之时，气温开始下降，风也大了起来。能在如此大美之地作饭后闲庭信步，谁也不会傻到就窝在房里看电视。那些购买了羽绒衣的同伴都穿上了，得意地将照片发于微信，招来无数人羡慕嫉妒恨：长沙今天温度超过了四十度，我们一出门就成"红烧肉了"！

三三两两，信马由缰，没有约定，可大家都是越过"蓝湖宾馆"与分乘站之间的马路，再绕过那一排排接待游客的木屋，来到一座山旁边。登高望远抒发胸襟原本就不是文人骚客的专利，此刻的我们，谁也不吝啬自己的脚力。

才爬到半山腰，驻足回望，就看到了喀纳斯湖，湖水在夕照里反射出微茫的白光，与白天的喀纳斯湖有着不同的风采。再往对面和斜对面眺望，是静穆得出奇的雪峰，仿佛披着金光的佛尊或观音菩萨，让我心存敬畏。

近瞰湖水，远眺雪峰，山色苍茫，长风浩荡，是能让人快意陡增的。真想大声吆喝一声，让声音在天地之间回荡。但因那一念敬畏，我不敢造次。然而，代替我发声的，是离我们不远处那几座木屋和蒙古包里飘荡而来的欢快歌声。

其实，还在山脚，我们就听到了歌声。起初并没特别在意，以为是游客们在老乡的木屋里喝酒唱歌，就像我们那天在白杨沟一样。潜意识里，我们是循着这歌声而来的。走在我们前一拨的王萍、刘丽霞早已从歌声处打探了一番回来，告诉我们，是一个牧民家迎娶新娘子呢。看来，无论哪个民族，这繁衍生息的人伦大典，谁也不会悄悄进行。

今天是个好日子！能在喀纳斯湖碰到当地牧民的一场婚礼真是幸运。记得在参观天池时，导游介绍了哈萨克青年男女谈恋爱时，有一种叫“姑娘追”的游戏，这也是一种马上竞技活动。我们就特别想亲眼看见这富有浪漫生活情趣的场面。今天，虽不是“姑娘追”，碰到了迎娶喜事，也是一个大意外。

我们走向前去，只见木屋门前临时搭建的土灶上，放置着4口大铁锅，里面满满盛着早上新宰的牛羊肉，灶间劈柴烧得正旺，锅中的汤熬得咕嘟嘟地响，冒着欢快的泡泡，肉香飘满整个山坡。怪不得，刚才在山下就远远看见二三十只鹰在天空盘旋着，俯冲着。善良的牧民在喜庆之时宰羊宰牛，都要将内脏挂在树上，让高山和草原的另一些物种也能分享他们的喜悦。

其实，今天还不是迎娶的日子，而是前奏，是新娘子的家人打前站送嫁妆，新娘子明天才来。他们也不是哈萨克族，而是蒙古族人。木屋边的两个蒙古包是新搭建起来的，一个放嫁妆，新缝制的棉被叠得老高；另一个是接待贵客的，桌上摆满食品和酒。

在木屋门前，两个汉子席地而坐，脸已红红的，他们手里都端着酒碗，说着话。见我们走近，主动和我们打招呼。他们告诉我，新娘子也是牧民家的女儿，家离这儿有200公里呢。我想起昨天途中，导游小彭告诉我们，哈萨克族小伙子找对象，要翻过7座山、趟过7条河。看来，游牧民族的生活习性，让他们自觉避免近亲繁殖，选择了优生优育。

当得知他们是蒙古族时，我告诉他们，2006年7月，我在内蒙古锡林郭勒大草原待了半个月，在很多蒙古族老乡家喝过酒唱过歌。他们开心了，说了一大通话。我虽没完全听懂，但听明白了他们在邀请我到家里去喝酒唱歌。他俩向我举起了手中的酒碗，并高声唱了起来。他说晚上还要唱歌喝酒，明天迎接新娘子，还得喝酒、吃肉、唱歌。我笑笑婉言谢绝了，指指自己喉咙，告诉他们这几天喝酒喉咙哑了。我也没有进他们的木屋和蒙古包，我怕不了解人家习俗，弄出尴尬事来。

而3位女同胞比我们男子汉大方多了，她们进了蒙古包，喝了奶茶、吃了奶酪，出来之后，一副喜滋滋的模样。

虽然我们没喝酒唱歌，但我们已经分享到了牧民家婚礼的喜庆!

天在11点全黑下来了，这里的一切变得神秘起来。风更大，气温呈直线下降。山上的长脚蚊子趁着夜色掩护放肆攻击人们。我们告别牧民家，往山下走。我默念着沈苇《喀纳斯颂》里的诗句“……啊，我的爱人／你是我生命中的缰绳／拴住了我这颗野马的心……有你相伴，喀纳斯就是一方圣土／有你相伴，喀纳斯就是一个天国”。这是白天我抽空从网络里搜索到的。而身后的歌声还在，他们的饮酒也在继续下去。明天正式迎娶新娘又会是怎样热闹的场面呢？我想象不出来。我感到了一个诗人想象力贫乏时的无奈。

回到宾馆，房间把寒风隔在外面，也把广阔天地隔在外面。我突然想到白天在湖边见过的那几个打算野外露营的年轻人，此刻，他们已经搭好自带的简易帐篷了吧？到底年轻啊！我想。同时我也想起自己大学毕业那年，和一个朋友登上南岳绝顶，当晚，在祝融峰边上一个叫“会仙桥”的地方，坐在一块巨石上说了一夜的话，等待第二天的日出。一晃29年过去，当年的帅小伙，如今头上也顶着一座终年不化的静穆雪峰了。

8.星空

我坚信这是神启!

一天参观下来,本该睡得最沉最香,但我在夜里3点突然醒来。醒来了，就意识到自己此刻寄身于喀纳斯湖边。外面好安静啊！是的，滤去白天的喧嚣，卸去一身疲惫的喀纳斯湖应该安然入梦。这里的一切一定安然入梦了。

不！当我轻轻拉亮床头灯，轻轻走到窗户边拉开窗帘，啊！喀纳斯上空，满天的繁星醒着！上帝正用千万只眼睛无限怜惜地打量着他最美丽的小女儿——喀纳斯湖!

我激动得差一点叫喊起来。但我没有出声，我不敢造次，我怕惊吓了这里的一切。我也不忍心惊醒同房的文章。

我可以对天发誓，这是在我 50 岁生命里，见到的最美丽星空。星星们离我好近，近得就像是从怀抱喀纳斯湖的群山那些树上长出来的果子，仿佛伸手可摘。它们也是我此生见到过的最大颗的星星，有的大如拳头，我心里一惊，仿佛误闯入一个魔幻的世界，怀疑自己是不是还在做梦。我揉了揉眼睛，的确醒着。有的星星还长着一圈长睫毛，不断向我眨眼睛，仿佛向我暗示什么。它们暗示什么呢？我想了想，没有答案。但我想到了 10 多年前喜欢的一支歌《摘下满天星》，是那个演过风流皇帝乾隆的港台演员郑少秋原唱的。

小时候，生长在乡下的我，经常能看到星空，我尤其喜欢夏夜躺在纳凉的竹床上数星星。奶奶说，地上有多少人，天上就有多少星。我就常常猜想，天上哪颗星星是我呢？那高远的星空寄托我儿时的梦想。成年以后，奔波于钢筋水泥切割下的天空和大地的城市里，难得有好心情看星空，即使偶得闲暇，空气的污染、灯光的污染，让我们也看不到星空了。2006 年，也是这个季节，我去内蒙古朱日和基地参加一次联合对抗演习，夜深人静之时，我走出帐篷，躺在草原上，也见到了好美的星空。星空离我也很近，只是，那晚的星星没有今晚的大。之后，我有机会到过一些国家，譬如亚洲的越南、泰国、缅甸；欧洲的德国、瑞士、意大利；南美的巴西、阿根廷、墨西哥等等。遗憾的是，我居然没能想着看一看那方天空的星星，或者说，我根本没有碰到过那里的星星！

外面的气温一定很低，大概只有几度吧，因为风从我打开的半扇窗户吹进来，有些凉飕飕的。我赶紧穿上带来的所有长衣长裤。这样美丽的星空，我不应只在房间里看，那只能看到一部分，我该看到整个喀纳斯星空的全貌。而且，这么美的星空绝对是可遇而不可求的，我不应该独自观赏。我决定把同房间的文章喊醒来。——虽然，我甚至想把同行的所有人都喊醒来。

等文章穿好衣服之后，我们蹑手蹑脚开了房间门，走出蒙古包。抬头我们看到了广袤的穹窿，看到这光芒的大集结。是那么稠密，有些挨得太近，像是相互用身体取暖，甚至感到顽皮点的，还在推推搡搡。不过，以我有限的天文知识，也知道，每一颗星与另一颗星都相隔着我们无法想象的距离。它们都有着自由的意志和独立的思想。可是，奇了！刚才我一个人躲在房间里通过窗户看时，它们是那么大、离我也那么近。此刻，它们离我们就有些远了，也没那么大了。难道，喀纳斯的星空只向独自仰望它的人才打开最美丽的一面？心里这瞬间产生的想法，我没法和文章说出。

文章说，太美了！然后，用手机去拍照，毫无效果；接着回房间取相机，也没拍出什么名堂来，连连说可惜可惜。我没有应答，只是想着自己的心事。今夜照彻喀纳斯也洒落在我们身上的星光，其实亿万年前就从它们那里出发的！而人的一生不过短短几十年。相对而言，连流星划过夜空的一刹那都算不上。此时此刻于此地，我们有这一份美丽的邂逅，真该感谢上苍对我的眷顾。想着前些日子，为自己近些年的不顺而郁闷，对于某些东西的执着而烦恼，以及对生活中一些不公平的事情所表现出的愤懑和耿耿于怀，此刻就觉得有些可笑。加缪认为世界是荒诞的，人生是无望的，坚强就是在承认这种荒诞和无望的同时还在继续坚持，不向神低头就体现了人之高贵。此刻，仰望喀纳斯的星空，我突然觉得，放弃或者不坚持，也是一种高贵和优雅！

夜风猎猎劲吹。我想，远古的风也是这样吹拂的吧，吹在曾经生活在这方土地之上的一代代牧民身上；星光也是这么照亮偶然来到这里的看星人的心事。我想到了他们，可是他们不太可能会想到今夜的我，也不会想到他们曾经仰望过的星空，经过千百年，还是那么稠密、灿烂，还是那么新鲜，好像刚刚从喀纳斯湖水中洗过似的。

我还想到了，星空是无私的，用它温柔的光芒公平地抚慰大地的山山水水、一草一木。但并不是每个人都能平心静气地享受到这无须花钱的美景。如此美妙的星空属于有缘人！

在星光下呆了将近一个小时，我们感到冷了，回到房间继续入梦。

今晚，我是如此幸运地看到了喀纳斯的星空。繁星退却之后，明天，又会是谁最先看到第一抹旭阳升起在雪峰之上，绸缎一般柔和的光芒里，谁的手指最先抚摸到从美梦中醒来的喀纳斯湖？

9. 五彩滩

新的一天来临了。手机闹钟比约定起床时间提前10分钟。我起床，穿衣，拉开窗帘，昨夜的满天繁星已不见踪影，仿佛压根儿没出现过。此刻，太阳没有出现，天上云层厚积，气温还很低。

到底又回到人间的世界，昨夜的静谧又被人弄出的各种声响替代了。对面分乘站的红房子屋顶上，并排站着3只乌鸦，像是与人争夺话语权，又像是吊嗓子的歌唱家在做发音练习，可着劲儿依呀呀高喊，毫不动听。

不知谁说了一句，下雨啦！ 果然，雨水滴滴答答落在树上草叶上了。

我们对行程作了些调整，将原计划今天上午登“观鱼台”之行取消了。因为昨天晚饭后，我们登上“观鱼台”对面的山上，居高临下，俯瞰了喀纳斯湖，还意外碰到牧民家的迎娶之事。吃过早饭，我们便往回返。这样，我们有更充裕的时间参观五彩滩，也能在布尔津这个边陲小县城多待上半天，品尝这里的美食。

“考斯特”沿着盘山公路下山，走不多远，太阳出来了，云层消散，又是蓝天。这里的天气真是变化无常，像孙猴子的脸。而太阳一出来，气温跟着就升高了。我们脱下厚厚的衣服，如还清债务一般轻松。真应了那句“早穿棉袄午穿纱，围着火炉吃西瓜”的俗话。

也难怪，今天是大暑节日呢。昨天预报，长沙今天最高温度又达到40度。

我们大约13点20分到达五彩滩景区大门。王萍对随着车辆摇晃而入睡的小美女孙樱瑞说，七彩滩到了！我们“轰”地笑开了！到底是艺术家，人未下车就先给景区增色添彩了。

五彩滩位于布尔津县城西北20多公里处，是中国唯一流入北冰洋的河流——额尔齐斯河的一个滩头。额尔齐斯河经过此地时，南岸是绿洲、沙漠和蓝天，北岸则是色彩斑斓的泥岩、砂岩和沙砾组成的奇石怪岩，这两种截然不同的地貌，于此隔岸相望、相映成趣，“一河隔两岸，胜似两重天”。

下车，我看见大门右边建有一面墙，上面是画家叶其青书写的仿毛体大字：风景这边独好。

小彭告诉我们，这个景区是2004年开发的，至今正好10年。10年前，一个香港实业家到喀纳斯游玩，在返回布尔津时，租用的车司机看时间还早，便告诉他有一个地方值得一看，于是踩一脚油门就到了五彩滩。这位实业家到此一看，叹为观止。他纳闷这么好的一个地方为什么不开发成旅游景区？他不知道人都有审美疲劳的。当地人天天见，便司空见惯、熟视无睹了。此刻我想，美，在于慧眼的发现，也存于陌生者心里。这位港商看到了商机，与当地政府商量独家投资2000万元开发，一块毫无用处的荒凉之地居然有人肯投资，自然一拍即合。于是，有了这个国家级“4A”级景区。

一进到里面，我们便发现，与我们来喀纳斯途中参观过的魔鬼城一样，这里是典型的雅丹地貌。只是这里的色彩太过丰富了，说是打翻了上帝的调色板一点也不过分！里面有不少观景台，并根据其色彩特性取了各不相同的富有诗意的名字。站在台上，头顶着蓝天白云，俯瞰脚下碧绿的额尔齐斯河水，眺望远处金色阳光照耀下的山峦，我想，真不负了“风景这边独好”的几字批语。

时值正午，气温已很高，由于有风吹拂，也不至于太难受。有几只鹰在天地之间翱翔、盘旋，我真羡慕它们，能够像直升机那样俯瞰全景。在一个阴凉处，我和曾小专看到了一只小蜥蜴，便用手机对着它拍照，有意思的是，只要我们拍它时，它便停止爬行，盯着镜头，摆出“Pose”，非常配合，样子可爱极了。小曾说这小家伙太有镜头感了。

五彩滩尽头有一座比较著名的吊桥——“阿克吐别克钢索桥”，将两岸迥异的景色联在一起。因时间关系，我们没有到桥上走走，没有成为卞之琳《断章》里的意象。

快出大门时，我们看见左侧有一堆陨石，都去摸一摸，“时来运转”嘛。记得在来新疆的飞机上，我在报纸上读到一则新闻，一块石铁陨石居然在香港拍卖到2000万人民币！

10. 回程

历时10天，在广袤的新疆畅游一大圈，让我想起两位诗人的话。一句是荷尔德林的：“如果人群使你怯步，不妨请教大自然。”另外一句是远人的：“我走出很远，是为了能够回来。”前者仿佛是我出发的理由，而后者更像是我回归的依据。

同行很多人说，在新疆吃了这么多此前从没吃到过的美食，却又开始想念湖南的“辣椒炒肉”了！看来，我们的想法惊人的一致——出发，让我们渴望；回家，同样让我们激动。

今天又是700多公里路程，穿越著名的戈壁大沙漠，走东线回乌鲁木齐。为了避开戈壁滩的酷热，能够早点回到乌鲁木齐，我们6点起床，收拾行李、退房，事先和酒店沟通好了，早餐每人带一份干粮。7点准时出发，离开布尔津——这个干净的边陲小县城，带走美好的记忆。

出发不久，太阳就出来了。朝阳之下，又是崭新一天。我看见绿色的草场，看到了不知是夜里没有入圈还是一大早就放牧出来的成群牛马。而远处，群山起伏，有如万马奔腾，又如一排排海浪呼啸而来。新鲜的阳光里，草场的翠绿、远山的红褐，高处的蓝天白云，构成一幅和谐且辽阔的画图！我为这美景陶醉。小彭提醒说，今天走东线，经过的唯一城市是北屯县城，之后很长一段路程，我们是在一望无际的古尔班通古特大沙漠里。

果然，经过北屯县城，见到的便是一派荒漠。除了路上偶尔相遇的车辆，再也难以见到鲜活的东西，譬如再见不到牛羊和马群了。不过，也不尽然，在某些地段，我们看到了骆驼。在那只有稀稀拉拉几根草存活的地方，骆驼也是那么坚韧不拔地活着。有时，它们走上公路，我们只好放慢车速或干脆停下来，等它们过去。我们向它们行注目礼，向它们致敬！

9点40左右，天空有了雨意，尽管最终只下了几滴，但对于干旱的戈壁，也是吉祥喜庆的事情！就在这一路段，见到了路边稀薄的绿意。居然看到几间小房子，墙上写着沙漠治理站。离房子几十米远处有三棵一个人高的树，这可能是方圆百里唯一能见到的乔木。我天真地认为，如果这里有个地名，应该叫三棵树。

车到229公里处，天空又飘下雨滴，看来这一片土地也得到上天更多眷顾，因为我看见了道路两旁生长着的红柳。这些红柳高的也不过30厘米，已殊为不易！戈壁风大，且常年吹着，到了冬天，温度会低到零下30多度。我多么希望，这里有一天变成雨神眷顾的平原——尽管知道这是痴人说梦。而雨真的就下得大了些，雨滴敲打着车窗玻璃发出淅沥的声音，道路和土地全润湿了。小彭说难得，今天的喀纳斯肯定也下雨，游客会冻得只能待在房里了。

车过恰库尔图大桥时，已近午时。我们见到了一泓清流，这是乌伦谷河，是今天行程中唯一流经戈壁滩的水流。因为有水，就有生机，有绿树、有房子、有人居住，于是，就有了恰库尔图镇。这是我们必须停留打尖的地方。途中仅此一家，再无分店。孙安敏幽默地说，这是新龙门客栈。

午饭后出发，很快就能到准噶尔盆地的野马放养区。能否看到野马，是从布尔津出发时就萦绕在我们心头的一个问题。小彭又用自己渊博的知识为我们介绍：野马，学名又叫"普热瓦尔斯基马"，原产于我国准噶尔盆地干旱荒漠中，自从19世纪被俄国探险家普热瓦尔斯基发现后，这地球上唯一的野马便成为各国探险家和强盗们争相猎杀和追捕的对象，使得它们100多年前已在我国绝迹。目前，这种野马数量比大熊猫还稀少。为拯救和保护处于极度濒危的普氏野马，1986 年，我国花高价从英、德等国引进了 18 匹，在准噶尔盆地进行人工圈养和繁殖。2001 年成功实施放归自然行动。目前，新疆的野马数量达到 200 匹了。据说这种野马是汗血宝马的后裔，也就是说有着高贵的血统。小彭还讲了一些中国古代帝皇中热爱汗血宝马的故事。

话正说着，曾小专突然喊了起来：快看，野马！

果然，我们右边的旷野里，有两匹野马在奔跑，离我们大约 50 米的样子。紧接着，又看到一群，在更远处，估计有 20 多匹的样子，在狂奔，阳光瀑布般倾泻在它们身上，虽然听不到激越如鼓点的蹄声，但它们身后扬起的尘烟，足以让我感受到大漠深处回旋的一曲雄浑交响。

离开这里后，我们还兴奋了好一阵。然后是长时间空寂，谁也不再说话。为什么我们心里空落落的？一定是那群不羁的精灵带走了我们的灵魂！

记得新疆军旅诗人周涛曾写过一首《野马群》，我读过，印象不深刻。我想，应该找出来重新读读。我还在想，如果在夜里，野马是不是会停止奔跑，它孤傲的头颅是低头向着大地，还是仰首向着天空？月光又将在它们身上留下怎样的剪影？

“考斯特”经过准东煤矿和神火发电厂后，离乌鲁木齐只有 200 公里了，我们转入高速公路。我想，很快就会到乌市。明天，我们会对新疆说一声：再见了！

在结束喀纳斯之旅，同时也结束这篇游记之时，我还想说的是，我们中的每个人都记住了一个人，他就是我们的导游小彭。一路上，他热情周到，不停地宣传新疆，为我们传递正能量，他用渊博的知识为我们的行程起着画龙点睛的作用。这个 1992 年从河南周口店入伍来到新疆，退役以后凭着不懈努力最终成为“十佳导游”的男人，他的大名叫彭培中。

青海组章

1. 出发与抵达

计划之外的青海之旅，必定有意料之外的惊喜和收获！

还是在乌鲁木齐，当决定放弃库尔勒，转去喀纳斯时，安敏对我说，青海的朋友冯哥，已邀请过好几次了。反正已到了大西北，不如利用这次机会就去一趟？

就去！我下定了决心。

因为那一刻，我突然想起我的朋友、诗人雨，在她的旅欧专著《会呼吸的旅行》前言里引用的那句吉普赛人的谚语："时间是用来流浪的，身躯是用来相爱的，生命是用来遗忘的，而灵魂，是用来歌唱的"。

因为此前，我的妻子和女儿先后在单位组织的旅游和出差中到过青海，回去以后都说青海景色很美，是花的海洋，也是歌的海洋，值得一去；因为我的中学同学、诗人罗鹿鸣大学毕业时，主动要求支边，只身到德令哈当了一名中学老师，之后历经州政府、团省委、省建行等工作岗位，在青海一呆十来年，开花结果，作为"全国优秀支边大学生"得到过国家领导人接见，尽管如今他已举家回到湖南，我很想从这一方热土，辨认出他当初的理想和青春热血。

航班从乌鲁木齐出发，逆着太阳西行的方向。当越过连绵起伏的祁连山脉时，我们俯瞰夕阳中的无数雪峰、冰川和河流，为辽阔壮美的河山赞叹不已。此番西行，新疆已带给我们无数惊喜，我想，青海也一定会留给我们诸多美好回忆的。

飞机在22点左右落地，已是晚上了。夏夜的青海和乌鲁木齐一样凉爽。冯哥和他的朋友张总来机场接机。相互介绍、寒暄过后，我们分乘两辆越野车去宾馆。在车上，我忍不住给鹿鸣兄打了电话，报告我已到了西宁。他很激动，责怪我为何没提前通报，并询问我是否需要安排朋友接待。我回答安排好了。他又热切地问要不要和当地诗人们见面，譬如《青海日报》的马钧。2012 年的常德诗歌节我们应邀都参加了。我动心了，但又立即婉谢——因为此行我们有七八人，时间安排得很紧凑。其实，于我个人而言，到一个地方能与当地诗友聚会，那是最开心的事，当然得做好胃受重创的心理准备。

一行人下榻西宁宾馆。由于有了第一天抵达乌鲁木齐被夜宵的接风酒灌醉的教训，我们婉谢冯哥吃夜宵的邀请，说在机上吃得很饱了，想早点洗漱休息，明天还有一整天参观呢！是的，“我们不应该效仿犹太神话中王宫里的客人，忘掉了为何而来”（米沃什《坐在黄昏的轻便马车里》语）。

2. 西宁宾馆的早晨

比预约的 7 点钟还早半个小时，我起床到外面走走。这是多年养成的习惯，不睡懒觉。尤其到了一个以前没去过的地方，总想多了解一些当地风土人情。

昨夜美美睡了个好觉。青海真是个清凉的避暑胜地，夜里不开空调，还得盖好棉被，否则就冻着了。如此炎夏季节，在长沙是无论如何无法想象的！早晨也很凉爽，我穿上了长裤和外套。

昨晚，到达宾馆时，冯哥介绍说，西宁宾馆是政府接待宾馆，虽不豪华，但颇有历史。是 1955 年，由苏联“老大哥”设计并帮助建起来的。房子很结实，外墙达到 50 厘米厚——我想了想，可能这里寒冷季节长，厚墙更具保暖作用。因是晚上，看不出建筑风貌，只感到房间楼层很高，大气。早晨沿着宾馆内墙走上一圈，才看清 4 栋俄罗斯古建筑风格的大楼，古朴典雅，错落有致，别具异国情调。

宾馆占地算不得太大。空地和绿化带充分利用上了，种上果树和花草。在靠宾馆围墙的一块草地，种满了两种果树，每棵树上都挂满果实。一种是梨子，我认出来了，个个长得像小铃铛似的。另一种长着圆润如玉的黄果子，我不敢肯定，它们是苹果还是杏子。问了一个路人，他也说不上来，我略有些失望。

大楼周围的花池有很多花卉。譬如有好几种颜色的玫瑰，十分鲜艳。突然，我看到了一种蓝紫色的花，似曾相识。我想了想，激动起来——认定它们就是格桑花！去年，虽未曾谋面但彼此神交的香港散文作家禾素西藏旅游时，在《帕拉庄园随想》美文中写到过它，还配了照片。我依着文中意思，创作了一首诗《格桑花——读〈帕拉庄园随想〉有感》。我给禾素发了信息，告诉她在青海见到格桑花了。她很快回信：接到短信很意外、也很感动。因为此刻，她正行走在太行山中。我们相约，将各自行旅所见所闻诉诸笔端。

在停车场，我看到很多外省号牌车辆，譬如北京的、内蒙古的、浙江的、上海的、四川的，甚至有广西和云南的。与这次新疆之行有着明显对比。可见，一个地方的经济发展和旅游业的兴旺，是以安定和谐为基本前提的。

在二号楼大厅前，见到了一队婚车车队，数了数，共10辆（是不是讨个“十全十美”的吉利？），都是豪车，奔驰、宝马、路虎什么的。车身披红戴彩，典型的内地城市操办婚事的模式，与我们在喀纳斯见到的迎亲趣味迥异。看牌照，大都是浙江的。二号楼一侧的墙上挂着一块招牌“杭州建工集团青海分公司”。我猜，这可能是公司某个员工的婚事吧。

吃过早饭，离开西宁宾馆，发现《青海日报》社就在宾馆附近。早知这样，真该和诗人马钧相约见上一面。嗨，留一点遗憾吧。我想。

3. 在塔尔寺

到青海旅游，不去塔尔寺参观，那是说不过去的。

这不是说必去那里朝圣祈福，问道解惑，献出内心的虔诚。大凡那些有着悠久历史的宗教场所，已成为一种特殊的文化现象，浓厚的氛围，值得亲身体会。这就好比去了英国，得到圣保罗大教堂走走；到了德国，得进科隆大教堂看看。

去年，我的好兄弟彭雁峰、罗鹿鸣，邀集好些摄影发烧友，自驾出行，一路向西，从甘肃出发，经青海，最终抵达西藏。他们且歌且行，用慧眼、心灵及镜头，“阅尽人间春色”，出版了一本图文并茂的《藏地拾美》画册。画册上，我看到塔尔寺宏大的场面和那无比虔诚的朝圣者，甚为震撼。没想到，这么快自己就到了青海，能亲眼看见塔尔寺盛况，急迫的心情可想而知。

9点半左右，我们到达塔尔寺。果然香火旺盛，还没到寺门，便拥挤不堪，找了好久才将车泊下。寺内更是人头攒动，人声鼎沸，把个佛门清净之地弄得比闹市的超市还热闹。我为这里的佛暗自捏了把汗，这么多人都来诉求，他老人家关照得过来吗？今天是星期六，而他从没有过休息日，该多么劳累啊！每年“五一劳动奖章”最该颁给他。

“塔尔寺”名字来由有点意思，先有塔，尔后有寺，便取名“塔尔寺”，倒也自然可人。因其傍山依塬而建，故而殿宇错落有致，交相辉映，气势磅礴。由于世世代代虔诚香客的捐资，塔尔寺从来“不差钱”，故而佛殿内装饰得金碧辉煌，富丽堂皇。而且古树参天，佛塔林立，壮丽非凡。

导游领着我们参观，她不断地介绍着历史沿革、寺庙管理、典藏文物、由来传说，等等，她人很热情，遗憾的是口音浓重，加之到处人挤人，声音嘈杂，根本听不清，也记不住。我们只好靠着双眼打量，靠着心灵感受。

一圈下来，记住了塔尔寺的主角：宗喀巴，几乎所有佛殿内都供有他的塑像或画像。也见识了以前只听说过的鞭麻墙、唐卡、酥油花。有一个现象我注意到了，所有殿宇不开中门，只半开边门。半开边门好理解，为了控制不让太多游客同时进入。为什么不开中门呢？导游也答不上来，她只告诉我哪怕国家领导人来，也是如此。

参观依怙寺时，我大致听懂了导游讲的宗喀巴在拉萨潜心习经，不能回家见年迈老母的故事。我想到了里尔克某篇文章，他讲到塞尚为了提高绘画技艺，不浪费时间，连母亲去世都未参加葬礼，又联想起自己，由于担负一项重要军事任务，母亲临终时也未能见上最后一面，不由得鼻子一酸，眼睛涩涩的。

还有三件事，让我记忆特别深刻，同时引发了一些浅薄思考。

一是，塔尔寺有专门的养老院，那里住着年迈体衰的老僧。塔尔寺如此规模，该有这么个院落的，以解决僧人们的“后顾之忧”。但养老是需要资金作后盾的，塔尔寺香火旺，这不成问题，就像西方一些发达国家，社会福利、社会保障和养老制度完备先进，因为他们有这个经济实力。问题是，贫穷国家和发展中国家呢？譬如我国，计划生育政策实施多年，随着人口老龄化越来越突出，它便是绕不过去的问题。

第二，是那些匍匐在地长拜的人们。他们占据寺内走廊一小块地方，铺着自带的垫子反复膜拜。我并不知道他们抱持怎样的生活态度，但我想他们幽深的心里一定在燃烧着什么吧。我知道他们是虔诚的——对天、对地、对佛，甚至对人，都有一分难能可贵的虔诚。你可以不赞同他们的做法，但，你绝不可以轻视，更不能蔑视！他们每拜一次，便拨动一颗念珠，显然念珠在此充当了计数器。导游说，这种长拜一共要做10万个。我在瞬间并没理解10万个是个什么概念。稍微思索一下，不由心头一震！问导游，这样从早到晚，一天可做多少？3000个吧。那么，10万个，要一个多月啊！如此机械、重复、极耗体力的事情，他们是靠什么坚持下来的？——我感受到宗教的力量！我想我是被这些长拜的人感动了，拿出相机，准备给一个老人拍照。立即被边上一个女人喝住了。她非常自得地告诉老人，这个人想把你的照片发网上去，我制止了。她可警惕性真高！如此警觉，又如何能净空自己的心，虔诚向佛呢？

三是，在祈寿殿门前的菩提树上，有3只野鸽子。它们站在枝头上一动不动，仿佛老僧打坐，对所有游客视而不见、对所有热闹充耳不闻。从看到它们第一眼，到寺内参观出来，它们一直保持最初的姿势。这该有怎样的定力！相比较这3只野鸽子，我们是不是过于浮躁了？

赫尔曼·黑塞说，大地之上的每一种现象都是一个譬喻，每一个譬喻都是一扇敞开的门。我愚钝，并没从这扇敞开的门里看清什么。倒是让我想起中国古代的神话故事，譬如《西游记》里，每每在佛祖身边充当“旁听生”的飞禽走兽，最终得道成仙。

4.“到青海看云去！”

青海真美，美得让人震颤！这是离开塔尔寺前往金银滩的路上，我从心底由衷发出的感慨。

一路之上，透过车窗，我看见，蓝天蓝得那么醉心；白云白得如此可人；草原流淌着油油的绿；更远处的山峦，连绵起伏，造物主饱含智慧与深情描绘的柔和波浪线，是任何艺术大师无法描摹得出来的。

而且，这种感受和感观，在整个青海期间都是这样。

在快过多巴收费站时，蓝天下，山头上，有一堆非常漂亮的白云，像一个美丽的古代仕女在驾着一辆马车。我赶紧告诉同车人我的发现，并迅速用手机摄了下来。所有人都说，太像了！我想，一定要将这朵仕女云写进我的文字里。

手握方向盘的张总说，你们不知道吧，那朵白云下面的山头上，就是文成公主庙呢。当年，文成公主的和亲队伍从长安出发，经由青海到吐蕃，来到这里，停留了好几天。为纪念她，人们在这里建起了庙宇。是吗？心中虽有疑虑，但车过了收费站，往右侧一看，确有一排盖着琉璃瓦的庙宇般的房子。这么一说，莫不是文成公主化身白云，来迎接我们这些远方的客人？

关于文成公主与松赞干布和亲这段历史，还在读初中时，就在历史课中学到过。10来年前，中央台在黄金时段播放过《文成公主》连续剧，我看过，记得好像是当红女星曹颖出演的。在此，我无意对唐太宗“一女能抵十万兵”的和亲政策作何褒贬。但一个柔弱女子被迫将终生幸福押在一个外族人身上，无怨无尤，既能全心全意相夫课子，又充分发挥聪明才智，传播中原知识文化，确保一个王朝边陲的稳定与和平，的确令人敬佩！

我再次深情望了望那朵白云，像是向文成公主行注目礼。

车过巴燕乡时，又在道路两侧的山上见到很多洁白的云朵，雪一样白，棉花一样柔软。我在心里想，不看山不看水，来到青海，光看这里的蓝天白云，就不虚此行。我甚至想给青海省的旅游局献上一策，喊响一句口号：到青海看云去！

车上有人说，这么美的蓝天白云，你不做首诗吗？久不写诗的我，沉吟片刻，然后朗声诵出：如果我的心里没有蓝天，就没有这么生动的白云；如果白云不生，蓝天就会失去灵魂！诵完我又说，哪怕诗写得再好，也配不上这里的蓝天白云啊！

同样在这个季节游历青海的网友“37度”，她拍摄了好多美图，多有蓝天白云。她还写出了很多美丽的文字。不知道她做何职业，但可以肯定的是，她是个极爱旅行的人。她在自己的博客里写道：“眼见是一道风景，想象是一道风景，内心感化又是一道风景。”如此富有哲理的语句，我读过之后，既认同又佩服。我想这句话用在青海看云，也是再也贴切不过的。

5. 金银滩

车刚进海晏境内，我以为已到金银滩。蔚蓝的天空飘着朵朵白云；白云之下有一泓清流；清流两侧，是金黄的油菜花。在一些绿油油的草场，撒着珍珠一般的牛羊。这一切都在正午的阳光下，特别明亮。我的心十分熨帖。此情此景，我不由得想起自己20年前写的一首诗《灵魂里有一片蔚蓝滑过》。

车还在往前奔驰，开始有高原反应了。是啊，金银滩的海拔有3200米呢。后排的小朋友曾子晗突然流鼻血，惊慌地哭了。我要刘丽霞在她鼻子里塞了点纸巾，然后让她平躺着，过一会儿适应了，就好了。而我自己也有反应，像酒后微醺。这样子很像那年我在北京国防大学进修，同班一个从西藏下来的同学，开始个把月，整天晕乎乎的，说是“醉氧”。看来，诸般事物，过少过量或者打破固有平衡，都会受到影响，一如贫穷和暴富，对写作都是伤害。

说实在话，此番西行前，我不知道或没记住金银滩这个地名。当我从冯哥和张总口中了解到这三个字里面的内涵时，再也按捺不住自己的急切与向往之情！

这里是王洛宾创作那首传唱海内外的名曲《在那遥远的地方》的地方。在一些文章中，我写到过当年大学毕业，我是带着三个手抄歌本去单位报到的。我不会不知道王洛宾，也会唱很多他的歌曲，只是没太关注《在那遥远的地方》的创作背景。今年，湖南卫视推出一档最火爆的节目“我是歌手”。第二季，老帅哥韩磊就是演唱了这支歌而征服了所有观众和评委，最终夺冠。

这里还曾是鲜为人知的神秘禁区！——它孕育了新中国第一颗原子弹、氢弹，是我国第一个核武器研制基地。2007年，中国人民解放军建军八十周年，《军营文化天地》杂志社，通过评选，精心挑出八十个关键词，请来二十几个军旅作家，为每个词条写一篇文化兼知识性的随笔，最后以整整一期刊物（第八期）刊登，影响很大。其中《二炮》这个词条就是我撰写的。我自然查阅了很多资料。稍有战略意识的人都知道，“两弹”对提升新中国国际地位、国人能在“高天滚滚寒流急”的苏美两霸面前挺直腰杆，有着怎样的意义。因此，在金银滩下榻一晚后，第二天早晨，当所有人还在梦中，我便在海北州旅游局韩哥的陪同下，特意参观了“三号楼”——一座由张爱萍将军题词、当年聚集过众多隐名埋姓的中国最强大脑的三层楼房。上午，不顾旅程安排紧张，还执意参观“中国第一颗原子弹纪念馆”。当然，这是后话。

车到金银滩，已是中午一点半了。我们停靠在公路边一片搭建了不少蒙古包的草场上。蓝天白云离我们很近。举目四望，草原郁郁葱葱，漫山遍野的绿草间镶嵌着各色各样的小野花，五彩斑斓，如天上的繁星，分外美丽，这里真不愧被人们誉为“天上草原”。

有好几个女子迎着我们过来了，一个手里捧着哈达，一个端着银色的托盘，上面有三个酒盅——此前虽未经历过，但从电视电影里早知道这是藏区人待客最隆重礼节。我们自然逐个接受哈达、喝见面酒。冯哥告诉我们，是他亲大姐在海北州总工会工作，带着家人和朋友，在金银滩设家宴款待我们。

午餐是接待珍贵客人的“羊系列”。上午参观了塔尔寺，又赶了大半天路，的确有些饿了，也就不再讲究虚礼，于是什么羊肝、羊肉、羊肚子、羊血肠，还有什么牦牛肉、牦牛酸奶，直往肚子里填充。善解人意的主人见客人无所顾忌地饕餮，也很开心，还笑眯眯地不断劝我们多吃一点。等吃得差不多时，才调整程序，开始了本该一上桌就进行的唱歌敬酒环节。

主人们既用藏语唱了传统民歌《太阳和月亮都是一个妈妈的女儿》，也唱了现今流行的《陪你一起看草原》。自然，少不了《在那遥远的地方》。反正，客人三杯、六杯、九杯的，层层往上加码地喝吧。为答谢主人盛情，王萍也展示了国家一级演员的功力，唱了《浏阳河》和一段湖南花鼓戏。

酒在恰到好处时收杯，下午还得参观青海湖和鸟岛。

走出蒙古包，准备乘车时，突然，我看见一个奇异的景象：有上百只鸟在我们头顶，在蓝天白云间盘旋、集结，久久不散，颇为壮观。我有理由认为，这些都是会唱民歌的鸟。冯哥幽默地说，你看，青海湖鸟岛的鸟好有礼貌，提前赶过来，摆着仪仗欢迎远方的客人呢。

大姐告诉我，可能要下雨了。这个季节，只要下一场雨，太阳再一出来，就会在草场长出许多黄蘑菇。黄蘑菇，刚吃过的，味道好鲜美，也很有营养。女人儿童一听，“哇”地叫开了。我的记忆也一下子回到了童年，母亲带着我在松林里采松毛菇的情景。我差一点向冯哥建议，明天早晨安排点时间去采蘑菇。我甚至想象着自己挎一个竹篮，呼吸着清新空气，在洒满晨曦的青草山坡捡蘑菇的样子，忍不住笑出声来。

6. 去看青海湖

我一直羞惭于自己的笔缺乏劲道，刻画不出山的精神，也刻画不好水的灵魂。对于青海湖，我想说的是，我不是在写它，甚至不是在体验它，只是在阅读它——浮光掠影、惊鸿一瞥地阅读，这青草般的青海湖、海一样青的青海湖、一个湖南人眼中的青海湖！

我崇拜海明威，读过他不少作品。在《老人与海》里，他用简洁的文字和句式，把老人一般的海和海一般的老人写绝了，字里行间扑面而来一种朴素的尊严，令人动容。也曾读过张承志的《北方的河》，他把河的慈爱、力量、尊严以及博大宽广写活了，怪不得王蒙由衷赞叹，看过他写的河，三十年别再写河了。

可我真写不好青海湖，虽然它是我们青海之行绕不过去的景点。所以，在《青海组章》里，我给这节文字取的小标题是《去看青海湖》。“去”是个过程，沿途的见闻可带上一笔；“去”也是一种向往，向往的东西一旦成为现实，我们没有必要再关注它的价值。

从金银滩到青海湖有 100 多公里的路程。这儿有一句俗话："青海湖中有两宝，一是湟鱼二是鸟。"湟鱼是青海湖特有的一种鱼类，又叫"青海湖裸鲤"，以鲜嫩味美著称。三年自然灾害，是湟鱼喂养着"两弹元勋"们的脑袋和肚腹。鸟，就是下午要去参观的鸟岛上的鸟了。

告别大姐，下午 3 点准时出发，途经了只有四万人口的刚察县县城。正如刚见面时，冯哥曾介绍青海地广人稀。在湖南，特别是长沙，一个县都有上百万人口。两辆越野车都在刚察加满油，王萍和刘丽霞两位女士便接过了方向盘。——昨晚，客人谢绝了消夜，可冯哥和张总兄弟俩自己喝上了，而且喝得不少，看来都是性情中人啊！

道路两旁，已能看到成片的油菜花，在太阳下，如流淌的黄金。"这集体的炫富"——我曾在诗作《油菜花》里写过这样的句子。张总说，这不算什么，明天你们到了门源，才知道什么是油菜花海。一份新的期待已在心田播下种子。

在途中，我们看见了铁路。张总告诉我们，这就是青藏铁路。两条平行线，在我们身边，在青海湖与我们行驶的公路间笔直穿行而过。真是太凑巧了，刚好一辆列车过来了，又过去了，一列绿皮列车。稍微了解大国博弈的人，都明白青藏铁路开通的战略意义。我至今记得，通车的当天，我们的邻国印度便公开宣布成功发射了"烈火 -4"远程导弹。

越野车与青藏铁路平行一段后，分道扬镳了。我们看到了青海湖。不知道是不是隔着茶色玻璃的缘故，我眼中的青海湖，湖水绿中泛白，像天地间一块硕大无朋的翡翠（我也曾用翡翠形容过喀纳斯湖）。湖的上空是蓝天，是白云。远处，是苍翠低矮的山脊做着湖的边线，有一种柔美。

高原的天气真怪。车行驶着，不一会儿，我们右边不远处，便是乌云密布，有不少垂直的闪电，在瞬间撕开乌云，又像是乌云之根。那些乌云也很有层次感，像浓墨与淡墨泼出的巨幅中国画。而我们的左侧，青海湖的上空仍然是蓝天白云。真正一番"东边日出西边雨"。只是当我们车快要接近鸟岛时，豆大的雨点落下来了，青海湖以它特殊方式给远方的客人

“洗尘”。但，这是阵雨，只下了一会儿，便见好就收。

而我欣喜地看到，雨神眷顾的草原，绿油油的，煞是爱人。打开车窗，空气清新甜润。草原上有成群的牦牛，黑的，还有白的。张总说白牦牛是不多见的。它们的皮毛看起来比别处的要光鲜得多，也更漂亮些。

五点半钟时，我们抵达鸟岛。下车后才知道外面风好大。

这就是传说中的青海湖！它展现在我们眼前的，是如此坦坦荡荡！我突然想起今年 4 月去世的诺奖得主马尔克斯在《告别信》里的一段话：“如果上帝给我一段生命，我会简单装束，伏在阳光下，袒露的不仅是身体，还有我的灵魂。”我突然有一种冲动，想趴在湖边的沙地上，像塔尔寺那些长拜的人，因为此刻，青海湖就是我心中的宗教！

而鸟岛，是因最多时这里栖息着数以十万计的候鸟而得名。这里是鸟的天堂，也是摄影爱好者的乐园。只是，这个季节来，候鸟们大多已南迁了，能见到的鸟不过百十只了。我突然想，爱情是不是也是候鸟，当一个人青春年少时，总围在身边飞翔，而到了人生的秋冬，它便离你而去？但我很快否定了这一想法。爱情不会因为衰老而失去，人却因为失去爱情而衰老！

不管爱情了，还是多看看青海湖吧，看看这位优秀的浪漫主义诗人，放飞奔放的遐思。在大风鼓动之下，它扬起无数波浪的笑脸，像恰到好处的形容词，既生动感人又真实可信。

离开青海湖时，天已近黄昏，夕阳正收拢自己的光芒，就像岛上的鸟儿收拢翅膀。

此刻，我更多想到的是，月上东山之时，宇宙间一定有一支若有若无的小夜曲飘着，青海湖该有着怎样的娴静之美啊！如果我还独自徜徉在湖边，我的心一定会是月下孤独的老虎，任由自己一味地在忧伤里漫游……

7. 金银滩的星空

不知是高原反应，还是晚餐喝了太多青稞酒和熬茶缘故，或许两者兼而有之，居然久久不能入眠。

我们是晚上 11 点钟的样子结束篝火锅庄的，被海北藏族风情文化园的工作人员送到蒙古包。洗漱完毕，也没超过 12 点。我们的房间说是蒙古包，其实只不过是外在形状、颜色和装饰花纹相似而已，其建筑是板材组装而成，内里的装饰很精美，生活设施一应俱全。今天从西宁出发，经金银滩到青海湖，再回到金银滩，乘车来回行进了四五百公里路，还参观了塔尔寺、青海湖的鸟岛，喝了两顿酒，应该有些累了，可为什么睡不着？难道，这个让“西部歌王”王洛宾创作出流传中外的名曲《在那遥远的地方》的地方，也会带给我不同寻常的灵感，让我这个热爱写分行文字的人在这个充满传奇的地方也能妙手偶得？

但我很快否定了自己，并自我解嘲，还没入睡，怎么就做起梦来！我在床上躺着，想强迫自己入睡。好像是迷糊了一会儿，也许根本就没睡着，我翻了一会儿身，干脆亮起了床头灯，回忆这次西域之行的美好细节。吐鲁番、达坂城、白杨沟、天池、喀纳斯，喀纳斯的星空……对啊！在喀纳斯仰望星空之后，我不是就存下念头，到了青海也希望看看这里的星空吗？这已是农历月末，没有月亮，一定有灿烂的星星！这样想着，我有些兴奋起来。金银滩海拔比喀纳斯高，离天空更近了，星星一定更大，星空一定更美丽，我想。让我更加开心的是，多么及时地，我居然想到了诗人西川的那首《在哈尔盖仰望星空》！我隐约记得哈尔盖好像就是青海省某个“蚕豆”般的小地方。我忙用手机百度，哈哈，它原来正是我们下午去青海湖参观经过的刚察县的一个小镇。而这样一个小镇，是因为一首诗歌，与一个千里之外的外省人联系在一起的——早早就记住了它的名字。我感到自己的心开始燃烧起来了。

还等什么呢？我赶紧起床穿上长衣长裤，再套上外套，走出蒙古包。

果然，天上有星星，而且是繁星点点。近处民族风情文化园的路灯光，天上的星光，都很柔和，使得四周的蒙古包、更远处的山峦在一片朦胧之中。天空如一块巨大的布景，暗蓝的底色上缀满钻石般的星星。但这里的星空看起来比喀纳斯要高，比我在2006年的同一季节在内蒙古锡林郭勒见到的也要高。正因为高，更显得穹隆的辽阔旷远、神秘与高不可攀。在我头顶正上方，就是我小时候看惯了的银河，在圆拱形的天穹中，像一条由星星镶嵌起来的虹，只不过颜色略显单调罢了。不过单调也好，这样夜空会更洁净。

这样的高原之夜，这样的星空本该是无比静谧的。如果此刻是静谧的，那是怎样一种境界啊！可是，大概在离我100多米远的地方，有一条狗在大叫，且连续不断地叫。我想，如果此刻犬吠是从很遥远的地方传来，也或许，此处的犬吠只是间或的两三声，就很有点意味了。可惜，它叫得有些不依不饶，就有些恼人和煞风景了。不过，我还不至于太怪罪它。也许，此刻它也在仰望星空，心中激情澎湃，忍不住要表达出来呢？

“风吹着空旷的夜，也吹着我／风吹着未来，也吹着过去”。我默诵着西川的诗句。夜里高原的风有着清凉的劲道，虽谈不上刺骨，也能让脸颊有深刻的感受。因为有了在喀纳斯的经验，我根本没有拿出照相机，也没再用手机去拍照。是的，真正美的事物只能留驻心间！

半个小时后，回到蒙古包里，我特意看了时间，凌晨2点26分。如果还睡不着，也没关系。我可以看看随身带来的书，或者再回忆这一路的好景色。甚或，我可以放任自己一次，想一想王洛宾歌里那位“好姑娘”！学一学海子“今夜我不关心人类，我只想你”——对了，海子写此诗时就在德令哈，鹿鸣兄大学毕业支边生涯第一站。我想，可以为她写首诗，当然，如果便捷一点、偷懒一点的话，干脆编一条饱含深情的短信给她，只是，我没有她的联络方式……

8. “三号楼”

吃过早餐，时间尚早，王洛宾纪念馆的工作人员还没上班。其他人说，正好，可坐车内闭目养神或补个“回笼觉”——起床后，大家都说有高原反应，昨晚没睡踏实。我闲不住，在冯哥和韩哥陪同下，去参观“三号楼”和海北州委楼附近的大礼堂。

关于“三号楼”，前文已略作交代，这是一栋为新中国打足底气，能在国际上挣得大国地位做出过不可磨灭功劳的楼房。三层，普通得甚至有些寒酸。当年，苏联和中国交恶翻脸后，赫鲁晓夫断言，中国人穷得三个人共穿一条裤子，没有苏联人帮助，二十年也别想搞出原子弹。而毛泽东、周恩来等伟人也看出来了:“原子弹就那么个东西，你没有，别人就欺负你。”他们的回答是，中国人民有志气，砸锅卖铁也要搞出“两弹”来。看来外国人真是低估了中国人的志气和智慧，科学家们一头扎进“三号楼”，短短几年时间就弄出了原子弹。一如今年新科鲁奖得主周啸天在他的打油诗里写的那样 :“罗布泊里放炮仗，要陪美苏玩博戏。”

罗布泊里那一声“炮仗”响，距今正好半个世纪了！并非标榜自己，我不是极端民族主义者，但我是个极端爱国者。1964 年 10 月 16 日，罗布泊上空那朵蘑菇云，我认为是新中国献给全球的中国人、甚至所有第三世界国家人民的一朵最绚丽的花朵！

然后，我们信步走到离“三号楼”不远的大礼堂。大礼堂是 20 世纪 50 年代建造的，礼堂大门两侧完好保留了大红的毛主席语录。礼堂前面广场，有一座毛主席的全身雕塑。这样的建筑风格与当年的精神是那么合拍，而留给今人的，已是一个时代的缩影和遥远的记忆了。我的内心，一直对毛泽东那一代缔造了新中国的伟人们，怀有炽烈的情感和深深的敬意。我在塑像前，恭恭敬敬鞠了一躬。

我不知道，有人读到这段文字时，会不会觉得我的举动有些好笑。于我，这绝非什么可笑的事情。

9. 朵生花

参观完“三号楼”，大伙儿会合了。接下来，我们去参观王洛宾纪念馆。我敢肯定大多数人和我一样，听到王洛宾这个名字，内心的旋律便油然升起。——是啊，他的歌里有一种少有的个人情感奔放和令人神往的美！还在新疆达坂城时，我就想去参观那里的王洛宾纪念馆，只是当时已经晚上闭馆了。

车在纪念馆大门停稳，一下车，便有一个身穿藏族服饰的年轻姑娘迎了上来，向我们问好。我们的眼睛不由得一亮。她身材婀娜，亭亭玉立，略施粉黛，满面春风。韩哥打趣地说，她就是王洛宾歌中那个“好姑娘”卓玛呢。我觉得有些眼熟，再仔细一看，原来就是昨晚在蒙古包里喝酒时，端着银托盘给我们递酒杯的姑娘。只是昨晚她一身汉人休闲装束，洗净铅华罢了。“她就是一曲流畅的民歌”。我在心里这么赞叹。

“卓玛”在前面引导，我们紧跟其后。路过一个小花坛时，她指着里面一种小小的金黄花朵说，这就是金露梅。并进一步介绍说，金银滩之所以取名叫金银滩，是因为麻皮河和哈利津河贯穿这片草原，北岸草滩上盛开金露梅，故称为金滩，南岸草滩则是洁白如银的银露梅的天下，谓之银滩。合在一起就叫金银滩了。

原来这样啊，哈哈。冯哥面对我露出男子汉的羞涩。昨天，他给我们介绍金银滩时说，这里水草丰美，牛羊成群，是个流金淌银的地方，故名金银滩。而我看到的是，地上到处有金黄的油菜花和羊群，天上飘着洁白的云彩，如此美轮美奂的地方，因此有理由取了金银滩这么一个好名字。我说，虽然我们的解释与本意相左，但也不是什么荒腔走板的事。相反，可以丰富它的内涵呢。

纪念馆造型很独特别致，远看就像是一顶牦牛帐篷。“卓玛”告诉我们，这正是按照王洛宾初次到金银滩来住的那顶帐篷的样子建造的。馆前的小广场上有两座雕塑引人注目，一是白色大理石的王洛宾半身塑像，另一座是大门右侧，矗立着一面便笺造型的花岗岩纪念墙，上面镌刻着王洛宾手书体的《在那遥远的地方》曲谱。

二楼的主展厅里，以时间为经线，由“走向音乐圣地”“在音乐圣地的多彩绽放”“矢志不渝的音乐追求”“西部音乐的传歌者”“乐缘情未了”五个篇章，将王洛宾曲折坎坷的一生和伟大的创作作了全面介绍。整个纪念馆除了我们再无别人，我们就特别随意自如。一些人便散开了，都是读书识字人，有些人习惯自己看墙上的介绍。我的经验是，跟着讲解员，能了解更多东西和逸闻趣事。当然，此时的讲解员特意为我们而来，我至少得端着认真听讲的样子。这是起码的尊重。何况，“卓玛”讲解得很认真，且特别深情。

现在看来，我的直觉是那样可靠！当她讲完《在那遥远的地方》这支流传海内外的名曲创作背景后，便唱起了这支歌。她的声音太好了，甜美干净，略带藏族姑娘那种天籁般的嗓音的演绎，将我们的思绪带到好远好远。那些散开的人一下子全被吸引了过来。每一部分，都有我熟悉的歌曲，比如，《送你一支玫瑰花》，“卓玛”都深情地为我们演唱，我们不由自主地跟着她小声和。在看到《半个月亮爬上来》的曲谱时，我说，我特别钟情这支歌里的意境，我还说，最让我如痴如醉的演唱是由刘欢和一个女童二重唱那个版本。“卓玛”说，首长，能不能请您来唱它呢？其他人一下子来了情绪，跟着鼓动。我没做扭捏态，只是提出让“卓玛”与我一同唱。唱完之后，在场所有人都回报了热烈的掌声。

在第三部分，我眼尖，一下看到墙上展出的一张王洛宾亲笔写给他孙女王萍的字条。我忙对我们之中的王萍老师说，怪不得你能歌善舞，原是“西部歌王”的孙女啊！王萍自己也颇感意外，无比开心地笑了。有一支歌，我此前完全没听说过，《送大哥》。没想到安敏说他会唱，还没等我们鼓掌，便唱了起来。在长沙，我很少听到他唱歌，那年我参加他的婚礼，在众人鼓动下，他和新娘对唱了花鼓戏《刘海砍樵》，完全不着调。而这支歌，他唱得很地道。真是让人刮目相看了！

当介绍到“乐缘情未了”部分时，我发现“卓玛”的声音里更多了一些意味，她在讲述王洛宾与台湾作家三毛的故事时，仿佛是当事人在回忆过去。她的内心该是多么丰富啊！当讲到王洛宾听到三毛自杀身亡，如何恍如晴天霹雳，悲痛难抑，然后整天醉酒以麻醉自己时，她竟有些讲不下去了。我走过不少地方，还是第一次见到这样的一个讲解员！我也被深深打动了，不忍心去询问王洛宾写给三毛的《等待——寄给死者的恋歌》是不是他的绝唱。纪念馆里的空气出现了短暂的凝滞。过了一会儿，不知是谁，轻声说了句，能不能唱一下《等待》？

大概“卓玛”也意识到自己因过于投入而有些失态，不由得脸上生出羞涩的红云。她清了清嗓子，唱了起来。唱完，我看见她眼里还是长出两朵晶莹的泪花。唉，此情之下，曲子已不是曲子，而是时间，是一段感悟，是时间深处的一段记忆。

王洛宾先生有个愿望，希望自己的歌能够传唱五百年。在那刻，我想到了宋代词人柳永。当年，“有井水处皆咏柳词”，这与王洛宾的歌如今家喻户晓，被广泛传唱何其相似。柳永的年代距今已一千年了，他创作的作品作为中华文学瑰宝的一部分，已保留至今还将继续流传下去的。我想，王洛宾的歌曲一定会经得起时间的淘洗，五百年、一千年乃至更长的时间还会被人传唱！忽又想到自己，这辈子怎么就轻薄为文了？又该如何补足一些正气，方可能有几行文字能流传百十年？这或许是个奢望！

参观结束时，热情的主人非要我在贵宾留言簿上留言，推脱不过，只好满怀敬意地写上：花的海洋，歌的海洋，流淌的都是您的传奇。国家一级演员、王洛宾先生的“孙女”王萍也写上：我爱您，王洛宾。

出了馆门，我提议大家合影留念，得到热烈响应。我邀冯哥和韩哥，以及讲解员“卓玛”一起参加。——事后，孙樱瑞、曾子晗两个小精怪好奇地问我，伯伯一路上没和任何导游或讲解员合影，只和这位“卓玛”姐姐合影了，是因为她长得最漂亮吗？我坦然回答：这只是一个方面，更重要的，是她用心灵在给我们讲解。

告别时，我对“卓玛”说，可以告诉我们你的名字吗？她大大方方告诉我她的藏族姓名，我说不好记。她又说，还有一个汉族名字，叫:朵生花。

2014 年 7 月 16 日— 24 日新疆行旅

2014 年 8 月 25 日— 9 月 3 日补记

第二辑

诗人酒事

诗人酒事

拟下这个题目，自己先吓了一跳：这么说，终于要写到酒以及与酒有关的人与事了，也就是必须承认在胃背叛自己以后，酒只能成为我的一个念想，今后朋友们聚会，我只能望酒兴叹了。至于我的诗人身份，我无须多加说明，反正写诗写了20多年了，大大小小的刊物也发表了不少。反正既然准备告别酒坛，是不是诗人其实也无所谓了！

此前，不止一人这样对我说：“你那么爱酒，为什么没有写出关于酒的诗歌，或者文章？”我回答说：“有些东西你太熟悉了，甚至你已融入其中，怎么写？有时没有了陌生感的事物，你反而写不出来。”我给自己和他人留下了一个悬念：“或许等哪天我已不能喝酒时，可能我会写写它。”

事实是，我的确写了不少也发表了不少诗，有提到酒的，但没有专门写酒的。最接近的一首诗是《酿酒的农妇》，那是写我母亲的。这首诗曾获《诗刊》举办的一次全国诗赛二等奖，当年我还被邀请到人民大会堂去参加颁奖典礼。那是20年前的事了。

罗杰·加洛蒂在他的文章《毕加索》中嘲笑一位“博学的人”，此人认定拉马丁之所以成为一个伟大的演说家和诗人是由于他断奶过早，真是无稽之谈！但我却私下里认为我自己能写出一些分行文字，特别此生有那么些十分相得的朋友，还是得益于酒。尽管我对李太白的诗句“古来圣贤皆寂寞，唯有饮者留其名”钦佩得不行，但打死我也不承认，自己与李白“斗酒诗百篇”有什么瓜葛！

奥克塔维奥·帕斯说过一句话：“诗人没有传记，写作才是他们的传记。”我可不可以在大师的语录后再加上“饮酒也是他们的传记”？所以，我打算写这样一篇文章，是颇具胆气也充满豪情的，因为我觉得在为我熟悉并尊敬的老师和朋友立传。可以毫不夸张地说，在当今中国诗坛，我这篇文章大部分主人公，都可找到自己定位，拂衣整冠，自成气象。

老师们的酒事

2013年第8期的《文学界》给我做了个专辑，我在其中的访谈文章中提到，在我的文学道路上，有很多引路人，而最让我此生无法忘怀的恩师有：萧金鉴、王燕生、韩作荣、刘立云、周所同等。但在饮酒方面能让我做文章的只有王燕生、韩作荣、刘立云三位。

1．“笑起来小眼睛迷人”的王燕生

说王燕生老师是中国诗坛伯乐，只怕无人反对，他有“诗坛教头”“青春诗会班主任”的美誉。我们见面之前先是靠通信，我参加了诗刊刊授学院的学习，他是院长，我是他记名弟子。1991年，我和同事、战友、诗人姜念光、全世杰一起报名参加学习，念光分在王老师名下，世杰分在林莽名下，我在另一位老师名下。虽说，我的习作当年就被《诗刊》留用，但，先是全世杰被邀请参加刊授学院在湖南株洲的改稿会，后姜念光又参加了刊院在泰山举办的改稿会。能得到诗刊老师当面点拨，特别是一周时间里，与来自全国各地的俊男俏女青年诗人交流、游玩，让我羡慕得不得了。姜念光回来后，给我们介绍了王燕生老师如何智慧风趣、如何待人真诚，特别是酒喝到微醉时笑容可掬，迷离的小眼睛看人令人心动，让我心生嫉妒。第二年，我花了170元（这是重点班的价格，可以直接点名挑老师，比我一个月工资还多）继续报名，并指名让王燕生老师担任辅导老师。几次作品修改和来回通信，我得到了王老师的认可，看来孺子可教——我有幸被邀请参加在四川佛教风景胜地乐山召开的“乐山诗会”（“改稿会”易名为“某某诗会”，院刊《未名诗人》也改作《青年诗人》），我也终于见到“微

醉时小眼睛迷人”的王燕生老师了。整整一周时间，师生吃住一起，形影不离，很是开心。诗会的就餐没有酒，但老师的朋友多，不时有作家诗人上山来看他，带了酒来。我总是有幸被燕生老师点名陪酒，我想这里面有着特殊的情分在起作用——我是军人，当时是上尉军衔，而老师也当过铁道兵，转业前也是上尉；老师在湖南工作生活多年，而且他的夫人李蕙敏阿姨（诗刊的行政管理人员）是长沙人，也曾是军人，在一个军医院工作过。当然，这些都是到乐山见面后才知道的。一次，燕生老师酒喝到高兴处，站在自己椅子上为我们朗诵自己的诗作。然后从椅子上下来，深情地唱起毛阿敏的《思念》,此时的燕生老师特别可爱,能感染身边任何一个人！那次与会的青年诗人中，如今还活跃在诗坛的有浙江的荣荣、重庆的雨馨、天津的陈丽伟、湖南的白红雪等等。

那次乐山朝夕相处一周后，再次见到燕生老师已是1994年元月了。我得了前文提到过的“人民保险杯”诗歌大奖赛二等奖。能在这样一个有十几个国家三万多华文诗人参赛的赛事，获二等奖我始料不及。当燕生老师用电话通知我时，我还不太相信，但老师告诉我获奖诗作是《酿酒的农妇》，可见老师对这个学生能获奖也很高兴、很重视。不久，我收到了出席颁奖礼的书面邀请函。这也是我第一次到北京。这次颁奖典礼盛况空前，是在人民大会堂“湖北厅”举办，有十几家中央媒体予以报道。我去领奖是瞒着单位领导去的，可当晚就有人在中央二台晚间新闻中看到我领奖时的形象了。所有被邀请的京外诗人都安排住在北京饭店，颁奖典礼之后，在“全聚德”举办宴会,有四十来桌,我端着酒杯找了好久才见到燕生老师,向他敬酒。他很高兴,将我杯子倒满,也将他自己杯子倒满,我们一饮而尽。由于接近春节，单位事多，我买了返程车票后，匆匆赶到老师和平里的家，看望了李阿姨，而此次燕生老师将我引荐给了韩作荣老师（后文述及）。

后来，我从学员队回到机关工作，担任了一定职务，多了去北京出差的机会。每次去都一定抽出点时间去拜见王燕生老师夫妇，而且会到楼下的小饭馆陪老师喝酒，如果周所同老师也在北京的话，会喊上他一道。照例，所同老师不饮酒只吃素；照例，燕生老师都喝得很高，被我搀扶着回家；照例，李阿姨会心疼地说：“起伦啊，再别让你王老师喝醉了！”

我如果没记错的话，应该是 1999 年 3 月，诗刊刊授学院在长沙毛泽东文学院举办诗会，由燕生老师夫妇、林莽老师带队。其时，我已担任单位办公室主任，上班时间我抓紧处理各种琐事，一下班便直接驱车到毛院陪老师聊天、喝茶。那次参加的十来个来自全国的青年诗人中，有我祁东老乡郁金。我将老师夫妇接到外面一个饭店喝酒，再陪同他们回到曾经生活过很长时间的 163 军医院参观，他们很高兴。那次诗会结束时有个会餐，没安排酒。老师让我也参加，还叫了弘征等湖南老诗人参加。我说没有酒叫什么会餐？燕生老师笑眯眯地看着我：“我就等你这句话！”我便搬了两箱白酒去。

我和燕生老师最后一次喝酒，是 1999 年下半年。那时军队院校改革、合并，我被本单位派到北京协调些具体事，喝了不少莫名其妙的酒，说了不少言不由衷的话，自己很烦。一天，我给燕生老师打电话，说去看他并声明请他喝酒。当我提上两瓶“酒鬼”（那时酒鬼在北京很火，茅台才 300 多元一瓶，酒鬼在星级宾馆价钱高到近 600 元一瓶。）去老师家里，老师见到我很高兴。我问他能不能给韩作荣老师打个电话，请他也来一起喝酒？燕生老师说，只要在北京没别的什么事，韩老师肯定来，于是当我面打了电话。那时，韩老师已做了《人民文学》副主编，从和平里搬到别的地方去住了。大概 40 分钟的样子，韩老师过来了，一见面就笑着说：“算你起伦有良心。今天好在你先见了燕生，否则我不会来喝你的酒。”真是侠肝义胆，兄弟情深！那时燕生老师退休了。我也笑着回答他：“当然先见燕生老师，我们认识在前。再说，您都是副主编了，肯定不缺酒。”那天中午，我们在老师家门口不远的小饭店里喝得很开心，两瓶酒一滴没剩。燕生老师又醉了！

2000 年初，我到野战部队代职，结束后仍回学员旅任职，没机会到北京出差。2006 年，我被选派到国防大学中青队学习。已在解放军出版社工作的姜念光、《人民日报》工作的全世杰，来看我请我喝酒。我几次提出一道去看望王燕生老师，他们都说，不能去，每次都得喝醉，对老师身体不利，阿姨也不高兴。于是作罢。

2011 年 3 月 25 日晚上，我正和李阿姨曾经工作过的 163 医院领导，因工作协调在一起喝酒，突然接到姜念光的短信，告诉我王燕生老师去世了，第二天上午 10 时开追悼会。我怔住了，脸色一下变得难看。酒席也草草收场。我有些埋怨念光没早一些通知我，不能见上老师最后一面了，我十分后悔。早知这样，北京进修时哪怕再落得李阿姨埋怨，我也应该去陪他喝个醉。5 月，我到北京出差，去了老师家中，看望了李阿姨，表达了自己的心意，我还带了瓶酒去，在老师遗像前鞠了三个躬，向他敬了酒。6 月，诗刊社为老师举办了一个追思会，我买了当天上午去晚上回的机票，专程参加了。发言的人无不追忆起和燕生老师喝酒的趣事，弥漫的酒香多少冲淡了过于悲伤的气氛。记忆特别深刻的是《诗刊》副主编商震讲的往事。一次他们喝啤酒，商震喝了很多，想如厕放松，老师一声吼："谁也不准离席！"还是韩作荣老师出了个点子解了围，说你从哪里喝的让它再回去不就得了？接下来商震老兄的举动不是荒唐，实则是情理之中了。

2."大侠"韩作荣

前文提及，我和韩作荣老师初识于 1994 年 1 月参加"人民保险杯"的颁奖典礼期间，我抽空去王燕生老师家。燕生老师说："起伦，带你去见一位你们工程兵的前辈诗人。"他领着我敲开了同单元上一层楼的一个房间。这位工程兵的前辈诗人就是韩作荣老师。韩老师听燕生老师介绍我后，说了一句我一辈子都不会忘记的话："你是起伦，我在自然来稿中编发过你的诗啊。感悟不错。我们工程兵又有新诗人了，以后多写啊！"在他家里，他回忆了自己在军委工程兵 53 师当宣传干事、沉迷写诗的一些趣事，听燕生老师说，韩老师还痴迷于读武侠小说。韩老师提到的诗是我1991年7月写的《走进七月》，发表在当年《人民文学》12月号。那时，我想投稿，都是用方格纸誊写好习作装上信封，然后去图书馆的报刊室，随便找一本文学刊物查到通信地址，写好就到邮局投寄。发不发就不去管了。

因与韩老师熟悉了，加之自己在《诗刊》获奖，1994年底又获得《创世纪诗杂志》（台湾）创刊四十周年（100期）诗歌征文奖，自己胆子也大了。1995年，我又将自己几首诗直接寄给作荣老师。很快，老师回信了，留用两首，并说下次不要一首两首发，认真写，有新作再寄他。1996年3月，我再将一些习作挑选一组寄他。9月，《人民文学》推出我组诗《静夜思》。后来，韩老师在读到我一组大型组诗《抒情或不抒情的诗》后，还写了篇4000多字的评论《从表现到述说——读起伦的诗》，先发表在《新创作》，后被我当作了第一本诗集《沿途的风景》的序言。等作荣老师当上副主编、主编后，我再没给他寄过稿子。

我和韩作荣老师在一起喝酒一共三次。第一次，是1999年下半年。前文已述，我在另一篇文章《老兵还乡——悼作荣老师兼忆燕生老师》中也写过。这篇文章是韩作荣老师去世当天，燕生老师的大公子王晓笛告诉我噩耗后，在回忆与老师交往的点滴时，情不自禁写下的。文章收入人民文学杂志社编的纪念文集《火狐——永远的韩作荣》。第二次，是2000年6月份。韩老师受长沙电视台之请，写长篇报告文学《城市与人》，并改编成电视剧本。那天，他来长沙，长沙广电局局长兼党委书记王昌连宴请他。王局是部队转业干部，是作荣老师的老战友，和我也同事了一段较短的时间。韩老师提到了我。说来真巧，那时我在广西代职，因受集团军委托，参与了一本书的编写工作，当天正好派回长沙收集资料。我陪老师好好地喝了一次酒。也是这一次，我在长沙的诗友之一唐兴玲也拜见了韩老师。不是刻意拔高，唐兴玲是湖南屈指可数而没有得到相应承认的优秀诗人，她的诗不像某些女诗人那么张扬，却在坚持不懈地领悟生活和人性中最深刻的秘密、困境和希望，自然得到韩老师认可，很快她一组作品发表在《人民文学》。后来，作荣老师编辑“人民文学诗丛”《情人与花朵》一书，兴玲的这组作品和我发在《人民文学》的那组《静夜思》，被一同收录进去。第三次，是2012年。湖南常德举办全国诗歌节，我应主要组织者、召集人罗鹿鸣兄之邀参加了。我只在那里待了半天和一个晚上，那天晚上，常德市委政府领导宴请，韩老师坐在主桌，我去给他敬酒，10多年没见面，他一下就认出我，问我还在部队吗？怎么不写诗了？我说，燕生老师去世后我又回归写作了。他说我写到这个程度不容易，应该坚持写下去。我感到十分温暖！

在我的心里，爱读武侠小说的韩作荣老师就是文坛的“大侠”！

3. 温柔兄长刘立云

2012年常德诗会，我的另一位老师兼兄长刘立云也作为重要嘉宾被邀请参加。和立云老师见面前，1993年，我已在他担任诗歌编辑的《解放军文艺》发表了组诗。若干年后，我的祁东老乡、诗人冷燕虎（其时，他正被借调到《解放军文艺》杂志社帮助工作）告诉我，当立云老师从自然来稿中读到我的组诗时，抑制不住兴奋之情，告诉他：“你们祁东又出了个诗人。”那时在《解放军文艺》发一组诗的稿费，比我一个月工资还稍多，偶尔也能缓解下我总是接待老家来长沙办事的朋友而囊中羞涩之窘境。之后，我每年都会在《解放军文艺》发表一组诗歌。

后来，姜念光调到北京，与立云老师成了同事。我到北京出差，时间充裕的话，我会去看他。他自然要破费请我喝酒，每次都叫上立云师。念光的酒量不如我，立云师也不如我。他们不是那种爱闹的人，因此我们喝得很斯文。立云老师喝不多就脸红，讲起话来特别温柔，与人推心置腹的样子，令我十分信赖。我在写作上，不太有常性。有时，一年写得比较多，有时一年一首也没写。1997 年，是我诗歌创作比较勤奋的一年。我在年初先寄给立云师一组《漂在血缘里的祖国》，发表之后，其中《漂在血缘里的祖国》这首 60 多行的诗，被《诗刊》“中国新诗选粹”栏目选登，1999 年，还被王燕生老师选进湖南文艺出版社出版的《祖国颂——建国 50 周年朗诵诗选》。这组诗也获得了《解放军文艺》“1997—1998 双年度诗歌奖”。8 月份，又给立云师寄去一组，他给我回了信，告诉我不是特殊情况，按照惯例，一个诗人一年只能在《解放军文艺》露一次面。我也没太在意。但是，在当年 11 月份的《解放军文艺》，立云师编发了一组众多诗人的散诗，就用我的一首诗《灵魂里滑过一片蔚蓝》作了整组诗的标题，也把我这首诗排在了头一首。1998 年，我担任办公室主任，日常琐事弄得我根本静不下心来阅读和写作，当然没再向立云老师投稿。而此时，他已提升为杂志主编。一次，他见到姜念光时说：“起伦怎么回事，我当了主编后就不给我写稿子了？”念光打电话转告了我，我是既感动又惭愧！但让我万万没想到的是，这年 8 月的《解放军文艺》又发了我一组作品，原来是我前一年寄给他的第二组诗歌，除了《灵魂里有一片蔚蓝》这首单独发表外，其余的诗立云师都发了出来。

常德诗会那天晚上，当我们参加完开幕式和演出回到宾馆，立云老师、商震老师，还有荣荣、李南等，被长沙一个颇有经济实力的诗人邀在一楼的餐厅吃夜宵喝酒。我则和远人、冯明德、欧阳白、吴昕孺、太阿等也自由组合在另一个桌子喝啤酒。我说，我必须得过去给立云师敬个酒。他们喝的白酒，喝了很多。我能感觉到他们中多人已有浓厚的醉意。立云老师见到我，立即说：“起伦，你去把单给买了！”我能够会意，以他的谦谦君子风范，不是因为受到别人怠慢轻视，绝不会说出这句话的。我猜想，立云老师已经退休了，没有更多利用价值了，有些人就不待见他了。我立即说：“立云兄，你总算给了老弟一个机会。”我立马抢着把单给买了！

祁东诗人们的酒事

没有人去做这样的统计，以一个县为区域划定，出了多少作家诗人。但我敢断定，我的老家祁东诗人的数量，不说在全国数一数二，至少可以排在前十位。2009 年，内蒙古人民出版社出版了一本祁东诗人诗选《有一个方向叫远方》，就收录了 20 位诗人（这还不包括遗漏者如聂泓、冰洁等）的作品。这 20 人中绝大多数在《诗刊》《人民文学》《解放军文艺》《青年文学》等中央级刊物发表过作品并获奖，在一定时期和一定范围形成过气候和影响。我按年龄长幼之序开列一个名单吧：50 年代的陈阵、李志高；60 年代的雷善华（祁东）、冷燕虎、郁金、罗鹿鸣、起伦、聂沛、聂茂；70 年代的充原、张振萍、胡人和 80 年代的施晗。

“我的家在湘江婀娜的腰部，名叫祁东”。用祁东大儒、美国威斯康星大学终身教授、国际著名红学家周老策纵的话来说，那是一个“真正的远方”。有《衡阳日报》第一才子美誉的海啸兄在诗集序言中如是说：“自 20 世纪 80 年代以来，祁东诗坛一直天高气爽，诗人蜂拥如红日东升，诗歌清越似佛门狮吼，老将马蹄犹在耳，后生健步又奔来，阵容雄壮，大有后继有人、欣欣向荣之势。”

这个阵容里大部分诗人和我有过交道，喝过酒谈过诗。而与我交往时间最长、诗艺上互相切磋提携、生活中亲如兄弟的，莫过于年长我的李志高、罗鹿鸣和年少我的聂沛、聂茂。即便我有 10 年时间停笔没有写诗，但我们之间的酒事从来没有间断。

1. 酒后爱做“布朗运动”的聂沛

我在多篇文章中提到我和聂沛之间的情谊。1980 年秋季学期，当我就读的白地市镇中学两个高中班迁往新创立的祁东三中时，我们就认识了。

都读的理科，是成绩拔尖的学生。而作为诗人间的交往和友谊的开始，则到了 1988 年底，他在中国诗坛已声名鹊起，我也大学毕业参加工作开始写诗。在文学艺术上，他给了我不少的影响。我的意思，不是说他教了我如何写诗怎样作文，我爱读他的作品，但从来没有去模仿他，我们诗风各不相同；而是他对于艺术的态度和他对于中国乃至世界诗歌宽广的眼界而锐利的评判影响着我。我们间的友谊和他对我的鼓励，某种程度上成为我断断续续把诗写到了今天的动力。我们的友谊从未出现丝毫裂痕，他有一些毛病（是人都有毛病，诗人更加鲜明突出），但我从来不希望听到别人在我面前说他的不是。我们除了同学关系外，还是亲家——他优秀的儿子是我的干儿子。

聂沛是个性情中人，既自傲又自卑。曾经，罕有的才气和在诗坛的少年得志，被组织部破格录用为国家干部，让他自尊心得到空前满足；而因身体原因两次与大学失之交臂，又常常在他心头抹上一层灰暗的色彩。一次，酒醉之后他痛哭失声，拉着我的手说：“老亲啊，我宁愿不当什么鸟诗人，而愿意做一个健康的农民！”40 岁前的聂沛喝酒，经常能把酒席推向高潮或拐点。“高潮”无须着墨，所谓“拐点”，即席间他有什么事情看不惯，或有什么人意见相左和语言冲突，不管你是县里领导，还是别的什么人，他会大发雷霆，弄得大家不欢而散（客观地说，“高潮”远远多于“拐点”）。但我们之间从来没说过重话。40 岁以后，聂沛明显温和多了。

关于 1988 底我们中学毕业后的第一次会面，聂沛在给我写的一篇评论《我们为什么热爱心灵》中有过简单的描述，但有个重要细节他没写。中午，我请他在县城小酒馆喝酒，喝了不少。他下午要回风石堰老家，邀我到他家做客。我们坐上一辆中巴，人已很多，我们没有座位。这辆车很破旧，一个刚出院的妇女抱着刚刚出生的小孩正好坐在坏了玻璃的靠窗位子，车一开动，灌进来的风冻得她受不了。她要售票员为她协调一个位子，可售票员无动于衷。聂沛此时也站出来说好话，售票员不但不听，反而怪他多管闲事。聂沛很生气，一拳将车的一块玻璃砸烂了。我当时穿着军装不好动手，只是拦住了想要动手打人的售票员和司机。车到风石堰街上，聂沛一声喊，立即来了好几个人（他在风石堰颇有号召力），要打司机，我也拦住了。吓得司机开着车，落荒而逃。

为了说明聂沛年轻时的急躁，再补充一个例子。1996年5月，湖南省作协在长沙军凯酒店召开一次重点作家会议，聂沛与会。当时在《青年文学》主持诗歌栏目的李青松也被邀请参加了。那天，我用吉普车接上他们到我家喝酒，下午我请假在家陪他们，在我家客厅喝茶聊文学。闲聊中他们为一个作家该不该获诺贝尔文学奖意见产生分歧，争论越来越厉害，各不相让，一时剑拔弩张，大有一触即发之势，眼见要升级为武斗，我从最初饶有兴致地冷眼旁观，到不得不站出来了。我在茶几上猛拍一掌，说："他获不获诺奖管你们屁事，要打架就都给我出去！"他们一愣，停止了争论。我接着给他们续水，说："喝茶，喝茶。"俩人很快就没事了，又开始有说有笑。晚上大家继续喝酒。

在聂沛工作的文化馆或者在他风石堰老家喝过多少次酒，我不记得了。反正我每次回祁东，我们几个朋友总会厮混在一起。聂沛的父母都是厚道的老人。大概因为自己父母去世早，我对朋友的父母都能发自内心尊重的缘故，两位老人也很喜欢我，待我像自己儿子一样。聂沛的母亲很会做菜，我每次去，老人都做满满一桌菜肴。聂沛的父亲话不多，喜欢喝慢酒，我们常常把一顿酒喝得时间很长。一次，聂沛老母亲对我说，他们去世时，希望我能送他们上山。我答应了，后来也兑现了自己的承诺。在他父亲去世时，因喝酒还闹出一个笑话。那天，我和某期刊主编以及在长沙工作的美女同学仝湘云一道乘坐一辆小车去悼念。我们在老人的灵堂边摆桌喝酒吃完饭，那位主编被热情的祁东人灌醉了。回长沙路上，他酒兴发作，不断去抓司机的方向盘，我怕高速路上出事，死死抱着这位老兄，结果他将我右手狠狠咬了一口，鲜血直流，立即肿得像面包一样。回长沙后，女同学告诉我，才从电视里看到新闻：一个女孩咬了男朋友一口，当时没在意，后毒性发作差点让男朋友肾衰竭。在她的建议下我打了狂犬疫苗。后来见到这位老兄，他不好意思，我更不好意思。

1992年以前，我的妻子女儿还没有迁到长沙来，妻子在一所中学任教、当班主任，我寒假、暑假都要回祁东，也每每呼朋唤友相约到我家喝酒。我们在教室里将课桌拼在一起，弄成长长的大桌子，每次都有不下20人。为了这顿酒，我们得提前一天准备，写好菜谱，准备好材料，靠着两个煤炉子炒菜，大家也喝得十分尽兴，每次都当场有几个被放翻在地。至少不下两次将聂沛喝得泪流满面，被他在火车站工作的姐夫背回家去。

在祁东诗坛，聂沛是当之无愧的领头雁。不少人得到他的点拨和培养走入诗坛。我曾说他是白石铺诗歌王国的国王。“白石铺”不是个真正的地名，是位于322国道上祁东的三个小镇:白地市、风石堰、新桥铺的合称。聂沛首先命名，并将这个地方圈进了他的作品，先占山为王。我和志高兄等文友在作品中也援引和使用过这个地名，把它当作心灵的故乡。我们是“白石铺”后来的居民，只好成为聂沛的“臣民”了。

有一年，聂沛和志高兄来长沙，在我家大碗喝酒。我们盘腿坐地，像三国里的人物。喝到高兴处，大概受了酒精刺激，聂沛不断晃动着上身。我突然想到化学里的一个名词，冒出一句：你在做“布朗运动”啊，引得大伙儿捧腹！记得那次喝酒的，还有远人、聂茂、念光等兄弟。从此以后，聂沛每逢喝酒，就习惯性做“布朗运动”。

我和聂沛什么酒都能喝，但最喜欢的还是自酿米酒。1991年底我回祁东休假，一天聂沛来我家，吃过晚饭，我将自己写在一个学生练习册上的诗稿给他，尽管晚饭时我们已喝不少，我还是递给他一大杯米酒，自己也倒上满满一杯。聂沛一手端着酒杯，一手拿着练习册阅读，一口一口抿酒，一首一首读诗，不说一句话，那样子就像一位令人尊敬的老中医在给人把脉，脸上写满特有的庄重和自信。等他读完全部诗作，放下手中本子，又用手中的酒杯和我的杯子重重碰了一下，一口饮尽，说：“老亲，真是好东西！”这些“好东西”便是我那组20多首的《一目十行》，第二年陆续开花结果。我带到“乐山诗会”，得到王燕生、周所同两位老师认可，发在《未名诗人》专辑头条；后分别以组诗的形式在《创世纪》（台湾）《诗神》《湖南文学》发表，其中，《诗神》发表其中的一首《河》，收入了百花文艺出版社出版的《迷你校园诗选》。

2．“酒壮色胆”的李志高

如果祁东的诗友们不是单独来长沙，只要我和聂沛在一起喝酒，几乎都有李志高的参与。

在年龄上，志高是我们这帮诗人兄弟中的大哥。因此，他在我们中间有两个雅号：“老大”或者“甫哥”（甫志高）。无论工作、生活、还是对诗歌艺术的追求，志高都是那么从容、坚定和执着。志高夫妇都是医生，志高本人还当过院长，如今是县“农合办”领导，家境殷实，30 年如一日地对诗歌痴迷（他早在 1981 年参加工作时，就爱上了诗歌），令我感动。他有句特别打动人的诗句“好兄弟，是艺术使我们慢慢变老”。

单从喝酒这一点来说，志高不是个好酒友，更算不上一个饮者。我们在一起喝过无数次酒，他从来没喝醉过——因为他总是不愠不火只喝二三两酒，到四五分醉，再怎么劝都不端杯了。这并不是说，志高就没有饮酒方面的故事。他是我们的老大，有时喝到几分醉意时，他会带头给我们找些乐子。譬如，有一年正月十三，我们在风石堰聂沛家做客。晚饭喝了酒，然后四五个人挤在聂沛二楼房间的一张床上聊天，一直聊到凌晨 2 点，志高兄下楼小解，回来后说：“外面这么好的月光，怎么不到街上走走？”于是，我们下了楼，从风石堰街上的东头又跑到西头，高声唱着歌儿。志高兄还模仿着那个时期颇为流行的广东普通话，敲了几户人家的门。别人以为是流浪的疯子，吓得大气不敢出。

还有件事，一直是朋友间的笑谈。我虽未亲眼见证，但听之再三，觉得应笔录之。2005 年 11 月，衡阳市作家协会在衡东宾馆召开笔会，文朋诗友在一起，哪能离得开酒？不善饮者早早离席，剩下的酒鬼酒徒如聂沛、胡丘陵、冷燕虎、陈群洲、谢应龙等继续推杯换盏。酒喝到一定境界，一帮促狭鬼开始使坏。因为李志高和一位姓陈的女小说家，10 月份刚刚参加了毛泽东文学院为期 40 天的学习回到衡阳，大家都说陈同学对志高兄很有些意思，纷纷怂恿他去敲她的房门……

其实，据我对李志高的认识，男女问题上，他实在是个正人君子。之所以酒后弄出些无伤大雅的事情来，完全是想让大家开心快乐，纯一种“自我牺牲”。他一贯遵循先贤孔老夫子“发乎情而止乎礼”的训导。另外，他“家教”很严（我常取笑他），一是志高的父亲是我们县老文化局局长，知书达理，对儿女管束严格；二是志高美丽贤淑的夫人，别的事都宽松，唯独男女方面对丈夫约法三章，志高小心翼翼从不敢触高压线，怕引发夫人河东狮吼。但他生就的一张娃娃脸，总是西装革履、衬衣洗得干干净净、一头抹上摩丝连苍蝇都站不稳的头发，再加上温柔的性格，确实很讨中年妇女喜欢。我和他一同去过益阳，又一同去过常德，都有女同学或女粉丝来看望他。更有甚者，他的网友、一位诗写得很不错的武汉女诗人专程到祁东看他。据说，他向夫人请好假，陪着女诗人在一个茶楼的包间喝了一夜的茶，聊了一夜的诗。让女诗人失望而归。而这种待遇，在我所有朋友中，除了他，只有聂沛——聂沛没结婚前，一个后来颇有名气的四川女诗人，千里迢迢到风石堰见他，差点还在他家过年！

有段时间，志高诗写得有些乏味了，想换点口味，便花了一万多块钱买了架单反机搞摄影。这让祁东摄影家协会的同志们兴奋不已，忙去劝降招安，许以“高官厚禄”，志高一动心答应了，成为摄协秘书长。这点让作家诗人们颇有微词，认为一个作协副主席去当摄协秘书长无形中贬低了作家协会，聂沛叹道：“不愧是甫哥啊！”

至于李志高的诗，在我交往的诗人中，独具特色，充满强烈的批判意识和反诗歌元素。感兴趣的朋友可以找到他那本由中国戏剧出版社出版的诗集《生命的石头与火焰》，或者到他“巴别塔工头”的博客拜读。一次，《长沙晚报》组织一批作家诗人去宁乡灰汤泡温泉、开会，我和罗鹿鸣兄安排在一个房间。是夜，我们聊天到凌晨 3 点，话语中我们对志高其人其诗都颇为认可与推崇，鹿鸣更是志高坚定的拥趸和粉丝。

3. 把酒场当“斗兽场”的罗鹿鸣

在我所有的朋友当中，与之关系最为错综复杂的，莫过罗鹿鸣了。

他父亲罗耀华老先生是我岳母的老师；他大哥罗宽民（一位画家，我曾专门撰文写他，发表在《湖南工人报》副刊）是我岳母的小学同学，又是我高中的政治课老师；他自己读小学时，是我岳父母的学生，读初中与我妻子同学，读高中与我同学；他的侄子又是我妻子的学生；如果按辈分，他叫我岳母姑奶奶。当然，我们俩最基本的关系是朋友、诗友加酒友！

鹿鸣兄是个“有故事的人”。他大学毕业申请支边，到了青海德令哈当一名中学老师，后担任州政府秘书、团省委干部，曾作为优秀支边大学生代表，出席由中宣部、国家教委、团中央联合举行的“到祖国最需要的地方建功立业”会议，是我们同学中第一个走进人民大会堂的，得到当时的国家主席杨尚昆、人大常委会委员长万里等的接见。后调到中国建设银行人事部任职，最后回到湖南，先后担任建行两个分支行行长和省行三个部的总经理。用他自己多年金融管理的话说：“丰富的经历是一笔千金难买的财富。”

和鹿鸣兄相识也始于 1980 年我转到祁东三中时，那时他刚好从常宁一中转学来。我在理科重点班，他在文科重点班。让我感到奇怪的是，他经常到我们理科班来玩，我问过他，原来转学之前他也念的理科，而且数学成绩很好。从那个时候起，我就认为他是个不受管束、桀骜不驯的人，因为他觉得老师历史课讲得乏味，便找一把椅子跑后山自学去了。

和罗鹿鸣真正意义的饮酒是 1996 年 9 月，他刚调回湖南。此前，由于共同的诗歌追求，我们通信频繁，他在青海将自己和他人的多本诗集寄我，供我学习借鉴。那天，他在留芳宾馆请同学相聚，本来请一桌人，由于都知道他为人豪爽，朋友带朋友的，来了两大桌，只好临时调换包厢，重新安排酒席。鹿鸣很开心，大伙儿当然更开心。那顿酒喝了很长时间，因为都想知道鹿鸣去青海后的情况，鹿鸣也善谈，说了自己很多故事，让我至今记忆犹新的是两次酒事。

一次是他刚到青海，在德令哈一所中学任教，由于诗歌写得好，很快得到《翰海潮》副主编时培华（笔名风马）的赏识。风马是当地文学界大哥大，身边围绕着一帮子文学青年。某天，他的一个小兄弟从家里偷了瓶茅台酒（那个时候绝对是稀罕物），邀大哥小弟一聚。风马特意叫上鹿鸣，并安排他紧挨着自己坐。一帮文青看到自己老大对一个其貌不扬的南方人如此器重，心有不平醋意萌生。酒至半酣，那位公子把鹿鸣约到外面，要他悄悄滚蛋。鹿鸣说："我走可以，但我得和风马打个招呼。你如果要寻事，我不怕你，文斗武斗你挑。"公子欺负鹿鸣个子不高，选择武斗，鹿鸣先摆个弓步再扎个马步，凭空打出两拳，公子有些胆怯了。这时里间的风马听到外面响动感到不对劲，出来一了解，怒火冲天，一拳将公子打倒在地，又用膝盖顶在他胸口，直到鹿鸣站出来解围，公子也保证再不生事才作罢。另一次，鹿鸣已调到团省委工作了。他在公交车上碰到一位省作协的领导，这位领导头天晚上看足球几乎通宵未眠，更因为自己喜欢的队输了球心里沮丧，此刻没精打采的。鹿鸣兄好意邀他到家里喝酒，还让正怀有身孕的妻子挺着大肚张罗饭菜。本来喝得很开心很尽兴，可喝到一定程度，这位老兄将一只腿翘起来搭在饭桌上了，这太不雅观了！鹿鸣劝他把腿放下去，他不但不放，把另外一只也搭上饭桌。鹿鸣火了："要不你滚，要不把腿放下去好好喝酒！"那位领导也发狠说："偏把腿放上面，你奈我何！"鹿鸣兄抓起一只酒瓶就往他腿上砸下去。人高马大的领导没想到罗鹿鸣真敢打，跳将起来，两人相互揪着脖子从楼上打到楼下，从楼里打到楼外。丝毫没占上风的领导丢下一句话："罗鹿鸣，等着瞧！"只是过了两天，那位可爱的领导意识到自己的不妥后，主动向鹿鸣道了歉。

实话实说，对于鹿鸣兄自述的这两则故事我曾持怀疑态度，认为掺杂了诗人的文学加工。在日常交往中似乎看不出他有多么暴烈的性子和不畏强势的勇气。但不久后发生的一件事，让我见识了他谦和外表下的男儿真性情。1997 年春节，我们都回祁东过年。那天轮到朋友到李志高家拜年，罗鹿鸣、聂沛、聂茂、严新鲜、我以及从深圳回家的《新故事》主编罗尔，还有我们大家都熟悉的鹿鸣老家所在地的乡党委书记。酒菜准备好后，大家入席，刚开始用几钱的小酒盅温柔地喝着，酒过三巡，我们提议鹿鸣用二两的杯子敬一下他父母官。鹿鸣倒好酒，笑着等书记回应。书记说："我不跟你喝。硬要喝的话，就拿大碗。"其实，书记酒量不大，他想吓唬鹿鸣，让他知难而退。鹿鸣二话没说，用大碗倒了满满两碗（每碗有半斤左右），端起其中一碗一饮而尽。这下轮到书记傻眼了，他实在不敢端大碗。鹿鸣也还宽容："那你用二两的杯子喝一个吧。"书记还是不肯，大家逼着他非喝不可。他期期艾艾终于端起二两的杯子，谁知只舔了一口，迅速将酒泼在地下。鹿鸣勃然大怒，拿起手中酒碗拍在桌上，碗碎了，他的手掌也被锋利的碎瓷片划出鲜血。这下书记犯了众怒，大家纷纷指责，他讨了没趣，灰溜溜一个人躲阳台去了，我们收拾了碎瓷片，为鹿鸣包扎好伤口，接着喝酒。

从李志高家"砸碗事件"以后，说罗鹿鸣在酒席之上发生的任何稀奇事，我都会相信。2001 年，我从野战部队代职回来，他那时在长沙某个支行当行长。一天，他约了一个当将军的老乡吃饭，我应邀作陪。鹿鸣兄还邀请了长沙一个副市长参加，他也答应了。可那位副市长临时变卦不来了，鹿鸣很生气，当即拿起手机把那位副市长好好讽刺嘲笑了一番。他觉得有些对不起将军老乡，只好以大碗敬酒弥补，结果醉得厉害。他夫人闻讯过来时，言辞诚恳地对我说："我知道你们兄弟情深，但也不能醉成这个样子。我和女儿从青海跟他来湖南，举目无亲，他如有三长两短，我和女儿咋办啊？"从那以后，我再没在酒席上劝过鹿鸣兄喝酒。

如果说李志高搞摄影是为了换换口味，罗鹿鸣则的确是个货真价实的摄影家，他的摄影作品获得过全国大奖。去年 8 月，他和我爱好摄影的好兄长彭雁峰，以及另外三人相约走了一趟青藏线，收获颇丰，他们以“藏地拾美者”的共同笔名出了一本画册。但我还是喜欢认定鹿鸣的诗人身份。鹿鸣是在大学期间开始诗歌创作的，大学毕业到青海不久，便加入了省作协。鹿鸣出版了不少著作，诗歌、报告文学、文论等，不下 10 种。我手头有他签名赠送的诗集 4 本，一是处女集《爱的花絮》，献给追随他走南闯北相濡以沫的美丽妻子白秀琴的；另 3 本是《我心在高原》《屋顶上的红月亮》和《一江诗情入洞庭》。无论歌唱爱情亲情，赞美高原故土，还是描绘风物人文，记录心灵足迹，都情感饱满，文采斐然，自有山水灵音，自有逸兴遄飞。

4. 在我家完成“处女醉”的聂茂

聂茂是我这些诗人兄弟中，第三个以卓迈的姿态踏上人民大会堂的领奖台的——他的《九重水稻》《保卫水稻》荣获《人民文学》创刊四十五周年“优秀散文奖”。也是我中学同学中第一个加入中国作家协会的。

因为晚我一届，虽在一个中学念书，彼此并不认识。当我开始写诗，经常看到《湖南日报》和《衡阳日报》文学副刊出现聂茂这个名字，心里想“此人与聂沛是否有瓜葛？（这个疑问，别人心里也存在过。譬如“乐山诗会”中，王燕生老师问我：“聂沛聂茂是不是亲兄弟？”我如实回答：“是笔名，都不姓聂。一个姓徐，一个姓陈。”）”聂茂在其新著《名作家博客100》（中央编译出版社）中既谦虚也实在地写道：“必须承认：很长一段时间，聂沛不仅是我文学上的引路人，而且是前进路上的明灯和动力。”1989年寒假，我请朋友们聚会，地点仍是妻子班里的教室。聂沛聂茂联袂而来，那情形至今记得清清楚楚。聂茂背一书包，戴一副近视眼镜，两只手各握一杯玻璃杯装米酒（那年流行这种米酒，每杯二两半，五角钱一杯）。聂沛作了介绍后，我很高兴地接过他手中米酒，然后让座沏茶。聂茂从书包里拿出他的第一本诗集《玻璃房子》，说："没样书了，这本原打算送别人，来见老兄，送你了。"令我没想到的是，他书包里还有一副度数更高的眼镜，换上这一副，翻开扉页，把别人的名字涂抹掉，写上赠我的文字。我很开心，接下来的节目当然是喝酒。

如果将聂茂的成长历程写成小说，改编成电视连续剧，无须虚构，就是很好的"青春励志"片。我的这些诗兄诗弟，志高的父亲是局长（我们眼里真正的高干！），鹿鸣的父亲是老师（他自己吃农村粮），我、聂沛、聂茂的父母都是农民，而且是那种特别老实巴交的。当聂茂从一所卫生学校毕业，在一所乡镇医院当药剂师，拿着一份稳定的工资时，他父母很是松了口气，深感欣慰。可无论怎样也没想到，不到两年，他那念中专就在《中国青年报》发表过文章的儿子，也就是在药房不时发错药，却成天想一些不知所云的诗句的儿子，提出放弃稳定工作，自费到北京读书。这中间有什么因果关系在起作用，一对老人是想不明白的，但他们相信自己的儿子，相信儿子的选择。于是，鲁院、复旦大学作家班、湘潭大学读硕士，辗转走来，一边贫穷度日，一边精神富足地为文。直到硕士毕业分配到《湖南日报》，成为人人羡慕的"无冕之王"，总算安定下来。可没几年，他又折腾着移民国外，到新西兰攻读博士。黄花机场送行之后，朋友们想，这辈子不知是否还能见到这位"华侨"。但他毕业之后，又回到国内，受聘于中南大学当教授。出现在我们面前的聂茂，已是意气风发，著作等身的著名学者。

1991 年 9 月到湘大读研究生之前，因借钱读书，聂茂过得一直十分拮据。我们认识后的好几年里，他每次来长沙，基本上在我这儿落脚。比如，我在学员队当队长时，一次，来长沙，一周时间都吃住在队里（中队自己有食堂），我自然有酒招待他，他换下的衣服也有值班战士洗。作为答谢，他给我的学员讲了一堂让他们听来云里雾里的诗歌讲座。读研究生后，经济条件大为改观，一是国家发伙食费和津贴；二是不断在《人民文学》等刊物发稿子，有稿费；最主要地找到一个挣钱的好路子——应书商之请，写一些畅销的东西，很来钱。因此，他邀我到湘潭大学去玩，出手大方地请我下馆子喝酒。

1992 年底，某天他到我家，还带了两个朋友，其中一个叫郭胜平。正好一个部队的学生也来家看我，在我一室一厅房子的客厅兼饭堂，聂茂说："老兄，今晚喝酒，我来者不拒，我还从来不知道醉的滋味。"听了这话，我很惊讶，居然敢和我说这话？于是，不等菜上桌，我们 5 个人就开喝了。先是一对"白沙液"喝光了，接着一对"四特"又见底了，可家里已没存酒，赶紧打发妻子去买了一对"邵阳大曲"，刚刚打开一瓶，聂茂就大吐特吐了。最后，他在我客厅的沙发过了一夜。第二天，他捧着脑袋说："老兄，在你家我完成了处女醉……"

看电影《辽沈战役》，林彪的一句话令我记忆深刻："只准备一桌子饭菜，来了两桌人，这饭怎么吃？"前文说到鹿鸣兄回湖南第一次请客，请一桌客来两桌人，因在宾馆，也不怎么为难。而另一种情况是，主人请一桌客，没有一个人去，那也是件令人十分不爽的事。我第一次去聂茂家看望他父母，只一个人去了。

这里有个前因后果。时间是 1994 年正月。聂茂约好大家初四到他家。而初三，朋友们到我岳父家相聚（妻子女儿迁长沙了，我在祁东请朋友就在那里）。朋友们陆续到了，有志高、聂沛、聂茂、罗尔，此外，还有我在乡下当农民的两个兄弟李录明、周祥民，他们到我岳父家出行（老家有个习俗，正月第一次外出做客叫"出行"，为讨吉利，一般都选择比较好比较旺的一家）。岳父母在厨房忙着，我们喝茶、聊天、打扑克。快到午饭时，志高的爱人来了，通报他患癌症的父亲在衡阳医院去世。志高忙道别，走了。我对弟兄们说："志高兄的父亲，就是我们长辈，这种时候不要忌讳，都去帮忙。"大家赞成。我把情况和岳父讲了，匆匆炒几个菜，酒也没喝，扒几口饭，就搭车到了县城志高父母家。那儿已乱成一团，悲伤哭泣的，喊喊闹闹的，他一个弟弟和妹夫正为一些小事在扯皮。我们一到，立即行动，找一辆手推车，到建筑工地去拖木料和竹子，搭建灵堂。再陪着志高将他父亲遗体从中巴车上请进灵堂，一道参拜。我们到帐房表达心意登记各人姓名和礼金时，志高的弟弟和妹夫才知道，这些苦力原来不是他哥的患者，个个有头有脸。而我们已经从下午2点忙到深夜1点多了，还没吃一口饭喝一口水。悲伤难抑的志高兄的慈母知道后，吩咐人为我们下面条，我们谢绝了。说实在的，那种情况下我们也吃不下。我带着大伙儿到了火车站边的小餐馆，每人吃了一大碗热腾腾的汤面，身上才热乎点。吃完面已凌晨2点多，我又带着大家到了卫生局我姨妹子家，敲开门，让她一家挤一间房，腾出一间房给我们，一张床没法睡，我们打扑克到天亮。

聂茂想着到他家聚的事，说该动身了。又累又困的兄弟们实在不想去了，可聂茂的父母做了充分准备。我说："我做代表吧。"聂茂一看只好作罢。我和他坐中巴到了风石堰，我去商店买了些干果之类。聂茂为了让父母开心，特意拔高我的级别，介绍是部队团长，和县长书记一样大的官。老人一听这么大的官，有些不知所措。我看见他家做了米豆腐，忙说特别喜欢吃米豆腐，弄些给我们下酒吧。我刻意提这个要求，是想让两个老人知道我不见外。那天中午，我和聂茂又一次将自己喝得差不多才作罢。后来，已在党报做记者的聂茂，为报答父母，给自己父亲做了七十大寿，光外地的朋友就有五六十人参加。贵宾名单中，我的名字赫然排在首位（不少贵宾的职务地位都比我高），尽管在括号里说明排名不分先后，但我私下想，这肯定有我那年春节，独自一人去他家做客的缘故。

1994年上半年，聂茂到《湖南日报》实习。我在单位家属区帮他借了一套小住房。如果他不到外地采访，也没有应酬，我就让妻子多炒几个菜，哥俩一起喝酒。下半年，他正式分配到报社，也安排了住处。记者工作本来就忙，又新到一个单位，工作自然要表现得努力些，他有半年时间没来我家。后聂沛有事来长沙，我邀聂茂、远人、姜念光等来家作陪，聂茂花了300多元现金买了一瓶茅台酒。我们先喝别的酒，作为压台戏，最后打开那瓶茅台。我喝了一口，明显的假酒，而且特别难喝！别人也喝出味道来了，但谁也没点破，都开心地喝了。因为酒假情真，聂茂是诚心诚意请我们喝茅台！

另外，我和诗人东荡子也喝过两次酒，都是在聂茂那儿。他们是鲁院和复旦的同学。我在悼念东荡子的文章里有过较详细的叙述。

说不完的诗人的酒、朋友的事

其实，文章写作过程中，我就产生疑虑了。这样絮絮叨叨的文字，除了涉及的人，别人爱看吗，会不会认为我在粉饰无聊的生活，推销低级情感？与我交往喝酒的朋友那么多，有很多趣事，我能写尽吗？

关于第一个问题，我征求过文章的部分主人公，如聂沛、远人、罗鹿鸣、李志高，他们都鼓励我说肯定有人喜欢，聂沛还举例说明，有人写了一篇自己与海明威交往的文章，无非喝酒、聊天，他读得饶有兴致。也罢，别人不喜欢也无所谓，权当记录自己与老师、朋友的情谊，留些念想待老来回忆。

1．“把酒喝成水”的远人

“十月之夜，我和远人把酒喝成了水。”这是我的长诗《一年：漫游与还乡》中的诗句。

远人，他的本名叫胡辉。今年，我们认识正好20年了。20年前的那次“人民保险杯”诗赛，一个叫胡辉的人以一首《蝉》获得了三等奖。湖南参赛者只我们两人获等级奖。两个名不见经传的诗歌爱好者获得大奖，还不是我们相识相知的理由。那时，年轻的胡辉（才24岁）之前已埋头写了整整10年。可是，10年里，居然没有认识任何文学上的朋友，没有一个诗友，“有点像脱离组织的地下党员，孤军作战。”这个事情被古道热肠的王燕生老师知道了，他写信告诉胡辉，长沙有个叫起伦的诗人，在某某单位工作。于是我和胡辉在那年春暖花开的4月接上头。

关于我和远人，也就是当年的青年胡辉第一次见面情景，颇具曲折的喜剧情节。远人将这件事和80后优秀小说家郑小驴讲起过。小驴说，可以写篇好小说。至于能不能写成小说，我不敢说，但写一篇好文章是完全可能的。20年过去了，我和远人不时在喝酒时，提起那一天，其情其景，历历在目。只是我们都没有付诸文字。我之所以没写，是因为我认为远人文笔比我好，这么好的素材还是由他来写比较好。

我和远人交往的历史，基本就是我们一起喝酒的历史。从认识第一天就奠定了这一点。那天中午，他克服种种困难（当时没通公交车）跑到地处偏僻的我的单位。走廊上，在一群吃过饭回办公室的人中间，他直接问我，认不认识起伦？我没回答我就是，而是反问他你是胡辉？此前，通了封短信，并没约见面。凭着直觉，我认定是他。下午，我匆匆处理完手头工作，带着他到山上散步、摘野草莓、当然也聊些诗歌之类的事。我跟家里打了招呼，多准备些菜，下班时，我们坐上单位班车，回我家。我岳父母正好从老家来长沙。那晚，我们一起大概喝了十来瓶啤酒。

我们在一起喝酒的次数真可以用不胜枚举来形容。譬如，他以及后来我们的“6+0”成员：唐兴玲、唐朝晖、易清华、韦白等，好几次在阳光灿烂的日子，到我家来，先去浏阳河边漫步，然后喝酒；譬如，我们一帮人又常去远人家里喝酒；但能不时去他父母家做客的诗人，可能除我之外，另无他人；一次，一个叫刘大兴的诗人来长沙，唐兴玲夫妇在家里款待他，我、远人以及萧金鉴老师也被请了去。喝的酒很杂，白的、红的、啤的，也喝得很凶。我醉后霸占了他们夫妇的婚床。远人和刘大兴占了客房，他们只好睡在客厅。第二天，我差点儿把正事忘了——陪聂茂去益阳相亲！

还有一次，聂沛到长沙来，在我家里，我把远人叫来，3人在阳台聊天，就着一包葵瓜子下酒，不知不觉间，将我一个能装 20 斤的塑料壶里满满的糯米酒喝了个精光。

目前为止，他是我诗人朋友中唯一在我陪同下去过祁东的人，而且去过两次。第一次，是 1996 年暑假。在我和聂沛、李志高的邀请下，远人和我坐上开往永州的一列慢车开启了他的第一次祁东之旅。我们在华灯初上时分到达祁东车站，聂沛、志高、罗桂军来迎接。一干人马开到文化馆聂沛家，他高龄老母亲给我们做了丰盛的菜肴。当场，就把远人喝吐了。第二天，又转战到白地市我岳父母家，因在长沙，他见过我岳父母，一起喝过酒，一点都不拘束。自然又是喝酒，远人又喝吐了，吐了接着喝。我岳父做了一道可口的下酒菜，叫“和胶皮子煮鱼”（红薯粉皮煮鱼），远人很是开心地学到了这句祁东话菜名。后来，他总是念念不忘这道菜，直到第二次到祁东才再吃到。第三天，我们的队伍壮大到了七八人，我在风石堰当镇长的中学同学彭伟彬（我在《1981 年的记忆》文中写到过他）开了辆北京吉普，大家挤在一起，又杀到永州的一个朋友那里。远人酒风好，不耍赖，谁敬都喝。反正，我的印象里，远人餐餐都喝得吐。真可谓屡败屡战，精神可嘉。远人第二次去祁东，是 2012 年，也是暑假。《长沙晚报》副刊编辑、散文家奉荣梅的儿子在我中学同学李德宝那里补数学课，她去看儿子，邀我、远人、方雪梅（因手头有事没去成，耿耿于怀）一同去。那次，我们只在祁东待了一天，住了一晚。自然，聂沛、罗桂军、李志高以及写诗较晚却进步神速的聂泓等诗友一直陪同。中午驱车到聂泓蹲点的步云桥一个村主任家吃野味（村主任是个猎户），下午坐船游览红旗水库，晚上在水库里面的农家吃土菜，有“叫花鸡”“米粉搞螺蛳”这些在长沙不可能吃到的美味。

去年 8 月至 10 月，远人被省作协派遣到新疆《西部》杂志代职。临行前，我邀吴昕孺、梦天岚、方雪梅、奉荣梅等长沙文友，以及正好来长沙办事的凤凰小说家田耳，设宴为他饯行。我说，兄弟，在新疆要保重身体，去过新疆的人都说，一到新疆，由于海拔高的原因，酒量会增加，也不要总是喝醉。远人则开心地说，喝了起伦兄这碗酒，有什么酒抵挡不了的！大有《红灯记》李玉和“临行喝妈一碗酒”的气概。我又说，等你回来，还为你接风洗尘。新疆的两个月，远人很勤奋，写下50余篇日记体随笔，我则改变自己作息时间，每天提前20分钟到办公室，第一件事就是打开电脑看他更新的日记，然后去食堂吃早餐。令人惊讶的是，他几乎每天都会和新疆文学界朋友喝酒，好几次喝到酣浓处，给我打电话，说如果我也在一起会多么开心。他代职结束回长沙的当天，因有重要工作会议，不能去机场接他，我让司机去了。并于当晚在出发饯行的同一家酒店同一个包间，几乎原班人马为他接风。

远人也是我们兄弟，同时在酒战场上败北于外地文学朋友的人。毛泽东文学院举办了一个新疆班，在新疆接待过远人的作家、翻译家艾布来了。我们经过事先侦察，得知东塘有一个比较正规的清真饭馆，我们去了。艾布还带了两个朋友，一个叫浪潮，克拉玛依文联主席；另一个是他们的厨师。新疆朋友很高兴，因为恰好赶上他们的古尔邦节（相当于汉族的春节）。我知道新疆人能喝酒，准备了一箱炸弹二锅头（56度，二两一瓶，共20瓶，计4斤酒）。我们一共5个人，平均每人8两高度酒，我想满可以了。可是，我对形势估计严重不足，我喝了半斤，醉了，第二天上午头疼欲裂；远人喝了7两，在回家路上就吐了，第二天睡到11点才起床；可新疆3人一共喝了2斤8两，最后问我的司机小王还有没有酒？在送客人回毛院的路上，3人对小王说，他们每个人都是公斤级的，一餐可吃五六斤牛肉！我们终于知道，喝酒这方面真是天外有天，我们碰到了牛人！

远人不止一次当我的面说过，我们是此生永远的兄弟。我当然知道，于狭义来说，他只有一个双胞胎哥哥；从广义来说，他的兄弟遍布四海。而从既不狭义也不广义的角度来说，他的兄弟只有那么有限几个。我是一个，成都的聂作平也是一个。聂作平去年来过一次长沙，他和远人去的江西，然后转道长沙回成都。我们在一起喝了两顿酒，我醉了、远人醉了、聂作平也醉了，打了个平手。不喝酒的聂泓正好来长沙开会，都参加了，隔岸观火，逐个点评，让我们心里愤愤不平。

2."走上大诗可能"的胡丘陵

在我的诗人兄弟中不乏政府官员，但级别最高者，应该是胡丘陵了，他现今担任一个地级市的副市长兼公安局长。我和他认识于20世纪90年代后期，其时，他刚从一个乡镇党委书记任上，因踏实能干、才华出众擢拔为市委组织部办公室副主任。

丘陵写过小说，写过诗，最擅长写长诗。他更是以《拂拭岁月》《2001年，9月11日》《2008，汶川地震》《长征》几部长诗确定其诗坛地位，成为后政治抒情诗的代表人物。他获得过"毛泽东文学奖"和"海东杯"诗集一等奖。评论家陈超就认为他的《长征》是一部"别有天地的灵魂史诗"：不仅对得起这个庄严的题材，更重要的是对得起"诗"本身的尊严。南开大学文学博士王万顺则认为丘陵的创作，是走上"大诗"的一种可能。

我和丘陵兄在长沙、衡阳、祁东、常宁、常德等地都有把酒言欢的故事。我最敬佩他的还是做官正直，待朋友细心。

1998年12月26日深夜，急促的电话铃声把我一家人从梦里惊醒。岳母因心脏病突发离开人世。我和妻子来不及向各自单位请假，便慌忙收拾行李，带着女儿赶往火车站。只有途径衡阳市的车。我顾不得时间是半夜，用手机拨通了丘陵的手机，告诉我的车次，到达衡阳时间，并请他安排一台小车送我们回祁东乡下。第二天上午10点左右，我们抵达衡阳车站，丘陵带着司机接站。把我一家拉到饭店，点了不少菜，说："你急着回家，不请你喝酒了，你们多吃点饭，回到家里恐怕几天都不能吃上安稳饭了。"等我们吃完饭后，又说："对不起了，起伦兄，我有工作脱不开身，不能亲自去老人灵前祭拜，车你带回去，后备厢我给你准备了几条香烟和两箱水果，用得着的。另外，你走得那么急，身上有足够现金吗？我给你准备了一些。"如此细致，让我多么感动！我没要他为我准备的钱，带走了车和他送我的水果香烟。

丘陵到常宁担任市长时，我去看他，自然将酒喝得尽兴。我的一个常宁籍部下知道了我们的关系，一次找到我，他一个在重庆某部当技术员的同学转业回常宁安置，想进公安，而且爱人已随军，要一同安排工作。想着军人的付出和转业安置的艰难，我给丘陵打了电话。丘陵自己有个弟弟在部队，知道部队干部的不易，答应了下来。那个人带着礼物去见丘陵。丘陵告诉他安置有个过程，让他耐心等待，同时批评他不该带礼物，退给了他。如今转业安置的确需要较长的一段时间，等待中的转业干部心里很不踏实，过了几个月，那人用信封装上两万元钱又去见丘陵市长。这下把丘陵惹火了,狠狠地把钱摔在地上,让他“滚”出了办公室。等那人离开后，丘陵怕他挨了骂后心里更没底更不踏实，立即给我打电话，让我转告他一定会安置好的。等到这项工作启动时，丘陵兄亲自过问，那个人和他妻子都得到了满意的安置。

去年秋季学期，学院担任了18万地方高校新生入学的军训任务。我要去丘陵新任副市长兼公安局长的城市，检查某高校军训。临行前我发了个信息给他。他立即回复：晚上请你喝酒。5分钟后，他又打来电话，说在开会，已从会场出来，问晚上想要哪些人陪我。我说，你叫上当地几个诗人一起吧。晚上我们在市交警支队食堂见面，陶少鸿、谈雅丽、邓朝晖、陈小玲等作家诗人也到了。丘陵兄说，虽然现在不能用公款接待个人的客人，起伦兄来了，酒还是要喝好，不要担心我工资不够花。丘陵拿出他一贯作风，开始三小杯拉开序幕，然后赶紧吃一碗米饭，再把小杯撤了，换成大杯子，倒满酒，和我对碰，一饮而尽。我也只得将满满一大杯喝下去。喝到途中，支队政委过来报告，约好过来协调工作的市委书记和市长马上就到。丘陵兄坐着没动，说，你们先下去迎接，我还要陪我的诗人兄弟。我心头一热，赶紧又和他喝了满满一大杯。

3. 用“最美丽的句子”佐酒的龚湘海

严格意义来说，我朋友中有了诗名当了诗人后，才交往的，龚湘海是第一人。他是我湖南师大的同年级校友。我在数学系，他在中文系。因他中学一个要好的同学和我一个寝室，他经常来串门。在学校念书时，龚湘海就是颇有名气的校园诗人。我在《1981年的记忆》一文，详细写了我于那一年上大学前后的事。其中写到我曾递交书面报告想转学中文未被批准的事。那时，我们只是点头交，当然不会探讨文学。但湘海的一些脍炙人口的诗句我却十分喜欢。譬如，他在《毕业留言》这首诗里，写道：“最美丽的句子属于七月”，倾倒多少青年男女。

大学毕业时，湘海分配到湖南文艺出版社，我进了军校，都遂了自己心愿。我在爱上诗歌创作后，在一些刊物上读到过他不少佳作，譬如他在《星星》诗刊发在头条的那组《老区》，后又被《中国诗歌报刊年选》收入。才子龚湘海也以这些“最美丽的句子”做饵，钓到一条“美人鱼”——他美丽的妻子也是文学青年、一名教师。有缘的是，她从隆回调到长沙来后，和我妻子在同一所小学任教。

我和湘海交往密切是到了2000年后，湘海已担任《芙蓉》双月刊主编。我一个关系很好的战友转业到了文艺社，战友拉着我们在一起喝了第一次酒。我发现，原来中文系的才子居然是酒场上的猛汉！大概是2004年12月的“圣诞节”，湖南省作协开会，住湖南宾馆。胡丘陵、聂沛等到了长沙，我请他们吃饭，先是在湖宾附近的“顺风楼”喝酒，结束后，一帮男女作家又去K歌，等到12点以后，还去吃消夜，喝啤酒。衡阳市女散文作家唐玉萍全程参与活动。乘着酒兴，湘海兄当即授予她“湖南第一美女作家”荣誉称号。美女做伴，对酒当歌，是容易让人喝多。我们喝到大概凌晨3点了。我有几个战友正好也在那个店子吃夜宵，我搭他们的车回家。可我们走出几里路后，湘海给我打电话，说自己包不见了，可能落在夜宵店里。

我和战友赶了回去。店家发誓没见到他的包。我们也回忆了一下，好像没见湘海带过包。于是散去。一个小时后，再接到他电话，包在宾馆房间。

2006 年，我到北京进修。寒暑假回长沙，湘海总拉着我喝酒。一次，去吃夜宵喝啤酒，一盘一盘的烤生蚝端上来吃，一瓶一瓶啤酒往肚子里灌，第二天，我的嘴角因上火满是水泡。

2007 年下半年，湘海去北京开会附带组稿。他把我从国防大学约出来，又喊上《解放军文艺》编辑、小说家李铁，3 个人涮羊肉、喝二锅头。最后，3 个人都喝醉了。第二天，我回忆不起来，是怎么离开酒店，又是怎样回到学校的。

湘海兄为人大气、豪爽，很对我的脾气。为了避嫌，我至今没在他主编的《芙蓉》发过一次作品。但有一件事，我对湘海有意见。2012 年 3 月，他当面向我提出，让我组一辑“新世纪湖南诗人诗作”。我欣然受命，立即在博客发出征稿启事。湖南诗人响应热烈，有 100 多位诗人寄来佳作，我优中选优初选 50 人作品，为慎重起见，又请聂沛和远人把关，最终确定 36 人作品，交给湘海。可两年过去了，稿子一直没有发出来。

湘海对我意见更大。我女儿硕士毕业前，自己从网上得知文艺出版社招人，投了简历，经过两轮面试，一轮笔试录用了。等女儿去上班，向他报到，得知是我女儿，一面笑着鼓励她好好干，一面等女儿离开他办公室后，拿起电话对我发了脾气，说我这人太不够意思，不把他当朋友，这么大的事情也不跟他打声招呼。

4. 拖着行李箱“漫游”的柳宗宣

或许是我个人的偏见，我一直认为柳宗宣的散文随笔比他的诗歌写得更好。他的散文随笔意蕴丰厚，文笔流畅，如陈年佳酿，品之味之，劲道十足，韵味绵长。他送给我的散文集《飘泊的旅行箱》，我会不时拿出来阅读。

我们是 1991 年在湖南一次诗歌活动中认识的，那次参加活动的好几十人，我唯一与他保持了 20 多年不间断的友谊和联系。虽然，我们在湖南、湖北和北京，都留下了喝酒的往事，但我更愿意用“君子之交淡如水”来形容我们的关系。

我将我俩的两次喝酒做个笔录，立此存照。

1999 年 6 月，因军队院校调整，我被派到北京公关，住在天平路兵种部招待所，一住就是两个多月。有一周时间，我单位一个湖北籍教授到北京出差，也住兵种部招待所，白天各忙各的，晚上在一起聊天。我说到了他的老乡柳宗宣。其时，宗宣在湖北潜江技工学校当老师。我给宗宣打电话，他告诉我，技工学校每月几百元工资要死不活的生活已经很厌烦了，有人介绍他一份在北京《工人日报》的临时工作，只是他一时下不了决心。我说，北京多大的天地啊，只要有本事机会好，不愁没发展。还告诉他我正在北京，你来看看，我开个房间你住着，我们兄弟先聚两天再去报社。他说，明天就来。第二天，他带着他的行李箱到了北京，我们作了一次很开心的漫谈交流。他羡慕我的生活状态，我说，你在北京发展，说不定哪天就发达了。

2006 年，我到国防大学中青队学习。宗宣已经到《青年文学》主持诗歌栏目，同时负责杂志的广告。令人欣慰的是，他的女儿莲子考到北京读大学，他爱人也到了北京，负责他自己注册的一个文化公司。凭着聪明和肯干，短短几年，宗宣在三环买了一套 90 多平方米的住房，还在五环边大王庄有一栋小产权的别墅。他知道我在北京进修，特意于一个周末，找辆车去接我到他乡下别墅度周末。每天两顿酒喝得我云里雾里，十分惬意！

如今，宗宣回到湖北，在武汉一所大学文学院执教，生活闲适，写诗为文，颇为自得。

5．“复古主义者”高瞻

高瞻在他第三本诗集《雨水十四行》即将出版前，给我发了电子邮件，想让我写篇文章。尽管我知道，这是高瞻为了纪念我们的友谊。广西颇有名气的诗人盘妙彬、刘春等已有好几人给他写了评论。我还是有些犯难，因为理论功底太不厚实，很不在行写序和评论这类文字。高瞻说，起伦老兄，拿出你喝酒时的豪爽劲，想怎么写就随意写好了。他第一本诗集出版前，也请我写点东西，我先是答应了，最终爽约了。这次，总算硬着头皮交了作业。

我在最后一段里写道："高瞻兄是个性情男儿，对待朋友至诚至信！"

2000 年 2 月，我被组织派到贵港代职。当我一接触到单位给我订阅的《贵港日报》时，为一个地级市报纸副刊有那么高的品位，感到有些吃惊，不由自主地向其投稿。后来，责编高瞻和我见面时说："第一次读到你的诗很惊讶，眼睛一亮。"开始，他不相信我所在的部队有人能写出这样的诗，怕是抄袭之作。为慎重起见，他通过信封地址联系到我单位的宣传干事，确认了我的诗人身份。他异常兴奋，立即来单位见我，不由分说拉着我到贵港市里喝酒，还请来了当地的杨军、徐强等作家诗人。

由于高瞻的热情引荐，整整一年代职时间，我俨然成了贵港文学界的一分子，常能参与文学活动以及文友们的聚会。这年 5 月，我参加了诗刊社的第十六届"青春诗会"，当我从广东肇庆回到贵港后，高瞻立即组织接风宴，不久又在《贵港日报》用整整一个大版面给我做了一个专辑，配了照片、诗作、随笔和他对我的访谈。这个专辑在当地引起了较大的反响，很快贵港电视台来人要给我录制一个专题节目，被我婉言谢绝了。也就是在这一年里，贵港文联出了一本《山色苍茫——贵港市文学作品选（1991—2000)》的文集，我的 5 首诗歌被高瞻编辑进去。

回到长沙后，因停笔达 10 年之久，我和高瞻联系渐疏。2011 年，我重新回归文学创作，开了博客，高瞻一下就找到我了。不曾联系这些年，他在回归古典，居然还研究起中医。去年，贵港文联再度编辑出版新世纪文学选，高兄又将我这个"贵港人"的一组作品忝列其中。我有感于我们间的相知之谊，写了首十四行诗《秋风穿透我沉寂而敞开的灵魂——给高瞻》，发表于《伊犁河》2013 年第 6 期。我想，我和高瞻兄的友谊随着时间的推移，会经久而弥新！

高瞻做事喝酒都显得很斯文，喝酒时不太闹，但他的酒量很大，快酒慢酒都能喝。所以每次和他喝酒，醉了的肯定是我。我期待他来湖南，拼着胃溃疡，也要和他一醉方休！

6. 把“臧风阁”搬到北京的姜念光

我特意将姜念光放在最后来写，是想让这位老朋友、老同事、老战友给我这篇文章压轴。

姜念光比我小一岁，而上大学比我早了一年。1980 年通过高考进入军校时才 15 岁，来自孔孟之乡山东济宁的他，是全校年龄最小的大学生。别看他年纪小，可事事不肯落后。比如第一门课程是步枪射击，他在考核时 5 发子弹打了个 50 环，被中队嘉奖，戴着大红花照了相。我见过照片，小眼睛眯缝着，笑得无比灿烂。这一直是他在我面前吹牛的资本之一。因为他的努力和刻苦，毕业时以优异成绩留校。

1988 年我当教务参谋，他是政工科干事，是一个大部的同事。我开始学习写诗时，他也正好爱好上了。于是我们和另外一些有同好的同事成立了文学组。学院政治部还特意拨了点经费给我们，出了两期刊物。后来，为了给自己争取更多的创作时间和更好的创作环境，他提出来从机关调到了图书馆。他还住在图书馆的顶层，把厕所改装成厨房，偶尔自己买些菜加餐，于是他那里就成为我们聚会的最佳场所，每周至少聚个一两次。

1991 年底，当我在《人民文学》发表单首诗歌正沾沾自喜时，他第二年春，一次就在《青年文学》推出一大组诗。我记得很清楚，他那组诗的稿费是 205 元，从银行汇票过来的。那个时候，我们的月工资不过 150 元。

面对这样一笔巨款，他不请客是说不过去的。星期天，他喊上我，我再叫了队里一个学员当跟班，3人去了市里。先领了稿费，再逛袁家岭新华书店，中午念光买单请客吃饭，每人一支啤酒。我觉得不过瘾，回单位前，念光到菜市场砍了5斤羊肉还买些别的菜，我让学员用两个军用水壶到老乡家买了谷酒。晚上，在他那厕所改装的厨房里，将羊肉炖得香喷喷的，3人把肉和酒全部消灭，我才心满意足地带着学员回到中队。我一直不会忘记我过26岁生日的事。念光和全世杰两位兄弟白天请假去买了很多菜和五瓶“湘泉酒”，下午在那间厕所兼厨房忙了一下午。晚上，写诗的女学员沈煜（现在《人民日报》工作）来了，夏志和也从他热恋的女朋友家骑自行车摸黑赶过来了。那晚我喝了很多酒，也很感动，醉后我哭得泪流满面——我至今没弄明白，我怎么哭了？这是我学会喝酒以来，唯一醉后哭过的一次。

念光是1999年初调到解放军出版社的。无论我去北京出差，还是后来在国防大学进修，我们总要聚在一起，喝酒叙旧。有一件事，我们俩都十分感谢诗刊社老师们的刻意安排——2000年，诗刊社在广东肇庆鼎湖山举办第十六届“青春诗会”，我们两个都被邀请参加了，而且被安排在一间住房。因为报到时我就和周所同老师坦白了，可能以后不写诗了，所以开会讨论和修改作品时，我几乎不参加。我去登山吸氧（鼎湖山是广东最大的天然氧吧），念光便毫不犹豫地陪着。

2007年是中国人民解放军建军八十周年，由《军营文化天地》策划并拿出第8期全部版面，做一期“人民军队80个关键词”的条目解读（散文随笔），从全军抽调20多名写手参与写作。其时担任副主编的姜念光自然将我这个难兄难弟纳入这个名单中。我们周五下午赶到编辑部集合，然后乘大巴车到风景秀丽、空气清新的密云水库一个度假宾馆。两人一间房子，我和念光又在一间。好吃好喝伺候着，其实是给大家创造一个休闲相聚的机会。喝好了玩够了，星期天下午，编辑部才将事先遴选的100多个词条摆出来，我们投票，最终选择出最有代表性的80个词，让大家挑着写。那时，我成天研究联合作战指挥，满脑子红军蓝军态势、兵力火力部署、武器装备调动，一点写文章的兴趣都没有。念光坏坏地笑着说："起伦，你想写就写，不想写就不写，叫你来是想让你放松一下。"嗨，俗话说："拿人家的手短，吃了喝了人家的嘴短"，我乖乖挑了《信息化》《人民战争》《二炮》《冲锋号》4 个。在规定时间内交稿完成了任务。

（需要特别补记的是，在这篇文章收入本文集时，姜念光已是《解放军文艺》主编了）

啊，诗歌和酒，是我的故乡。皈依了它们，我就是一个有故乡的灵魂！今天，当我终于将这篇文章写完，我长长吐了口气，好像感到自己完成了一件受自己心灵委托必须完成的事。但我的酒量已每况愈下，就像自己故乡一片耕植了一辈子的田地，已被钢铁和水泥侵占，要失去了，我将流离失所，心里隐隐疼痛。好在诗歌还在，这片故土我必须守住！

但我还是要说出这样一句话——心理学有这样一个妙喻：如果说弗洛伊德找到了大海波涛下的暗礁，荣格则找到了暗礁下的海床。我不妨套用这句话来结束这篇文章：一个诗人终其一生能写出好诗，只不过找到大海波涛下的暗礁；如果继而能把酒喝到境界，则他找到了暗礁下的海床。

这句话是不是也可以献给已在天堂写诗、喝酒的萧金鉴、王燕生、韩作荣老师，以及诗友唐兴玲、郁金、聂青、东荡子们？！

2014 年 3 月 1 日—3 月 8 日于长沙

第三辑

成长中的若干词条

成长中的若干词条

我并不想将一些奇异的东西引入日常的事件，生活本身已经是令人惊奇的了。我不过是忠实于自己的记忆，记下这些，平凡而真实

——题记

1. 发蒙

在我个人的编年史里，1969 年发生了两件不可不记的大事。其一，我发蒙读书了；另一，我全家下放到了万福岭人民公社流泉町大队九队，在那个叫八庄门的村子里，我第一次，住进我爷爷留下的那间土坯祖屋里。

关于下放的事，我还得另文叙述。我先说说我的发蒙。

现今的孩子，早熟。他们还在娘肚子里，就被进行胎教，刚刚学会走路，又送进幼儿园，上小学前，还得经过一年学前班教育。我们那个时候哪有这些名堂？不过，那时候念书也没有今天这么难。孩子们都很淘，不想念书。只是到了 7 岁以后，家长认为你必须念书了，就把你拽到学校去。负责报名的老师，照例问你叫什么名字？几岁？你爸爸叫什么妈妈叫什么？你哪只手是右手那只是左手？答上来了，就经过了入学测试。也不要户口本，再说我们农村人也没有那玩意儿。

1969 年开春不久，我刚刚满 5 周岁，突然就想要念书。白地市完小也开学了，自然要新招 3 个一年级新生班（1977 年以前都是春季招生）。我瞒着父母，跟着普遍比我大两岁的孩子去报到。我的家就在学校对门，隔一条马路。老师明明知道我年龄不够，但他们好像还没碰到过这么小就自己想读书的孩子，挺开心的。他们问我几岁，我答 7 岁。那你怎么这么矮？

我回答这个我可不知道。除了父母名字和左右手之分都答对了，他们还有些故意刁难我似的，要我数数，我一下数到了100。他们进而弄出了10以内的加减法，让我口算，这也没难住我。

回到家，我告诉母亲，我报名读书了，还把过程向她一一描述。母亲很开心，忙从家里的木箱里找了一块压箱的蓝布，当天晚上就让做过裁缝的父亲，为我缝制了一个书包。

我说出这些，并不是标榜自己如何早慧，我也并不比别的孩子更加聪敏。那个时候，读书就是读书，只是一个必经的过程，并不像后来读书可以改变命运那般重要。我只陈述一个客观存在的事实。但这个客观的事实，后来让我小小的虚荣心，得到过空前满足。

下半年，我家下放到了流泉町乡下。在小镇上，我家的条件是我那些同伴里最差的。我的同学中不少父母是双职工（譬如钢铁厂、汽车修配厂、磷肥厂），甚至还有的是干部，他们趾高气扬的，很是目中无人；即便那些只有父亲是职工的“半边户”孩子，因家境比我家好，他们好像也高人一等。而在我爷爷生活过一辈子的八庄门的堂叔伯的孩子眼里，我们家又是他们向往的天堂。因为我是街上人家。流行着这么一句话：“冲里的想着岭里的，岭里的想着街上的，街上的想着国家粮。”

一到八庄门，堂叔伯家很多和我差不多大小的孩子就围着我，问这问那，问街上的事情，我会不无优越地向他们炫耀我的见闻。他们问我读书了吗？我说，读二年级了。其实，是读二册，我不是刻意拔高自己，确实口误了。“哇！”大家睁大了眼睛，因为，很多比我大了三四岁的哥哥姐姐也才发蒙。——而我居然读“二年级”了。好在他们中没有读到二年级的学生，于是，哥哥姐姐们问到自己正在念过的课文（当然也是我正在念的），我都一一作答，比他们都记得清。又引来他们啧啧称赞。

我小学念到四年级时，因身体原因，休学了两年。复学后，就与我年龄一般大的孩子读同一个年级了。这是后话。

2. 八庄门

此前，我根本不知道，这个世界上还有这样一个小村庄与我的命运紧密联系在一起。

我是在梦中被叫醒的。当我迷迷糊糊睁开眼，看见一群陌生汉子，把我家堂屋挤满了，除了家里电灯亮着，他们好几个人手里还燃着火把。这情形颇像电影里土匪打家劫舍。我问母亲怎么回事，母亲压低声音说，下放了。而我哥哥明显看出一种雀跃之情：下放了，下放了！

我被一个汉子背在身上出门了。接着，响起敲锣打鼓声、鞭炮声。黎明前的寂静被这一路的锣鼓声打破了。我们在天刚蒙蒙亮时，抵达八庄门。村子离我镇上的家大概 6 华里路。有不少女人来迎接。

我到现在也不知道“八庄门”这个名字起于何朝何代，这个名字有着怎样的含义或象征意义。但我私下猜测过，这个村子的进口有一个池塘，池塘后面是一块坪地，村里的房子围绕着池塘和坪地，建成一个“八字形”，因而得名。后来，我否定了这个想法。也许，我的先祖在此建村时，先建的房子，后根据风水先生建议，开挖了这样一个池塘。我从未见过面的爷爷，一辈子都窝在这个村子里，像他的爷爷一样。除了被生活所迫，爷爷曾跟着人到广西去挑盐，算是出过远门。

于我当时的年龄，并不知道“下放”这个词的确切含义，更不知道对我们这样一个家庭，有着怎样不同寻常的改变。我也不知道城镇和乡下有什么区别。我只觉得好玩，只觉得又认识了很多新伙伴。

乡间的空气，弥漫着一种纯朴善良的泥土芬芳。让我特别开心的是，有一棵粗壮的毛桃子树，根扎在村子坪地，树干却横着生长，直伸向池塘中。树很大，上面可同时承载五六个小朋友。夏天，我们都爬上桃树，在上面荡秋千、往下跳水、扎猛子，要多开心有多开心。何况，毛桃子熟了，也可以吃。即使其他季节，我们也可以爬到树上去玩耍。

流泉町大队大都姓刘。后来，民间兴起修族谱，我知道了，是一个叫“向天公”的先祖传下来的。当年，向天公只身从江西吉安泰和县流落迁徙至此，从此扎下根来，开花结果，繁衍出今天的生机。

九队有3个小村子，除八庄门外，还有铁路塘、张家新屋。张家新屋是张姓兄弟俩，是外来户。其余都姓刘。以我父亲这辈来算，八庄门所有住户，都没出“五服”。我的“起”字辈中，有18个堂兄弟，有人戏称“十八罗汉”，最年长的堂兄年龄比我父亲还大，我最小，是老幺。

关于“下放”，需要补充的是，我家有个十分古怪的实情。父亲是20世纪50年代为减轻国家负担，主动从白地市镇合作社下放到了农村，那时我没出生，等我出生，户口就随了父亲。我母亲原在居委会工作，哥哥跟着她，吃着国家粮。这次，也响应国家号召下放农村。后来，母亲通过关系将念过初中的哥哥转为知识青年。有了这个身份，就多了层保护伞，有人欺负哥哥，那可就是破坏毛主席“知识青年上山下乡”的伟大号召。当然，若干年后，他也是以这个身份回城，分配工作的。

真正在八庄门住的时间不到一周。一是我要上学，二是生活不方便不习惯，我还有个年迈的奶奶要照顾。再者，6华里也不是太远，父亲和哥哥每天到生产队出工，早晚步行，带了中午饭。后来，一放假或农忙，我也经常去帮父亲干活。后上了大学、参加工作，有几年没回去过。

1991年，我父母双双去世，分别安葬在八庄门后面的鸡子庵山和云母顶山，我每年都要去八庄门一两次，清明或除夕下午，给父母上坟。八庄门有了一些变化，有几栋青砖瓦房，掺杂在渐渐坍塌颓废的旧土屋间，戳在那里，乡村水泥路也修到村口了——大前年，他们通过哥哥传话给我，修路集资，我是村子出去最大的“官”，应该带头。我想这是好事，拿出了8000元。于是，村口的修路功德碑上，我的名字排在了最前头。

每次，照例去绰号“旺鸟屎”的堂兄家，买30元的纸钱(记不得哪年开始，他家做起了纸钱生意)，借一把锄头为坟头除草。返回还锄头时，我会给他一包香烟，他也会跟我们客气一句，留我们叔侄吃饭……

3. 文化街

如果我的志向不是那么游移不定，从一开始只想着当一个作家或诗人，就会早早将我家祖祖辈辈的故事挖掘出来，说不定也写本莫言那样的“我奶奶”“我爷爷”的书，2012年斯德哥尔摩的领奖台上或许就换作了刘某。再不济，写出本刘震云的《一句顶一万句》，弄个“茅盾文学奖”什么的，玩玩也行。他们那里——山东高密市也好，河南延津县也罢，都是真正的乡下，而我的起点比他们都高，因为我家是在祁东县白地市镇文化街。

明白吗？文化街！我家是文化街8号。

之所以叫文化街，这很好解释。白地市镇唯一的学校，就建在这里，起初叫完小，意思是从一年级到小学毕业都设了班级。后来，随着形势发展，又有了初中，最兴旺时，还有两个高中班。改名叫“镇中学”，这个名称一直沿用至今。而我认为，这种形势的发展，其实就是为了满足本人求学生涯的需要——我从发蒙到高中一年级，都在这所学校度过的。学校正大门在我家门的斜对面，中间隔着文化街这条不足12米宽的马路。这所学校和我的缘分一直那么深，以至于当年在这所学校念过初中的一个女生，大学毕业后又回到这所学校当了老师，她成了我的妻子。

白地市镇是个交通枢纽，南接永州、桂林；西通邵阳；北经衡阳、可抵长沙。湘桂铁路和322国道像两条平行线贯穿其间。文化街东西设置，全长600米的样子。本来是完整的一条街，可20世纪50年代国家在这条街正中间建了一个粮食储备库，生生把一条街截肢，分成东西两段：西头临着汽车站，东头靠着白地市火车站，一个四等小站。

说是一条街，但在我的记忆里，我念初中之前，这条街上还没有一家商铺。所有的房子无一例外是土砖墙，只是屋顶盖着烧制的青瓦，好一点的家庭，用白灰粉刷了临街的外墙。街道也是土路，铺了些碎石子，坑坑洼洼，下雨天到处积水，晴天尘土飞扬。我听母亲说过，我们家是土改时分到的土地，盖的房子。临街两间房，后面有个园子。父亲是裁缝，手工艺制作者。母亲参加过土改工作，很积极，当过一任镇上的妇女主任，只是父亲坚决反对她入党，拖了后腿，政治上没再进步。

就是这样一条街，承载我多少无忧的少年时光和长大后的无数烦恼。这条街的每一个家庭，每一个同辈人，我都再熟悉不过，他们都有着自己的悲喜剧。毫不夸张地说，发生在这条街上的一切，无须任何虚构，稍加整理，就是一部很好的长篇小说。

我家临街的两间房子一大一小。大的这一间，可谓“多功能”：客厅、饭厅，外加奶奶、父母和我的卧室。初中之前，我与父母住一张床，上中学后，我自己找了一块门板，架了一张床，而且，我最要好的同学周祥明在我这儿搭铺。小的那间，是哥哥的。本来我们这间大房子有阁楼的，大炼钢铁时，一向对公家事情积极无比的母亲，不仅把家里的铁锅砸烂投入了炼钢炉，还把整个阁楼上的好杉木楼板拆了，做了炼钢炉的引火柴。这样也好，我躺在床上，就可看到房顶的瓦片。而瓦片中有两片玻璃的明瓦，入梦前，我常常透过它，看天上的月亮和星星，我想，这天上的星星哪一颗是我呢？

“少年不识愁滋味”这句话就是说我的。有时，我的想法非常现实（按如今说法，接地气），只想跳出农门，吃上国家粮；有时，野心无比膨胀，经常把小说里的话挂在嘴边：“将相本无种，男儿当自强。”觉得自己来这人世一遭，必定会闪闪发光。说不定“文化街 8 号”就成“XXX 同志旧居”，供后来人瞻仰参观（这隐秘的想法一直不曾说出，就像想象中的地主“变天账”一直没被发现，但在我心里存活了相当长时间）。

如今，文化街几乎家家户户成了商铺，有卖花圈纸钱的、有开小饭店兼小旅馆的、有理发的、有收废品的；过去的土坯房都改建成钢筋水泥的楼房。只是我家那两间临街的房子还一直保持原样，因有碍观瞻而为街坊所诟病。前些年，哥哥和两个侄子与我商量，想拆了重建，我一直期期艾艾，下不了决心。我想，如果旧房子改建了，就失去历史的沧桑感了。

如今已过天命之年，过往的诸多想法，终于像吸剩的烟蒂，丢在地上，又被自己一泡尿彻底浇灭。前几天，读到波兰诗人米沃什一句诗：“我不想成为上帝或英雄。只想成为一棵树，为岁月而生，不伤害任何人。”不知道米沃什写这话时什么年龄，好像把我的心里话给掏出来了。嗨，“人到中年万事休。”前一个月，我过 50 岁生日，哥哥和两个侄子来到长沙给我做寿，他们又提起老房子拆了重建的事。我松口了：“你们看着办吧。”

4. 文艺宣传队

恐怕，记忆稍好一点，我这个年岁以上的人，都不会不知道中国有个“小靳庄”，那可比我爷爷的“八庄门”不知道要出名多少多少倍。那是一代人的集体记忆。

“文革”中，被“旗手”江青发现树为典型，小靳庄就成了全国学习的榜样，城市乡村赶趟儿成立“毛泽东思想文艺宣传队”。白地市镇的文化中心——镇小学，岂有落后之理！于是老师学生纷纷停课，排练样板戏和一些别的节目。这是多么愉快开心的事。几乎没有人不想进入宣传队的。问题是，一个学校 5 个年级，将近 800 师生，不可能都进宣传队啊。

文化街的严泰山、严衡山兄弟俩双双被挑中了，而且他们排练的是《沙家浜》，成为“十八棵青松”里的两棵，穿着学校统一做的小号新四军服装，腰上扎着皮带，挂一把木头手枪，让我眼热得不得了。那些被挑中排练“红心向党”节目的女同学（学校不提供服装，自己家里做），把兰花指翘得特别做作，演出时，脸上涂抹得像猴子屁股，平日里她们就好像高人一等，在别的女生面前露出不屑的神态。我当时年小，发育晚，个头也不高，自然没被选进宣传队，很是沮丧。

我的失落被母亲看在眼里。一天，喜欢喝酒的校长，到我家打米酒，我母亲没有收他两斤酒的酒钱，提出了让我参加宣传队的请求。这件事，对校长来说，太小菜一碟了，我如愿进了宣传队。此事，直到我上了大学后，这位校长才告诉我“开后门”进宣传队的真相。

因个头矮，很多节目我上不了，只好做些拉幕和为大家看守衣服的事情。后来，终于有个机会让我大显了一把身手。有个新节目叫《威风锣鼓》，我被选为最大那面鼓的鼓手。那真是一面大鼓，至少有我身体的六倍大。我的演出位置在舞台正中央，硕大的鼓与细小的人，产生一种强烈的对比，形成了喜剧效果。我特别珍惜这个机会，十分卖力，落点也非常准确。让我母亲和观众都竖起了大拇指。

我们最喜欢在晚上为人民群众演出，演出地点是横马路的大礼堂。因为，只要是晚上演出，我们下午就开始化妆，不吃晚饭，等演出结束后，学校给每个人发两角钱。两角钱啊，对于我无异一笔巨款，可以买一到两本连环画（也叫小人书）。这样的机会并不多，一年里有三四次。当然，那些厂矿职工家同学，不会这么想，他们拿到钱后，和老师到大礼堂隔壁的饮食店(白地市镇唯一一家)去吃一碗刚好两角钱的肉丝面。我们也陪着，但我舍不得花这笔钱，看着他们吃，偷偷咽口水。只有一次，我实在忍不住，去要了一碗“阳春面”——多么富有诗意的名字，其实，就是没肉丝的光头面——只要一角二分。以我9岁的人生经验，我敢打赌：那是真正的美味！我连汤都喝得干干净净，一滴不剩。回家路上，想想还有8分钱稳稳待在自己口袋里，就兴奋不已。

这样的好时光不是太长，好像只两年，后来就不搞了。学校偶尔排节目，都是临时性的。也就没有两角钱和阳春面了。但我一直怀念那两年的岁月。

后来，我还有过参加演出的经历，两次。一次，1984年国庆节，在贺龙体育场，一个500人的大型集体舞，电视台进行了航拍。其时，我在湖南师大念大学，我们系里身高一米七以上的男生，都抽调去排练了。另一次，2007年，我在国防大学进修，为庆祝建军八十周年，学校组织合唱比赛，那是政治任务，人人都必须参加的。除此之外，有了表演欲望时，也只能和一些哥们姐们儿，到“卡拉OK”厅自娱自乐了。

5. 看电影

电影，谁没看过？

但，看电影看出不同寻常的故事，不是人人都有的。

我这一生看过多少次多少部电影，没法统计。反正从默片到有声、从黑白到彩色、从国产到外国、从窄银幕到宽银幕，后来又到 3D 立体电影，都经历过。如今，电脑、智能手机，随时随地可以下载电影看，反而对它没兴趣了。

小时候，在白地市镇看电影还不算稀罕事，因为，有钢铁厂、汽车修配厂、火车站，还有镇郊一个部队油库，都有跑片。每月可看几次。从我记事起，反反复复就是《沙家浜》《红灯记》《智取威虎山》等那 8 部样板戏，此外就是《列宁在十月》《列宁在一九一八》，情节和台词，差不多都滚瓜烂熟了，看多了就没意思了。粉碎“四人帮”后，情况有了改观，我们渐渐能看到一些国内开禁的老片，还有新拍摄的《侦察兵》《渡江侦察记》《闪闪的红星》等；以及一些外国电影，如，越南的《阿福》，阿尔巴尼亚的《伏击战》《地下游击队》《第八个是铜像》，罗马尼亚的《多瑙河之波》，朝鲜的《看不见的战线》《鲜花盛开的村庄》，南斯拉夫的《桥》《瓦尔特保卫萨拉热窝》等。

那时文化生活真是单调，以至于看电影已不单单是看电影，还是人民群众喜爱的消夜方式，聚集的最佳形式。反正不要掏钱，露天的。哪儿放电影的消息一传开，早早有人从家里搬了长板凳占位子。小孩子们则把看电影当作打闹开心的所在。

人在夜幕下，加上电影剧情和音乐的诱导煽情和催化，难免就有些活剧同时发生。

譬如，我八庄门的堂兄孝生哥，与张家新屋老大的媳妇阳秀，就把生产队晒谷坪里的电影看到后山的一个草垛下，成就了好事，给张家老大送了顶带颜色的帽子。说来，这个堂兄短暂的一生，就是为了诠释“人在花下死，变鬼也风流”这句话。孝生哥长得人高马大，孔武有力，但家境太贫穷了，他自己有个媳妇，外地逃荒来的，名字也叫阳秀，生下一个儿子，因穷怕了，跟着个收光货（废品）的人跑了。而张家这个阳秀偏偏喜欢他。他们的事情“穿帮”后，张家老大也没办法，不愿离婚，只好睁只眼闭只眼。后来，家里穷得待不下去了，孝生哥把儿子扔给他老娘，只身去江西一个深山林场，当了伐木工。不久，不明不白死在那里。有两种说法，一是心脏病意外发作，猝死；二是与林场煮饭女人，一个当地的有夫之妇粘上了，被她丈夫发现，设计谋害了。我宁愿相信后一种说法。

孝生哥的弟弟，绰号“所长”的爱国，也把电影看出了不一般的境界。爱国之所以有这么个雅号，有个故事。因为家穷，又没有他哥灵泛，更加讨不到媳妇了，从来没沾过女人的边。一次，他去钢铁厂偷废钢料，被抓住，送派出所关押了好几天才放出来，于是大家都叫他“所长”。电影《刘三姐》开禁后，“所长”成功地实施了一次偷盗，从汽车修配厂弄到一些旧电瓶，将电瓶芯中的铅融化，卖到废品店。拿到钱后，他跑到县城电影院接连看了三遍《刘三姐》，终于神思恍惚，跑到台上搂着银幕里的刘三姐狂吻不已。

再譬如，我的初中男同学C和女同学C早恋，终于，在那次看完颇为煽情的《五朵金花》后，偷尝了禁果（男生C，第二天不无炫耀地告诉他死党，过程如何如何销魂）。于是本来学习成绩不错、被老师作为大学生苗子培养的他，成绩一落千丈，最后连高中都没考上。开了后门进高中，毕业后也只考入衡阳一所技工学校。而女生C，人长得水灵，本就不想读书，早恋后更没把心思放学习上，成天想着如何打扮自己。这对C同学，没多久就分开了。女生C，干脆破罐子破摔，与好几个不想读书的男同学都有过不了了之的情史。

其实，我们读到初中，都十三四岁了，意识深处沉睡的东西，无须阳光雨露，也开始自然萌芽了，谁又能逃得出歌德少男少女钟情怀春的咒语？那个时候，我对本班的女同学Y和W，也颇有好感，或者暗生过情愫。只是我在与女同学交往方面，一向胆小，缺乏自信。我从不主动和女同学说话，更不用说递纸条、暗地牵手了。

但我，人还是蛮调皮的。

譬如，初二时，我的成绩突飞猛进，让人始料不及，为了鼓励我，老师让我当了快班学习委员。我们要求晚上在教室集体自习。那时，常停电，一段时间就用煤气灯。煤气灯的灯泡，是尼龙纤维做的，点着后，不能触碰。那天，汽车修配厂放映《五朵金花》，同学们都想着去看啊！我使了计谋，在给气灯打气时，“不小心”把灯泡弄坏了，明明还有新灯泡，我故意说没有了。我“诚恳”地向同学们做了检讨，放假让大家回家自习。结果，在电影场，我几乎见到了全班所有同学。至于前面提到的两位C同学，那晚看完电影后，把生米煮成熟饭，似乎这笔账并不应该算在我头上。

1979年下半年，我进入高中，学习再紧张，我对电影的痴迷程度也没减。譬如，高考前我还拉着同学偷偷去钢铁厂看电影，被学校校长发现，差点被劝退。这件事，我在散文《1981年的记忆》有过交代。这里，我讲另一件事。

进入高中，自然有不少新同学，家住和平公社铁塘桥的刘五星成了我同桌，他在学校寄宿和搭餐，周末回家，同时带够一周吃的大米。因性情相投，我们很快成为最要好的兄弟。1978年，白地市镇公所旁边新建了一个电影院，从此，开启双机放映的宽银幕电影时代。

但到电影院看电影，对我们来说，还是件太奢侈的事。有时上映新片，我去和母亲说，学校订学习资料需要钱，或者刘五星把家里带来的米卖一部分给镇上饮食店，这样凑够票钱。但这毕竟不是长久之计。后来，我发现了一个窍门。下午电影没开始，我们晚饭不吃，早早溜进去，躲在舞台上的银幕背面。我们给这种看法取了名字——“看反面”。你想，银幕那么宽，我们坐在离银幕不到一米远的地方“看反面”，必须死死仰着头才能看到，一场电影下来，脖颈酸疼得要命。但我们只能这么看，电影院定座位的，查票员来回走着，逮着你，还不罚个倾家荡产？

那天，我记得非常清楚，是周日，放映一部彩色新片《傲蕾一兰》。

我和刚刚从家回到学校的刘五星，如法炮制，早早就潜伏在舞台银幕后面。可是，那次出状况了。本来两部放映机交替放映，画面不间断，我们就不会被发现。可是胶片意外断了，在接续的过程中，灯光一亮，就发现银幕后猫着的黑影。我们被工作人员逮着了，扣起来，没什么说的，罚款十倍。可我们身无分文，又是“看反面”，好说歹说，才同意罚五倍，那可是5元人民币啊！没办法，我被扣着当人质，刘五星跑回学校，把一周口粮统统拿到饮食店卖了，才将我弄出来。第二天，我利用课间偷偷潜回家里，从米坛子弄出10来斤大米给了刘五星。妈妈看到米坛子一下少了那么多米，问我。我说，一个同学家实在没粮食了，我给了他。母亲也没多说。

关于刘五星，我在长诗《一年，漫游与还乡》中写到过他。他和我一样，是个把朋友情谊看得至高无上的人。一次，我生病请假在家，他卖了几斤米，买一串油炸粑粑探视我，让我很是感动。高二分科时，我读理科，他读文科。他大学没考上，不再复读，跟人到新疆乌鲁木齐搞建筑，从小工做起，渐渐自己拉起一支施工队，赚了一些钱后，又转战到深圳。可是，不久死于车祸。据说死得很惨。很长一段时间我都不愿相信这一事实，只要闭上眼，我们同桌那一年的点点滴滴，就在我脑海里放一遍电影……

6. 后园

读过鲁迅《秋夜》的人，一定记得他不同寻常的表达：“在我的后园，可以看见墙外有两棵树，一株是枣树，还有一株也是枣树。”语文课堂上，老师一读，我忍不住笑出声来。老师看着我：“笑什么？是不是以为鲁迅先生这样写啰唆？你根本不明白，这是浅薄！”我没有和老师在课堂上争辩。

还是偷偷笑。我之所以发笑，是因为我家的后园，就长着两颗枣树，正好在我家后门两侧，像两个把门将军。这样一来，好像鲁迅先生是我邻居，他的后园与我家比邻，他看到的“一株”及“还有一株”枣树，就是我家这两棵。

我没做考证，鲁迅《秋夜》的后园，是不是《从百草园到三味书屋》的百草园。后者我已学习过了。在读这篇课文时，我还产生过几点联想，第一，文笔太好了，一个随便的园子经他描述，那么令人向往；第二，他家是地主（在那个唯阶级论的年代，我不得不想到这一点），据他描述，得是个多大的园子；第三，美女蛇精的故事，是教育我们“不要和陌生人说话”。

我家也有个后园，小多了，将近一亩大。用稻草做屋顶的厕所和猪栏占据了部分面积，剩下的你可以想象。那么小块地方自然没有鲁迅先生百草园里那么多品种的植物，更产生不了妖魔鬼怪的传说了。但就是这样一个后园，确是我儿时的天堂，承载过多少快乐！

首先，两棵枣树，是我的心肝宝贝。每年 3 月，枣子树一开花，我就有了盼头，每天放学后，都会盯着树看好一阵子。左边的那棵，瘦而高，树干笔直，在童年的眸子里，有直插云霄之势，这棵树结的枣子，需用长长的竹竿扑打；右边那棵，矮而胖，树干在一米高处分了三叉，显得庞大，我可以爬上去摘果实。我家这两棵枣树品种很好，核小而肉厚，不但人喜欢，鸟儿也喜欢。枣子红熟时，每天一清早，就有很多鸟儿落在上面，啄食。叽叽喳喳叫着，很是动听。鸟儿啄食时，常没叼住，枣子就掉在地上，我将它们一一捡起，洗干净，可解一天馋。

傍着猪栏，有一大丛竹子，钓竿竹。杆子细高，叶子细碎，可谓修竹，姗姗可爱。待其稍长大一些，我便用来做叉鱼的叉子，捕鱼的四角罾，都取材于此。到上高中在校寄宿，床上的蚊帐杆，也是砍了它们做的。

我从白地市苗圃的同学那里，要了一棵水蜜桃树，栽在后花园。树坑挖好后，我从猪栏里挑了一担猪粪放在下面。桃树长得很好，两年后开始结果。但我根本看不到它最终结多大的桃子，自然不知道成熟的桃子味道。这都是上游路罗家的那些小子们干的，他们趁我不注意，偷偷把半熟桃子摘了。我很气愤，想了个办法，在一个纸板上写上“树上喷洒农药，偷食桃子后果自负”（当然，善良的母亲并不允许我真在树上喷药），挂上去，却无济于事。

那时，我家白天从不锁门（其时大部分家庭都是这样），这就方便了很多上游路的学生，他们上学放学都是穿过我家后园和堂屋。我曾想过将后园围起来，使它变成我个人的独立王国，譬如，我移植了很多羊角棘，还跑到附近工厂捡了很多半截砖头,想砌围墙,都不起作用——“走的人多了，自然成了路”。

我还在园子里栽过橘子、橙子、枇杷等果树，都没成活。我也去乌山冲同学家去参观学习过果树的嫁接技术，在那棵水蜜桃树上进行了很多次嫁接实验，也都没有成功。

有一段时间，同学间兴起了养蚕。我也迷上这种肥嘟嘟嫩乎乎的小东西，我从人民医院弄了些药盒子，来安置这些蚕宝宝。放学后，到湾龙岭、苍江桥、苗圃等地到处找桑叶喂它们。我甚至移植了一棵桑树到后园，也没能成活。

我还有个爱好，到小河沟和稻田里捉小鱼小虾和泥鳅鳝鱼，这样能改善生活。有时收获多了，一时吃不了，我就想着把它们养起来。我在后园挖了个洞，灌上水，将泥鳅黄鳝或小鲫鱼鲤鱼放里面。后来发现水渗透得厉害，就与厂矿的同学商量，用家里枣树结的枣子，或到乌山冲砍柴时顺带摘的酸枣做交换，鼓动他们从单位工地偷一点水泥。我用来抹在洞的底部，很好地解决了渗漏问题。但，我养的鱼被人用“茶枯”（茶子榨出茶油后剩下的渣滓，老家人用来当肥皂用）给毒死了。我怀疑过是罗家那些小崽子们干的，想找他们理论，但苦于没有证据。我只能在心里发狠，意识到阶级斗争形势的复杂性和严峻性，也加深了对毛主席“千万不要忘记阶级斗争”语录的理解。

1986 年，我刚参加工作。哥哥的两个儿子也大了，又添了一个女儿，家里房子明显不够用，在父母的张罗下，后园的树砍了，地平整了，在那儿盖了一栋两层楼的钢筋预制结构的楼房。从此，我家的后园成为一段往事，留存在我记忆深处。

7. 变天账

对“地富反坏右”五类分子、牛鬼蛇神，我们是深恶痛绝的——这是个立场问题。在那个特殊的年代，你受到的意识形态教育是刻骨铭心的。地主也确乎是可恶的。你看看《收租院》里的刘文彩、《半夜鸡叫》里的周扒皮，再想想杨白劳和白毛女，你就会牢记“千万不要忘记阶级斗争”这句话。

我们身边的“坏人”有两户，文化街街口的肖家和五七大队第二生产队的李和平家。那时只要开大会，他们就会被贫下中农提到台上批斗一番，大家高喊口号，挥舞拳头。有时，一搞运动，大人们就将他们戴上高帽子游街。我没上学时，只觉得好玩。

李和平和我是小学同班同学，读到二年级就退学了。受不了啊，一个地主的狗崽子，是所有同学嘲弄唾弃的对象。虽然有那么一句话：“出生不由己，道路可选择。”但你不幸落草在一个地主家，也只能怪命了。后来，李和平学会捉泥鳅黄鳝，很厉害，一天下来收获不少，都拿到市场卖了。他有钱后买了一些糖粒子，想讨好拉拢我们，但不奏效——大家觉悟都很高，不被他的“糖衣炮弹”所腐蚀。

而文化街街口肖家老地主，年龄也大了，和我奶奶差不多岁数，风烛残年，看上去很老实本分。他有两个儿子，两个女儿，他的大女婿是老师，被打成了右派。老地主的大儿子有两个儿子三个女儿，大女儿和我也小学同班。我奇怪，每次游街时，我母亲就不准我去看。她还和我说，要我见到老地主夫妇千万不能像别人那样骂他们，还要称呼伯伯、伯娘。我不太明白其中道理。当然，很多年后，我知道了老地主的小女儿曾经认我母亲做干娘，只是“文革”后，成分讲的厉害时，为了怕连累我们家，再不提这一档子事。

小学三年级时，我光荣地加入了“红小兵”。此前，我哥哥加入过红卫兵。他们串联过，想去红太阳升起的地方韶山参观，一群人北上，刚出祁东县境的衡南鸡笼街，革命的激情就被一场大雨浇灭了，像打败的军队，铩羽而归。若干年后说起此事，我笑他们革命意志薄弱，如果被敌人捉住了，一定成为叛徒王连举或者甫志高，日本人打进来，统统都当汉奸。

我们这些毛主席的红小兵，觉悟应该更高些。我们把老师在课堂上教育我们的话牢牢记在心上，反动派亡我之心不死，地主富农家家都有一本“变天账”，一旦红色政权垮台了，贫下中农就要吃二遍苦遭二遍罪。我们发誓要找出地主家的“变天账”，用铁的事实来证明阶级斗争形势的严峻性和复杂性。

我们都很聪明，知道“变天账”会被地主藏得很深，只有在深更半夜才偷偷翻出来看。于是，我们开始了躲在肖老地主家的窗户外蹲守。很长时间没有什么情况，但我们不灰心。终于，皇天不负有心人，一天深夜，老地主家的灯拉亮了，我们从窗缝里看见，老地主从床头什么地方摸出了一些发黄的纸——“变天账”！我们的心都要跳到嗓子眼了。大家屏住呼吸，正商量着如何破门而入时，看见老地主主动来开房门。激动人心的画面就要在下一秒出现——说时迟那时快，我们以“迅雷不及掩耳之势”（刚刚从语文课学到的成语），冲上去，大喝一声“站住”，同时，夺过他手里的“变天账”——却原来是几张草纸，老地主那两天拉肚子，半夜起来如厕。

老地主经我们这一吓，差点一命呜呼，在床上躺了好久。从没动手打过我的母亲，给了我一顿暴打。

8. 奶奶

如果让我用最简单的话描述或记录我奶奶的一生，那就是：她与毛主席同年出生、同年去世，享年八十又四。我当然还记得她的名字，叫郑玉姑。我从来没见过我的爷爷，他给我的记忆只是清明节随父亲扫墓时，见到的一个坟堆。

奶奶是典型的从万恶的旧社会过来的农村妇女，一口牙齿都掉了，瘪着一张嘴巴，她缠过一双三寸金莲，所以走路慢，而且有一个做凳子的火箱从不离身。但她身体很好，一年四季都不得病。

我直到今天也弄不明白，为什么善良宽容的母亲与奶奶形同水火？是不是母亲当童养媳时受过她太多折磨？母亲没和我们说起，沉默寡言的父亲更不会说这些。我想，这就是传说中的“婆媳关系”吧。从我记事时起，母亲就教育我不要亲近奶奶，特别是不能吃她给的东西。我反复问过为什么？母亲被问得不耐烦就说，可能会下毒。后来，我发现似乎奶奶也没那么可怕，一段时间也接近过她，譬如有一年冬天，我就和她睡一张床，为她暖脚，母亲没反对。但我牢记一点，不吃她给的东西。

奶奶的去世，好像她早有心理准备；而她真的离世，之前又毫无征兆表明。1976 年，奶奶进入 84 岁，就听见她成天唠叨：“七十三、八十四，阎王不请自己去。”

那年 9 月 9 日，我从乌山冲砍了一担柴回家。还没走到家里，就从高音喇叭里听到毛主席逝世的噩耗。开始我无论如何不敢相信。每次看电影，放映正片之前都有新闻纪录片（我们叫“加映片”），是毛主席接见各国外宾的，里面的画外音，无不是解说员动听的声音：“伟大领袖毛主席满面红光，神采奕奕……”但反复播放的哀乐让我们不得不接受这一残酷事实。当我同时知道了，毛主席享年 84 时，就在心里暗暗想，莫不是与我奶奶的诅咒有关？这样想着，就吓出一身冷汗。我奶奶未免也太恶毒了，于是在心里又开始恨她，但我终于没有勇气去告发她。不是我觉悟不高，这事实在是太重要了。如果我家里出了这样一位“现行反革命”的奶奶，我不成了反革命的“孝子贤孙”，这可比地主的“狗崽子”还让人唾弃，哪还有同学敢和我玩？那时我异想天开过，我奶奶也经历过所有的革命年代，如果她是《红灯记》里李奶奶那样的革命奶奶，我们一家会是个什么样子？

毛主席的去世，我总认为，与我奶奶的念叨脱不了干系。这让我重新怨恨起奶奶。她怎么就没有死呢？而奶奶身体一如既往地健旺。好像她要用实际行动，给我们大家证明一个“长命百岁”的传奇。

一天下午，父亲带着我到云母顶山的一块土里，挖红薯种。他挖，我捡。快傍晚时，突然看见天上有一只乌鸦，在我们头顶来回盘旋，哇哇乱叫。叫得心里直发毛。这两天母亲身上正犯病。我和父亲说，赶快回家吧。

当我们回到文化街口，快言快语的关老娘就告诉我们，奶奶快死了。起初，我还以为她说错了，是我妈妈不行了，大惊失色。一进家门，就看见母亲双眼含泪，守在奶奶的床前，哥哥和嫂子也在。我突然感到害怕，我从嫂子身上接过侄子，抱着就想躲出去。立即被母亲喊住了，她让我们都等在奶奶床边，为她送终。

奶奶去世得很安详，死亡就像是从她静谧的生命延伸一般。但，这是我第一次亲眼见证身边最亲近的人离世，还是切身感受到死亡的决绝与冷酷，死亡揭示了生命本原。我发现自己原来并没有真正怨恨过奶奶。当奶奶一落气，大人们忙着为她擦洗身子、更换早就准备好的寿衣时，一股堵在胸腔，说不清白道不明的情绪，终于冲开喉咙，我号啕大哭起来……

9. 同学

有一阵子，网络上流行这样的说法，所谓“哥们儿”，就是一起下过乡、扛过枪、同过窗、嫖过娼、分过赃的兄弟。这虽是一种戏谑，但不无几分道理。后两种情况的共同参与者，沆瀣一气、狼狈为奸，自然形成攻守同盟。

而前面三种，因相同人生际遇和并肩作战，是能结成深厚友谊的。

我要说说同学。当然，同学之间也并不是人人都能成为你一生的朋友。但只要你念过书，你一定会有那么几个好哥们的。何况我这种很小就读过《水浒》，把义气挂在嘴边、放在心里的人。

进入初中，我和李录民、周祥明迅速纠结在一起，结拜了兄弟。虽没有撮土为香、歃血为盟这种形式，但我们口头约定，我们就是桃园三结义。李录民大于我，我大于周祥明。我们 3 人都是吃农村粮的孩子。那时我们都很穷，但我们口袋里的钱是从不分你我的。当然，我们身上难得有超过一元钱的时候。有时想解馋了，我就拉着他们到我母亲合伙开的饮食店吃一碗一角钱的米豆腐（帐自然挂在母亲名头上）。后来，生于干部家庭的刘云生很羡慕我们，想入伙。我们见他为人豪爽耿直，一致同意。刘云生最小，又后参与进来，颇有常山赵子龙的味道了。

李录民

李录民家在湾龙岭，白地市钢铁厂再往西走不远，离学校也就三四里路。湾龙岭有不少学生在我们学校念书。他走读，不寄宿。

录民比我们大，长得也高一些，小时候是个调皮角色。他的右手中指断了，是“双抢”时被打稻机绞掉的。既是大哥，我们之中有人被别人欺负或惹了事，自然他会率先出头。而我们有这么团结一致的力量，也很少有人找我们茬。

录民学习成绩不是太好，自认为考学无望，而他一个姐姐嫁到云南西双版纳农场了，他读完初一就退学去了云南。到云南后，我们通过信。他还给我们寄来了一些云南省编的学习资料，那时很珍贵的。而我、周祥明、刘云生都在初二分班时，进入了快班。

录民在云南时间并不长，只半年就又回到祁东。他没再复读，开始在社会上混。我们照样经常混在一起，周日不时跑到他家或周祥明家，玩耍喝酒。录民对我们说，在西双版纳差点发了，看上一个项目，办饲料厂，但苦于没有启动资金。后来，李录民有过很多“发大财”的计划，办这样的厂那样的厂，均是空中楼阁，画饼充饥。再后来，暂时不办厂了，他说自己学会修理钟表这门手艺，先攒些钱再说。而刘云生的父亲有块梅花牌手表，出了点故障。刘云生毫不犹豫动员他爸将手表交给了李录民。可是，不知什么原因，手表没修好，最后表也不见了。本来刘云生父母，对我们交往很赞同。因为手表的事，对我们这种关系有了一些看法。但，对我还是一如既往地喜欢。

我上大学后，每次寒暑假回老家，李录民、周祥明都来我家做客。我参加工作后，一段时间也是这样。一次，录民和祥明为合伙做收购猪皮的生意，发生了不愉快。而我最看不得自己好朋友之间发生矛盾、产生龌龊，对他们有些失望（详情下面述及）。后来，大家都成家了，这种往来，慢慢疏淡。

去年，有十来年没联系的李录民从深圳给我打电话。我才知道这些年他去了深圳，在那里开了一个废品收购店，除了在家的大女儿外，在那里又生了一个儿子和一个女儿。他问我春节在哪过？我告诉他，在长沙，我岳父母也在。正月初四，他带着小儿子小女儿来长沙，跟旅游团参观了韶山花明楼。他打电话给我时，已是结束参观，回到酒店，并事先购好了第二天的回程票。我忙到酒店与他见面。我们谈了很久，感慨良多，录民告诉我，这两个儿子女儿学习很好，这次出来是一种奖励。他给我岳父买了件皮衣服（感谢我岳父那时经常接待他和周祥明），我给他一对儿女各包了 600 元红包。

因春节期间一票难求，我没坚持要他们退票推迟返回深圳。只是约定，暑假时，再带儿子女儿来长沙，我亲自陪同去南岳、岳阳参观。

周祥明

周祥明家在元木冲。元木冲大队与流泉町大队紧靠在一起。再往南走，不几里路就是祁阳的小田冲和文明铺了。周祥明住的村子离八庄门不到3里路的样子，可以遥遥相望。他开始寄宿学校，我们成了兄弟后，从学校搬了出来，和我搭铺，挤在我用一块门板搭成的一张床。他吃饭还是在学校搭伙。

新中国成立前，年轻的周祥明的父亲，跟着一个本家、从元木冲出去的国民党高级军官，参过军，而且是中央军里的作战能力最强的“青年军”，参加过进攻延安的战役。后来，国民党溃败，那个高官去了台湾。周祥明的父亲被派回老家送信和捎一些金银，没能出去。这些事都是我和周祥明认识时，他跟我说的（已结束“文革”，没人再理会别人家的成分）。而能证明他所言不假的证据，他家居然还保留有一个国军的军用水壶，和一个他父亲当年用过的别具特色的铜皮蓝漆香皂盒。

祥明有两个姐姐，一个妹妹，他是家里唯一男丁，自然受到父母宠爱。我认识的周祥明的父母，都是老实地道的农民，为人厚道，待人和善。他爸爸和我父亲一样，夏天是不穿上衣的，皮肤晒成古铜色，但我能看出他当年的英姿。两位老人很赞同我们交朋友，我也很喜欢他们。到他家去做客，他们总变着法子，给我们兄弟弄些好吃的下酒菜。

祥明高中只念了半个学期，就辍学了。我没能劝住他，很惋惜。原因很简单。我在“看电影”里提到的那个男同学C的妈，是我们学校的老师，是祥明一个村的，有亲戚关系，他爸是县里某个局的局长，真正的大官。周祥明之所以初中能到教学质量高的镇中学念书，是她的帮忙。可男生C和女生C，偷尝禁果之事发生后，很快在村子传开了。所谓“好事不出门。坏事传千里”。她认为是周祥明多嘴（周祥明自己从来没承认过），败坏了儿子名声。她回到村里，对祥明父母发难，骂他们一家不知好歹。当然，隐性的原因还是，能通过读书考出去改变命运的人毕竟凤毛麟角，少之又少。

我和祥明的联系一直没间断过。后来，他结婚了。每年我清明回家去给父母上坟，他也会过来一起磕头。他春节到他老婆娘家拜年，都要经过白地市，我都邀他们在我家吃饭。他自己是独子，又在乡下，一心要生一个儿子。可是，前面一连生了 4 个女儿。罚款也罚得阿弥陀佛还不甘心，继续埋头苦干。大概是 1993 年，老婆肚子又有了情况，而那个时候，各乡各村抓计划生育，就像搞运动，如火如荼。“一票否决”啊！每个乡村都有上面人蹲点，专门抓这项工作。在他们村蹲点的干部知道我们关系好，居然还跑到长沙我家来找人。周祥明带着老婆巧妙周旋，打一枪换一个地方，与工作组打起游击。最终在李录民家里生了个儿子。气急败坏的工作组只好罚款，而且搞连坐，村子每家跟着罚款 50 元。

春节我回家休假，特意去了他家。我给他留下几百元钱（我当时的工资每月 200 多一点）。我看着他家洞开的四壁，开着玩笑：“你看，这下你们家有出息（出气）了！好好培养儿子，到时考大学时，我尽力帮忙。”我又问，他有什么打算？祥明说，家里都这样了，必须出去找事做，想做生意。只是手里没本钱，去贷款，没有能抵押的东西，贷不了。我说，我也的确没钱，你过了年到镇上来一趟。

按照我们的约定，正月初五，祥明到了我家。事先，我已和在白地市信用联社当主任的高中同学李扬名联系好了。扬名说，我出面担保了，一定得给这个面子。可祥明没有印章，我领着他到上游路敲开唯一刻印章的人家。正月，人家家里有客，不做生意。我好说歹说，并从自己口袋里掏双倍的工钱，人家才答应。周祥明贷了 5000 元钱，不久和李录民合伙到心田做收购猪皮的生意。看来，这个生意不错，年底我再回祁东时，祥明到我家做客，我看见他穿了件猪皮子夹克，从内里的口袋里，拿出一沓子百元大钞，不下 10000 元。他说，已还清了贷款。我让他把钱放安稳了，明年再好好做下去，不愁发不了财。

可是，没几天就出问题了。转年的正月初三，凌晨二三点的样子，周祥明就跑到我岳父的家，扯开喉咙喊我。我岳父在学区工作，住公家的房子，有围墙和铁门，他这么高声大喊，我听到了，可是整个单位的人都被他吵醒了。我赶紧穿衣出门。原来，他和李录民在分账时出现了矛盾，李录民背着他，将一车未出手的猪皮从新田拉到他老婆家老白地了。我们见面时，他们各持己见，我无法判断谁真谁假，也不可能下结论谁对谁错。只是做劝解工作，都是自己兄弟，过去从没把钱看在眼里，今天也不要因为钱而伤了和气。问题是初步解决了，但他们没再在一起合伙，收购生意也不了了之。

1997 年，周祥明又与本村一户姓曾的人家闹得不可开交。曾家有兄弟 6 个，老二是村民组长（过去的生产队长），人多势众，他怎么斗得过他们？自然吃亏的是周祥明。有一段时间，曾家老五也与我们玩得很好，他的女儿考进警察学校，我帮忙协调过。曾家老四，有次脑袋长了个包，祁东医院诊断是癌症，一家哭哭啼啼，不得安生。老五给我打电话，我建议到长沙肿瘤医院做个确诊。我给他们联系医生，确诊后根本不是癌，连一般的肿瘤都不是。他们一家欢天喜地，非常感谢我，说我回家了一定请我去他们家做客，杀一只老母鸡招待我。基于这种缘故，周祥明打电话给我，我回家过春节时，带着一个侄子去了元木冲，我看望了祥明的父母，拿了些钱。然后，带着祥明一道去曾家，为他们当面调解。曾家的老父说，起伦出面了，我们保证以后再不发生矛盾了。为此我颇有些成就感。可几个月后，我在长沙又接到周祥明电话，他们之间再次打起来了。我叹了口气，自感已无能为力了。同时，为朋友之间争吵的事，感到心灰意冷。

前几年，我清明回家扫墓，周祥明带着他上高中的儿子，来见过我。我每次悄悄给他儿子塞 1000 元钱，鼓励他好好学习，考上大学，最好能进军校学习。周祥明说，自己在家种田，一年收入不到 3000 元钱，过得很拮据，想让我在长沙找个什么事做。此时的周祥明，完全没有了少年时的意气风发，木讷迟钝，让我想起鲁迅文章里的“闰土”。没多久，我单位新办了食堂，需要人手，我与管理人员说好，让他们夫妻一起来，每月包吃住，奖金除外，每人每月有 2000 多元工资。我打电话给祥明，他老婆说，走不开，要在家带外孙女。弄得我哭笑不得。前年，他儿子参加高考，并不如意，只上了大专线。没去读，外出打工了。

刘云生

刘云生的爸爸是县里电力局的干部，妈妈是白地市镇政府的秘书。在我们眼里，那是真正的“高干家庭”。云生从来没有因为自己家庭条件好，有那么些纨绔气。相反，他以有我们这几个兄弟而开心自豪。

云生与我们成为哥们后，我们 4 兄弟经常住到镇政府他住的一个阁楼上。而且宽大的床我们不睡，统统把铺盖搬到了床底下。因为，前两年，唐山发生过大地震，死了太多人，我们得有防范意识。

我们把镇里一些老账本子（单面有字），拆开，一张张将写有字的那面折起，合在里面，装订成一个个精美的练习册，反正镇公所有订书机。后来，分出快班后，我们又将一些好的试题和解答，用云生妈妈办公的钢板、蜡纸，刻好，再油印出来，装订成书，在我们同学中很受欢迎。如果当时，我们有经济头脑的话，完全可以赚一笔大钱。

初中毕业的那个暑假，因为听了传说，位于湘江边上，祁阳县城的文昌塔，压着万卷天书，不让它翻页，也就是压住了祁阳籍无数的人才（我们祁东是祁阳分出来的，很可能就包括我们兄弟们）。我们信以为真，大家很气愤，要去勘察地形，准备些炸药炸掉它！最初，我去了湾龙岭，喊上李录民一起到元木冲，再叫上周祥明，我们一行 3 人，到了祁阳小田冲刘云生爷爷家。这次“炸塔行动”极具小说元素，我必须专门写一篇文章，才对得住青春的记忆。我这里提出来，是因为刘云生最终没和我们同行。他说，自己屁眼里长了一撮毛，不能走远路。他把他身上所有的一角八分钱和二两粮票全给了我们（3 人都身无分文）。他还给我们找了个黄挎包，摘了一大包野酸枣带上路……

云生的妈妈后来调到县城商业局工作，云生也到县城去念书。我上大学后，云生就参加工作了，在衡阳电力局工作，很好的单位。他有次给我寄了 10 元钱。我还有一个同学邹耀明，初中毕业后在万福岭公社陶器厂做坛子卖，也寄过我 10 元钱，让我买了一个收音机学英语。云生参加工作后，先后到河北电力学院、成都电讯工程学院各进修了一年。我高考填报志愿时，报过成都电讯，因色弱原因没录取。云生就给我寄了一套成都电讯的校园明信片。

1985 年 7 月，我大学毕业。到单位报到后，接着回祁东休假。其时，云生派往衡山县城新建的微波工作站上班。单位环境很好，有大匹的空调，他约我和周祥明去避暑。整整一周时间,我们吃住在他那里,开销全由他包，我平生第一次享受到了在大热天吹空调。离开时，我和周祥明想去南岳看看，云生不与我们同行。

10. 广子

我丝毫没有夸张和虚构。在我们初中那两年里，发生过太多的事情，好像我身边的任何一个同学，都在用自己的行动为后来的回忆增加素材。我在“同学”中，写了 3 个兄弟的点滴。还有很多同学的事值得一写，但我不想去写了，或者，至少近来不会去写。对于贫瘠年代的追忆，有趣之外，更多的是令人心酸。

但有一个同学，我必须写出来。他在我们读初二时，一个风雨交加的晚上，在风石堰的铁路上，追赶着飞奔的列车。他被难以抑制的青春激情鼓荡着，也想飞奔，结果被卷入车轮下，死于非命。他，离开我们整整 35 年了。他是第一个活生生从我身边离开尘世的同学。此前，元里坪公社七丫岭有个姓罗的小学同学，他在我休学那一年，到白地市火车站，爬火车偷焦炭，被碾死在车轮下。我是过了很久才知道的，而且我们也无交往。

出于对同学的怀念和死者的敬意，我想隐去他的真名，叫他广子吧。

广子,姓曾。父亲是我们学校的老师,母亲吃农村粮,也就是所谓的“半边户”。广子是初二分班后，从西边区的老家太和堂转学到我们班的。

贯穿祁东境内的湘桂铁路和 322 国道，这两条平行线，将祁东大致划分成东边区、中区和西边区。双线以东的归阳、河州、金桥等区乡称东边区；以西的黄土铺、蒋家桥、太和堂等，称西边区；傍着双线的洪桥、风石堰、白地市等，就是中区。南方真是个有意思的地方，十里不同音。不像北方大平原，都说清一色的普通话。我们不同区域的人，有些互相瞧不起。譬如，西边区的广子同学就认为白地市的月光不圆。而我们则嘲笑他说话拐着弯，譬如"白地市月光不圆"，从西边区人口里，"月"要拉长着读成第三声，"不圆"的"不"发音成"嗡"，读第四声；"圆"也不读"圆"，读"鸾"，也拉长声，发第三声。你读读吧！

广子同学比我大了一岁。转学到教学质量较高的镇中学，而且进快班，自然是想求个好前程，或者说，至少他父母希望他能有个好前程。和他一同转到我班的，还有他一个表哥，叫明光。明光同学人精瘦，眼睛很大，看起来很有精神。广子说，明光拜过师学过神佛拳，能打得赢五六个人。我就很崇拜他。但整个同学期间，我们也没真正见识过他的本领，他只会埋头读书。广子的性格很外向，哪里热闹哪里就能看到他的身影，还特别爱往女生堆里凑。他学习成绩一直处于班里中下，乏善可陈。

广子对我们班一个白地市钢铁厂的女同学特别心仪。女同学叫霞。他丝毫不掩饰自己的倾慕之情，他和我们说，霞长得太漂亮迷人了，尤其她的嘴唇有一圈细细绒绒的胡须，让他神魂颠倒。我们鼓动他去向霞表白，他却没有勇气。后来，就发生了他追赶火车的事。

我一直不知道叫霞的女同学，是不是知道，曾经有那么个男孩是那般的喜欢她、迷恋她。霞高中时，和我妻子在一个班。后来，霞也考到长沙了，毕业后留在长沙。我们同学老乡能常在一起聚聚，但我一直没有和她说起广子喜欢她的事。我也不明白自己什么心理。后来，霞和她先生东渡扶桑，加入了日本籍，生了一对可爱的双胞胎男孩。她每次回国，我们都要在一起聚聚，不回国的时候，过春节她也会给我们打电话。

那天晚上，消息传来，我们其他人都在教室自习。我们才发现，教室里原来没有广子同学。那么大的教室，那么多人，个把人不在，是不会引起别人注意的。与广子玩得最好的胖子张建平陪班主任以及广子的爸爸一起赶到了出事现场。他回来时，证实了传闻。此时已经下了自习，我们感到全身发冷，围在一起，撕一张张的练习本上的纸焚烧起来，既取暖，也有烧纸钱送广子上路的意思。胖子说，有人看见广子在火车道上徘徊，提醒过他，他只笑笑没理会。后来火车经过时，他就与火车赛跑，最后……我突然就想起曾经读过的《山海经》里的故事，夸父追日，化为邓林。胖子张还说，广子死后眼睛是睁开的，是他给他合上的。我又想起“死不瞑目”这个成语，并为张建平的胆大而佩服（我想，我恐怕没那个胆量）。

广子的父亲，曾老师，小学教过我的音乐课。我对他的印象极好。他穿一身蓝卡其布中山装，旧了，有些泛白，但洗得很干净。每次给我们上课，都见他胡须剃得干干净净，头发梳洗得一丝不苟。他冬天有一条长围巾，围脖子一周，多余的搭在胸前和后背，样子很像电影里“五四时期”的那些老师。广子出事后，他到我们班讲过一次话，明显见他一下子苍老了许多。他说，广子之前就有了征兆，他是在一次篮球比赛时，被我班一个邹XX同学，用篮球砸中了头部，从此开始头疼。说得那个邹姓同学低下了头，诚惶诚恐。但，曾老师并不是要追究他的责任。

半年以后，一个傍晚时分，我到学校自习。刚进校门不远，就看见广子站在那里，一下子吓得心惊胆颤。我迅速稳稳神，再仔细一看，原来是广子的弟弟，他身上正穿着广子生前穿过的棉袄。

11. 女同学

我必须承认，在我的潜意识里，有一丝怅惘的情绪在左右我的生活。

是什么怅惘的情绪呢？

近段时间以来，我开始写作回忆青少年岁月的系列随笔《成长中的若干个词条》。从来不关心我创作的妻子和女儿，不知哪根弦搭错了，异乎寻常地密切关注起来，每一篇都读。而且，新的一篇还没下笔，就追问你写什么，哪怕还是个草稿，就要一睹为快。我开始还以为优美的文笔吸引了她们，有些沾沾自喜，一想不对，自己文笔一向都这么好，或者这么坏。要不就是这些非虚构的故事迷住了她们？也不是；自己读了读，觉得是些流水账，不过对自己的青春做个交代。原来，我在“看电影”里写到，初中时曾对本班女同学Y和W产生过好感。“告诉我们，Y和W到底是谁？”原来，对身边一个熟悉之人隐私的打探，这个人类共有的猎奇心理在促使着她们乐此不疲。

“Y和W，到底是谁？”她们不约而同拿出当学生时的勤学好问、打破砂锅问到底的劲头来了。先是“严刑逼供”，我宁折不弯；此计不成又生一计，开始“政策”攻心，循循善诱。自始至终不做河东狮吼，但那种皮笑肉不笑让你更加胆战心寒。我在心里感叹：唉，咱们国人活着就是累！

记得念大学时读过让·雅克·卢梭的《忏悔录》，他对自己的丑行暴露得多么彻底啊，那才是大哲学家、大教育家、大文学家的范儿。其中有这么个情节我记忆犹新。他小时候爬到果树上摘果子，树下有不少姑娘捡，他就专瞄准了姑娘们的胸脯上砸，并想象着那儿的风景，有句特别传神的心理描写：“如果我的嘴唇是那果子该多好啊！”够大胆、够调皮、够色情的了。我当时就想，如果我老了，也写一本回忆的书（看来，潜意识里那个时候就有当作家的打算了），我敢不敢如此真实地再现自己，解剖自己？

还是不绕来绕去了，老实交代自己的“恶行”吧。只要足够诚恳，拿出“斗私批修，狠挖灵魂深处一闪念”的劲头来，或许会得到宽大的。

Y

Y是我休学后复读时的小学同班同学，进入初中后也一直在一个班。记得她家是从上游路搬到瞭望街的，有一栋青砖瓦房。她家一直吃着居民粮，爸爸有工作，两个哥哥都是老师，是那种我只有羡慕的份儿的好家庭。Y在小学里，当我们班的学习委员，最喜欢她的一点，人很文静——城乡接合部的小学，长得好看的女孩子大有人在，可大都疯疯癫癫的，动不动高声讲话，甚至说粗口，很早就读小说的我，很讨厌她们。

她也长得好看，水灵灵的。家里条件好，却一点不娇气。经常能见到她从水井里挑水回家，和在水井边浆洗衣服——那个时候，整个白地市还没有安装自来水，居民的日常用水，全靠着镇子一南一北两眼水井。我们两家相隔不远，都共着南水井取水，所以，放学后总在挑水时碰见她。那个时候男女同学是不说话的。见了面，脸一红就错过去了。有时，她在井边漂洗衣服，看见她挽起的裤腿，露出莲藕一般粉嫩的脚丫和小腿，我的心，就像肩上挑着的水桶里的水，晃晃悠悠。

有一件事是我这一生都不会忘记的。小学 4 年级寒假放假时，班主任老师，布置完寒假作业后，对每个同学一个学期的缴费情况做了说明。一些同学可以退些钱，但大部分同学需要补交。而我，要补交的只是一分钱。现在说起这个，谁能相信？可就是这一分钱，老师让我放假后交到学习委员，也就是 Y 同学手里，才可以领到寒假作业本。我当时的确身无分文，回到家后，从母亲那里要来也没问题。问题是，我必须跑到她家里找她。这可难为死我了。我手里捏着一分的硬币，在她家门外徘徊了好久，大冬天的，捏着一分硬币的手都出汗了。我最终鼓足了勇气敲了门。开门的正是 Y。我结结巴巴不知自己说了些什么，她显然是弄明白了。她接过一分钱后，又回到里面把我的寒假作业本递给我。我瞄了她一眼。看见她的脸红扑扑的，我不知道是被迎面的北风吹红的，还是她在家里被炉火烤红的，反正就像三月盛开的桃花，我的脸，也不由得唰地一下子红到脖根子。她的那个样子一直留存在我心里很久、很久。

我至今记得 Y 的生日，她刚好比我大两个月。一次，学校填表，我交了表后又觉得一个地方没填清楚，从老师讲台上那一堆表中，一下找到一张用蓝墨水填的表格，我以为是我的，拿出来后，才知拿错了，那是 Y 的。字迹与我的好相似，也正是此时，我看到了并记住了她的出生年月日。

现在看来，我小时候是个很自尊又很自卑的人。尤其与女同学交往方面,胆怯得不行。我在“看电影”里写到过两个C同学的事,一点都没有编造,那得多大的胆子!我们那些同学悄悄谈恋爱的也不在少数。我喜欢Y,不过是心里有那么点朦胧感觉。虽然有时冲动起来,萌生过给她写纸条子的念头,但仅仅是一个念头而已。

读高中之后,Y念的文科。我们没再在一个班里学习。整个高中期间,我没对任何一个女同学产生过好感和兴趣。不知道是学习过于紧张,心中的目标过于明确,而变得心无旁骛;还是一些情愫只是在某个年龄阶段才产生和发酵,过去了就淡漠了。

再后来,我大学毕业参加工作了,回到祁东,偶尔能碰到Y,我们礼貌地打招呼,或者寒暄几句。她当然不知道我在小时候曾对她暗地里产生过好感。我自己的心里,对她,再也涌不起一丝异样的感觉来。

W

Y在我心目中的位置,很快被从永州转学过来的W取代了。这是隐秘的、也是若有若无的(不能用喜新厌旧、见异思迁来形容)。

W是我们初二分班时插班进来的。她父亲刚摘掉“右派”帽子,不久就恢复了高中数学权威老师的地位。她跟着父母从永州老家迁到祁东。W人长得瘦而高挑,配得上亭亭玉立这个词语,白净的脸上长了几颗——在我看来瑕不掩瑜的黑痣。

我一直以为自己是身边同学中阅读课外书籍最多的人。等到W来到我们班,才知道什么是小巫见大巫了。她到底已看了多少书,我不知道,但她的每一篇作文都写得那么好。每一篇都被我们的语文老师拿出来当作范文来读。语文老师说,她的作文可以发表的,还帮她往《少年文艺》和《小溪流》杂志投过稿。我对她的生花妙笔,完全可以用崇拜这个词。后来,我担任了快班学习委员。我鼓足勇气问过她,读过哪些书,为什么作文写得那么好。她给我看过两大本她读书时摘录的笔记。笔迹一如她本人一样娟秀。天啦,她就是我心中“红袖添香,著文研磨”的那个人。当然,仅仅只在心里。

为了将自己的作文也写好，我也找了一个笔记本，专门用来抄写名言警句和风景描写的段落，并花了一些时间来背记。譬如“泰山之高，不拒沙砾之微；东海之深，不弃涓滴之流”什么的。确实有效果——你想，那个时候的乡镇中学里，学生们读书都还不多，一个学生的作文能出现一些名言警句，还不是打眼的亮色？还不让人喜欢？学完鲁迅《秋夜》这一课后，语文老师给我们也布置了一道作文题《秋夜》。我开篇就引用《西游记》里一首《秋》的七律后两句“燕知社日辞巢去，雁折芦花过别乡。”把秋天景物描绘得很萧瑟，然后采取先抑后扬的手法，写自己晚自习后回家，路过钢铁厂，看到工人叔叔炼钢铁的生动劳动场面，以及触发的感想。这篇作文不仅在本班当范文读了，还被同年级另外两个班的老师拿去当范文读。此后，我一直很重视作文练习，因为一直有个目标在前面指引着我。

初中毕业后，我和 W 不在一个中学念高中。1981 年，她考入一所财会中专学习。1984 年暑假，我回到祁东，周祥明来看我。我至今清楚地记得，那天天空格外蓝，阳光很灿烂，气温却不怎么高。我甚至记得自己的着装，白色短袖衬衣，我哥哥刚给我的一条紧身米黄色裤子，白色网球鞋，特时髦。如果有一副近视眼镜架在鼻梁上那就更有“天之骄子”的范儿了(我怎么总也不近视)。我们到镇上和镇外沿着铁路游荡着。就是这一天，我们碰到了 W。极有意思的是，她也和我的另外一个女同学结伴走着。这一天，我们居然在不同地方两次迎面相逢。此时，她已毕业参加工作了。我们是初中毕业 5 年之后的第一次见面，我们一下子认出了对方，都很惊讶，我感觉自己的心都快跳出来了。彼此却都没说话，都只露出了笑脸。第二次迎面交会时，我鼓足勇气，向她问好。并要了她的通信地址。

回到师大后，我们开始通信。我们谈未来、谈理想、谈人生，就是不谈爱。但我清楚自己心里萌动的是怎样一种情愫。写信、等待回信、读信，那是怎样充满甜蜜的过程。不到一年，我就大学毕业了，我不想再读书了，一是减轻家庭负担，二是自己急于想在社会大舞台上展示自己才能。可 W 在信中说，希望我考研究生。既然是她所希望的，我有什么理由不去做呢？

不到5个月的备战，是我整个大学期间最用功的时间。除此之外，我还做了件让自己觉得最有意义的事情——W报名参加了湖南省会计专业的大学自考，我满长沙书店跑，为她购书（自考书非常紧俏），还将一本她要考的《高等数学》里的习题，全部解答出来，做了满满两大笔记本。

研考一结束，我回到祁东，带着给她的那两本答题笔记本（购的书，及时邮寄了。这两本熔铸了很多心血的笔记本，我想当面给她）。在她家里，我们只说些工作和学习的事，另外就是回忆初中那一年同学的趣事。但我能感到W目光里如火的温情。可是，她妈妈却泼了我一头冷水——她好像是随意地问起我家里情况，有些什么人，又指着围在电视机和录音机边上的小孩，说家里很热闹。可我家能有什么啊？本可以说得出口的当工人的哥哥，恰恰不久前犯了事，被工厂开除了。春节之后，回到长沙，我在信中开始冷淡她。我们之间的误会越来越深。

不久，有一部国产电影《初恋时，我们不懂得爱情》放映了，我没看过，但对这个名字感兴趣。我和W，算不算是我的初恋呢？我沮丧极了，同时又感到自己的悲伤也是那么神圣！当我收到研究生复试通知时，却懒得去理会了。

大学毕业后，除了与妻相遇并结婚外，再没哪位异性进入到我心里。我也处处小心，尽量不让心中泛起情感的波澜——因为我用自尊与自卑筑起了一道道严密的防波堤。

不久前，我从一本书里，读到毕加索与他一个情人的故事。55岁的毕加索在巴黎一家咖啡馆，邂逅了29岁的摄影师朵拉·玛尔。朵拉戴着绣了玫瑰花的黑丝手套，手里把玩一把小刀，不慎割破了手臂，流出鲜血。毕加索在一旁死死盯着她的一举一动，于是俘获了这个女人的芳心。我一方面想起中国一句古话“是真名士自风流”；一方面又想，真不明白，这外国女人都怎么啦？在中国，毕加索的举止多像一个老流氓啊。可是……换作我，是断断乎不会目不转睛盯着一位陌生女性看的。为免生是非，我要么装作没看见；要么关切地询问她，要不要帮忙包扎？如果她不需要，我会友善地给她一个微笑，点点头，再也不会去看她了。

“难道，就没有女人喜欢过你，或者你喜欢过别的女人？”在女儿眼里，我还算得上是一个成功的男人，相貌虽不敢用堂堂二字，但作为南方人，一米七五的个头，不胖不瘦，加上职业熏陶和训练，气质还过得去。我坦诚回答她：“不是没有，只不过遵循了孔老夫子‘发乎情而止乎礼’的圣训，再就是职业本身的原因。”

英国人有句谚语：“另一边的芳草看起来总是更绿”。其实，活到这个份上总算明白了，人生就是遗憾，生活处处都是一样的。既然年轻时没有犯过那种把多余的青春激情挥洒在别处的光荣错误，如今已过天命之年，生命的河流越来越接近入海口而愈加平缓，更加没有勇气冲破命运为我筑好的既有堤坝。

12. 老师

如果不考虑大学毕业后，分配到现今这所军校工作，自己当老师或与老师打交道的话，单单计算我以学生身份授业于老师的时间，就有十六年半——小学五年半、初高中四年、大学本科四年、毕业后当学员一年、后到国防大学中青队进修二年。如果，再加上两年半时间，在职参加湖南师大法律专业硕士课程班学习，我满满当当做了19年学生。经历过的授课老师大概不下100人了吧。所谓“人上一百，形形色色”。我的老师也各有各的特点和性格。

老师与老师不一样，有些老师对学生的影响，是巨大且终生的；有些，原谅我说句不敬的话：约等于零。

为了客观起见，我必须首先忘记老师这个身份在我心目中占据的崇高位置，以及由此而引起的，对我恰好要写到的个别老师的不同寻常作为的怀疑。

我想用自己蹩脚的文字，从某些方面，完全真实地再现我的第一个数学课老师邹铁山，以及小学、初中、高中都当过我校长的洪涛。

邹铁山

我在《发蒙》的短文里叙述过，我是5岁瞒着父母去报名的，没想到就通过了，我被分在小八班。参加入学测试的老师之一，就有邹铁山。

他很喜欢我，说我那么一点大，就能数数到100，还会10之内的加减法。

可我很不喜欢他。他长得很瘦，脸色蜡黄，因为镶了两颗金牙，笑起来的样子就显得有些阴险，一看就像是“敌人那边的”——在当时我们能够看到的电影和连环画，里面只有两类人：我们这边的，敌人那边的。他还抽烟，老咳嗽，咳完就往地上吐浓痰。虽然那个时候在乡下，没谁提倡不随地吐痰。

我最烦他的，还是他总是催促我理发，甚至还揪着我的长头发，说：“你不理发，难道想在头上养虱子？你想当团长？”说实在的，我小时候特别不爱理发，常常留几个月，实在不行了才去剪个头。那时男孩子野，成天东跑西颠的爱出汗，只洗澡时才顺带洗洗头，头上难免有些异味。绝不是我那个时候就知道长大后能当诗人作家，早早蓄一头有个性的长发（像我的兄弟远人）。主要是理发太痒。剃头匠只要碰到我的脸和脖子，我就痒得不行。他们就笑我：“这么怕痒，长大一定怕老婆！（不知哪来的歪理邪说！）”

邹老师从文化街路过，见到我母亲就会说，你让刘起伦把头发剪了，如果没有钱理发，从我这儿拿。这一招很恶毒。自尊心很强的母亲，就会像绑缚刑场一般逼着我去理发，理发过程有多久我就痛苦多久。当然，理完后还是很清爽的。理过之后，邹老师就表扬我。

人，有时就有一种宿命。譬如，小时候我很散漫，大学毕业后从事的职业，却特别需要严谨和紧张。那时，不喜欢理发，现在不到一个月，你不理发都不行。

邹铁山老师的课讲得很好。我们那时还不叫“数学”，叫“算术”。枯燥的算术课，通过他来教，就很有趣，也很容易懂。但在我经历的所有老师中，唯独他，抛出一个奇怪的理论——他说，我的算术课不是教你们一些死东西，我是培养你们的聪明，我特别喜欢聪明的孩子。我的算术课考试，你用两节课时间来做试卷，打100分我也不会表扬你。你只花了40分钟就做完了，尽管有些错误，能打70分，我要大大的表扬！

这完全不是培养学生精益求精、细致严谨的作风，反而引导大家养成粗枝大叶、马马虎虎的毛病。可就是没一个学校领导、家长和学生反对他。那个时候，太没把学分当成一回事了。我们谁不想得到老师表扬呢？以后，无论大考小考，我们就像百米冲刺那样，潦潦草草答完题，根本不检查对与错，争第一个交卷。至少，我认为受他这种理论的毒害很深，影响也久远。直到我初中高中，乃至大学，每次考试答题后，很少回过头去检查。这势必影响成绩。

我读到四年级下学期，因身体原因休学了。某天，突然听说，邹铁山老师死了，是自杀，他吞下去一整瓶治疗结核病的一种叫“雷米封”的药。学校的说法是，他患有肺结核——怪不得他总是咳嗽，总是吐痰。可那个时候，学校为什么还让他给我们上课？又为什么没一个学生家长提出异议？受长期疾病的困扰，他失去了活下去的勇气。

但，另外有一种说法：邹铁山老师猥亵了好多名女学生，被人举报了，所以选择了自杀。我想了起来，他确实喜欢拍女生的屁股。我那时只认为是老师对学生的一种亲昵或者表扬的行为。

洪涛

洪涛是我休学后复学时，当上我们校长的。

我当然不知道他是从哪里调到我们镇中学的，只知道他是西边区黄土铺人。他从那时起，就一直当校长，后来初中、再后来高中，等到我高中毕业那年转到新成立的祁东三中时，他也调过去了。不过，在三中，他只是副校长。我直到今天还有些纳闷，怎么一个人能既当小学校长，还能当初中和高中的校长。

洪涛校长与邹铁山老师形成了截然的反差。他的教育理念，就是学生要沉稳、再沉稳。他本人就成天穿着一身灰色的衣服和一双布鞋，做事特别慢条斯理。

至少,在我看来,洪涛是我们这些调皮孩子的“天敌”——从《科学常识》课里，学到了这个名词。对于野性十足又热情冲动的孩子们来说，碰到这样一位没有趣味的迂腐校长，就是我们噩梦的开始。我们犯了事，他收拾我们有独特的招数，我读了《水浒传》，知道这就是“撒手锏”——他组织我们“办学习班”。

如果，哪个老师放学后留我们罚写生字或背诵课文，我们会造反，给老师写大字报。可洪涛“办学习班”是带着大家学毛主席语录和著作。他总是用浓厚的西边区口音做这样的开场白：“毛主席教导我们说：办学习班是个好办法，很多问题可以在学习班得到解决。”然后，不厌其烦地读语录，再要我们抄写。你根本找不到丝毫反对理由——你纵然胆子天大，也不敢反对毛主席吧？看着别的孩子放学后，在水泥球台打乒乓球，在打三角板、四角板，在做各种各样的游戏，而你却关在教室里抄语录，谁不急得抓耳挠腮！而洪涛却一副气定神闲、拿出不解决问题奉陪到底的样子，首先就灭了我们的嚣张气焰。我们只能承认错误，写出保证，并签名画押。洪涛从不派人到家长那里告状，但将你留到很晚才让走。家长还不明白你又在学校犯事儿了，不是挨打也挨骂。

我们不是没与之斗智斗勇过。有次，我们办了学习班后，气愤不过，夜里从文化街隔着围墙，用弹弓将教室玻璃打烂了好多块。我们觉得出了口恶气，心里暗自得意，你没有证据能奈我何？可是，洪涛还是祭起了他的“打神鞭”——将他认为有可能搞破坏的学生统统集合起来，办学习班。他开始并不说明什么原因，也不追问谁干的“好事”。我们抗议无效——学习毛主席著作是不需要理由的。第一天如此，第二天如此，第三天还如此。我们投降了、乖了。他才问是谁用弹弓打了玻璃。开始，干了的不承认，没干的也绝不当王连举和甫志高。但他接着办学习班。直到遭连坐的同学开始纷纷埋怨。在这个压力之下,几个肇事者只好招了。自然,写检讨,还得在学校大会念出来，家长也被请过来赔钱。结局可想而知，回到家里会有什么好果子在等着你!

后来,我上初中了,想读书了,特别是分快慢班后,成绩提高飞快。那次,期末开大会，颁学科竞赛奖品时，因我得了很多项奖，洪涛就特意把我留在台上，让我第一次以正面形象出现在公众面前。进入祁东三中后，洪涛担任这所新学校的副校长，他在不少领导和老师面前宣传我，说我是个考大学的好苗子。

洪涛的女婿也是老师，和我岳父在一个单位，住一个家属院。退休后的洪涛校长，住在女儿女婿家。他多次在多种场合说，我和罗鹿鸣是他最得意的门生。在祁东三中念书那年，他兼任罗鹿鸣的历史课老师。而恰恰罗鹿鸣对于历史课的课堂学习最不认真——他总是拿着历史课本或复习资料，找一把椅子，到学校后山去自学。

一次，春节回家休假，我买了一些东西特地去拜访这位老校长。洪涛很高兴。知道我公开发表过诗歌后，特意让我看了他写的贴在家里墙壁上，祝贺“神五”发谢成功的两首《七律》。但我送他的东西,原封不动退给了我。岳父说，他就是这样的一个人，不受任何人的礼不欠任何人的情。

13. 快班

快班，就是今天的实验班。

1978 年秋季学期，我进入初中二年级。那时的学制短，初中高中都是两年。也就是说，我们是初中毕业班了。学校突然在我们同年级 3 个班，进行了一次分班考试，然后根据成绩重新打乱分班。按部队的说法，番号还是中 15 班、中 16 班、中 17 班。因为区分了成绩，又被简称为甲乙丙班。我有幸分在甲班，也叫快班。

其实，快班学生的成绩也参差不齐，上下相距很大。譬如，我们班在那次分班考试中，成绩最好的邹阿孟同学数学考了98分，我正好是他的一半，49分。成绩被用红纸张榜公布在教室后墙上，我在全班72个同学里面，排第71名。文化街同年级有5个学生，只我一人进了快班。有人就说，班里最后3名同学都是凭关系进去的。可我的关系在哪里？据说是初一班主任李珍宝老师举荐的。她跟学校领导说，这是个聪明学生，很有潜力，只要想学了，一定能学好。后来，快班又陆续进来了五六个插班生，弄得最后一排座位紧靠教室后墙。都是高中毕业的大哥大姐，有的参加过两次高考了。他们年龄比我们大了五六岁，其目的非常明确，等我们毕业时，一起参加中专考试——考出去，考出去，一定要考出去！

李老师举荐我进快班的事，我一直没去向她核实。是个谜，但我宁愿相信这是真的。我知道，在珍宝老师眼里，我是个聪明学生。因为此前发生过两件事。起先，李老师当过我的小学老师，一次晚上，我们文艺宣传队在教室集中，突然停电了。不少同学害怕黑暗，李老师为了分散我们注意力，提了个问题，一只母老虎生了3个儿子，其中两只小老虎、一只小豹子，如果母老虎不在身边，小老虎就欺负小豹子，某天，母老虎带着他们过独木桥，一次只能背一个过去，它怎样背，才不让小豹子受欺负？那时，我们都小，没有逆向的思维，但我思考了一会，答出来了。黑暗中李老师问谁回答的？我没吭气。后来她还是知道了，见到我母亲就夸我聪明。再一次，初一语文课，有个句式“不仅……而且……”，李老师问同学们它们是什么关系，也没同学回答，我嘀咕了一句“递进关系”，李老师不但没有批评我没举手就发言，对我的回答狠狠表扬一番。

分到快班不久，就是家长会，母亲去参加了。当她从后墙的红榜上看到我的成绩时，轻轻对我说：“别人分数那么高，你只有人家一半。不努力不像话吧？”我的脸第一次因为自己的学习成绩火辣辣的红了。我暗暗下决心，一定要努力！另外，母亲在家也给我说，如果考不上大学，只能在农村跟着你父亲种那几亩田了。我开始感到前途的重要性了。

我也没有理由不把学习搞好。因为自从到快班读书后，母亲为了让我安心学习，除了给家里水缸担水的事外，不再要我砍柴和到附近厂矿捡煤渣了。要知道，此前，家里的柴火都是我承包的。只要天晴的周末，我基本上要去乌山冲砍一担柴，平时放学后，就到附近厂矿捡煤渣，用来煮猪食。有时，为了得到第一次出炉的煤渣，我选择一大早起床赶到厂矿，甚至下雪天也如此，雪地的第一行脚印往往是我踏出来的。再说，我念初中后，家里条件已有很大改善，哥哥在我读小学时，回城当了工人；妈妈与几个妇女一起开了个饮食店，卖米豆腐和米粉。

初二数学是平面几何，我虽然初一代数没学好，但丝毫不影响几何的学习，再难的几何题目都能做出来。而物理和化学课程是初二才开的，我和别人在一个起跑线。我的投入和认真，立即显示出较强的学习能力。很快，我就成为班里上等生。这下，老师和同学们都对我刮目相看。上学期考试，我总分冲到年级前 15 名，平生第一次得到了学校的奖品，一支钢笔。我的学习劲头更足了。虽然，有时也忍不住贪玩——譬如，哪里有好电影看，我几乎不会放过；再譬如，最要好的同学周末邀我去他家玩，我也从不推辞，但主要精力还是放在学习上。到初二第一学期期末，我的总分排到了全校第二，分数仅比邹阿孟差了几分。全校学期总结会上，我大大出了彩。颁奖时，我领第一个奖品时，校长对着麦克风说："刘起伦同学就不要下去了，还有很多奖项。"我站在台上，看见台下的近千人，目光汇聚成炽热的潮水，而我的虚荣心像充气橡皮轮胎，被潮水浮在上面，晃晃荡荡、晕晕乎乎。各类比赛，作文的、英语的、数学的、化学的等等，最后，抱着一大捧搪瓷水杯、毛巾、塑料壳子笔记本下来。

我唯一的竞争对手邹阿孟同学，是初二从万福岭中学转到我校的。班主任兼数学老师罗昌石当知青插队时，曾住在他家。罗老师认了阿孟同学的妈妈做干姐姐。阿孟同学管罗老师叫舅舅。邹阿孟家庭条件不错，穿着讲究，加上学习成绩那么拔尖，得到过不少势利女生的青睐。让我既嫉妒又忧伤，同时鼓足了学习成绩一定要超过他的豪情！

第二个学期一开学，我硬是被罗老师任命为学习委员。我成了老师和同学们普遍看好的大学生苗子。毕竟到了家庭出身决定人命运的时代，让位给通过考试来改变命运的时代了，那些出身于职工或干部家庭的同学，不再在我面前摆出一副高人一等的架势。很多同学开始接近我，和我讨论学习问题。

直到毕业考试，我的成绩总分一直没有低于第二。但，由于这年湖南省出台了一个当年初中毕业生不能考中专的政策，特别想早点跳出农门的我非常恼火。有一个多月时间不想学习，结果，升学考试不理想。我们班十几个同学，进了县一中、二中，而我，却留在家门口这所学校——等我上高中时，我们这所中学，好像特意为了我增设了两个高中班。而那些插班进来一心想考中专跳出农门的大哥大姐们，得知消息，更是痛哭失声。更多一些细节，我在“1981 年的记忆”文中有过描述。

当然，当我们这个快班——中 15 班毕业两年后，通过两年高中阶段的比拼，我还是跃居我班成绩的前列。只我和白地市钢铁厂一位叫刘小瑚的女同学，当年考上了重点本科，有八九个同学，考上大专和中专。而当初，学习最拔尖的邹阿孟同学，复读一年后，考到长沙一所大专。

14. 捉鱼摸虾

那时的天空，有一种清贫之蓝。

物质的极度匮乏和生活的巨大压力，被大人们分解了。少年的我，更多活在一种无忧无虑的简单幸福之中。其实，我们对于生活，本来就要求不多。

“文革”期间的学校，没有谁惦记着读书，也没谁理会你学习好不好。先是成立文艺队，整天排练节目；后来，学校要砌围墙，又组织我们烧红砖，和泥、做坯、装窑、点火，大家干得很欢。

以至于直到今天，我对“不务正业”还有一种深深迷恋。大学学了4年数学，突然某天就全归还老师，把自己的爱好放在写诗上；诗歌刚刚摸到点儿门道，突然弃之如敝屣，10年不闻不问，把兴趣又转向其他的事。回归诗歌后，去年好好写了一年诗，而今年过了四分之一，一行诗都没写出来，现又没完没了沉湎于对往事的追忆，写了这些絮絮叨叨的文字。呵呵，扯远了。

放学后，除了帮助大人干一些力所能及的活外（譬如，我周日去乌山冲砍柴，或者一清早到磷肥厂拾煤渣，累但开心着），我们有充分的时间，开展各类游戏。而我，还有个最开心的事情——捉鱼摸虾。而且，这一爱好我保持的时间最长，直到大学毕业参加工作。由于那时农药、化肥用得还很少，池塘、小河沟、水稻田里，到处有小鱼小虾、泥鳅鳝鱼，你只要喜欢这项劳动，这些下饭菜总不会让你失望。

那的确是真正的美味。小鱼虾，用火稍微焙干，用豆豉辣椒一蒸；或者，泥鳅黄鳝，用坛子里的酸豆角、盐辣椒爆炒出来，米饭可多吃一碗，佐酒可多喝半斤。如果将土鲫鱼，放一点点猪油蒸熟，加少许盐，那个汤味道鲜的，你喝过就一生无法忘记，同时还是颇有营养的东西，那些坐月子的妇女总是用它来催奶。

春天雨水多，各类鱼也开始繁殖。我放学后独自或者与其他小朋友合伙，选择一条较窄的小河沟里，在上游用石块和泥巴砌一道堤坝，或用网罾在下游某个地方拦腰布控，上游的人砌好坝后，再用脸盆或篼箕从水里往下游驱赶鱼儿，最后里面的鱼都落入了网罾。有时，池塘的水漫了上来，就有一些鲫鱼、鲤鱼的跑到水稻田里，我们挽起裤腿，下田捉，只要不把禾秧弄倒了，往往收获颇丰。还有种方法，是晚上到水田，放篓子捉泥鳅黄鳝。这种竹篓子是特制的，泥鳅鳝鱼钻进去后，出不来，早上起来将篓子收起来就有收获。放篓子前，我们事先挖一些蚯蚓，用柴火灰烤得香香的，用泥巴糊在篓子里。在水田开一道小沟，篓子放在沟里，泥鳅黄鳝闻到蚯蚓香，钻进去，就成了俘虏。有时，也有水蛇钻进篓子里。

到了初夏，天气转暖，我们不用脱鞋脱袜也能捉到泥鳅黄鳝。那时，水稻田里的禾苗还不高，一到晚上，泥里的泥鳅鳝鱼都爬到水面乘凉。它们丝毫意识不到即将成为我们盘中美味。我们从厂矿里弄了些废弃的机油柴油，点一个火把，看见水面的活物，用手里的叉子一插就行了。这种鱼叉也是我们自己做的：用自行车或板车轮胎上断了的钢丝，十来根弄成一样长短，我们到型具厂用砂轮将一头磨得锋利，再将从汽车修配厂弄点废电瓶里的铅，融化了，将钢针固定成女人梳头的梳子状，再固定在一根竹竿子的一头，就成了。那个时候田里泥鳅鳝鱼多，可田埂上的蛇也多，我们胆子就那么大,从来没害怕过。当然,也没听说谁捉泥鳅鳝鱼时被蛇咬过。

另外一种无需下水就能捕鱼虾的方法，是用四角罾。将用旧的蚊帐布，剪裁成一米见方一块，用两根竹片中间钻一个洞，从中间穿一根粗绳，一头打个粗结，另一头拴在一根长竹竿，再将蚊帐布四角绑交叉成十字的竹片的端头,就是一面四角罾。我们在锅里将米糠炒得香喷喷的,掺一些剩饭，揉成团子，就是最好的鱼饵。用四角罾捕小鱼虾，都是在静水池塘。池塘的主人家一般都不允许，只好在夜里偷偷进行。我很小就学会了这种方法，是跟着文化街万鹏程他爸爸学的。万叔叔会讲不少故事，为了听故事，我和万鹏程就在夜里去陪他。

盛夏来临之后，322 国道两边，五七大队二队的“腰塘”和一队的“乌龟塘”，变成了我们的开心天堂，我们光着屁股，无所顾忌地在这两个池塘里，游泳、比赛着扎猛子，还可以摸到些小鱼虾。那些小鲫鱼本来就喜欢待在淤泥里，我们在水面一打闹，更加往泥里钻。我们就扎猛子潜到水里，用双手探到淤泥里，扫描着摸过去，就能捉到鲫鱼，有时还能摸到很多的蚌壳。一天中午，放学回家吃午饭，没什么菜，我正没滋没味地吃着，街上有人在喊,“乌龟塘”好多人在捞鱼（由于磷肥厂加大了生产,“乌龟塘”受到一定污染，赔了一定数量的钱后，变成无人放养的野塘）。我把饭碗一丢，就跑过去了，看到好多人在拉网。我跳下去，不到 10 分钟就摸到一条三四斤重的鲢子鱼。我回到家里，让母亲迅速做成了美美的一道好菜。

到了秋收之后，水渐渐变冷，当然不能下水摸鱼了。这个时候，水稻收割了，稻田的水也放干了，泥巴开始变得干硬。那些夏天未被我们火把和叉子逮住的泥鳅黄鳝（其实，泥鳅鳝鱼是捉不尽的，它们总在繁殖），钻在泥巴里打算过冬,就会有个洞口留在面上。“顺藤摸瓜”这个成语放在此处，似乎也很恰当。

在捉鱼摸虾方面,我算个比较里手的人。母亲说我杀腥（指会捉鱼虾）。但在白地市，比我厉害的杀腥人还有。我最佩服两个人，一个是我小学同学李和平，地主崽子，小学二年级就退学了，从此把捉鱼捉泥鳅当成了专业。还有一个，是真正的职业选手，绰号“瓦猴子”，不但捕鱼捉虾在行，关键是他还能捉野生的乌龟王八。他身边总带着一个网兜和一支长长的钢叉，从河边或池塘边一走，就知道里面有没有货。有时，水里面冒出一些水泡，他一钢叉下去，就能叉出一只甲鱼上来。

15. 砍柴

到乌山冲砍柴是劳动，是体力活，也是件开心事。

到达乌山冲水库，就算到冲里了。那儿离文化街的家五六地样子，比八庄门稍近一些。

砍柴的工具很简单，一把茅镰刀、一根禾枪。茅镰刀是专门砍柴用的，比收割稻子的镰刀厚重多了；禾枪就是一根丈把长的楠竹，两头都削成了尖尖的形状。绳子都无须带的，砍好柴后，顺便砍一些藤藤绑好就行。藤藤干枯了本身也是柴火。

我有不少同学是乌山冲里的。最先，我只是喜欢到同学家玩耍，和同学到山上摘各种各样的野果子，顺带拾些干枯的树枝回家，当柴火。11 岁之后，往往是砍一担柴回家。去乌山冲砍柴，当然是晴朗的周日。我带上砍柴工具，另外，斜背着书包，里面通常放一个蒸熟了当午饭的红薯。无须带水，山上到处有山泉水。

真的，砍柴是个无比开心的过程。我不明白，文化街的其他小朋友怎么没人喜欢？也可能家庭条件都比我家好，也可能他们家大人怕不安全吧。很少有人与我结伴去砍柴。那时阳光灿烂，天空很蓝，空气多么新鲜。伴随着一路的鸟鸣，我一个人走着，真的是“什么也可以想，什么也可以不想”。空手去的时候，往往嘴里吹着口哨，一些莫名其妙的曲调。已听过不少故事和渔鼓，也偷偷读过《水浒传》，心中的憧憬还是蛮多的。

乌山冲的同学总有人和我一起上山，譬如严忠民，他边放牛边砍柴。冲里的杂树和茅柴很丰厚，砍一担柴火用不了多少工夫。接下来，我们就开始摘野果子，譬如刺莓，譬如“茶耳”“茶泡”和酸枣。“茶耳”“茶泡”是茶树上长的那种白色的叶子和圆果，肉很厚，味道很甜，但放不了两天，“茶泡”颇像30年后我在海南吃到的莲雾。高中开了“生物”课后，才知道“茶耳”“茶泡”其实是茶树的一种病变。最喜欢的事，还是爬到高高的树上去摘酸枣。那些从树上掉下来的皮黄的酸枣熟透了，用泉水洗洗就吃，就是今天城里人喝的酸奶味。树上摘的都是青皮的，回家后，放在一个大纸箱里，上面覆盖一层米糠，几天后，皮黄了，就可以吃了。这些东西，我常拿出来与文化街和厂矿的同学们分享，当然，我也可以从他们那儿得到一些回报的东西，譬如借他们的小人书，还有换取废弃的机油柴油等。直至今天，想起那种青翠的或者黄皮的果子，就忍不住咽口水。

乌山冲水库，是响应毛主席大兴水利的号召修建的，我哥哥还参加过修水库的会战。那里碧波荡漾，水质很好，清幽幽的，让人心里痒痒。我们摘好果子，捆好柴火，下到山下，就会下到水库游泳。等游够了，爬上来，大概到下午二三点了，肚子里的野果子已消化殆尽，我在水库岸边一边晾晒衣裤，一边吃红薯。极个别情况，也有同学叫上我到他家里吃饭。小时候，我的水性不错，尤其喜欢到水面宽的水库游泳。祁东不少水库都留下了我的记忆。读大学后，我常常横游湘江，从河西的师大那儿的河堤下水，游到橘子洲再游回。我游的最远的地方是2012年去了墨西哥的卡门海滩。

还有个好玩的事情是，是去兼做水库泄洪道的一条几里路的小溪里去捉鱼，可以搬开石块捉螃蟹。我将砍好的柴和摘到的野果先寄放在同学家里。然后去捉鱼捉螃蟹。有段时间，在我们小朋友之间流行一种说法，生吃小泥鳅和小螃蟹的钳子和腿，可以长力气——谁不想长力气呢？谁有了力气，和别人打架就占上风。就像后来动画片里大力水手吃菠菜一样，很多小朋友就不挑食，喜欢上吃蔬菜了。小泥鳅被我们用水简单洗洗就吞进肚子里，那些螃蟹的钳子和小腿，吃起来咸咸的。

到了初中二年级分到快班后，我不再砍柴了。家里条件略有好转，母亲要我集中精力念好书。但砍柴的那段记忆，一直铭刻心里，以至于上大学后，每次和同学到岳麓山，我满眼里看到的都是柴火。我记忆里还有个总不能忘记的人，他是严忠民同学的叔叔，是个"桃花癫"。到了桃花开放的季节，有一段时间神志不清，很多人说他被野狗精附身了。他蓄着长长的头发，扎个独角辫。自然讨不到女人，一个人吃饱了全家不饿。无论神志清与不清，都不会伤害人，但知道砍柴。他几乎每天砍一担柴火，第二天清早去市场卖，因为太另类，总有些小朋友跟在身后笑他。每每看到这情形，我会想起自己读过的朱买臣的故事。只是他只砍柴，从不读书。他不癫时也喜欢和我搭话。

父母去世之前，妻和女儿也还没随军到长沙。回家休假，我偶尔被指派去市场买菜，能碰到"桃花癫"，他还在卖柴。现在物流越来越发达，烧煤的多了，柴火不如以前那么好卖了（好在老家不烧天然气，否则柴火真没人买了）。我向他打招呼，递一根香烟。他不接，说习惯了抽卷旱烟。我问他就这么一直做砍柴的营生？"有什么不好呢？每天砍一担柴火到市场卖了，换些油盐肉米的，自己家里再种点蔬菜，日子就这么过。还有些剩余，留着落雪下雨天开销，蛮好的！"这哪是个癫子的话，简直有点无怀氏之民的风度。

16. 八字

所谓八字，又称四柱，以一个人出生年月日和时辰计算得出来的。祖师爷是战国鬼谷子。按照他的学说，一个人一生命运是八字排定的。而人出生那一刻是既定了的，也就是说，你就这个命了。

我不可能佐证鬼谷子话的科学性，也无法反证他说的全是鬼话。说它消极，是让人不思进取，得过且过；但也有积极意义，你奋斗了，达不到目的，它会让你平息怒火，给心灵按摩——这都是命啊。于我，既信命，又不信命。

从我开始懂事起，母亲就给我灌输八字的理念。告诉我，我的八字既好又不好，是一条大鱼，有一些坎。关于大鱼的说法，漆家老屋的景钢舅舅也证实过。那个时候起，我是既开心又担忧。毕竟是条大鱼，呵呵。但要过一些坎，万一被哪道坎，拦住或绊倒了呢？父母一生辛劳，含辛茹苦，将我和哥哥抚养成人，我们刻骨铭心。唯一的遗憾，我大学毕业后，稍有能力想报答他们时，他们已离开人世。每每，参加一些老人追悼会，我就记起“子欲孝而亲不待”的话，念起天堂的父母而垂泪。

稍大一点时，母亲又叫一些路过文化街的算命瞎子，当我面批过我八字。那些天干地支的专业术语我自然不懂，但结论大多是，命程还是不错，心中就欢喜。但就那么一会儿，过后就忘。瞎子的话，纯属瞎说，不应该太当真。何况，不是每个瞎子的话都一样。

我自己也去算过八字。高一那年正月，我和比我大一岁的堂兄国民，到嫁到黄土铺的他姐姐小秧家做客。小秧姐告诉我们，村里有个很厉害的算命瞎子。我开始没兴趣，小秧姐的小叔子现身说法，说特别灵验，他前年去算命问考学的事，瞎子掐指一算说考不上，结果真没考上；第二年再算，有戏，果真考取了中专。你想，一个农村家的孩子考上中专，意味跳出农门端上了铁饭碗，多大的事！他对瞎子崇拜得五体投地。经他这么一说，我和国民跟着小秧姐去了。瞎子说我能考上大学，国民可以当军官，皆大欢喜。连着两年，国民都去验兵，却因耳朵里长了个东西，体检不过关。直到现在，国民还在广东打工。我倒是既上了大学，毕业后又当了军官。

1980年的中秋节，学校放假，吃过晚饭，颇显无聊，文化街的严衡山、彭惠民拉着去伍家铺子玩，说那里有“筦箕神姑”算命。当时，不知怎么就突然兴起这码子事来。就是在一张桌子上铺一层面粉，一个筦箕上用红布条绑一根筷子，两个未出嫁的姑娘闭上眼睛抬着，等人提出要问的事后，镇上那个老仙姑，烧几张纸钱，筦箕绑着的筷子就在面粉上画钩，或者叉。严衡山问能不能当上工人（他高中读一期辍学了，正在家闲着），打了个勾，高兴得直跳。轮到我时，当然上大学的事，打了个叉；再问，能当工人。我冷笑一声，从姑娘手里夺过筦箕，狠狠摔在地上，众人大惊失色。我说，我考不上大学谁能考上！再说了，我是农村户口，既然考不上大学又怎能当上工人？后来，伍家铺子的妇女们见到我就说，这个孩子发邪火，说他考不上大学就摔筦箕。即使后来我读了大学，她们还这么取笑我。严衡山最终没能当工人，不久后，因强奸幼女恰逢严打，很快被处决了。

参加工作后，母亲还是碰到算命瞎子就给我算八字。一次，母亲告诉我，算命先生说我命里向北好。这句话我记住了。

长沙相对老家是北方，我走出祁东，成了城里人了，当然好。某一年，军队院校改革，我工作的单位一度改军官院校为士官学校，人员精简。我老家在广州军区有一个很大的官，这位大官的中学班主任，和我岳父关系很好，他告诉我可以帮忙调到广州。岳父问我意愿，我没答应。原因不是广州相对长沙是南方，而是几次去广州深圳出差，见到那里生活节奏太快，人人都在谈赚钱，我不习惯。2000年，我被组织派到广西贵港代职，也是南方，虽说不上有什么不好，但这一年下来，我的胃喝酒喝坏了，头发也在那时开始变白。

我也有过可能调北京工作的机会，都没动心。一次，兵种部的杂志想要个既懂专业、文字又好的人当编辑，找到我，我没答应。1994年，我获了《诗刊》组织的全国诗奖，被邀请到人民大会堂参加颁奖典礼，解放军艺术学院一个领导，问我想不想去教写作？其时，妻子女儿刚从老家迁到长沙，好不容易安顿下来，哪还想折腾！1999年，军队院校合并，我担任学院办公室主任，被派到总部公关。军训部一位领导见我酒量好，见到大官不怯火，反应还算机敏，跟学院领导提出，借我去给“八一体工大队”拉赞助，他们已与香港一些大老板达成初步意向，让我去当联络员，最终促成。想想是借调，为人作嫁，我没同意。后来想起这事，有一点点后悔。我想，如果当初答应下来，去与香港大老板们接触多了，见了更大世面，或许我的命运可以有另一种写法？2006年，组织派我到国防大学中青队进修，我愉快服从了。临走那天，有两只喜鹊落在我家窗台，欢快地跳着、叽叽喳喳叫着，我心想，学成归来只怕能将命运改写一下，可是……

2011年，我回归文学创作，这两年写了不少诗，还开始写散文随笔，也发表一些。这大概就是所谓“失之东隅,收之桑榆”“塞翁失马,焉知非福”吧。

去年，我在系列随笔“流水的片断”之《天命之年》中，发出这样的感叹：“如今，我只想把生活过成平淡的流水……对以后的命数顺来顺受，逆来也顺受。”唉，人生就像一道难解的方程式，有太多未知项，有几人能得到正确答案？

17.“炸塔”行动

这件事30多年后，无须刻意记忆，那几天的情形都历历在目，我认为，那是一次提前介入的、准军事行动的预演。

1979年7月，应届初中毕业生不准报考中专的政策，破灭了想早一些跳出农门的我的梦想。我只好无比沮丧地参加了高中的升学考试。回到家里，我甚至不愿意去生产队帮助父亲参加“双抢”，多得几个工分。我到上游路摆书摊上租了几本小说，吃过饭后就躺在床上看。几天后，母亲看不下去了，说了我几句重话。我把书往床上一扔，话都没留下一句，头也不回地走出了家门。

我想到了李录民，他已从云南西双版纳回来了，又有一些日子没见了。他都在干吗呢？过了钢铁厂不远就到了湾龙岭。李录民正在稻田里收割，他听到他最小的妹妹报信后，什么话也没说，从田里上来，洗洗脚就回家见我。一心想着干一番大事发财的录民，辍学后到云南转了一圈，什么也没干成，又回到湾龙岭的水稻田里，肚子里正压抑着一股邪气。“这狗日的日子！”他说。他的话让我不再感到有影响了他挣工分的歉意。

已经到午后了。他说：“午后天气更热，他们还得在田里干一两个小时。我们吃饭吧，只是，家里只有些剩饭，也没有菜。”我回答：“这无妨。的确有些饿了。”把剩饭二一添作五，录民从泡菜坛子里掏出一把酸豆角。我们狼吞虎咽,风卷残云。再从水缸里舀出井水喝了。录民抹了下嘴巴,说:“我们到周祥明家去吧。”

到达元木冲已经下午 4 点多钟，太阳不是那么太晒人了。周祥明的父母说：“你们一起玩吧，我们还得去做事。”我对祥明说，你也去，晚上再聊。反正在他家里,我们一点也不生疏。祥明说,收工后我去打几斤米酒来，家里有些泥鳅，但不多，晚上用酸辣椒爆炒了下酒。

我和录民从他家找个脸盆，下到村子边的池塘，一两个小时下来，摸到满满一脸盆的石螺和蚌壳。我们处理好一切后，留下一海碗新鲜的螺蛳河蚌肉。

晚上，美味加美酒，我们海阔天空聊起来。聊到未来，突然就说到了祁阳的文昌塔。这里须引出我们之前听到的一个典故。

祁阳历史悠久，三国时期即设立为县。祁东是 1953 年才从祁阳分出来的。我们听到的民间说法是，湘江流经祁阳县城时，在那里留了一本万卷天书，书上都是祁阳人的名字，每年发洪水时，就会自动翻开一页，上面的人便横空出世，成为当朝的大人物。明朝一个奸臣看到祁阳人太聪明，心生嫉妒，向皇上进了谗言，说祁阳一个地方出人太多，容易结党营私，于朝廷不利。于是建一座宝塔（即文昌塔）压住祁阳的万卷天书。

天气炎热，加上酒精的作用，我们感到肺都快气炸了。这还了得！说不定我们的名字就被压在了下面。我们还有出头之日吗？难道让历史就这么绕开我们？“炸掉它！”这当即成为我们共同的心声。

若干年后，我到大学的图书馆专门查阅了相关资料，正规的史料与民间说法大相径庭——文昌塔始建于明万历十二年。“祁阳文昌塔自建成以来，成为当地文人崇敬喜爱、聚会登览的胜地，祁阳崇文兴教风气日盛，英才辈出，科举时代，全县进士及第者达 142 人之多。先后出现过明户部尚书陈荐、清军机大臣陈大受、抗法名将欧阳利等著名人物。”当然，我们不用查找资料也知道，还出了陶铸这么个大人物。

同样的激情和同样的义愤填膺，让我们几乎彻夜难眠。我们决定了，先去勘察地形，然后再准备炸药，必须炸掉它。第二天起来后，周祥明说，刘云生在他祁阳小田冲他爷爷奶奶家，他是放假前告诉他的。小田冲是祁阳的地盘了，离元木冲虽只七八里路。可我们从来没去过云生爷爷家。“能不能找得到是个问题。”录民说。我说：“没关系，刘云生的爸爸妈妈是干部，在一个大队就算出名的人物了，我知道他们的名字，随便一问肯定有人知道。”

我们吃过早饭出发了。3 个十四五岁，充满激情和野心的少年出发了。祥明的父母没拦着我们。我们途径上岸塘时，那儿有个水库，我不能放过。在我的要求下，我们横渡过去再游回来，然后心满意足地继续前进。

到了小田冲，果如我所说，报出刘云生爸妈的名字，就有人带路，领我们到了他爷爷家。云生带着他的两个弟弟正在那里。在云生爷爷家吃过中饭，他带我们到山里玩，并用黄挎包摘了满满一挎包的酸枣。我们和云生讲起此行目的，云生笑笑说：“我屁眼里长了一撮毛，是不能走远路的。”他把身上仅有的一角八分钱和一斤粮票给了我们。而此时，我们仨才意识到，其实我们都身无分文。

因为中午饭吃得较晚，冲里的晚饭要很晚才开餐，我们不等了。我们问好路后，就出发了。从小田冲到祁阳县城还有60多里路。我们先沿着湘桂铁路走到黎家坪，然后转道322国道。走到国道时，已经到下半夜了。那晚月光如水，照在沥青路上，青幽幽的。不时有过往车辆经过我们身边，灯光斑驳。暑气散尽，开始有了习习晚风。我们被风吹着，身心爽快，也开始感到累了。3个人就在路边刚收割后的田埂上，用收割后的新鲜稻草随便一铺,就美美地睡起来了。等我们睡了四五个小时醒来,已是晨曦乍露,旭阳初照了。我们接着赶路。

到达祁阳县城已是上午8点多钟了。在那一刻,我想到了毛主席关于“青年人好比早上八九点钟的太阳”的说法，不过还是感到肚子饿得慌了。想一想，毕竟昨天晚饭都没吃呢。

我们手里仅有刘云生临别时给我们的一角八分钱和一斤粮票。来到饮食店，包子七分钱加一两粮票一个；油条八分钱加一两粮票一根；我们和店家进行了一番交涉，将三两粮票兑换成六分钱。我们买了两个包子和一根油条。这点食品下肚，虽起不了什么作用，总聊胜于无。我们感到恢复一些力气。

我们终于来到江边。这里正对着对岸的文昌塔，尽管不远处有过江的桥，但看见太阳照着江水，反射出耀眼的光芒，我们早按捺不住自己的雀跃之情。再说，我们不是看过反映抗美援朝的电影《奇袭》吗？志愿军侦察兵，就是泅渡过到桥墩下的。于是我们脱下外裤和衬衣，顶在头上，一口气游到了对岸,在万卷天书处爬上去。紧接着进到塔里,里面有人大小便,气味不是太好。我们口里说着这些人素质太成问题，一边一层层往上爬。

来到最高的第7层，这是一个制高点，极目远眺，群山莽莽苍苍，偃伏来归；浩浩湘江之水，无语北去。我们内心涌动一股隐秘的向往，向往未知的远方。俯首再看四周，并无一人。唉，“登临意，无人会”啊！12年之后，我写了一组《一目十行》诗，其中《塔》的起句是：“你的孤独使四周景观更加辽阔。”写的就是这次登塔的最初感受。下来后，我们仨特意在万卷天书上坐下休息，让我们潮湿稚嫩的屁股，在天书上留下到此一游的印戳。

通过这番实地勘察，我们认为文昌塔不难炸掉。只要像电影里那样，找到些炸药、雷管、引信，用一片麻布包扎成四四方方的枕头形状即可。雷管，我们读小学时，通过搭人梯，爬进了瞭望山上的瞭望台，发现里面就有两盒雷管（我们猜测是民兵搞训练时留下的），我们没有动它。因为，上游路刘启龙家 4 岁小女儿不知从哪儿捡到一枚雷管，当成口哨放嘴里吹，没吹响，顺手往火炉子一扔，一声巨响之后，火炉子没了，她的两根手指头也炸飞出去了。炸药、引信这些东西采石场有，说不定想想办法能搞得到的。

我们再游回对岸。已经正午，日头越来越毒。早上进肚的那点可怜的食物早消化得无影无踪。此时，除了买包子油条剩下半斤粮票外，再无分文，不可能买到吃的东西了。身上还有一挎包酸枣，我们一人吃了一个，酸得口水直流，感觉更加饿了。此刻，离家里已很远，坐车回家是不可能的——没钱买票。想过逃票，可问题是根本混不上车。火车混上去可能性大一些，可祁阳县城没通火车，到最近的黎家坪火车站，得走三四十里路。周祥明说，好像有一条路到他姐姐灵官公社，只有大概 60 里路的样子。因为，他听他姐姐的老公公说过，旧社会到县城里，都走路，走的就是这条路。只要到了他姐姐家，一切都好说了。灵官公社是祁东县区域，离白地市也只不过八九里路。看来，这是最佳方案。他记得，这条路是经过下马渡、紫良山，到大熊罴岭，就算到了。

既然下一步的行动方案确定下来，反正身无分文，不如做信天游。我说，先参观一下县城再说，得到了他俩同意。我们走进一条街道，此时，天突然黑了起来，眼见着要有暴雨下来，我们看到街上人们慌慌张张跑着，收拾着晒在外面的东西。我们反正 3 个小光棍，此刻，悠然地看着别人这般慌乱。大雨终于下来了，尽管我们在一户人家的屋檐下躲雨，还是被淋得全身湿透。我们和房子的主人商量，说是来参观祁阳的学生，想进他家里躲躲雨。他正在逗着一个两岁大小的孩子，开始不答应。后来，我们说送他一挎包酸枣（城里人是难得吃到这东西的。于我们，既然不能充饥，背着走反而是个累赘)，只要雨小下来，我们就走。他总算同意了。其实，我们给他一挎包酸枣目的是希望他留我们简单吃个中饭，或者给一点儿其他食品，譬如，几块饼干什么的——他正在用饼干喂他的儿子。可是，看来他丝毫没这个意思，我们自然不会提出来。虽饿，但我们不是小叫花子。只是我们心里在说，城里人真小气！

雨停了，必须赶路。太阳又露出来，变本加厉，烤着地上的雨水，热气腾腾，让人不舒服。我们的第一站是下马渡。下马渡，是民族英雄岳飞抗金时，在此下马渡祁水而得名。沿着公路走没什么需要问人的。等到了下马渡，再往下走，就出问题了，我们向人打听紫良山怎么走，没人知道。问一些老人，他们说，可能是紫山冲吧。我们想既然没有紫良山，只怕是周祥明记错了，应该是紫山冲。可是，接下来，到紫山冲的路没有公路了，沿途一路问下去，得到一些不同的指引。我们也只好听天由命了。那种感觉用若干年后小平同志“摸着石头过河”的理论来形容十分恰当。至于，我们走了多少冤枉路又如何克服困难最终抵达熊罴岭的，我只好简单陈述了。一是靠精神的力量——我们口中念着“苦不苦，想想长征二万五；累不累，想想革命老前辈”。还别说，有点效果的。二是，当然还得靠物质来解决肚子问题——我们再也不能矜持了，把沿途老乡种的豆角、菜瓜，摘一些，用井水洗一洗，就生吃下去。这比红军过雪山草地，啃树皮草根不知强到哪儿去了！天气太热，出汗多，沿途的水井，我们见到一个喝一个。至于，一身衣服起了多少盐花，我们根本没去考虑。若干年后，我带领学员搞毕业演习，其中有个两天100公里的拉练，很多干部坐车或只走一段路。但我不坐车，身先士卒，和学员全程走了下来，他们很佩服我。我在心里说，这算什么啊，比这更恶劣的天气，还忍饥挨饿的，还走得更远，早就经受过考验了。

我们是在天蒙蒙黑时，到达熊罴岭一个山顶小林场的。我们问了个路人，得知灵官公社就在山脚，走5里路的样子就到了。我们很振奋，想一鼓作气赶到那儿。可走着走着，就完全看不见路辨不清方向了，山中一些不知名的野兽和鸟儿发出凄厉的怪叫，让人毛骨悚然。我说，不能往前走了，容易迷路，再说晚上凉爽了蛇会出来，被蛇咬了可就麻烦了。好在离开林场不远，我们原路返回。于是，这个我们本来就要擦肩而过的小林场，成了我们一辈子都无法忘怀的一个地方，一个永远挥之不去的情结！那天晚上附近有个村子放电影，大部分林场的人吃过晚饭打着火把看电影去了。在家里的老人看到我们3人，很心疼，把林场各家剩饭集中在一块，又炒了两碗青菜，让我们吃了一天多来第一顿正儿八经的饭。吃过饭后，还烧好热水让我们洗澡，再用干稻草铺了临时的床铺，让我们美美地做起好梦。多么淳朴的乡亲们！这让我们想起在祁阳县城躲雨的那家，感到乡下人家越是贫穷越心地善良。小林场叫“桐子坪”，或是“童子坪”，我一直没去证实。在我看来这并不重要，重要的是，它在我心里扎根了。当然，我更愿它叫“童子坪”，因为有一份童真，有一份纯朴。

第二天一大早，得到休息恢复过来的我们，向林场的乡亲们道过谢后，披着朝霞下山了。“童子坪，我们还会回来的！”我们在心底里喊出了这个声音。那时，我们在语文课本里已经学习过伟人毛泽东的诗词《水调歌头·重上井冈山》。

很快到了周祥明姐姐家。他们见到我们既惊讶又高兴，祥明的姐夫老实巴交的，嘿嘿地笑着，祥明的姐姐忙着去地里摘菜，在他家，我们饱吃了一顿。我们谢绝了祥明姐姐姐夫的盛情挽留。必须得回去了。已经出来4天了，家里父母一直不知道我在哪里，在干什么。那时的通讯可不如今天这么发达！这次是没跟父母打招呼就出去时间最长的一次。这趟行程下来恰恰像画了一个圆圈，估计不下300里路。

几天下来，人瘦了一圈，脸和手臂被烈日暴晒得很黑。我把过程向母亲简单说了。奇怪的是，母亲并没怎么太责怪我。看来，我以前在外面疯、在外面野、在同学家过夜，她老人家已经习以为常了。也可能，在她心里，我初中都毕业了，长大了。长大的男孩子就该这个样子吧。

也不什么原因，“炸塔”行动也不了了之了。

这件事叙述到这里就算结束了。整个写作过程，我都在想，作为从那个时代走过来的青少年一代，我们经历了一切，除了成熟。

未遂的“炸塔”行动之后，10年过去了，20年过去了，35年也过去了。湘江一如既往北去，文昌塔作为祁阳一景，仍然矗立在湘江边上，仍然压着万卷天书。当然，自从我从正史中了解到文昌塔存在的意义之后，就不再在梦里安装炸药包了。大学毕业后我参军了，而兵种专业里就有爆破课程，我常常被带领着到捞刀河的廖家渡大桥进行炸桥教学，勘察、装药、布线等。每次进行这番作业时，我都会情不自禁想到那次未遂的“炸塔”行动，都会为当年的幼稚而开心。但，一直不后悔自己的年少无知和有那么多幼稚的行为！

18. 愿望

愿望是个抽象名词，又是个实实在在的东西，像阳光和空气一样，你可能无法描绘它的具体形状，但无时无刻不感受它的存在。

对正常之人来说，愿望可能是目力所及的河对岸的一棵树，借助渡河工具或泅渡，你能抵达它；也可能是树上的果子，如果没有竹篙又不会爬树，你看得见却得不到；还可能是地下的草籽，被暂时的严寒所禁锢，只要春风吹来，又绿油油的现出无限生机。

只有绝望之人，愿望、爱，乃至生命才被冷漠的坚冰死死密封。

打我小时起，好像我的很多愿望都是明确的和可以描绘的。

譬如那年5月，我读小学，受领母亲之命，走了好几里路，赶到杨旗岭大队那个小煤窑。我至今不会忘记，当拖着一筐煤从窄窄的洞口，像狗一样爬出来的当知青的哥哥，接过我递过去的祁东县向阳草席厂报到通知时，他是怎样的欣喜若狂，抑制不住的眼泪把黑黑的脸冲刷出两道痕迹。尽管我还小，但我知道那张薄薄的纸对于哥哥有着怎样的意义。因为报信的功劳，正式当上工人的他，在第一个周末回家后，带我去了县城。我的人生有了很多个第一次。第一次坐火车，第一次进县城，第一次吃饭时，看见有人排着队，手里拿着一沓叫“餐票”的东西，从一个窗口里，端出饭菜来。第一次吃上用粗陶缸子蒸出来的米饭，三两。那是我吃过的最香的饭！一个无比重大的愿望那么强烈而明确地在我心里萌芽并生长——我长大一定要吃上这种三两米的缸子饭（这是吃国家粮的具象表现）！为了励志（按当下流行说法），我缠着哥哥与食堂那个胖子大师傅好说歹说，还塞给他五毛钱，总算给了我一个蒸饭的粗陶缸子。我带回家里，虽然家里不可能为我蒸饭，但我把煮好的饭装这个缸子里——吃起来硬是比用家里的碗来得香。我用这种方式，时时提醒自己的努力方向。

后来，粉碎“四人帮”，恢复了高考，我进入了初中。我人生的重大愿望有了第一次修正。初中一年级时，湖南三师有一批即将毕业的学生到我校实习。我班分了两个男生、一个女生，那是我们乡下孩子眼中真正的俊男俏女。他们的穿着打扮不一定很时髦，但十分干净得体。最让我羡慕的是他们胸前的上衣口袋（我们老家有个特殊的名称：表口袋），插着两支钢笔，一支蓝墨水的，用来自己写字做题目；一支红墨水的，用来批改我们的作业。那时，家里穷，营养不良发育缓慢的我，坐在教室第一排。当讲台上的实习老师，从“表口袋”里抽出任何一支钢笔时，金属的笔帽都会发出一声轻微的响声。天呐，这是我长那么大听过的最美妙的音乐！于是，我想，长大一定要成为他们那样的人——表口袋里插上两支钢笔。尽管若干年后，我自己没有成为胸前口袋插着两支钢笔的人，却按图索骥，找到一位这样的女教师，让她成为我的妻子。

再后来，上大学，参加工作，成家立业，也有了房子，有了车子，离我当初的目标越来越远。愿望也总在不断修正、不断实现与落空之间，构成我人生的基本轨迹……

是啊，愿望是缺口、准星和靶子三点连成的那根虚线，你可能击中了目标，也可能脱靶。当然，最令人伤心的，莫过于扣动了扳机，才发现枪膛里已没有子弹。

我想说的是，愿望永远是理想主义者的圣器。因此他抱定这样的信念：愿望始终是我的，纵然被愿望的东西可能与我无关！

2014年3月18日—4月6日 于长沙

第四辑

1981 年的记忆

1981年的记忆

1981年是我生命里重要的年份。这一年，我实现人生的重大转折，考上大学。与现今大学毕业就等于失业相比，那时，莫说考上本科院校，就是进中专、技校，也意味着实现了“鲤鱼跃龙门”永远告别你祖祖辈辈面朝黄土背朝天的生存方式，月月可拿工资，吃上在梦里都打哈哈的“国家粮”。高考是7月初的事，上大学则到了9月。时间大致可分两段，身份却有天壤之别。

1981年前：无忧的少年时光和一些鸡零狗碎的事

从小学发蒙到高一，我一直就在校门离家门不到20米的中学（小学、中学都在一起）上学。这让我有一种许多同学都没有的优越感——即使听到上课的预备铃声，还来得及从家里跑进教室而不至于迟到；课间休息，我也常常溜回家里喝水，顺带从藏在床底下一个覆盖着米糠的纸箱里，掏出一把野酸枣来吃或分给几个相好的同学——那是我周末去七八里地外的乌山冲砍柴时，从高大的野酸枣树上摘的。唯一的、也是最大的坏处是，只要犯点错误，哪怕小错误，老师也能立即到家里向我父母告状，或打发一个同学去将我母亲请到学校。而我小时候又是个比较叛逆的学生，小错误总是不断，无疑加强了老师与我父母之间的紧密联系。弄得母亲她老人家总是灰头土脸的，还得向老师赔笑脸。而我，10岁时阅读了当时还属禁书的《水浒传》，于是学会喝酒讲哥们义气，身边总有几个好得能穿一条裤子的朋友，时不时打架斗殴，在学校弄出点响动又是难免的。这种状况到了初二就彻底改观了。1977年恢复高考，我们大队在第二年总算考了一个中专生，他们全家人那种洋溢在脸上的光荣感和他放假了回到村里那种趾高气扬的样子强烈地刺激我。一进入初二，我就下决心搞好学习，一定要考出去！我自己至今都没明白，仅仅只一个学期，我的学习成绩就从全校同年级3个班200多学生最初排名一百名后，迅速蹿升到全校第二名。到第二学期，常常排名第一。总之，直到毕业考试前，再没落在二名之后。从此，家长会，更多地让我看见老师脸上堆满笑意，迎接我仍然一脸谦虚的母亲。

那时学制短，初中高中都是两年。如果谁和我一样是1979年初中毕业的话，那就一定记得湖南省在那年5月出台了一个让无数人懊恼的狗屁政策——初中毕业不能考中专。这个政策第二年就废止了。这真是对我们这一届学生的严重不公。这意味着，我们要实现端铁饭碗的愿望至少推后两年，而且所有成绩好的学生都涌进高中，无疑，两年后的高考大比拼更增加了刀光剑影。比直升学生更加沮丧的是那些好多高中都毕业了，已参加过一到两次高考，抱着只要考个中专就能离开农村这个天大愿望，插班到我们低年级的大哥大姐们！记得有两个经常与我讨论几何难题的老兄，闻讯后竟然痛哭失声，从此自暴自弃，不再上课。每当老师来上习题辅导课，他们就跑到离学校不太远的一个山头的茶子树荫下乘凉和睡觉。我也加入了他们的行列。当然，我不是自暴自弃，而是自负得像一头公牛。既然没中专考，以我的学习成绩考县里最好高中是胸有成竹的，没必要在大热天听老师的习题辅导了。

聪明的人当然猜到了，我自负的结果是失败。同学中大概有十六七个进入县一中、二中，我却因几分之差留在了家门口这所中学。我的失利让很多老师感到不可思议，同时又让更多同学有了幸灾乐祸的窃喜。唯一高兴得合不拢嘴的是我高中的班主任老师，仿佛“天上掉下个林妹妹”，怎么就给他班里留了这么个好学生呢？真的，我的这位可爱的老师高兴得一再去和我母亲说，让我在学校寄宿，这样对我学习更有利，能够确保考上大学。我母亲还差点被他动员得同意了，这也太搞笑了。我坚决不同意。

理由是，寄宿生都睡通铺，卫生差，好多人长疥疮、生虱子。其实我不愿意寄宿真实的原因，是害怕天不亮就得被哨音唤醒去早读，晚上必须按时点名熄灯睡觉。我受不了那份约束。

在我中学生涯的最后一年里，最终还是当了寄宿生。1980 年，县里做出一个重要决策，将所有区中学升格成县中学。秋季学期一开始，家门口这所中学的两个高中班被迁入刚刚升级的祁东三中。一不小心，我就成了县中学的学生,哈哈。三中坐落在 322 国道边的一个叫松林桥的黄土高坡上，离我家有 3 公里多，我不得不去寄宿了。你看，绕这么远的路，总算来到我的 1981 年了。

1981 上半年：为前程的冲刺和一些荒唐的事

严格说,现在叙述的还有很多是 1980 年下半年发生的事。到三中读书，几天的新鲜劲过去，就开心不起来了。学校新建不久，条件太差，道路晴天黄色粉尘弥漫，雨天到处稀泥巴，走出去，鞋子都被粘掉。特别是饮水条件更差，近 2000 师生就共着一眼水井，夏天，水都发臭。我们的宿舍，是山脚下一长溜的一层矮房子，水泥屋顶，开着拱形房门，远远看去就像我们大队那个养猪专业户的猪栏。床是水泥和砖头砌成的两层床，床窄，但每一张床都必须两个学生住，躺下去转个身都不行。好在那时年轻，读书也累，条件再差都不碍事，倒下去睡得像死猪一样，管它放屁、磨牙、打鼾、说梦话。只是，到了炎夏还是很遭罪，宿舍仿佛蒸笼一般，那时上课的教室里都没风扇，何况学生宿舍!

因有复读生，同学们年龄上下可差七八岁，大多数只有十五六岁，正在长身体，普遍家庭都穷。我们学校的伙食差得难以想象，只能填饱肚子，谈不上丝毫营养，这也怪不得学校。米，都是开学初按每餐四两的定量，同学们从家里挑到学校交给总务室的，三餐都是大米饭;菜金:早餐三分钱、中晚餐五分钱。早餐千篇一律的是辣萝卜条；入冬以后连续 3 个月，中晚餐都是煮大白菜粉条，或者煮冬瓜，寡白的，菜汤里看不见一丁点儿油花，吃得我们眼冒金花。男同学饭量大，四两不够吃，只好另带些米，在自己编号的铝饭钵里加些进去。偶尔我们的菜里也会出现一两点肉油渣子，早就被值班分菜的同学吃嘴里去了。因此，很多同学特别喜欢担任食堂值班这份工作。

教工的食堂油水和味道就强多了，虽然他们的菜金每餐不过七分钱。我班里有个同学，爸爸是老师，他常常因不会做数学题，完不成作业，求我，于是，偶尔他会给一两张教师的餐票给我。老师的一份菜里常常有两块油豆腐，菜汤里油水足。有了教师餐票，我从来不吃独食，至少和一个同学分享，那就是打牙祭、改善伙食了。

当然，周六下课后，我们可以回家，周日下午赶回学校吃晚饭，参加晚自习。这期间，可以在家里略加改善，很多同学回学校带一大瓶子的咸菜。常常，我会利用周日上午去一些小河沟、池塘里摸些小鱼小虾或者田螺。特别是夏夜，我就在周六晚上行动。我用通过同学从镇上的汽车修理厂和钢铁厂弄来的废弃柴油和机油，点亮火把，拿着自制工具，到水稻田里捉那些爬到浅水里乘凉的泥鳅黄鳝。那时，农村使用农药化肥还不多，水田里还存活着很多此类活物，往往收获颇丰。那真是个很开心愉快的时刻。母亲就将我的劳动成果用咸菜和辣椒炒得香香的，让我带到学校，便是我们几个哥们的加菜了。偶尔，还会有同学从家里偷偷带些自酿的米酒，几个好友便在晚自习后，躲在后山，席地而坐，美美地享受。

有一次，生产队里一家办喜事，各家各户都派人凑份子钱、吃东道。父亲舍不得吃，将分给他的菜大部分节省下来用碗盛着，带着侄子走好几里地给我送到学校。我和父亲关系一直比较紧张，这是父亲第一次做出了让我感动的事。尽管我表面对他还是冷冷的，心里却很是温暖。关于我与父亲，后面还要专门提到。在此我要说的是，那份东道菜里，有海带、大杂烩，还有一块扣肉，那是我长到这么大第一次吃到的最美味的佳肴！

也是到了三中才知道，其实，家门口学校就读的两个班本来就是区中学（后来的三中）学生，只是当时因教室不够，把我们就安排在那边，这让我多了一年更为舒适而懒散的生活。而区中学本部有同年级的7个班，怪不得我们的各类考试都是相同的试卷，而且，我们几个学习成绩好的同学常常被老师带着，去参加这类那类学科竞赛。自然，以我的成绩总会获取一些好名次。这样，我人还没去三中，名字早就被那边的校领导、老师以及很多同学知道了。也因此，我成为了很多我根本不知道其名字的同学羡慕或者嫉妒的对象。譬如，一次刚刚分班不久，在食堂吃饭，一个原区中学的、成绩比较冒尖的同班同学，将一块冬瓜投在正在洗碗的我身上，在我唯一的白衬衣上留下污渍，我回过头，确认是他，我怒不可遏，一个箭步冲上去揪住他的衣领就是一拳！马上，就有同学过来把我们分开了。他没想到我会如此暴怒，害怕了，赶忙道歉，我才罢休。其实，自小学起，我总有几个特别铁的死党，只要谁挨别的同学欺负，我们会团结一致对敌。初二之后，我从来不主动去招惹谁，可谁要先挑衅我，我则必须要让他知道："锅耳朵是铁做的！"

前面提到的分班，这是我们并入三中后第一件大事。原来一共9个班级，要通过一场分班考试重新打乱组合。那年头什么都用考试衡量。方案是，理科6个班：一个复读班、一个重点班、一个次重点、3个一般班；文科两个班，不分重点；还有一个延长班，其实就是读3年，晚一年毕业。复读生、文科生、延长班免去了考试，其他5个班的学生则是一番较量。我当然进了理科重点班。但那时，我又突然萌生了去读文科的想法，我认为自己语文数学成绩很好，读文科有利。我去找才认识两天的新班主任，他说，别人想进这个班都进不来，你怎么去读文科呢？文科生都是些数理化不行的学生才去读（那个时候有句全民皆知的口号：学好数理化，走遍天下都不怕）！我回到家里，和母亲商量，母亲哪知道什么文科理科，她问我，她认识的我同学中那些成绩差的读什么，我如实回答文科。她老人家斩钉截铁地说："你不准读文科！"

我家有个很有意思的实情，应交代清楚。本来父母都是小镇上的居民，父亲在一个合作社上班，母亲在居委会工作。20世纪50年代，我父亲响应政府号召，下放到爷爷的户口地农村务农。母亲是“文革”中下放的，我哥哥下放时初中毕业，于是有个知青的身份。我一出生就随父亲的户口。粉碎“四人帮”后，母亲落实政策，回到居委会工作，哥哥也经过努力招工进了县城向阳草席厂当了工人。可我和父亲怎么也回不了城镇，继续吃着农村粮。父亲是个沉默寡言之人，从来不和我讲道理，也没有什么亲热的举动，倒是我犯了事让他感到不可饶恕，一个栗爪子狠狠敲在我额头，常常就起一个包。所以，我心里很恼火他，加上他的原因，吃不了居民粮，心里就免不了生出些怨气。母亲人很和善，却抓住了关键，对我的思想政治教育就是一句话：“你如果能读书，家里再穷，我卖房梁也供你。你自己不努力，这一辈子就跟你爸爸种好那几亩地。”所以，读书谋出路这个信念还是在我心田扎下根的。无奈，我性格天生就不是那种沉静的人，整个中学时代总要不时弄出些故事来。

下面内容该是1981年的记忆了，可见我这人一直就不怎么严谨，而且意气用事。本来，进入高中毕业班，除了认真读书通过那座“独木桥”谋个前程，还能有什么故事呢？可在我身上还是发生了些，让自己现在想起都感到荒唐或啼笑皆非的事。那时，道理是明白的，知道学习是为了自己，但落实到行动上总是走偏。比如，高一时，我的物理老师水平太差，连代数式通分都搞不清，于是，我一上物理课不是打瞌睡就是看其他的书，结果，物理成绩很差。到了三中物理老师水平略高，成绩才慢慢赶上来。而数学老师水平高，我的数学就一直不错。一天，我们上英语课，记得是《最重要的是工作》这一课，教英语的邓老师在讲台上说：“我们来个汉翻英：我见到你非常高兴。”邓老师转身在黑板上书写。我则突然冒出一句：“见到你眼血样！”“眼血样”是我们那的土话，意思是“烦透了”。同学们哄笑开了。邓老师回过身子，看着我，我以为他会狠狠批我一顿。可他忍住了，说了句我一辈子都忘不了的话：“见到你眼血样，我也可以翻译。”然后接着上课。多么幽默的老师，多么智慧的一位教育工作者！后来我常想起这件事，试想，如果老师当时狠狠训斥我一顿，我知道自己错了，即便不回嘴，但逆反的我一定会产生敌对情绪，此后，恐怕英语课再也不会好好听了。而作为老师，莫说那堂课不舒服，以后见到我，他心里有没有疙瘩呢？若干年后，当我也成为一名教育工作者和管理者，如学生或部下犯错，只要不是原则性错误，我也常常怀柔处置。所谓“雷霆雨露皆是春风”，如果施雨露比使雷霆效果更好又何乐而不为呢？这件事，我是彻底服了，从此以后，英语课我十分专心用功。所以，在农村中学很多人都烦英语学习，我却在高考中得了英语分的便宜。在此，我必须说出我心里崇敬的老师的名字，他叫邓新生，我永远铭记他。我从初二年级就碰上了好的数学老师，到了三中，数学老师是“文革”前的湖南师大高材生，因“文革”被打成右派，批斗中耳朵被打聋了，才沦落到给我们教书。他在课堂上只教知识，难得与学生互动，只有跟得上他思路和进度的才知道他的水平之高。偶尔，他请一些数学成绩好的学生回答问题，我就是他最喜欢叫的一个。无论你是否答对，他因为听不见，都会认为你答对了，竖一个大拇指。有时，我一调皮，故意说不知道。他也会说答得好，结果，同学们又爆出一些开心的笑。

有一件事，很能体现我心高气傲、桀骜不驯的性格。刚进入三中，第一次学校作文竞赛，各班挑部分人参加，对我还不太了解的语文老师，没挑中我。我心中有些愤愤不平，认为老师有偏见。恰恰那次，被挑中的原区校中的几个同学无一人获奖。毕业前，学校又组织了一次作文竞赛，这次改变规则，所有学生参加，实际有为高考备战作文的意图，比赛场设在各班教室。我们监考老师是另外班级的语文老师。发下作文纸后，同学们纷纷奋笔疾书，我却无动于衷。老师见我没动笔，问我怎么回事，我却对老师说：“我可不可以不参加？”监考老师没想到有学生这么说，错愕了几秒钟后声色俱厉道：“不参加就给我出去！”我立即顶嘴道：“我不出去，这是我的教室，我的座位，我就要坐在这里自习。”于是，四目相对，相持了好一阵，最后弄得老师不好意思起来，把座椅从讲台搬到了门口。后来，我也觉得无聊，还是拿起笔写起来。虽已扬言不参赛，又不好搬起石头砸自己的脚，在写完后，我平生第一次用了笔名“刘鸿莽”。那时，刚学完鲁迅的《为了忘却的纪念》一课，里面有个作家笔名叫“白莽”。比赛结果出来后，“刘鸿莽”的名字出现在红榜首，是理科重点班唯一获奖者。因“查无此人”，自己又不肯现身，弄得那份奖品长时间无法认领。最后还是我的同桌李德宝公开了“此人”真实身份。

现在，我可以自豪地说，我们那届同学中还真是藏龙卧虎。与我那次作文竞赛同时获奖的聂沛，20 岁即以《歌唱黄河》赫然占据《诗刊》头条，获得首届《绿风》“奔马奖”首奖；考出了重本分数，却因身体原因与大学失之交臂。可 31 年后的 2012 年四川省高考作文题目居然是他的诗作《手握一滴水》，这势必让 53 万四川考生若干年后，或有人赞他，或有人骂他。聂茂，留学博士，以《九重水稻》获《人民文学》创刊四十五周年散文奖，如今在一个重点大学当教授，著作等身。罗鹿鸣，也是这年考上大学，现已出版诗集、散文集、报告文学集十几本，目前兼任《桃花源诗季》主编。他们 3 人都是中国作家协会会员。我比他们尝试文学创作晚了很多年，创作成绩也差得很远，但我也有可以拿来炫耀的一些小事。譬如，我在 1994 年初，以一首《酿酒的农妇》获得《诗刊》组织的一个有十几个国家华文诗人参赛的诗赛二等奖，并受邀参加了在人民大会堂举行的颁奖典礼；同年底，获台湾《创世纪》诗刊创刊四十周年诗歌征文“优选奖”；1998 年获《解放军文艺》双年度诗歌奖等；还参加过诗刊的“青春诗会”。

还有件事，我常常拿出来在我读文科硕士的女儿面前吹嘘。那年我是以全校高考语文第一的成绩，进入大学数学系的，比文科班的同学绝对分数还高。那年文科的语文试卷总分 110 分，多出的 10 分，是在理科试卷上加了一道古文题。这也是造成我后来进入大学后不安心录取专业的一个缘由，此是后话。

前面我提到过，我们这一届学生硬是倒霉些，首先是初中毕业时不让考中专；快到毕业时，不知是地区、还是县里，又出台一个规定，为确保升学率，必须经过一道筛选考试，筛选过后，大概能够留下百分之三十的人参加高考。记得筛选考试第一门是数学，一出考场，我就无比丧气，感到自己考砸了，立即找到班里最要好的3个死党，我说，只怕筛不上了，要去镇郊伍家铺子那家卤菜馆喝酒。3个颇讲义气的哥们，居然和我一样冲动，根本不管这是命运攸关的时刻，跟着就去了。下午的生物考试虽没缺考，但我们满嘴酒气熏得邻座同学都叫苦不迭！其实，后来才知道，那次数学题太难，全校理科生只4个人及格，而我，就是其中之一。我们去喝酒的兄弟，两人筛选上，另两人没参加当年高考。这让我很有些歉意，而那两个兄弟却丝毫没责怪我的意思。

筛选之后，离高考也就一个月了。可想而知，那时的紧张气氛，很多同学恨不得每天都不睡觉来学习。天气也越来越热！于我而言，该玩的还是想玩，该睡的必须睡足。下晚自习后，很多同学都还继续待在教室学习，我回到宿舍，天热一时睡不着，就提上自己的水桶，到离学校3里地远的一个村子边的水井去冲凉。那个水井的水质真好，凉飕飕的，能洗去一身暑热，很是惬意。洗完后，顺便提上大半桶水回宿舍，除保证自己第二天早晨能够刷牙洗脸，全分给大家饮用了。更多男同学的洗澡问题，都是跑到校门外，322国道边一个池塘解决的。后来，校方怕出现淹亡事故，下了通知，不准下到池塘洗澡。晚自习后，派老师在那儿守着。

一次，镇上的钢铁厂放电影，我得知消息后，悄悄告诉一个比较要好的同学，吃过晚饭就偷偷去了。等我们回到学校，看见学校的书记带着老师正在抓下池塘的同学。他见到我，问，学校规定你不知道？为什么还要下池塘？我说，我没有，你看，我不一身干干净净的？书记一看，对啊，那你们干什么去了？我回答去看电影了。结果，我的回答气得月光下的书记脸都青了！他狠狠地说：都火烧眉毛了，你居然敢去看电影！从明天起，你不要来学校了，尽带坏样子。这下，我感到事态有些严重。我不是怕没老师辅导就学不好，而是回到家里无法向父母交代。于是，诚恳地向书记作了检讨，保证说到做到，高考前不再犯类似错误。

的确，最后10来天我规矩得很。学习也更加用功。但临到去县城参加高考出发的头一天，班里学习成绩很好，与我关系也不错的彭伟彬同学突发高烧。那晚，我用桶子到那个3里远的水井，打来凉水，用两块毛巾交替，敷在他头上，进行物理降温。一个通宵，我都没合眼。这件事，让彭伟彬和他家长很是感动。他带病参加考试，也考上一个部属中专。每次寒暑假回到老家，他和他爸妈都邀我去他家玩，伟彬没酒量，他爸爸和哥哥，就陪着我喝。后来，我们都参加工作了，他分在县城。我回老家探亲，也常去他家做客。一次，我喝醉了，睡在他家，他爸爸知道我回祁东了，特意来看我，还不让把我弄醒。

1981下半年：刺刀见红的高考与等待中的无所事事

去县城参加高考已是下半年了。具体考试时间是7月7日至9日，此前我还模仿黄巢的《咏菊》，写过一首“待到秋来七月七”的打油诗励志。考点设在祁东二中。6日，学校包车送我们去县城，住在离考场不远的颜家坪招待所。这中间，有多少人摩拳擦掌、信心满怀，又有多少人提心吊胆、忐忑不安啊！于我，觉得自己考上的胜算还是多一些。再说了，这是我第一次到县城、第一次住旅馆，而且吃也安排在招待所，房间还装了吊扇，这是多美的享受，没考上也值了！

安顿下来后，无非看考场，再动员之类。3天的考试“西线无战事”，乏善可陈。我吸取了上次筛选考试的教训，考完一门丢一门，从不与任何人对答案。我有个信念，我难别人也难，别人容易我也容易，只要正常发挥就行。不过，第一天考完后，还是有不少同学失眠。有吊扇吹着，我却睡得安稳。

考试结束那晚，学校在招待所进行加菜会餐，这是我整个中小学生涯的唯一一次，令人兴奋的是有米酒！这个会餐，让我又一次在老师和同学里面出了名。会餐前，教导主任雷老师总结了几句，也鼓励安慰几句，然后要求，会餐中可以喝点酒，但不能超过半斤。米酒度数低，大概十几度吧，又醇厚。我 10 岁开始学喝酒，半斤米酒根本无法过瘾。而同学中有好多人根本不喝酒。我有一个可装两斤水的搪瓷杯子，那是母亲回居委会后“先进工作者”的奖品。很多同学把酒给了我。两斤啦！同学们起哄，惊动了雷老师。他走过来，看见满满一缸酒，很害怕。我们之间有以下对话：“起伦，没考好不要难过，明年还可复读，你一定能考得上的。”“我考得可以啊。”“那你还借酒浇愁，想把自己灌醉？”“我高兴呢。这点酒还不够我喝。”“？……”当然，喝完那缸子酒我确实没事，于是在师生间又有了响亮的酒名。

几十年后，我的胃过早过度开发，现已背叛我了。但老同学见面，仍有人提及我毕业会餐时的壮举，并作为依据不依不饶地灌我。

回到家里，帮助父亲收完早稻，就没别的什么事了。我一边等分数下来，一边到摆图书的地摊上，租了一大摞小说看，倒也不急不躁，逍遥自在。记得高考分数揭晓，是 7 月 31 日。那天，李德宝同学早早地从他家赶到我家，约上我去学校看成绩。3 公里多的路途，他反反复复唠叨不知考得怎样，没考上又怎么办之类的话。我听多了就烦躁，说了一句：“要死卵朝天，不死变神仙！”其实，我心里和他一样地忐忑，因为真正决定命运的一刻即将到来。

回过头来，得补述一下我当年考的科目和分数数值分配情况。理科一共考 7 门课程：语文、数学、政治、物理、化学、英语和生物；数学满分 120 分、英语满分 50 分、生物满分 30 分，其他都是满分 100 分；总分 600 分。那一年的分数划段又出了个让人无法理解的稀奇事：每个人有两个总分，一是 7 门课程的总得分；另一个除去英语生物两门的得分。如果你的总得分达到大专分数段以上，则以前者分填报志愿；而如果你分数达不到大专以上，则英语生物两门的分数没有用，以后者总分填报中专志愿。那一年，大专线是总分 402 分；一般本科线为 412 分；重点本科线是 424 分。

我至今清楚记得走进教工会议室看分数的情况，很多人垂头丧气，还有些人在掉泪，也有不多的人面上洋溢着笑，有种如释重负之感。分数薄在校长手里，每个同学去，都是他帮着查阅的（当年有句口头禅：分啊分，学生的命）。德宝同学先查到了他的成绩：417。他情不自禁地说了句，谢天谢地！校长好好地祝贺了他。接着是我，我眼尖，一下就看到 432 分，心中窃喜。而校长却看到的第二个总分 385 分，他说，不错，可以考一个部属中专了。我故意指着 432 的分数问：校长，这个分什么意思？这下轮到他老人家惊愕了，他明显提高八度声调，说："刘起伦，432 分，可以考一个体面面的好学校了！"你看，"体面面"这样的加强语气都用上了，而且后面那个"面"字发音拉得特别长还拐着弯。学校总的情况是，6 人上了重本线，另 7 人上了一般本科线，我是全校理科总分第三名。第一名 436 分；第二名 433 分。聂沛也在重点线上。我们中学当年近 600 名毕业生啊，就这么个成绩却创造了在全县 7 所中学升学率中排第三的辉煌。那时考上大学真的难，整个湖南省的大学升学率（含大专）是百分之三点四。

8 月 4 日县城体检，一切都好，唯一查出有色弱。怪不得上生物课时，老师指着挂图问，这是绿苹果那是黄苹果？我有些纳闷，好像它们没有颜色的区别，当时没在意，生活中似乎也没有影响。但高考体检出色弱，问题就大了，很多专业受到限制。5 日到学校填报志愿，每个同学发一张草表，根据全班仅有的一本各类学校的名录填报。一方面，我极其认真地把从重点本科到地区中专所有栏目都填满，还在每个类别志愿下方的是否服从调节录取处，写上"愿意"。热心的班主任见我字太潦草，主动帮我填写正规表格。看到我的志愿后，建议我填报财经学院。我说，我这人粗心，别到时候弄错了小数点，难得赔钱。见我草表都填满了，他又说，你填到大专以上就可以了，中专栏还填什么呢？我不同意，坚持填满；另一方面，又极不严肃，根本无视色弱对专业的限制，在重点本科栏目五个志愿里，全草率地填上工科类。我至今记得第一志愿是西北电信工程学院，第二志愿是成都电信工程学院。母亲知道我的志愿是选择西安和成都，吓得不行，说天远迢迢的那怎么办？这不一个人都丢了！于是落下心病。她老人家之前的愿望最远不超过长沙，最好是在衡阳。

大概10天后，生产队一个堂兄将录取通知送到我家，我被录取到湖南师大数学系。母亲那份担忧一下就烟消云散，无比地开心起来。我却有了一丝失落，并没填报这所学校。而我考上大学作为一个大事件，迅速在整个大队传开了，“十年寒窗无人问，一举成名天下知”。在流泉町这片天底下,我成了家喻户晓的人。是啊,我是恢复高考后大队出的第一个大学生，此前，只有前文提到的那个中专生。凤毛麟角啊!

接下来的半个月时间，我唯一的事就是无所事事，等待开学报到的那一天。而我父亲，行为有点让人纳闷。他每天早上到市场买一些生瓜子、花生，白天炒好，晚上跑到镇上火车站去五分、一角地兜售。我前面讲过，我和父亲很少有交流，故他在做什么，我不会太关注。母亲则整天笑呵呵的，一边接受别人对她的恭喜，一边认真准备我的谢师宴。其实，那个时候都很穷，还没有谁家办谢师宴的。母亲却说，一个学生能考上大学全靠老师培养，这不能忘本，要把凡教过我的老师统统都请上。26日，家里杀了那头原打算过年的肥猪，准备了在当时条件下最丰盛的酒菜，我遵照她的意思真把从小学到高中能请到的老师全请到家里，坐满10个八仙桌，自然，我拿出自己的好酒量，一桌一桌敬酒。家里的亲戚一个没邀。

再下来的几天，母亲为我准备行装，特意买了口皮箱，哥哥从县城回家，帮我挑着通知上要求的半年口粮去交给镇上的粮站。而我父亲半个月的怪异行动之目的也揭晓了——他拿着一个崭新的人造革手提包，那是他花了十六元五角钱买的，当时，大概只有公社书记这类官才提的包，交到我手里，说：“你大学毕业也该有公社书记那么大的官了，我家祖祖辈辈没人当过官，生产队长都没有，你争气了，在外面要体面点。”然后，他又拿出一大沓一角两角五角的纸币，每一张的四角都抹得平平的，接着说，“这里还有几块钱，给你零花的……”这是我印象中，父亲唯一一次一口气对我讲得最多的话，而且他那副一贯冷峻的脸上还露出了羞涩的表情。那一刻，我仿佛不认识他似的，心里突然就松软得像春雨淋透的土地，眼里含着打滚的泪，但我没让它流出来。前面说过，我和父亲关系不好，其实还有一个原因，是他太委琐，衣服总脏兮兮的，脸上也好像永远没洗干净，一到冬天，两边脸都留下一层黑黑的，因此，别人给他起了个绰号“烧锅巴”，拿父亲这个绰号来攻击我，是小时候所有与我吵架的同学手里的锐利武器。所以，小时候，有父亲在的地方我总是离得远远的。父亲烟瘾重，他只抽自己种的旱烟，旱烟不够，他就经常捡别人丢下的烟头，剥开，还掺杂些红薯叶在旱烟丝里抽。我的记忆里他从来没有买过一包香烟。我大学毕业，第一次拿到工资，买了 5 包九角二分钱一包的“长沙”烟孝敬他。他很心疼，硬是舍不得抽，放到过年招待客人，结果发霉了。后来，父亲如法炮制，经常晚上出没在小镇火车站，确保了我大学期间较为宽松的零花钱。

1981 年下下半年：出发奔向我的大学和一些新鲜事

“十七岁，我将在遥远的省城眺望夕阳。”这是十几年后，我在自己的长诗《一年：漫游与还乡》里写下的诗句。17 岁，第一次出远门，到省城念大学，我是多么意气风发啊！

我们中学在这次高考录取中，居然 3 人录取到湖南师大，用我们校长的话说那是“真五十 K”。另外 3 个上重本线的同学也可各有结果，我说出来以此证实高考就是一个人命运的转折点。一人录取长沙铁道学院，现在大连铁路局工作；聂沛因身体原因失去深造机会，却因创作成绩，被省委组织部破格转为国家干部，在县文化馆工作；而最高分那个同学，当时信心满满只填报了重点大学志愿栏，结果未被录取。等发现事情严重后，从县教育局开了张证明，跑到全省录取地点韶山，总算补报了志愿，无奈大专都录取完毕，最后录到湖南三师，读了中专，他现在我们县一个乡村小学教书，前些日子听说当了校长。同录进师大的两同学，我原来不认识，他们是那种十分刻苦的人，而且都复读了一届，除了读书不怎么与人交往；一个也录在数学系；另一个文科班的，录在政教系。自然，拿到录取通知后，我们便联系上了，约好一同报到。

9月1日至3日是新生报到日子。我们3人8月31日一早就出发。原因是，一个上一年考入第一师范学校的女生必须这一天回到学校报到，她叫陈红玉，是文科班那个同学的初中同学。我们都没出过远门，有她带着心里踏实些。我们3个男生每人挑一担东西，跟在一个几乎空手的女生后面，那样子真有几分滑稽！我的行李，一头是皮箱，里面装满了日用品和书籍；另一头是一床捆绑好的棉被，手里还提个提桶。大家都坐慢车，这样省钱些。我至今记得从白地市镇到长沙的票价，全额四元七角，有大学录取通知，能购半票，是二元四角。没有直达，需在衡阳转车。车到长沙时已是傍晚，师大的新生接待站还没开张。我们只好挑着行李，跟着女同学从火车站一直走到湖南旅社。然后，她乘公交回学校。我们3人来到旅社，当时已没有房间，最后与服务员协商，在过道上给我们加3张弹簧床，每人收费5元，这反而符合我们心意。你想，要一个3人住的房间贵得多呢！那天晚上我特别想到外面看看长沙夜景，但因为住过道，要守行李，只好忍住了。晚饭，是各自从家里带的干粮和煮鸡蛋。住在柔软的钢丝床上，那晚我在无限憧憬中进入梦乡！

第二天早上，我们顾不上吃早饭，又挑着行李走到人声鼎沸、热闹非凡，我们曾在报纸上见过的无比气派的火车站。很快，我们看到学校的新生接待站打出的横幅，那一刻，别提心情有多么激动了！特像电影里失去联系的地下党员终于找到了组织一样！于是，我们出示录取通知书，算是接上头了。接待老师给我们一些纸条让我们写好自己的系和姓名，贴在行李上，接着就装车，老师说行李会集中到学校体育馆，以系为单位放好，自己去取，人可以乘坐大交通车。但老师又接着说，行李卡车上需要一个人坐在大厢上押车看管，我立即自告奋勇爬了上去。车沿着宽敞的五一大道出发了，坐在敞亮的移动空间里，夏日的风吹得我心无比舒坦，我对着蓝天喊：长沙，我来了！

我一边领略沿途的风景，一边不停感叹，省城就是省城！又在想，如果录在西安或成都，那里是个什么样子？那么，如果自己学习更认真努力些，录取到北京，那又会是什么样子呢？这一路，有两处让我惊叹不已。一是长岛饭店，我仰头一看，妈啊，这么高！我数了两遍，11 层。我怎么也想象不出来，这么高的楼怎么建上去的？而且，怎么昨天晚上和今天早上都路过这里，怎么没发现呢？我得出的结论是，身上挑了担子，心里想着事情，便忽略了身边的美景。怪不得古人说："若无烦事在心头，便是人间好时节。"再就是路过湘江时，我第一次看见这么宽广的河流，自然想起我无比崇敬的伟人毛泽东，想起他独立寒秋，站在橘子洲头看万山红遍时，抒发的那分惊天动地的豪情。已经是秋天了，过些日子一定要到橘子洲去眺望麓山。又想到昨天同行的女同学，她真有福气，居然在伟人读书的学校读书。当然，我们也有福气，能在岳麓山下生活学习 4 年！我第一次看见了大轮船，简直就是一座水上楼房。我没什么地理常识，不知道湘江北去通洞庭湖，汇入长江，再进大海。但我知道，有那么大的轮船，这江一定通向大海，有朝一日，一定要到海上坐坐轮船，甚至要坐上飞机！

报到后，数学系的新生被安排在新建成的教工宿舍——十舍，而且吃饭也在宿舍不远的教工食堂。原因是，七七届同学春季入学，还有半年才毕业。这样，恢复高考后的前五届大学生形成了大会师，学生宿舍不够用。我怀着一切都无比新奇的心住进 304 房间，每间房住 4 人。同一间房的另 3 个同学，分别来自怀化、永州、常德。他们 3 人都有家长来送，对此，我不以为然。特别是，那个常德同学，晚上坐在蚊帐里哭开了，我问他怎么回事？他说送他的爸爸和哥哥走了，想他们。因这件事，我好长时间都笑话他，看不起他。

任何的第一次都是新颖的、让人记忆深刻的。如果此生我意识还清白的话，就一定记得第一次去食堂吃饭的情景。读师范真好，每月国家给我们伙食费十七元五角，以餐票的形式发到手里。此外，还有助学金，我是乙等，每月 4 元。本来以我家庭经济状况完全可评甲等，每月 5 元。谁叫我一到校就被指定为班干部呢，只好发扬风格了。教工食堂就餐人本就少，我带着新买的餐具去时已经很晚，我到窗口，看一个黑板上写着近 20 种菜，其中有海带，一角钱一份，我把碗递进去，毫不犹豫地说：两份海带。这才看清里面是一个很漂亮的姑娘，年龄好像和我差不多。也可能大一些，因为城里姑娘水色好，就难判定年龄了。她问，是两份海带？我说是的。她又问打多少饭？我回答八两。她没再问，打给我。我端着饭菜，找一个位子坐下，无比享受地吃起来。我偶然抬起头，看见那个漂亮姑娘正透过窗口望着我笑。她笑得很灿烂，很好看，也很有意味。很奇怪，我居然丝毫不感到难为情，心里甜丝丝的。要知道，在中学里，我从不与女同学打交道，她们与我说话我就脸红。来长沙那天，我就一直没主动和那个一师范的女同学说过一句话。我当时的解读是，她一定是笑我这个农村来的傻小子，却幸运地考上了大学，几年后就是响当当的城里人了。而她，肯定学习不好，不然不会在食堂做事。我想，如果她也考上大学，和我同学该多好啊！她当然更不知道我要两份海带的心思，在我们农村，吃海带是十分奢侈的事，只有办大喜事出席才有的，此外，就只有过年了。我在心里感叹：“读大学真好，天天过年！”

过了几天，我们就开课了。我们的教学楼那个气派啊，4 层楼不算什么，可是长啊，是整个师大最长的，一栋楼大概有 100 米长，叫语数楼。它容纳了学校人数最多的中文系和数学系老师办公和学生上课。上课后我才发现，数学系男女比例严重失调。我们班 52 个人，只有 4 个女生，其他班还惨，3 个的，两个的。而同一栋楼那一侧中文系，女生多得多，而且也漂亮些。我当时根本没有萌生想谈恋爱的心思，但漂亮的女同学总是让人赏心悦目，大学生活也丰富多彩些吧。后来，当我听人说可以转系转专业，我和本班另一个同学同时写了申请，他想去生物系，我想去中文系，我们找到了系主任。第二天，他给我们明确答复，学校不同意。不知是学校真没同意，还是他根本就没把我们的申请报告递上去。这让我很失望，很长一段时间厌烦数学学习。

那天，我在4楼的教室上完课，站在走廊上，眺望到湘江，突然就有些想家了。我要在这里读4年啊，而我初中高中加起来才4年！心里就想落泪，但忍住了。我想起同寝室那个常德同学，当时我还笑他哭鼻子，此刻特别理解他。从此我的心便安不下来，等到国庆节3天假，我谁也没告诉，就跑到长沙火车站坐上一列闷罐车，回家了。父母见到我很惊讶，当知道我只是想家了回去的，才放心。回到学校，还是不想上数学课，常常，上课看小说，下课就去玩，一到周末就去别的学校找老乡。半学期考试，我的两门专业课程：《高等代数》只得了49分，《数学分析》稍好一点，得了70多分。这让我警觉起来，意识到必须承认现实，正确对待专业，并迅速调整好心态，学习终于步入正轨。期末考试，我的《高等代数》考了100，《数学分析》考了97分，综合下来，我这两门课程分别给了90、91分的登记成绩。

聂沛写了一首诗《1981年的学习——给起伦》，里面有这样的诗句："这年冬天下了一场大雪／你在师大的校园里看一片雪花／而且只看那一片／看完了就带走了" 当一场雪无声地落在湘江，我的心便完全沉静下来了，像大雪覆盖的岳麓山。我知道，4年大学生涯无论漫长还是短促，都得自己好好过；我更知道，1981年已成为一片雪花，永远飘落在记忆里，融化进血脉了。当新年的钟声敲响，我18岁了，我已是成年人了！

"记忆，我认为，就是我们在愉快的进化过程中丢失的那根尾巴的替代物。它引导着我们运动，包括迁徙。" 布罗茨基的这句话太过大师。于我，记忆就是一条回故乡之路，此刻，它只引导我回到心灵之故乡的1981那一间老屋。

2013年10月17日—10月22日

第五辑

纪念

1. 老兵还乡——兼悼王燕生师

这一轮寒潮袭来，气温骤降，让我们真切感受到什么是严厉的冬天了。昨夜，北风撕扯着胸膛里沉闷的呐喊，冷雨像不安的小兽，用爪子整夜整夜敲打窗户。我觉得自己和这个寄生的星球，在时间中在未知里漂浮了好久好久。因为今天上午要参加老兵退役工作布置会，我起来得比平时早，洗漱毕，看接我的车还20分钟才能来，便顺手拿起床头边瑞士人H·奥特的《不可言说的言说》随意翻到某页阅读起来。

突然，手机有信息提示，是晓笛兄来信："起伦兄：我们敬爱的韩作荣前辈今天早上走了。"时间:7点13分。我一愣,走了？走哪去了？旋即，我明白了其意思，突然就感到心发痛，脑子一片空白。直到小王见我没在约定时间下楼，按响门铃，我才缓过神来。我努力平复一下心情，和晓笛兄通话，知道韩老师是昨夜两点钟心肌梗发病，被送进协和医院，没抢救过来！

就在昨天，有朋友告诉我，说著名诗评家霍俊明在给今年《诗刊》年度诗选写的综述文章提到我了。我抽空上网一看，确实。在这篇《尝试赞美这残缺的世界》的文章里，有这样一段文字："有些诗人仍然用诗歌的方式验证着智性的深度和写作的难度，比如韩作荣、王家新……刘起伦。"一共提到16位诗人名字。说心里话，读到此处，我很是惶恐赧然。韩作荣老师、刘立云老师对我有栽培之恩，诗歌成就之大无须我置喙；其他诗人如王家新、于坚、汤养宗、陈先发等是当今中国诗坛的顶尖级人物，一直是我仰视的对象，把我这个不太努力、写写停停的诗歌写作者的名字与他们并列，难免心里虚得很。当然，我心里也有窃喜的一面，因为2011年王燕生老师的去世触发我重拾诗笔，这两年自己的诗歌创作得到了一些肯定，尤其这次，能入围《诗刊》年度诗选，自己名字与恩师名字被评论家列在一起。

没想到，昨天见到韩作荣这个名字是那么温暖与亲切，今天再见这三个字，却是无限悲痛和凄切!

和韩作荣老师初识于1994年1月。1993年，诗刊社举办了“人民保险杯”诗歌大奖赛。初出茅庐的我不知天高地厚，将自己的诗作寄了去，没想到居然在这个有十几个国家三万多华文诗人参赛的大赛中获得了二等奖。我受邀进京参加在人民大会堂举办的颁奖典礼。这是我第一次到北京。我抽空到家住和平里的王燕生老师家看望老师和李阿姨。燕生老师说：“起伦，带你去见一位你们工程兵的前辈诗人。”他领着我敲开了同单元上一层楼的一个房间。这位工程兵的前辈诗人就是韩作荣老师。我与作荣老师的交往在“诗人酒事”已有详尽叙述，在此不再赘述。当我的诗在1991年12月号《人民文学》发表后，《环境保护报》副刊编辑萧金鉴先生特意写了热情洋溢的信给我，说殊不容易！有些人写了一辈子也没能在这上面发稿。

1999年9月，《人民文学》推出我组诗“静夜思”。后来，这组作品又被选入韩老师主编的《情人花朵》（华文出版社出版），这本选集一共选了60多位当时在诗坛比较活跃的青年诗人诗作。

不记得哪年了，长沙一位颇有经济实力的诗友，找到我、远人，说想出资在正规出版社出一本湖南实力诗人的选集，大概挑选十一二位，体例是每个诗人20首左右，请一位诗坛有名望的大家写一篇评论。我和远人认为是大好事，也很心动。远人说，他想找王燕生老师写评，我说，那我找韩作荣老师试试。我精心挑选一大组诗作，取了个名字“抒情或不抒情的诗”，并随信说明了原因寄给韩老师。但当我将厚厚的信封投进邮筒那一刻，我就有些后悔——我想，韩老师这么大的名家，自己编务、创作那么繁忙，会不会给我写评？如果他不愿意又不好驳我面子，不是给老师出难题了？一个月后，我收到了老师的回复，他是认真阅读了我的全部习作后，写了4000多字的评论，用钢笔在方格纸上誊清了的，我极为感动。不久，远人也收到燕生老师的评论文章。我想，改革开放后，中国新诗的繁荣和发展，多亏了有韩作荣、王燕生老师这样的伯乐啊！在今天，这样襟怀坦荡、热心扶持后辈的好编辑还多吗？遗憾的是，那位诗友并没实现诺言，书没出。而燕生老师那篇文章也被那位诗友给弄丢了，远人每每提及懊恼不已。我则幸运地将韩老师的原稿留在身边。2012年，远人编辑“抛物线诗丛”，我在自己的处女诗集《沿途的风景》里，用这篇文章做了序言。

1999年6月，我到北京出差，又到了和平里。我去看望已经退休的王燕生老师和李阿姨。快中午时，我提出在老师家门边随便一个小饭店和老师喝顿酒。那时，韩作荣老师已是《人民文学》副主编，搬到另处了。我对燕生老师说，看韩老师能不能来？他打了电话。40多分钟后，作荣老师来了。见到我笑着说：“告诉你，起伦，今天如果你不是先邀请了燕生，而是先邀我，我肯定不喝你这顿酒。”可见两位老师的感情之深和韩老师性情之坦荡！我笑着回答：“我当然先来给燕生老师请安，我们是先认识的，呵呵。”那次的酒喝得很开心，燕生老师喝高了，我扶着他回到了他4楼的家，李阿姨很是心疼。

2000年，我参加完《诗刊》第16届“青春诗会”后，因为这样那样世俗的原因，停下了诗笔。这一停便是10年之久。期间，我到北京进修过。好几次，好友、诗人姜念光兄去看我请我吃饭时，我都提出一起去看燕生老师，念光说，不行，老师每次见到这些弟子都十分开心，要和你喝酒，而每次都劝不住要喝醉，对他身体不利，于是作罢。而我没有韩老师的电话，故也没与他联系。2011年3月，突然一天晚上，我收到念光的短信，说我们尊敬的王燕生老师走了。其时，我正在与李阿姨曾工作过的某军医院的领导在喝酒（因工作协调）。接到短信后，我的泪便充盈在眼眶里，酒再也喝不下去了。6月，我专程到北京参加王燕生老师追思会，会上，见到了登台发言的作荣老师，但我们没打照面、更没能够打上招呼。因工作原因，追思会一结束，就匆匆让姜念光兄送我去机场了。

也是因为参加王燕生老师的追思会，强烈地触发我重新拾起了诗笔，又开始了诗歌写作。2012年，湖南常德举办“中国诗歌节”，我受到中学同学、《桃花源诗季》主编、诗人罗鹿鸣的邀请。鹿鸣兄在常德为官3年，把常德诗歌协会搞得风生水起，影响颇大。我几次受他邀请，均因故未能参加他们活动。这次诗歌节举办，他是主要发起人，其时他已奉调回到省里工作。我不好意思再推辞了。去时才发现，活动规模非常大，请了诗刊的主编、副主编高洪波、商震、冯秋子等在位的重量级人物，也请了韩作荣老师、刘立云老师、雷平阳、荣荣等大家和全国很多诗坛名流参加。报到当晚，市委市政府设接待酒宴，我去给韩老师敬酒，喊了他一声，10 多年不见了，他立即就认出是我，说："起伦，你也来了。还在部队工作吗？"那一刻我的感动不用言说。酒会人多，而且饭后即是开幕式和文艺演出，不便多谈。第二天一早，因远人责编的刊物出了点差错，必须赶回长沙，我也因手头公务不便在常德久留，就一起回长沙了。没和韩老师有更多交流，现在想来实在遗憾！

上个月，燕生老师的公子晓笛兄携夫人孩子，到益阳他岳父家探亲并处理一些家务事，在长沙与我晤面。我们谈到了这些老辈人的道德风范，很是敬佩感慨。临走时，我把我的诗集和今年第 8 期《文学界》给他，让他转交给韩作荣老师并代为问好，还说今年年底前争取到北京一趟，看看他和郭阿姨（韩老师夫人）。这个月 2 号，星期六，我和罗鹿鸣一同回到老家祁东，参加一位中学同学女儿的婚礼。当晚，祁东诗人聂沛、李志高、聂泓、充原等，请我们喝酒叙谈。席间，我接到晓笛兄电话。他正在韩老师那里，将我的诗集和杂志转给了他。韩老师要与我通话。韩老师说："起伦，多读多写、要坚持，最近偶尔读了你一些作品，不错，感觉还在……"当时，我内心是多么温暖和感动啊，同时听到他声音尚厚重，便觉得他身体一定还不错！

可是，这才过去不到 10 天啊！怎么就……此刻，我除了在电脑敲下这些文字，不知道还能做些什么！想想自己刚学写诗那会儿多么年轻，如今就到了知天命的年龄了；而当年初见到燕生老师、作荣老师时，他们不是与我现在这个年岁相仿么？他们是多么风趣而睿智啊。岁月如此匆匆！生命有几人能够自己把握？部队有句谚语"铁打的营盘流水的兵"，作荣老师、燕生老师（曾是铁道兵）这两位诗坛老将已完全退役了。此刻，我想改用麦克阿瑟的话："老兵不死，他们只是还乡。"这两位老兵、老友会不会在不再残缺的天堂再做邻居、又在一起谈诗饮酒？我想，一定会的。

2013 年 11 月 12 日急就

2. 那个站在阳台看风景的人走了

事情偏有凑巧，昨天上午，我刚刚写了一篇随笔"坚持"，说到自己早在 1996 年就打算出一本诗集，得到了萧金鉴老师无私帮助，提到老师在山东出版界的朋友自牧；下午就在《长沙晚报》副刊"诗润清明"栏目读到一个叫孙永庆的人写的怀念萧老师的文章，文章追述萧老师的师德风范和作者与萧老师之间的交往，也提到自牧这个名字。

在《长沙晚报》征文之前，我就打算今年完成"成长中的若干词条"系列后，再完成一个系列怀念逝去的老师和朋友的系列。我和远人老弟说，这组文章里要写萧金鉴老师和唐兴玲。看到"诗润清明"征文启事后，我想，正好可以写一篇怀念萧金鉴老师的文章去发表。萧老师不仅是湖南报界老人，还是《长沙晚报》专栏作者。但我马上打消了这个念头。为了征文去写一篇文章难免有功利之嫌，就不那么纯粹了（也不知道什么原因，回归写作以来，我特别反感什么大奖赛和命题作文）。再者，征文的篇幅在 1200 字左右，根本容纳不了我想写的东西。还是按照自己的意思来写，关于唐兴玲的已经写了。今天，我想好好回忆一下萧金鉴——这位令人尊敬的长者。

我与萧金鉴老师的交往可以追溯到 1988 年。随着女儿的出生，我宣告自己开始学习诗歌创作。那次在从祁东回长沙的火车上，我的邻座，一位老大哥，见我一身制服，又都从县城上车，就和我交谈开了。原来他是"文革"后恢复高考的第二年考上大学，毕业后分配在一家报纸当记者。我告诉他业余时间正在学习写诗。他说他们报纸有文学副刊，编辑是个很好的老同志，可以介绍我们认识。谈得投缘，又是老乡，互相留了通信地址。回到单位不久，我给这位老乡写了封信，夹带我新写的两首诗歌习作。一天，就收到一个牛皮纸信封。我寄给那位老乡的诗歌中的一首发表在《环境保护报》副刊。里面还有两页信笺，是责任编辑萧金鉴写的。你可以想象我当时的感动。一个素昧平生的编辑发了你作品，还热情洋溢地给你写信！信中对我诗歌进行了肯定，说了很多鼓励的话，还欢迎我去报社做客，当面交流。让我感到有趣并且记忆犹新的是，字是用毛笔写的行楷，工整且耐看。还有人拿毛笔写信呢！——后来，每次萧老师给我写信都用的毛笔。

一个文学上的学步者，对最初的任何一次把钢笔字变成铅字的记忆都是深刻的。后来我在很多名报名刊发表作品，没能保留样刊，但这张《环境保护报》我珍藏至今，是总第273期。我的作品是九行短诗，却取了个怪怪的题目：《长天，大江，恋人及其他》。此前，虽已在《湖南工人报》等报纸，发表过一两次作品了，但，这次的发表仍让我那么受鼓舞，那么开心！

我所在单位地处长沙北郊一个名字叫莲塘冲的地方，很偏，已到长沙县地界，那时还没通公交。我们进城办事必须乘坐本单位每天一趟的对开班车，上午9点把人拉到长沙火车站解散，下午4点在火车站集合拉回。我特意选在一个阳光灿烂的日子，请假去城里，专门拜见萧金鉴老师。报社在侯家塘附近小林子冲，我转了两趟公交还是找到了。我多少有些忐忑地进了报社——这可是我平生第一次，来到一个能把一个人写的字变成铅字的、神圣的地方！记得报社办公室很大，但被一个个隔段隔开后，每个人办公的地方就显得狭窄了。萧金鉴老师见我一身戎装，未等我开口就说："你是起伦同志吧？和我想象的样子差不多。"听他对我的称呼，我一下子就开心起来，我那在老家某教育行政部门工作的岳父，和他单位同事们相互之间就这么称呼来着。我的拘束感一下子就无影无踪了，也恢复了自信。

萧老师一看就是个平易和蔼的长者，拉着我的手，让我坐在他身边，好像我们是认识很久很久的朋友。他一边起身找了个纸杯给我沏茶，一边和我聊开了。他说话慢，好像有一点点口吃似的。问了我一些工作情况后，又问这次带了新作来吗？我忙从军用黄挎包里，拿出两首新作。萧老师阅读一遍，点点头："很好的两首哲理诗，写得也干净利落。"他把诗稿放进抽屉里，说："你单位离市里远，出来一趟不方便，中午就在我家吃中饭，把你老乡喊上一起。我家老婆子炒菜的手艺还不错。"我本就是个对投缘之人从不把自己当外人的人，一点不谦虚地答应了。

萧老师的家就在报社办公楼边上的一栋楼的5楼一个三居室，一面的阳台对着马路，也就是后来贯通的芙蓉路。让我惊讶的是，萧老师家里有那么多的书，几乎每间房子的四周都摆有书柜。一些书放不下还堆在客厅的茶几上，角落里也有。师母告诉我，萧老师每周都要跑书店，工资收入的大部分都买了书。师母是宁乡人，很能干，没多长时间就弄出满满一桌子菜来，色香味俱全。萧老师有两个儿子、一个女儿，那天中午都在家。萧老师让他们都叫我叔叔。其实，萧老师的大儿子小伟比我小不了几岁，但我很受用，乐得长了他们一辈——时至今日，小伟每次见到我还自然而亲切地叫一声叔叔。萧老师不喝酒，我的那个老乡大哥酒量也一般，好在小伟能喝能劝，我自然把酒喝到了一定境界。也是在这次家宴的叙谈中，我对萧老师的情况了解得更多，也清楚他为什么对我有一份偏爱的原因。他是初中毕业招工，到解放军政治干校当一名工人。自己不是军人，却对军人很羡慕，也有一份很深的感情。萧老师打从中学起，就对文学有着浓厚的兴趣，自己读了不少书，也一直坚持写作。就凭着这一点，他被调入团省委的《年轻人》杂志做了编辑，后来，省环保厅办《环境保护报》时，又将他引进，做了副刊部编辑，直到退休。

这次见面之后，我真没把自己再当成外人，只是在称呼上作了小小改变，喊他"萧老"。因为，在我看来师母看起来比老师显得年轻很多，而萧老师相对有些老，且慈眉善目的，配得上"老"了。那次，我留下的两首咏物诗，不久发出来了，是"竹笛"和"仙人掌"。自然，我遵照了萧老给我的要求，每过一段时间，得把自己的诗歌和散文习作寄给他，请他斧正，每次，他都会选发一些出来。当然，我也会隔一段时间跑到报社看他，顺便蹭一顿他家的宁乡土腊肉等美味佳肴。

我这个人有个最大的优点，或者毛病，就是我认识了一个认为很值得交往的人，我必须将他引荐给其他要好的朋友。很快，我就把本单位的喜欢写作的好朋友蔡建勋、刘炳琪、李志湘、陈永祥几个兄弟带去见萧老。自然，他家的饭桌上，由最先的一个客人变成了若干个。萧老总是笑眯眯地很开心，师母也从无怨言地操弄一桌子好菜，还不断问我们合不合口味。以至于有好多年的正月，我们休过寒假回到单位的第一件事，是约好去萧老家拜年，吃他家的口味菜。后来，我认识了长沙的诗人朋友远人、唐兴玲，我又把他们推荐给萧老认识，他们之间也成了好朋友。一次，我在北京出差，在列车上偶尔认识永州一个写诗的叫张明华的伙计，回到长沙后，我把他带到了萧老那里。很快，萧老就给他发表了诗作。

1991 年 7 月，我写了几首诗歌，自认为还可以，就给《人民文学》寄了过去。没想到当年 12 期就发表了一首《走进七月》。刊物出来时，我正在祁东老家休假。自费订阅了《人民文学》的萧老，看到后比自己在上面发了作品还高兴，立即给我写了一封长信，狠狠夸奖了一番。我不知道是不是我无意中说到我爱人工作的单位，他记住了。只是，等这封信寄到我老家妻子所在单位，我已回到了长沙。而妻子没有将这封信保管好，给弄丢了，我懊恼了好久。萧老见到我后说："有些专业作家写了一辈子也没在《人民文学》发表一行文字呢！"

萧老的话加上在《人民文学》发作品这件事本身，确实让一个学习写作不满 3 年的我很受鼓舞。我的阅读与写作更加勤奋了。不久，我又在《诗刊》《星星》《解放军文艺》《青年文学》《诗歌报》以及《创世纪》等刊不断发表作品。1994 年 1 月，居然还获得《诗刊》组织的"人民保险杯"诗赛二等奖，被邀请进人民大会堂领奖，同年，又获《创世纪》创刊四十周年诗歌征文奖。我的每一个成绩的取得，萧老都非常高兴。这期间，我也并没有因为在那么多名刊发作品而轻视《环境保护报》副刊，仍然把自己写得好的适合副刊发表的东西给了萧老。1995 年 6 月，萧老做出一个令我想不到也让我感动得不行的举措，他要在自己的副刊给我做一个专辑。作为一家专业报纸，为一个人做一个文学专版，恐怕在当时国内，还是绝无仅有的。在这个专辑里，一共发表我 10 首诗、一章散文诗、一篇谈自己写作的散文，配发了萧老写我的印象文章和我一张照片，整整一个版。

萧老是个乐于助人的人，对别人的事总是那么热心，可是自己有事想请人帮忙开一句口却是思量再三。2001 年，我从广西代职回长沙后，去看望他。他好像鼓足了勇气才问我，能不能给弄一辆卡车，帮他把一些书搬到河西。家里的书多得已经放不下了，在河西租了套房子来安置这些宝贝。我说这不是很简单的事吗？于是，一天吃过晚饭，我派了一辆卡车，喊上李志湘、陈永祥两位，到了萧老家，4 个人楼上楼下地装车卸车，干了好几个小时才帮他把书转移了。很累，也很开心，总算为萧老办了点事。不过我当时也想，萧老省吃俭用花钱购这么多书，还得花钱租房子安置它们，何苦来哉？

自参加过诗刊第十六届“青春诗会”之后，诸般原因凑在一起，我停笔了 10 年。为了戒绝舞文弄墨这个习气，我几乎也断绝和文学界的朋友交往。自然和萧老的联络也越来越稀少。这期间我也有两年时间被组织派往北京进修。后听人说萧老退休了，又被岳麓书社聘为编辑，负责编辑《书人》，一本小小刊物弄得品位很高，在全国的读书界都颇有影响。2011 年，我回归写作，自然受到长沙文学界老朋友们的欢迎。那天，我从远人那里要到了萧金鉴老师的手机号码（这是老先生的一个进步，他退休之前一直没有手机），和他通了话。萧老一听是我，兴奋之情仿佛就在我眼面前，我既惭愧又感动。没过几天，我就拉着蔡建勋兄去拜望老先生。在他家楼下那间堆满了书籍和稿子，充当了《书人》编辑部的杂物间外面，我们整个上午在一起喝茶聊天。萧老还是那么和蔼亲切、从容自如，只是比以前更显老了，尤其是右腿看起来行走有些困难。萧老仍吩咐老伴去买菜做饭，还要打电话喊大儿子小伟回家陪我喝酒。我拦住了，说也不能老让师母累着，目前我家3个人都拿工资，经济状况也算可以，就请老师和师母到附近小饭店随便吃点。萧老见我说得真诚，总算答应下来。此后，与长沙文朋诗友之间应酬，只要我做东，我都会事先通知萧老，并且开车接上他。萧老虽然比我们年长很多，但与我们在一起，大家都很开心。我们喝酒他喝茶，等我们吃过饭还要喝茶或开展其他活动，他就提出回家休息。我们这一拨朋友没有不尊敬他的，几乎都得到过他最初的提携和帮助。

2011年入冬，一天，我接到萧老电话，说是别人给了他两张灰汤紫龙湾酒店免费泡温泉的招待券，想请我一起去，并介绍了一通泡温泉的诸般好处，他儿子小伟可以开车送我们去。可惜，时间不凑巧，我刚好有一个外地的同学来长沙。又过了不久，萧老给我打电话，说约了长沙晚报的奉荣梅、任波几个编辑以及作家彭国梁，中午在离我单位不远的一家店子吃狗肉，请我也去参加。荣梅、任波、彭国梁我都熟悉，我赶过去了。席中之人只我和彭国梁能喝点酒，萧老要去柜台拿酒，我说我车里后备厢有，去拿了。萧老感到过意不去。待结账时我想为老师买单，被他坚决制止了。我没坚持，因为我知道萧老就是这样一个人，他帮别人任劳任怨不求回报，别人帮他了如不还人情就心里不安。《长沙晚报》给他开了个专栏，请他写了一个有关读书人与读书的系列文章，他认为是朋友在帮他的忙。而以前，我经常去《环境保护报》社，每次他收到湖南一些名家如彭燕郊、李元洛、于沙、弘征、钟叔河等寄给他的稿件，都如获至宝，展示给我看，对这些年龄相当或长于他的人，他都敬重有加，称呼其名后面必须加上“先生”的后缀。认为给他寄稿子是对他的信任，是天大的支持。

后又不久，荣梅告诉我，萧老得癌症住院了，而且是晚期。我不敢相信这是真的，忙给小伟打电话核实。我不知道那一刻我是个什么样的心情，无法形容。3月份，我文学上的另一位恩师王燕生去世了，而我们之间有好几年没有见面，不去见他的理由愚蠢得只是担心和老师见面一定得喝酒，而一喝酒他会喝高对身体不好！好在我和萧老又恢复了较为密切的联系，可这时间才过去不到一年啊，他却得了这样的病！我问小伟住哪家医院哪间病房，想立即去医院探视。小伟说，最好不要去，因为没让萧老自己知道病情，马上过年了，他也想出院回家休养。我说那过年后，我们去家里拜年。过了年后，我约好了远人、雪梅、荣梅、老蔡、阿炳几个，买了水果，又凑了些钱包个红包，去萧老家看望他。我们东拉西扯的，自始至终不说萧老的病。萧老见到我们也很开心的样子，还一个劲吩咐老伴做菜煮饭。我想，这段时间以来，师母为了不让萧老得知自己状况强颜作欢，不知内心是怎样的煎熬呢！我们怎忍心还让她来张罗饭菜？再说，我们心里也都很不好受啊！我忙扯了个谎，说有个朋友正在来长沙的路上，我得招待他，还请这些朋友一起参加给我面子，也想请萧老您，但您身体不便，这次就不邀您参加了。于是大家纷纷告辞。这是我见到萧老生前的最后一面。离开萧老家后，我请大伙在一起胡乱吃点。

3 月 21 日，接到了小伟的电话。一看手机上显示的来电人名字，我知道这一天来了，只是不知道来得这么快！我约好了还是正月去萧老家拜年的那些人一起去老人的灵堂祭拜。看到萧老的遗像，还是那么和蔼从容，可我们已经不在同一个世界了。多么好的一个人，多么纯粹的一个人啊！

再过了两月，萧老自己的著作《站在阳台看风景》出版了。这是萧老唯一的专著。我读到了钟叔河老先生为该书写的序言，潸然泪下。文章写到萧金鉴是个“爱书不顾身、爱书爱到死”的人，“他收入并不高，常常掏空了口袋买书，连搭公共车的钱也不留下。买得多时，只能抱着或扛着走回家。”特别写到萧金鉴老师为一个与他并无深交的 90 多岁老先生出书之事，不能不令人动容。先是想带头筹钱为老先生出书，后又带着病体为老先生出书撰文呼吁，再反复跑出版社为其协调呼告，最终感动了出版社，答应免费为老先生出书。可是，他自己生前却没能看到自己著作的样书。小伟给我打电话，说他父亲生前拟了个赠书名单，本来还要亲笔签名的，他对名单里的人大多不熟。我说，我认识的朋友都由我来送。我在四方坪一家酒店订了个包厢，约好 10 来个朋友，搞了一个很小范围的首发式。

只是主角缺席，那个站在阳台看风景的人走了……

2014 年 4 月 24 日 于长沙

3. 她如此贪恋尘世的甜

好快啊，兴玲离开我们就两年了。

认识唐兴玲，缘于远人的介绍。

1994 年的远人，对待诗歌的热情一如奔赴延安的进步青年投身革命。我们刚刚在《诗刊》组织的诗歌大赛获得大奖，在王燕生老师引荐下，他最先与我接上头，结束了他单打独斗的地下斗争——远人告诉我，此前，一个人已默默经过了为期 10 年的创作练笔。

旋即，他又找到了唐兴玲。

那时，我对于诗歌的迷恋程度丝毫不亚于远人，虽也希望能认识更多诗人和文学爱好者，却没想着主动去串联长沙的文朋诗友。原因简单却有双重，其一，我的工作性质决定了我必须投入大量精力，而我本人也积极要求进步希望得到领导认可，加之单位地处偏郊，往市里跑一趟不容易，没有过多精力交朋结友；其二，我的中学同学聂沛、罗鹿鸣、聂茂已然在诗坛风生水起，我们常有联系，而本单位之中，又有姜念光、全世杰、沈煜等诗歌发烧友能长相交流，自然并不孤单。

当然，对于主动找上门来的远人，我非常高兴，一番交谈之后立即引为知己。今年，我们认识正好 20 周年，那句"人生得一知己足矣"的著名句子，好像是专门为我们经久弥新的兄弟情谊准备的。对于与兴玲的认识，同样开心，她可是我认识的第一位女诗人，也是我迄今为止屈指可数的，能彼此坦诚以待的女性朋友之一。当我第一次见到她时，惊讶地发现，她丈夫早一年就和我熟悉了——王伟是长沙一家报纸的记者，胖乎乎的有些可爱。他到我所在单位采访，我领着他，喊上陈永祥、李志湘一道，在东门外的“刘老板土鸡店”喝酒。只是我没说我是个写诗的，他自然不会莫名其妙供出自己写诗的妻子。

认识兴玲之前，她的名字已经不陌生了。因为，在《诗刊》刊授学院的院刊《未名诗人》上常常读到她的诗作，有一次居然还有她的照片和简介，得知她也在长沙。后来，读到她的东西就多了，譬如她常在《长沙晚报》发表诗歌、散文、音乐评论等。

其实现在看来，至少在我看来，文坛朋友之间交往对一个人创作水平提高的直接帮助并不大，主要是有一个氛围，能相互鼓励打气。一个人的创作得靠自己去阅读，去领悟，去写去修改。自从认识远人、唐兴玲，后来又认识韦白、易清华、唐朝晖等写诗的朋友后，我们之间的交往聚会越来越频繁。起初，我们对彼此诗作相互提提意见，或介绍自己阅读的心得体会。后来，在一起聚会就成为繁忙工作与写作之后的一种放松，当然也会相互通报一下自己创作和发表状况，却不怎么评论彼此作品。

兴玲在省外贸工作，改革开放初期是非常好的单位，随着市场经济发展，后来日渐式微了。她在芙蓉中路的黄金地段有一套住房，那是相当令人羡慕的，正好与远人上班的工商银行营业点很近。她常常邀我们去她家相聚，夫妻两人下厨忙乎。我们喝茶聊天，等菜饮酒。记得有一次一个叫刘大兴的诗人来长沙，找到兴玲。她就通知远人、我，还有《环境保护报》的萧金鉴老师去她家吃晚饭。白酒、红酒、啤酒，一顿乱喝，除萧老外，几乎都喝高了。萧老回家，我占了他们夫妻的婚床，远人、刘大兴占了客房，他夫妻二人只能躺在客厅沙发。我还差点误了正事——第二天，陪聂茂去益阳相亲。

我家也是个聚会的好场所，因为家在浏阳河边。我要他们过来大都选在阳光灿烂的周末。先去浏阳河边漫步，聊天，或躺在草地晒太阳。等妻子将饭菜张罗好了，就会打发女儿来叫我们。因与王伟熟识，几次我都邀请他夫妻同来。我们也常去远人家里相聚。但去远人父母家里做客的诗人，可能只有我了——或许是职业原因吧，他父母、哥哥和妻子都比较认同我。

2000年，我去广西代职，同年参加了《诗刊》第十六届“青春诗会”。远离长沙，但电话联系已很方便。远人和兴玲想出一本朋友们的诗歌合集，定下6个人选：远人、韦白、兴玲、唐朝晖、易清华和我。远人给我打电话让我准备作品，我偷懒，说难得选，你就用我在《湖南文学》和《青年文学》已经发表的两首长诗《一年：漫游与还乡》和《雪：燃烧或冥想者之呓语》，这样远人直接到杂志找就好了。后又联系，说还可以多发四五个页码的东西，我说，那就用《创作》上发表的那一组散文诗《笔记：一九九七年秋冬》。校对等事都委托远人了。诗集编定后，远人打电话给我，征求集子的书名。我至今记得清楚，手机铃响时，我正在单位澡堂里，准备洗澡。我说我想想。当时我就想，第一，名字一定要新颖，别人一看就打眼能记住；第二，这个名字还能适合接下来出第二本第三本，可以增加新人。因为我大学学的数学，对数字天生敏感，我很快想好了，洗完后我回远人电话，叫“6+0”吧，名字虽怪易记住，“6”自然是我们6人，“0”是空位，以待新人。当然这个“0”也与兴玲的“玲”谐音。远人与兴玲几个商量后很认可。而且远人对这个“0”有更传神的解释：代表一种无限的可能。

在参加“青春诗会”的时候，我就和《诗刊》的周所同老师表明过，以后可能不再写诗了。原因简单，当年大学毕业强烈要求参军，就是有种强烈的报国情怀，想做个青史留名的人，我认为好像这种机会快要降临到我头上了，我要心无旁骛地做自己想做的事——而这个事，不是诗歌不是文学。因此，回到长沙后，我停下了诗笔。与远人、兴玲等诗友交往也渐渐稀少。

后来，也与兴玲接触过几次，譬如她为主组织的在省图书馆举办的诗歌朗诵会，两次都邀请我参加了，并将我的诗作作为朗诵篇目，记得德高望重的诗坛前辈彭燕郊都参加了，还亲自朗诵。我普通话不好，我的作品是兴玲安排大学生朗诵的。再后来，唐兴玲和王伟举家迁到广州了，在一家发行量可观的杂志做事，我挺为他们高兴，我们通过电子信箱过年过节的互致问候。有一次，《长沙晚报》举办了一次读者会，兴玲被请了回来。那晚，兴玲几个文友在一起喝茶，打电话邀我也去。可当晚有个老乡来长沙找人办事，我答应陪他了。我匆匆赶过去，与兴玲见了面，简单聊了几句就告辞，为了表达自己诚意，我走之前抢着把单埋了。

2011年，王燕生老师去世，我去北京参加他的“百日追思会”，李阿姨告诉我：“你王老师去世之前还在病榻写诗。你却将诗歌丢了，太可惜。他生前可是很认可你的诗歌。”我脸发烧了。那种为国赴死青史留名的机会迟迟没有落到我头上，却把诗歌给丢了。真正应了我老家那句俗话“扁担没爪，两头失刷。”此后，我试着重拾诗笔。很快与诗人文友联络上了。我得知兴玲一家已从广州回长沙了，而且添了一个可爱的小宝宝。我很开心。端午节，我以“诗人节”的名义，邀了远人、韦白、欧飞廉等，在“中天酒店”为唐兴玲一家重回长沙定居接风。

我一直认为，唐兴玲是个比较沉静之人。但出于对诗歌的热爱，她又很喜欢牵头组织诗歌活动，譬如，我前面提到的，组织诗歌朗诵会；再譬如，一度和韦白办了个“滑动门诗歌网站”，很是红火了一阵子。我后来知道，“6+0”没再延续下来后，她又和几个诗友成立了一个诗社，印出了几集《二里半》。但她有个特点，每次的活动一旦开展起来，她更喜欢退在后面。那天，李志高携着刚出版的新诗集来长沙，兴玲他们正在“湘江一号”搞朗诵活动，我请志高吃过午饭，和志高兄，还有我女儿也过去了。兴玲坐在后排，笑眯眯地看着别人主持别人朗诵。

回归诗歌后，我在新浪开博客写诗，写了就贴出去。兴玲也在新浪博客上写。每有新作出来，我们常互相读读，留个言什么的。同时知道兴玲又和长沙3个诗友组成一个“4A”，写同题诗。兴玲去世后，我的博客好友名单一直保留着她的名字。

民刊《湖南诗人》从衡阳转移到长沙，由邓如如接手主编时，邀请我去参加他们的研讨会，我则请远人、兴玲一起去。他们给我面子，去了。邓如如他们有些喜出望外。而那次，我发现兴玲的身体好像很差，走路有些困难。我问她，她只笑笑说无大碍。转年正月，邓如如在“兄弟厨房”邀诗友聚会，我见兴玲身体更虚弱了，我很担心她。她还是笑笑。后来，远人告诉我，其实兴玲一直有先天性心脏病，不能生孩子的，但她坚持要生一个孩子，哪怕用自己的生命换取！怪不得儿子出生后，她格外珍惜，为儿子专门写作并出版了一本诗集《哦，天使》。这就是一个母亲啊！我深为之感动。

不久，大概过了3个月吧，一天接到远人信息，说兴玲住在湘雅附一，快不行了。我很惊讶，连忙赶到病房，有不少诗人在守着。此时的兴玲已不成个样子了。我一进病房，王伟贴着她耳朵说，起伦兄来看你了。那时，兴玲的呼吸都有些困难。她似乎听清了，好像点了点头，我强忍住泪水，心里难受极了！怎么会是这样呢？可能兴玲早就对自己身体状况有所了解,只是她不愿让朋友们担心罢了。她生前在博客写的最后一批诗中有“墓园”和“我如此贪恋尘世的甜”等等。见兴玲的最后一面是几天后的深夜，妻子强烈要求同我一起去，在她福元路的家里，关于那天的情形我在另外的文章里有个叙述，在此不赘，我怕再一次回忆当时情景让自己徒增伤悲！

至于兴玲的诗歌，远人弟有个评价：“在湖南乃至中国，唐兴玲都是最好的女诗人之一。”对于这个定论，我是赞同的。兴玲生前写过很多作品，但发表的不是太多。她也不是个善于自我标榜和炒作的人，因此，她在诗坛并没有得到应有的肯定。我对她的作品印象最深的是发表在《人民文学》的组诗《吹箫的女子》，这组作品还和我的那组《静夜思》，一同选进韩作荣主编、华文出版社出版的青年诗人作品专集《情人花朵》里面。我不是个喜欢对别人诗作评头品足、条分缕析的人。我对兴玲诗歌只能有个肤浅的大致感觉：从对生活的热爱开始的，也最终止于对生活的无限留恋。生活中的兴玲性情开朗，我们更像哥们。我却难得听到她诗歌里大声欢笑。她只微笑，在诗歌里，她不失为一个矜持而灵性女子。

我想，兴玲对于死神的来临，是有充分的思想准备的。死亡的逼近，要么让一个人惊慌失措，要么让一个人变得异常冷峻。我固执地认为，去世之前，在唐兴玲那失去血色逐渐消瘦的脸上，还保留着一丝浪漫主义者的预言的热情。她不怕死但更留恋生，因为尘世还有延续她生命的儿子、有她热爱的诗歌、有亲人、有朋友……啊，“我如此贪恋尘世的甜”！

兴玲，朋友们并没忘记你。去年4月底，我和远人去衡阳参加一个诗歌朗诵会，作为特邀的外地嘉宾，远人第一个登台，他朗诵了写给你的诗。10月，远人去新疆代职结束，新疆文学界为他举办专场诗歌朗诵会，他还是朗诵那首纪念你的诗。前天晚上，远人、袁剑虹和我在一起喝茶，我们又提到你。我说，兴玲去世马上快两年了，我想写一篇文章纪念。此刻，夜色渐浓，我在电脑上敲着这些文字。我像一个守夜人，守在这个你曾无限留恋的尘世。而你，兴玲，像一个熟睡者，在另一个未知的世界。天堂的上帝不说话，他只是偶露深刻的脸——为了让所有人，读出他的启示。

2014年4月12日 于长沙

4. 东荡子走了

和东荡子见过两次面，不能说很熟悉，又不能说不熟悉。

比我们见面要早好些年，我就知道世上有这么个人的存在，应是上世纪八十年代末或九十年代初，记不清了。那年冬天，我回祁东老家休探亲假，照例要去县文化馆聂沛老亲家喝酒、品尝老伯母亲手做的可口菜肴。菜上来了，很烫，洒脱的聂老亲顺手从旁边书架拿几本书来垫碗屁股——都说民以食为天，看来，物质文明在很多时刻还是处于精神文明之上。那几本书里就有一本东荡子的诗集。我在酒后闲聊时，顺手拿在手里翻阅，知道了他，因他怪怪的笔名引起了我的注意。从诗集上的介绍，对他有了一些了解，知道他是我中学师弟聂茂在鲁迅文学院和复旦大学作家班的同学。

也可以想象得到，那本印刷装帧都很粗糙的诗集是经聂茂之手转给聂沛的。诗集的名字毫无印象，书中的诗也毫无印象，记忆中好像是与聂茂的第一本自费印刷的诗集《玻璃房子》是同一个丛书里的。那时，聂茂已在《人民文学》发表了大组诗歌“九歌”，而东荡子还没什么名气。

几年后，聂茂已从湘潭大学硕士研究生毕业，分配在《湖南日报》，工作和生活越来越风生水起，很是惬意。一天，他打电话约我一起吃饭，说来了一个诗人朋友，那个诗人朋友就是东荡子。他五短身材，看起来很壮实，那时他在广东，具体干什么，聂茂没介绍，东荡子自己也没说，我也没问。诗人在一起只管喝酒。可能不同的生活经历和人生阅历，我们之间没有更多话说。第二天，东荡子回了益阳老家。

2000 年，《诗刊》在广东肇庆组织十六届“青春诗会”，我有幸参加。广东不少诗人去与我们见面，好像有黄礼孩，但没有看见东荡子。不知道他那时在没在广东。过了几年，我在网络搜索到一篇东荡子的文章，才知道，他回到老家沅江搞渔业养殖。我读到后心里有些五味杂陈，一方面，为一个想全身心投入文学事业的诗人没有一个稳定工作和固定收入感到难过；另一方面，觉得在空气新鲜的乡下安心做点事情，写点诗，不受更多俗务的羁绊，也不失为人生之快事，比如梭罗躲到瓦尔登湖，便写出遗世名著。当然，我希望他的养殖要能挣钱，能让自己生活得更好些。在那篇短文里，他提到了自己回湖南想见但没见的几个朋友，其中有我。这让我有些诧异，同时也很感动。

再次见到东荡子时，又是好多年之后。我们各自的人生轨迹都有了很多变化，比如，聂茂先是辞职移民到新西兰，可读了博士学位，又回到国内，到大学任教。我的工作单位没变，但许多东西却悄悄变了，如我到北京上了两年学又回到湖南。而东荡子早没养鱼了，又回到广东去讨生活。那次，他回到益阳老家处理一桩家务事，好像是他岳父家什么事？没刻意记住。他是来长沙火车站转车回广东，他带着一个美丽的女子，叫聂小雨，他告诉我们，这些年小雨总是不离不弃地伴随在身边，我们都为他高兴。我记得很清楚，是在湖南高速公路管理处的食堂，还是聂茂做东，我们喝酒。因为他曾经服役过的因素，我们喝了很多，很开心。最后是小雨提醒发车时间，只我和司机去送的站，其他人还在接着喝。我把他们送到火车站临别时，我们两个男人拥抱了一下，我说：兄弟，保重！回到广东后，他给我寄了一本薄薄的诗集《王冠》，好像是“诗歌与人”专门发的一个专号。说实在的，我没认真读，但我珍藏着。

昨晚，应酬了一场酒，回到家里，习惯性打开电脑，看到了黄曙辉兄博客里关于东荡子因心脏病突然去世的消息，怔怔地，呆坐好久，感到自己的心脏也在发痛！去年4月底唐兴玲去世，今年7月初聂青猝死，这次又是东荡子心脏病发作撒手人寰。诗人啊，别太劳心劳力了，身体重要啊！

我想，我该写点文字来为这位诗人朋友送行。那么，我说：兄弟，走好！只是，在天堂别当什么鸟诗人了，太苦太累！

2013年10月12日 长沙

5. 纪念郁金

可能是1995年，或1996年的夏天，都在暑假中的我一家三口回祁东度假。某天，去县城的姑父母家做客，饭菜差不多做好时，姑父说，你给文化馆你老亲打个电话，叫他来陪你喝酒吧。老亲，就是聂沛，姑父与他熟悉，而且他还与聂沛的妻子有某种拐弯抹角的亲戚关系。县城不大，不到20分钟，聂沛们到了。我说的聂沛们，是因为聂沛身后还跟着3个人。

聂沛热情洋溢地给我一一做了介绍，都写诗，都想弄顶诗人的帽子往头上戴戴。其中之一，我记忆深刻，叫吕国荣，个头不高，相貌平平，穿了件宽松的老头衫，他在县城东西两头各开了一个汽车配件店，其一取名“四通”，另一取名“八达”。从形象和气质看，怎么也与诗人相去甚远。我在心里想，我老亲是不是写诗写孤独了，强拉些人入伙，要壮大声势，占山为王？后来很长一段时间，我见到他都不叫他本名，叫他“四通八达”。他也总是开心地咧嘴一笑。但我一直没读到“四通八达”的诗作。

1999 年 5 月份吧，《诗刊》刊授学院在毛泽东文学院举办诗会。王燕生老师带队，他一到长沙就联系我。其时我担任单位办公室主任，上班时间处理这样那样的琐事，一下班就直奔毛院陪老师喝酒聊天，也与来自全国的 10 来位青年诗人混熟了。这 10 来个人中，就有我们祁东的两位。其一，居然是那位“四通八达”君，只是此时他有了一个很诗人的笔名“郁金”。另一位好像是刘宋民，即充原。尽管直到这时，我仍然没有读过他们的诗，但能参加《诗刊》刊院的诗会，诗应该达到了一定水准。此时我想，看来老亲聂沛并不是“拥兵自重”，确实在引导祁东诗歌事业的蓬勃发展。从这以后，我见到此君不再戏称他“四通八达”，而是郁金，因为我得对诗歌和真正写诗的人尊敬。

因为经费原因，诗会结束时的会餐，没有安排酒。我对燕生老师说，没有酒叫什么会餐？燕生老师笑眯眯地看着我，说，我等的就是你这句话。我也笑着说，我给准备两箱白酒，老师对我两个老乡诗人多提携点儿。正好我车上有两箱白酒。那天会餐，师生们都喝得很尽兴、很开心。自然，我们 3 个祁东老乡要多喝上几杯。那些天，我还担任着业余会务工作，比如为他们订票和送站，等等。

2000 年，我到广西代职。这年 5 月我参加了诗刊社在广东肇庆召开的第十六届“青春诗会”。此后，我停下诗笔达 10 年之久。偶尔，我还是会翻看身边能随手看到的一些文学刊物或书籍。我就在《诗刊》和漓江版的年度最佳诗歌选本上读到过郁金的诗。我觉得郁金的诗语言朴实却不失空灵，情感真挚但不泛滥，是真正的好诗。如果不是先认识这个人，我会猜想他定是个俊朗的书生型诗人。大概也是这一年吧，为了爱诗写诗，郁金居然卖掉了他生意还算不错的“四通八达”两个店子，北漂到了京城打工，成了较有名气的“打工诗人”。此后，我们很长时间没有见面。后来，我得知郁金在京期间患了鼻咽癌，又回到老家祁东养病，深居简出。也正因为他要养病的缘故，这几年我回祁东与诗人们相聚，大家都没叫上郁金。但我知道他一边养病一边坚持着读诗写诗。他还担任广东一个民刊《行吟诗人》的编委。2008年还特意组织了一辑“衡阳诗人作品”，收录了我的5首诗作（尽管我已很长时间没再写诗）。

以前我一直以为郁金要比我年轻几岁，直到内蒙古人民出版社出版《有一个方向叫远方——祁东诗人作品选》，看了他的简介，才知道他居然比我稍长。去年某天，在聂沛一篇博文里读到他写给郁金的诗“诗歌英雄”，当时心里有种隐隐的不安，是不是郁金的病情有所加重或恶化了？当时祁东青年诗人聂青去世不久，我便忍住了没有提及这个令人伤心的话题。

昨天，律师诗人袁剑虹邀集长沙的10来位诗人聚会，因为诗的缘故，大家相聚在一起。也因为这种相聚很纯粹，大家喝得都很开心。我喝了很多，醉意浓厚地回到家，洗漱都免了，就一直睡到第二天上午10点。当吃过早餐，打开电脑，从聂沛、聂泓的博客，看到郁金去世的消息以及他们悼念的诗文。心里很是难过。尽管之前我们都知道郁金有病，但他的突然离世，还是让熟悉他的朋友难以接受。

马年才来，郁金兄何故如此匆匆？天马行空，我也只能遥远地祝愿他天堂安息！

2014年2月13日

第六辑

杀鸡记

杀鸡记

1

春节过后，小王回长沙，给我带了些自家种的新鲜蔬菜和一只大公鸡。

我知道，这是小王在还礼，也就没客气，笑纳了。

小王是单位的司机，主要为我服务。单位放假前，小王带着老婆孩子回益阳老家过年。除单位应该发给他的福利外，我给了他两对酒、两条烟，让他捎给他乡下的父母和岳父母，另外，还给他儿子包了个红包当压岁钱。中国乃礼仪之邦，自古崇尚礼尚往来，如果不收小王这些东西，他肯定不高兴，认为是看不起他或他的东西。

新鲜蔬菜在我们家是颇受欢迎的，何况又是在油水过剩的正月里。天气还很冷，不易坏，每天吃一些，可以放好几天。公鸡，是个活物，如何安置它，一时成了一道小难题。它被装在一个逼仄的纸箱里，抗争着，小王说是自家养的土鸡。自家养的我相信，但是不是纯种的土鸡，不敢确定，因为它的体积显得过于庞大了。装在这个小纸箱里，很有点儿像古装电视剧里装在木囚车里等待开刀问斩的死囚。

前两天，我在单位值完班后，抽空回到老家乡下拜年，家里人送了我好几只土鸡，而且都杀好处理干净了，回到家里往冰箱一放，什么时候想吃，拿出来剁吧剁吧，或蒸或炒，全凭自己喜好了。妻说那就先养着，每天给些大米和择剩的菜叶就好了，等过些日子吃时，杀了，有个新鲜味。

我马上提出了一个自认为很聪明的问题，如果它在天还不亮时就引吭高歌，惊扰了左邻右舍的美梦，岂不让人非议和抗议？虽然自己生在乡下、长在乡下，是高考上了大学才来到城里，如今特别想念老家清早一鸡报晓，远近和鸣那种情形。但这毕竟是城里的小区。

妻说，亏你还在乡里长大的！这是阉鸡，不打鸣。说完又颇有意味地看我一眼，出门上班去了。我脸一红，明白她话里多少流露的意思，缄口无言。

也难怪妻的抢白，我就是这么个不成器的人，事事好奇却有着近乎麻木的感觉，任何东西都想知道最后往往一无所知。其实，小时候在乡下，我还亲眼见到过阉鸡，就是给已然长大——到了歌德描述的“钟情怀春”，开始知道男欢女爱之事的骚公鸡，乡下又叫“水老倌”去势，以便它们心无旁骛，一心长肉。

原来是一只阉鸡，怪不得长得这么庞大。不由得想起金庸武侠小说，武林高手须自宫才能修成“葵花宝典”。一只阉公鸡还算不算得上是公鸡呢？或者说过去宫中去势的太监还算不算男人？阉鸡不再打鸣，其实，如果一个人被现实活生生阉割一刀，只怕也没了说话底气。既如此，还不如不说，不如干脆沉默！

2

今年这个寒假似乎格外长些，妻和女儿上班都好几天了，可我还有一周假期。每天能睡到自然醒，本是少有的幸福。放假前，曾打算利用这个假期，将罗素的两卷本《西方哲学史》通读一遍，顺便写完系列阅读札记。后来因岳父母要来我家过年，且腊月二十就来了长沙，大年初二小姨子一家三口又跑过来陪老人，每天喝酒、打跑胡子，直到初五他们都走了，才消停。

热闹了好些日子，突然只剩一个人在家里，太过清静了，反而有些不习惯了。这下好了，有一只鸡在家里，不时弄出点响动来，让你感到不孤单。我突然就理解城里很多人养宠物狗宠物猫来了。

原来的阅读写作目标没能达成，干脆放弃了，《西方哲学史》放到以后再读吧。手头正好有一本兄弟远人前不久送我的《与里尔克同游俄罗斯》，这本书由两篇长文组成，一篇是作者与里尔克两次相伴同游俄罗斯的经历纪实，另一篇写了作者认识的里尔克和对里尔克诗歌的认识。前一篇文章读得很轻松，后一篇就需要慢阅读才可以品味出意味来。册子不太厚，正适合填补几天的空闲。这是里尔克的红颜知己、画家兼文学家露·安德烈亚斯·莎洛美写的。说心里话，作为男人，尤其是男诗人，没有人不羡慕里尔克——他除了写出不朽的作品外，一生中还得到那么多优秀女性朋友真心实意地帮助和爱慕。这种感觉，当你在阅读《穆佐书简》时尤甚。

说到《穆佐书简》，突然又想到里尔克给莎洛美一封信札里讲到的一件事。有人想送一条狗给里尔克，偌大的城堡，空空荡荡，除里尔克和一个忠实的女管家外，别无他人。“可以想象这是何等的诱惑”，里尔克在信中写道。从里尔克的诗中，我们不难知道他是很喜欢狗的，认为狗是“长毛的以扫”，比人更加忠诚，不应该只是人的奴仆，应升格为与人同一位格，甚至还要高，可以直接与神对话。但“我接受这样一个同伴，恐怕就连它也会引出太多关系。”“其结果便是，等我发觉它耗尽我时，我又必须痛苦地抽身撤回。”是啊，里尔克在漫长的10年等待与空白之后，他已做好充分准备，听从唯一指令，要赶赴“急如风暴”的心灵之约，完成《杜伊诺哀歌》和《致奥尔弗斯的十四行诗》这两部传世之作。此刻的里尔克，又怎能容忍任何的事物带给他的分心呢！

但，我不是里尔克，虽也偶尔写点分行文字，却知道自己不是那种很多人标榜或自诩的所谓有诗歌使命感的人。阅读写作之于我，无非养性怡情。我的骨子里缺少波西米亚人的特质，血液里也没有多少狂野的基因。对于这只已经接受下来的公鸡——哦，不，是阉鸡，我接受的指令是，暂时把它养起来。

3

去冬是个暖冬，晴好天气一直延续到正月初五。那天陪老人去登岳麓山，看见很多火力旺的青年男女都穿上衬衣裙子了。而初六开始变天，一场西伯利亚寒潮来袭，气温一下就降了十好几度。再过两天，还下了一场春雪。我只得让家里客厅的大空调运转起来，才不至于看书时冻得缩手缩脚的。小王就是赶在下雪之前回到长沙的。

现在可以说，我这个人如果不写诗就真是太可惜了，我发现自己心特细腻而且天生具备悲天悯人的情怀——只是这一点与我的身份格格不入，也就注定我在职业生涯中难以有大的建树。管他呢，如今已过天命之年，看得很开，一切都顺其自然，一切都是命中注定。譬如这只鸡，它的宿命只能是人口腹之中的美食。善良的我在它成为食物之前，也就是说它还活着时，动了恻隐之心。我把它安置在厨房里，这样它也可以享受到空调的暖气带给它的温暖。

如前所述，装鸡的纸箱确实太小了，是一个装小瓶矿泉水的箱子，箱子上面没封住，只有横竖穿梭成网状的一根绳子，以便于透气和喂食。可怜的阉鸡，被捆住了双脚，放在这逼仄的空间里。它不时扑腾几下翅膀，是抗争，也是提醒它的存在，有时还从喉咙里发出几声沙哑的“咯咯”声。每当听到厨房里的声音，我就从书页或电脑屏幕上收回目光和心思，去厨房给阉鸡加些米和蔬菜叶子，还在纸箱里放一只饭碗，添一些水，确保它生存的基本需要。我想，虽然不能逆天而行，改变这只鸡最终成为盘中餐的命运，但我可以在它活着时善待它。

但我毕竟在阅读和写作，它闹腾得多了，我难免会有些烦躁。有一阵子我阅读得有些入迷，忽略了它的存在。等我重新意识到还有一个在厨房里的伙伴时，有一股酸臭气味直刺着鼻子。我过去看它，乖乖！它不知什么时候居然从纸箱里跳了出来，如果不是双脚被捆住，还不知道这一刻它跑到哪儿去了。而且它已在厨房地板上里拉了好几泡稀稀的鸡屎！

“恼人！”我在心里道，逮住它重新塞进了纸箱里，并将封口的绳子系得更紧密些。无奈，从来没在家里拿过扫把的我赶忙找来扫帚和簸箕将鸡粪打扫了，然后又用拖把将地板拖了一遍。然而，那股子酸臭味弥漫在空气里，久久不散。我打开窗户，有一阵刺骨的北风刮进来，让人打了个寒战。这一股北风同时打消了我想将这只阉鸡移到阳台上的念头。外面太冷了！

但我的好心只维持了不到两个小时的现状。妻子一下班回到家里就闻到了异味，并极富经验地迅速找到异味散发之源。她一边恼怒地数落我，一边毫不犹豫亲力亲为将鸡连同纸箱提到后面的阳台上。对于监狱的囚犯，越狱的后果，往往是越狱不成却带来更加严厉的制裁，越狱行为近乎自杀。

阿弥陀佛，可怜的阉鸡！

4

自从鸡被移到后面阳台那一刻起，我就落下了一块心病：这么冷的天，这只阉鸡会不会得感冒？

如果它得了感冒，就是禽流感，后果就严重了！如今一谈到禽流感谁不色变？它的病毒变异很快，已升级成为 H7N9 了，人类医学研究跟不上它变异的步伐。佛家倡导不杀生，如果这只鸡得了感冒，只怕它不死还不行。而且病鸡还不能成为食物，这就是暴殄天物了，也有悖于佛家惜福的教诲。

如果这只阉鸡得了感冒，不能成为食物还其次，关键它很可能就传染给家里人，还有可能传染给整栋楼、甚至整个小区，那就是大事了。想想这后果真是可怕。但我毕竟不能肯定这只鸡放在阳台上就会得病。等过一两天再说吧。

可另外一个问题又出来了。我书房的电脑桌安放在靠后窗的位置，后窗之外就是阳台，也就是说，这只鸡弄出的任何一点小动静，都能进入我的耳朵。偏偏，这只阉鸡并没有接受经验教训，没有保持安静之态或若有所思状，它不时狂躁地扑打着翅膀，弄出声音。我只要一抬头，就会看见这个家伙。有时，冷不丁就看见那它正伸着脑袋在打量我。那圆圆的小眼睛，说不出是冷眼还是乞求。这让我有些生气，我们就这么直直地互相盯着，起初似乎谁也没有退让的意思，最后还是我败下阵来。因为一想起这只鸡的生命终将在我们手里终结，我就有一些不忍。记得老辈人说过，碰到蛇时，是不能与它对视的，蛇的眼睛里有灵异的邪气，人盯着看，会被迷住而迈不开腿，最终着了它的道。我想，当初亚当夏娃在伊甸园遇到蛇时，一定没有避开蛇的眼睛，才受了蛇的诱惑。鸡的目光到底清澈单纯多了，但你的心里一旦有了罪恶感，就不能与它久久对视。

试想，在这样的情形之下，我还能安下心来阅读和写作么！我有些埋怨起小王来了，送什么鸡啰，而且还是活的，纯粹多事！看来，这只阉鸡不能让它再存活下去了。只是，在它赴死之前，我还得对它好一点，我更多地喂米喂水，还将一些好菜叶也扯了些投进纸箱。

5

其实，在这只鸡来到我家里那一刻起，我就萌生过放生的念头，特别是它在厨房里跳出纸箱那一会更有这个想法。我脑海里总是记得小时候奶奶给我讲过的一个故事。地主家的管家要去一个佃户家收租，可佃户实在没有租子可交，只好商量着明天把正带着一群小鸡仔的母鸡杀了炖汤给管家喝，以便他能给地主说说好话宽容些时日。那天晚上，管家做了个梦，梦里那只母鸡流着泪对她的孩子们说，让它们自己好好活下去，自己就要被主人家杀了待客。管家一到佃户家果然看到了母鸡和鸡仔，并且佃户正要杀那只母鸡。管家连忙制止了，租子也不收了，管家也不当了，削发去当了和尚，从此吃斋念佛了。

但我们一家又不是不吃荤腥。我是有心放了这只鸡，可苦于找不到说辞，就算它能跳出纸箱，也逃不出门窗紧密的家啊。再说了，这么冷的天，放它在外面，也找不到食物，说不定就被院子里的野猫、野狗给叼了呢。还不如将它在家里养着，好吃好喝的活，过一天算一天。但如今，它的存在已严重干扰我的生活了。算了，我就别充当什么伪善人了！

又过了一天，我隐去这只鸡对我阅读写作影响的因素，独独和妻女说了天气这么冷，如今禽流感频发，这只鸡会不会得病，这理由足够充分了。临出门时，妻丢了一句话：你把它杀了吧。

我的天！怎么能是我把它杀了呢？小时候，母亲可以让哥哥和我干重体力活，譬如到山里砍柴，进田里帮助父亲干农活，但她从不让我们与家务活沾边。她虽大字不识一个，但有自己一整套生活理论，她说男子汉应该干大事，干家务、进厨房那都是女人们的事。等到长大了读了书，才知道2000多年前，亚圣孟子也说过一条著名语录“君子远庖厨”。我平时扫地拖地都没干，除了盛饭，几乎不进厨房，更不用说干杀鸡剖鱼之类充满血腥的活儿了。

可是，我不干谁干呢？妻女要上班，我还在家闲着。这一刻，我记起去重庆大足参观石刻的事来了。石刻上有一则故事，说一个念佛的和尚与一个杀猪的屠夫比邻而居，相约每天早晨谁起的早就喊醒另一个。于是，经常是屠夫早起时就喊起和尚做早课，和尚早起就喊醒屠夫去杀生。结果等两个人去世时，一生念佛的和尚下了地狱，一生杀生的屠夫上了天堂。故事告诉我们，劝人向善为上善；劝人作恶是大恶。我想，如果自己不杀生，却落到让家人去充当恶人，这未免太不厚道了吧，罢了罢了。但丁说过：我不下地狱谁下地狱？

见我一副为难的样子，妻说，要你杀鸡又不是劳你大驾亲自操刀，你去院外菜市场卖鸡鸭的摊子，给5块钱，人家给你搞得干干净净。

哦，这样啊，谢天谢地！

等到她们上班去了，我鼓足勇气，毅然决然地提起纸箱，走出门。一想到从家门到市场这段路，就是这只鸡最后的活路，我就不敢去看这只阉鸡。越是不敢看越是又想看，我一低头，正好与它的目光碰了个正着。显然，它还并不知道自己接下来的命运，圆圆的小眼睛里流露的仍然不知是冷眼还是乞求的目光。我的心一颤，与其说是软了，不如说是有些害怕。我想，我还是不能亲眼看着它在眼皮子下被人抹了脖子，一腔鲜血喷涌而出吧。

我突然发现，原来自己是这般懦弱、慌乱，一个货真价实的外强中干者！唉，能清醒地认识到这一点也不算坏事。怎么办？解铃还须系铃人！我忙抄起电话给小王打。不一会儿，小王来了，我给他10元钱，说：“不好意思，恐怕还得麻烦你去趟菜市场。5元钱杀鸡，剩下的你买一包槟榔吧。”

很快，小王回来了，提在手上的不再是纸箱，而是一个塑料袋。我不敢接，我说，麻烦你放到我厨房的砧板上吧。此刻，我一脸无奈、无辜、善良的模样，一如卡尔维诺《分成两半的子爵》里，两年之后才回到城堡和领地的另半个子爵，仿佛这只阉鸡的死与我没多大关系。

晚上，为了吃个新鲜味，妻将这只鸡炖了汤，但我根本不动筷子。妻女怪怪地看着我。我忙解释，正月里肚子里油水太足。真实原因是，我脑海里总晃动着这只阉鸡不知是冷眼还是乞求目光的圆圆小眼睛。

6

那只令人烦心的鸡，总算是杀掉又吃掉了，家里一下子清静了许多。我想，这下我总可以安下心来好好读几天书，也写出点东西来了。可是，与预想完全相反的事情出现了。我只要翻开书本，就会想着那只鸡，想着是不是该给它喂点米或者水了，当意识到鸡已经不在了，再回到书本，已不能集中精力了。我一坐在电脑前写作，没打上几个字，就会不自觉把目光通过窗户看向阳台，等我明白那双圆圆的小眼睛已不再在那儿时，创作的思路已经被打断。我的心越来越烦躁了，我都有些不认识自己了。

佛家有个说法，万物都有灵。看来这只阉鸡之灵还在我的房间里存在着。难道，非让我为这只鸡写一篇安魂的悼文？去年夏天有个晚上，由于忘记喷灭蚊灵，半夜我被蚊子咬醒了，全身麻痒，起了好几个包。忍无可忍之下，我开着灯，鏖战了个把小时，打死了五六只肚腹鼓鼓的蚊子。第二天，我写了一首《对一只蚊子的忏悔》，这全然是一首调侃之作。但这只鸡的生与死，确乎成为我心中的一个事件。如此这般，直到开学，直到上班后工作一忙，我才让那只鸡慢慢从自己心里死去。

事情过去5个月了，我肯定不会无聊到至今还在怀念那只鸡。可是，今天处理完手头工作，看看时间离下班还有半个多小时，想着把办公室的书架整理一下，顺手拿出一本买了一段时间，却一直没打开阅读的诗集，是美国人杰克·吉尔伯特的《拒绝天堂》，翻到某页，居然是一首叫《公鸡》的诗。"他们已经杀了那只公鸡，谢天谢地／可是我的一半山谷没有了打鸣／很是陌生。没有了那只公鸡／……仿佛我都不在了。"读到这里我哑然失笑，甚至感动得有些委屈，没想到地球的那边，一个美国佬，一个写诗的怪才，与我有着如此相同的感受。

我又想起那只鸡来。那只已经被杀掉、吃掉的鸡，如果能让它活到今天，会对一个家庭带来什么改变吗？会对一个人带来什么改变吗？只是这种假设是没有答案的，也没有太多实际意义的。但我仍然会想——它，会不会在今夜重又活在我的梦中……

2014年6月15日—18日

第七辑

流水的片段

流水的片段

1. 悔恨

他终于明白：你是一块无辜的玻璃，忍受着风雨的伤害，始终保持内心的澄明。

在你干净、干燥的一面，正映着他的悔恨——

那悔恨，多像黑暗中的狙击步枪，伸过一个人从中尉到上校那么长的半生，多么不幸地将他自己击中。

你看见他凄凉的眼神、垂头丧气的模样，多么心疼，却无从安慰。

真的，他此刻的痛楚没有丝毫夸饰。

他的悲伤无法下咽，不能像一条河流那样痛饮自己！

2. 请求

你拿走我心头的爱，还要拿走我眼里的光芒和时间。

你蛮横无理地剥夺了我与未知的邀约。

即使是长在最贫瘠荒芜的石头上的青苔，也有资格在寂寂的月夜，偶露芬芳宜人的笑脸。你却用黑暗深沉的手掌捂住我申诉的嘴。

森林用不屈的刀剑和一辈子的光阴，也刺不穿天空的眼皮。因此我知道我的抗争是多么软弱无力。

我已两手空空，却仍有一个请求——

我要像一条悲伤的闪电，短暂而耀眼地躺在故乡秋天的山冈。

3. 诗歌

从最初的繁复与绚烂到最终的简洁和明澈，这条崎岖的路径埋伏着你一生找寻的词语，以及你绝望的眼泪、仍然燃烧的激情。

时光始终藏着冷冰冰的微笑，可能将你掩埋，无声无息；也可能成全探险寻幽者的柳暗花明。

立秋后的男子额头光洁，他看见了秋天的斧子苗条、朴素。

他还看见了奥克塔维奥·帕斯笔下的毕斯台卡贵妇人：白天，她是路边一块无人问津的石头；夜晚，她是一个男人灵魂里咆哮的河流。

4. 不可多得之夜

不可多得之夜，不会像更多其他的夜晚可以预约。

灵感女神不期而至的造访，开启一扇彬彬有礼的门。让你亲切感受“蓬门今始为君开”的欣喜，领略曲径通幽的风光。

你最好长时间闭上眼睛，屏住呼吸，同时放飞想象的蜂鸟。

你可以感受，风的手指迅疾掠过原上青草，最初的战栗，闪电般把一种不可言说的甜蜜，扩展为波澜壮阔的海洋。

可以听见，大地已打开体内的钢琴。潮水般的虫鸣，应和着正从遥远的地方往这儿奔跑的雨点，它们像一群无人约束的疯子，裸露着晶莹的身姿，幸福而漫无目的地寻找令人眩晕的阳台。

黑暗中的画眉鸟，静静加深心中的磁场，磨砺爱的指南针。

你可以看到，一个优雅的中年男子，正用内心丰沛的阳光和雨水，喂养秘密的词语。当机立断，那些红熟的果子，多么准确地落在他摊开的白纸，装进诗歌的盘里。

呵，不可多得之夜。

时钟在自己的圈地不知疲倦地繁衍马匹和星群。一不留神，跨越了疆界，从昨天跑进了今天……

5. 天命之年

没有太大的跌宕起伏，就交不出壮美的人生画卷。一笔带过的风景不如不说。

服从于命运识津认渡的指引，生命之舟已悄然划向天命之年。

我不是悲观主义者，知道日子有时候绵长，但日子不可能是无限不循环小数。

我从不夜观天象，对任何一颗星星都知之甚少。但我关照内心，尽可能减少无谓的悲伤。

还好，我的热血还没有完全冷却。虽然一半熬成了白发，还给了青春与中年。剩下一半黑发，我打算让它静静恋上诗歌的女子。

我仍然能做梦，这应是一种幸运。但我已用一生不曾伤害牲灵的手，亲手扼杀了自己在暗室里分娩的野心，以及阳光下培植的豪言壮语。

如今，我只想把生活过成平淡的流水。并已在佛前发誓，对以后的命数顺来顺受，逆来也顺受。即使最后被诗歌也抛弃了，也要心平气和。

只求岁月静好，不惧晨昏寂寥。

6. 异想

又是农历十五之夜。

我在河边，独自漫步。

天上的月亮像一轮失去重量的冰玉，浮在空中。以我的智慧，暂时无法透过它触摸到沉雄的历史章节，但我也不至于只看到现实的一片虚空。

譬如，幽暗的河水里，肯定有无数朴素的卵石，在怀想中默默打磨自己的忧伤。

突然想到，人，不过是一只无形的巨大沙漏里的一颗细沙，总会在某一刻漏到时间的反面。

写诗，既不能迟缓流沙的速度，也没有给这颗沙粒带来什么快乐或者悲伤。

为什么我还在词语里反反复复磨着一把钝刀，把它越磨越薄、越磨越亮、越磨越锋利，直至成为一柄无法复制的光芒，分解灵魂和肉身？

这就是我的突发奇想——那一刻来临时，我轻盈的灵魂在天上飞翔，被这轮满月友好地接纳；剔除皮肉的骨头，被河水温柔地收藏……

7. 需要流水

一个人的体内有黑暗，这是多么普遍的事实。

日子像一块块石头。唯一的意义，好像就是堆砌、垒成坚固的牢狱，囚禁自由的灵魂。同时，挡住阳光，囤积黑暗。

这个人的生命积淀了多少沉默的片段啊！

需要流水，缓慢而坚定地冲刷煤层。

一个人的体内如有光亮，这是多么难得的风景。

这不是外间渗漏的尘世的光线，必定是内心的烛照。你要精心看好它。不能让它燃成大火，把自己焚灭；更不能让它在偶生的一阵风里瞬间熄灭。

这更需要流水，增加它的清幽和持久……

8. 那天之后

那天之后，我不再怀疑粗犷的男人，体内藏着一个柔弱的女子。

那天之后，我认定，宏大的事物，回首处，只一瘦小的影子。

那一天，阳历 1991 年 8 月 4 日，黄昏。继母亲之后，父亲断然抛弃尘世所有的光亮和病痛，隐入阴历黑暗的流水。

通往秋天的小路上，野草努力伸直单薄的身子。

后山，有人伐木开道，有人掘土造坟。大树伐倒的那一刻，阳光剧烈地战栗。我失声的痛哭代替了夏蝉戛然而止的绵长歌唱……

9. 白日梦

在自己营造的梦里酣睡未必不是件好事。

野心胀大的乳房，诗歌的秘密情人。在宁静、美丽、柔软的梦里死去 700 次又何妨?

或许，这是一份挚爱冰镇于悲剧的镇静里的最好方式；或许，一颗悲悯之心，只有凭借梦的树荫，才不至于在烈日的暴晒下，硬化成一枚泛着绿斑的铜币。

呵呵，这些也可能是我一个人的揣想。但我捧着这个白日梦，分明感受到有黑夜的重量。我看见月光里，一尊大理石雕像，像一叶芦苇努力弯下身子，无限接近灵魂的领地。而夹竹桃的头顶，燃起了灵感的火焰，照亮一个突然起身的男子脸上卑谦且轮廓分明的骄傲!

充原，一个你或许并不知道名字的我的兄弟。他在等待时，出神的脸在我们的脸中间；他奔跑时，遥远的背影，已在我视线之外。

10. 为了部分敞开

春风倡导百花齐放。

齐放的百花渐渐在春天深处，纠结成化不开的冲突和骚动。

如果不是过于自负或过于天真，许多事物必将以早年的形式，重复今年的凋零。还有一些事物将走向明晰与深沉。

譬如落花，将在风的言语里找到别离的方向。因为从喋喋不休的赞美里辨认出自己不是什么。

譬如果实，它们发誓在 4 月的密道隐匿自己的行踪，为了在 9 月辉煌地呈现。

我的冥想是一只不知名的鸟儿，在下午寂静的阴影里拉长自己的声音。表面平静，而内心的矛盾你无从知晓。我不是在放弃与坚持这个问题忐忑不安，而是不知道如何有选择地部分放弃，以获取更大的部分敞开……

11. 礼佛

他们，登堂入室，像风中的麦穗，拥挤在庙宇内一切可以生长愿望的地方。

他们，面色虔诚，内心狂热，在知名和不知名的菩萨前五体投地，企望用一些廉价的窃窃私语打动诸神，诱骗其走下神坛，与别墅、豪车、官位、美女和银行数字一起列入他们已有或想有的清单，让神成为他们恐惧心理的保安。

毋庸讳言，劳动节这天，我也是为自己劳累的身心祈求人间的净福，来到这块福地。却突然惶惑于这遍地浮起的尘世的俗念。看到潮水般的人流，我开始怜悯起这些万能的坐堂神仙。他们多像城市大医院里接诊的名专家、名教授，这么多患者，该是多么劳累。如此鞠躬尽瘁、辛辛苦苦的诸神，在人间的劳动节里，是不是最应该胸戴红花，接受“五一”的表彰和我们的致敬？

在自己的努力下，我总算刹住随波逐流的脚步，止步于红墙之外。我是害怕在喧嚣的裹挟下丧失自我。心，找不到回家的路。

回到宾馆的房间，我打开电视，收看正在循环播放的关于这座神山的真真假假的传说和来龙去脉。这才知道，正殿的神原是唐玄宗这个不怎么样的皇帝所封。这让我五味杂陈。人，造出了神，然后让人顶礼膜拜。这说来有些滑稽可笑。其身份甚至不如伊索寓言里那块上帝赐予青蛙们的木头来得正宗（阿弥陀佛，请诸神原谅我的大不敬！）。

专题片的拍摄不错。摒弃狂热的人群，秀美的山景怡人心脾。那些美丽的传说让我看见古人的质朴和向善的心。不时传出的梵乐和诵经声让我的心完全安静下来，并渐渐生出喜悦。

我服从了这灵魂的喜悦，开始在内心建造更加宏大的庙宇，布置神位，并在梵乐中完成诸神与自己的完美结合。

……在孤芳自赏的无知中。

12. 写作态度

我多么羡慕那么多大师脸上露出自信的欢乐。他们的心中一定藏着疾风一样坚定的信仰。而我，满脑子疯长着犹疑的青草。我现在越来越对自己的诗作失去信心。

无一例外，我每首诗的创作都是在心神不宁中完成。像是在一条漫长的隧道里寻觅终结处的光亮。只有那些深爱着一位尘世中的姑娘，而她并不在自己的掌握之中，那份爱每天都好像会失去的恐惧与焦虑中的人，才能体会其况味。

辛辛苦苦、寻寻觅觅得来的句章，是创新的还是翻新的？是优秀的还是平庸的？我无从知晓。也许你们知道。也许，你们也不知道，只有时间知道。

有一点我是知道的，世上很多事物无法用词语描摹出来。一如一个婴儿无力抓牢一个篮球给我们以呈现。但，我们可以借助灵魂的冥想和内心的热爱去感悟、去抵达。

这就给了自己一个懒惰又不失聪明的安慰：与其荒谬徒劳地增加梯子的长度去攀缘天空，不如学一只觉悟的青蛙，一头扎进清澈的井底，亲吻蓝天的倒影……

13. 蝴蝶

每次看到蝴蝶，不免联想得很多。

譬如遥远的大海的潮汐和风暴；譬如庄周2000多年前的奇人一梦，诞生一个莫名其妙的哲学命题；譬如去年夏天，我从墨西哥太阳塔前的小贩手里购得的一块黑曜岩，我总怀疑那石头禁锢着飞翔的灵魂……但我更多地想到梁祝，传说中为爱而生、为爱而死的苦命情侣。

避开游人，我选择了一条幽僻的山径，傍着潺潺溪流坐下。我描摹着古人坐看云起的心境。它们，一对粉蝶，翩翩闯入我的视界，增加我目光的弹性。嬉戏、追逐，最后双双栖落在一丛野花上，一动不动。我在猜想，它们是假寐还是携手入梦。

寂静的下午，阳光从林子上空泻下来。我的耳畔仿佛慢慢响起大小提琴纠缠的乐音。我知道，此刻内心的宁静与否，完全服从于一个诗人的自觉与习惯。

历史的叹息在这里毫无用处，现实的喧嚣又被我有意识地绕开。只有悄悄流淌的时光记录这份和谐。我的凝视里有爱，有热闹的游人无法看到的静态之美。

我屏住呼吸。与其说我不愿扰乱蝴蝶的清梦，不如说生怕惊扰了自己的灵魂。它自由出窍，又自由返回。

多么令人欣喜啊，我感到内心深处渐渐充盈着继续去爱、去歌唱的基本力量。

14. 槐花

槐花在 5 月开放，芳香弥漫。这必然的巧合，使 5 月和槐花相互生动起来。

槐花被许多诗人吟咏过，这是不争的事实。譬如比作妙龄女子，或女子令人心疼的相思与怀念。

我一直在寻找一种正确的修辞来描述我的槐花，以及这奇异如梦幻般的香气。这是我不曾与不便说起的秘密。也不是不便，是根本无法说清，就像没有任何一根线条能够比拟时间的来龙去脉。

我羡慕春天的动车，很多诗人诗中快捷的诗行，载着幸福的词汇，奔上爱人的城市。我却如此笨拙，羞愧于一直没能找到一架明亮的梯子，好让自己抵达槐花高于尘世的爱情。

我如此这般对槐花抒情，你可能还不明白。这不怪你。我就换成别的什么野花吧，但还是理屈词穷。

其实，槐花只是作为一种隐喻的存在，并按照我们的需要适时出现。关键是那种异香，是踏破铁鞋后的巧遇，是诗歌与诗人灵魂合二为一的那一刻，不曾让人察觉、若有若无的一声叹息……

15. 父亲坟头的青草

因为父亲坟头的青草，我爱上了人世间一切青草，以及草叶上的露水，和从高空洒落在草上静悄悄的阳光或者星光。

我认定大地的青草一定是大地自由舒畅的呼吸，一种具象的存在，与我父亲健康时粗重的呼吸相似得令人感动。只是晚年的父亲，肺炎带给他很多咳嗽，尤其在夜里，石头一般冰冷地垒在他的床头，仿佛触手可及。

我丝毫没有把他坟头的那些青草神秘化的意思。但我的确弄不明白那儿的青草为何年年生长得特别茂密？

那里面藏着浓密的光阴和秋夜的虫鸣。除此之外，还有些什么？

我曾在一首诗里描述青草是我们对逝去亲人疯长的思念，现在想来是多么矫情！尘世中疲于奔命的我们，心早已粗糙不堪，眼里只盯着脚下低矮的生活，哪有多余的时间去奢侈地思念这想念那？当然，也偶尔会想起他们——譬如今天，我在大都市的街道，看见熙熙攘攘的人流，如风中无法把握自我的草丛，我又莫名其妙地想起父亲，想起他坟头的青草。最多，每年的清明和除夕，象征性地去祭奠和探视。

是他对尘世还有未了的心愿，抑或眷恋？不。长期的劳累和临终的疾病早让他对于命数有了先见之明。当他终于摆脱那些折磨，走得多么安详从容。那一刻，我想他是真的宽恕了人间的一切不公和厄运。

那是他到了另一个世界，彻底改变他生前的木讷、沉默习性，学会了另一世界的语言，变得善于表达？以这样一种独特方式传递他内心深处的表白？这也似乎不可能，因为我偶尔梦见他时，他还是一副衰老的表情，一样地默默寡言。

唯一可能说得通的是，在另一个世界，他保持了一贯的勤劳作风。他侍弄的庄稼总是长势良好。风吹拂着他坟头的茂密的青草，总有种温暖的絮语在传递。有一种亲切的炫耀，一种无须语言翻译的默契……

16. 变与不变

这是一对宏大的哲学范畴。以我的学识，从哲学角度来诠释它，必将乏味且不可能。

从读小学起，老师就教导我们：“世界是变化的，万物都在变。”“变化是绝对的，不变是相对的。”

“一个人一生不能两次踏进同一条河流”，更是一个著名哲学命题。这些都不能成为我今天的官司。

我能道出的只是我个人的小感悟，或者瞬间的感觉。

朋友们说，我近期的作品与以前有很大的变化。我默认。十余年文字记录的空白与写作的沉寂，恰是心灵的繁衍不息。这是一个男人从青年到中年的过渡，人生何其重要的阶段。期间遇到的生活种种、引发的思考种种，足以改变重新用文字来呈现自我的那些篇什的内核。因此，没有太多惊奇以资炫耀，也没有太多惊喜可以期待。

我尊重一切诗情画意的变化，同时越来越喜欢一些在我看来不变的东西，譬如习性、脾气、认死理等等。有如一个学习走路的人，一旦养成孤僻动作，一辈子也难以校正过来。

譬如一个男子钟情于他心仪的女子，多么可爱地，他想通过改变自己来改变她，以期他们的爱更美好、更纯粹。然而，他最终发现所有的努力都是徒劳而且可笑。他既不能改变她，也不能改变自己。

因此，我愈加喜欢“万变不离其宗”这句话。我们头顶的天空，不管风云如何变化，它还是那片天空；我们脚下的大地，时有地震与火山爆发，它还是这片土地。没有谁能从一群迁徙的候鸟说出什么我们不知道的预言。

关于变与不变，我们身边还有许多亲切的例子。有些人背井离乡，远走天涯，但故乡一直没变；有些人众叛亲离，但血缘无法改变。河水长流不驻，而岸一动不动……

17. 诗人

每个严肃的诗人都是毕生的行走者，永在途中。漫游，或者还乡，只是殊途同归。

他行走是因为他在寻找一种力量——像春天，点燃枝条的导爆索，引爆满树满树花朵的那种——他要让一块顽石或者生铁，发出惊世骇俗的呐喊。

年轻时，他昂首挺胸，好像向世界彰显自己的觉醒与昂扬向上。随着年龄增大、变老，他开始向内弯曲，生活得不再理直气壮，学会向内心深处倾听。

他有过很多危险的梦想。譬如希望遭遇一场轰轰烈烈的恋爱来将自己毁灭，就像一盒火柴，集体踮起了脚尖。

如今，他越来越厌倦城市的喧嚣，开始向往林泉。当他独自来到山中，他感到原来很多东西是多余的。他扔掉手里的杯子，以便能在溪水中畅饮，并照见自己仍不失天真的脸。

从最初的结伴同行，到最终渐渐将同伴抛弃，他获得了艺术上充足的不团结的力量。常常，他喃喃自语：好的诗人应该是一座孤岛，与模糊不清的大陆划清界限……

18. 囚鸟

我劝你将自己当成学院派，这样你就觉得更多地掌握了自己。在狭小的空间里，会好受一些。

我没有那枚钥匙，因此我干脆装作在欣赏这个鸟笼的精美，并赞美它。尽管它隔开了你的天空，也隔断了我的联想。

你冷冷地看着我，我不怪你。我知道你把我当成胁迫你就范的那个人了。我无从辩解，我知道，经过这一回合，你已把世界上所有的人看成了同一个人。

其实，告诉你吧，我来看你，是因为物伤其类——被语言令人上当的诚实面孔诱捕，我也变成了囚徒。从此变得多愁善感，焦虑不安，想入非非。我已被一些东西重重叠叠压在肩上，渐渐失去了自如的力量。

还可以告诉你，人类也失去了蔚蓝的天空。当大自然在庆祝自己的节日时，他们也没收到请柬。

很多人阴差阳错爱上了孤独。他们情愿在狂风劲吹的旷野独受寒冷，也不愿意待在一间人群混杂的房间分享温暖。

但我不妨向你贡献一点个人隐私：我是另外一个人，和你有着相反又相似的痛苦——在拥挤的人群中，充满了失去孤独的孤独……

19. 语言，或她

我一开始就犯了浪漫主义者目光短浅的通病。我把这件事看得过于简单和理想。我不应该用惰性元素的稳定来限制一个活性元素的活泼，也不应该用时针的迟缓妨碍秒针的快捷。

对你，以批评家的姿态来评说你高贵的灵魂，或像一位自命不凡的上级对你生活的意义或缺失横加干涉，只能增加你的逆反心理，是愚蠢和得不偿失的。

“像谜一样紧闭双唇，像梦一样张开眼睛”，里尔克这样形容一位美女。大师这句话里是否可以推论，谜是闭合的，而梦是开放的。那么，如果我走不进你谜一样的内心，可不可以退而求其次，让我像一个好学生那样，走进你开放办学的学堂？

然而，我悲哀地认识到，越是想亲近你，你越保持令人肃然起敬的距离，永远像未来一样遥远、伟大、不可捉摸。

我有过突发奇想，譬如与其亦步亦趋跟在你身后，不如来个时空置换——突然离开你，把自己置身远方，然后再一步一步靠近你，也许这样更能看清你的本来面目。

当然，我已有了充分的思想准备，在我确定自己无力继续追求时，我会停止于某一天某一处。

也许，我说的是也许，在我不再爱你时开始爱你……

20. 不相信理论，但需要阅读

不要相信所谓诗歌理论。那些理论大家、学究们（尤其自己不创作、或者缺乏创造力的人）给予我们的喋喋不休的说教，恰恰是指导我们偏离诗歌的本质。

也不要去纠缠定义。它过多地容纳了种种极端和矛盾，是成见的遮蔽和不诚实的。应该用心灵去感悟事物，捕捉它身上的光亮和阴影，崇拜自己突然发出的那一声会心的惊叹。也许我们还远没有深入事物的全部或内心，但至少我们已真切地接触到它的某个面或某个点。

诗歌的任务不是解释，不是照相，而应该是呈现，是启迪……

但必须阅读。不要阻止自己像贪心的海绵那样去读诗歌文本，尤其是与诗歌毫无关联的杂七杂八的文字。不要害怕阅读的混乱。当然，随着经验的丰富，你自己会有所选择地只吸收好水、纯净水；也不要担心和焦虑，时间会蒸发你的水，蒸发的往往是无用的。

更重要的是，学会对好的东西慢慢品用。这样，阅读会带给你更多的喜悦。你会得天独厚地接受像化学元素那样排列在静夜高处的星群传递给你的亲和力，因为你在此刻似乎已洞悉到它们静谧且伟大的秘密……

21. 一点表白

“诗人的灵魂是敏感的、自由的、热情奔放的，可以接近它、欣赏它。语言可随之翩翩起舞。但切不可限制它。稍加的限制，只能让它像昙花那样顿然萎谢。”

这是我在阅读札记里写下的一小段话。我认为，它完全适合你，也适合我。尽管我们的肉身受到世俗的种种制约和非议，但我们的灵魂是高贵的、自由的。

在我的心里，你已得到神话式的肯定。譬如你妙曼的身姿，我认为集合了晨曦绽放前静谧世界的全部阴柔之美。譬如有时，你眼里星光迷乱，我却感到一种混沌初开的力量，攫住我心中向往的磁针。

我像阳光一样走近你，并不是为了消解你的阴柔美，而是为了阴阳融合，产生地平线之上无比绚烂的彩霞和带着温度的感人至深的爱。

我以前做过很多我认为有意义的、却费力不讨好的事，我还将继续做下去。不为别的，只为时间和一些别的什么事情能像直线那样延伸……

22. 听从灵感的指引

达到高铁站离发车时间很紧了。地下停车场很大，没有明显标记，凭着感觉往里走，并将小车停在某处。

武汉办事顺利，晚饭顺便约见老友柳宗宣，然后回返。

再次来到停车场，我们再也记不得我们的小车停在哪儿了。很多感觉应该是的地方结果都不是。我们像陌生人。

我们是不是有过这样的经验，因为某个词、某个比喻，或某个模模糊糊的感觉，突然有了写作的冲动？于是，开始写作，但并没有什么明确的目标，只是任由语境或词语的延伸与活跃，或者随着灵感的牵引，将一首诗进行到结尾。回过头来看，这很可能已不是你想写的那首诗。但这首诗好像不比你希望写出的要差。

我不知道其他诗人是不是有这样的经历，是不是必须有了一个明确的主题才开笔？我尊敬的大师瓦雷里“他不原谅艺术家从偶然中获得创造”(纪德《论保尔·瓦雷里》)。我自己则常常信马由缰地写出一些短诗来，当然，仅仅是一些短诗。

23. 做一个真诗人

“如果你不是想做一个严肃的真诗人，写作给你带来的愉悦会多得多。”我对一个想做诗人的朋友说。

是的，一个真正的严格意义上的诗人必须对他笔下的词句保持恒久的敬畏！而这种“恒久的敬畏”给他的写作带来太多的限制和苛刻。于是，写作不再是一种开心的游戏，而是苦役。

他必须让灵魂在饱经忧患中完成一生的冒险。他应该像挑选爱人那样，挑选词，并保证自己对词的忠诚。

现在，不少“诗人”靠着制造泡沫来将自己抬起。他们是一些心中无神的祈祷者。殊不知，泡沫可以将你浮起，却无力将你推动向前。要想抵达彼岸，还得靠自己的臂力。

做一个好诗人，就像做一个美丽且贞洁的女人，有太多无奈和负担。你要花艰辛的精力和劳作来保养自己的美，还要在沉默中护住自己的贞洁。

当我读到里尔克给他亲爱的莎乐美的信中写道：在寂静的月圆之夜，萨也蒂埃夫人对波德莱尔说:“做一个美丽的女人真是个苦差！”此刻的我，和当时的里尔克一定有相似的心情，不是会心的微笑，而是沉重的叹息。

24. 脚手架

在我目前办公的这栋老旧楼房前，一幢新的高大的楼房经过大半年的日夜施工，已庄严封顶。再过几个月装饰，我们将搬进去。

在这幢业已建成的高楼四周，是一些刚刚拆下的钢管，堆满了一地。它们曾经作为脚手架牢牢地扎在这幢建筑四周，一度是这幢尚未长大的楼房的主心骨和它安全成长的保障。

像一些沉默的古代贤者、大师，多么辉煌的学养与过去，隐忍在他们甘做人梯的德行里。它们用自己的思想灌溉培养了这幢大楼，并伴随它成长。谁能否定这高楼成长的经历中已融合了它们本质的存在?

现在，对这幢大楼来说，它们已完成了自己的使命。在这里，它们问心无愧地退出了历史的舞台。

然而，它们又被运到别处。在那儿，一幢新的建筑正准备动工。

25. 天涯孤旅

晚霞落满向晚的斜坡，也落入他陌生而深邃的双眼，像两朵孤独的太阳花。轻风柔柔吹着，芳草散发幽幽清香。暗蓝的天空从高处向无限遥远扩展。夕阳，这一把纯铜号角，在隐入地平线之前再次吹响进发的号令。

尽管在那面迷人的斜坡只小憩了一会儿，他也知道该起身了。乘着夜色与星光的庇佑继续远行，可以避免不相干的风景和人们无谓的纠缠。

这位，从最初的被外面的物质世界之贫困危险包围中出走的人，已越来越习惯行走，尽管他比贝都因人[1]还少了一顶帐篷。他必须打开一道道日子之门，追求一生的辽阔，因而浩茫与况味在他心灵茂密地生长并成为他

1. 贝都因人：只在阿拉伯半岛和北非沙漠地区游牧的阿拉伯人。贝都因为阿拉伯语，意为“住帐篷的游牧人”。

源源汲取的营养。他要出发。他比唐僧师徒前往西天还要坚定。孤绝的他只与自己的影子做伴。

“流浪是他与生俱来的基因，是天赋的权力。”有人这样说他，也没什么错。

但他只知道内心的不安在逼着他总是前行，总是流浪，绝不在任何一处安歇或逗留太久。生命，即是永在途中。

是的，我说的其实是一位诗人，精神世界的天涯孤旅者。

这种“内心的不安”其实是对阅读、对知识追求的永不满足。所谓“流浪”，毫无疑问，是永远的思考和永远求变的创作。

于是，我们知道，“不安”和“流浪”这两个可以匹敌的相互关联的词成为一个诗人灵魂的标签，成为他血液里最活跃、最重要、最高贵的成分……

26. 那人

曾经，因激动而幸福，因幸福而激动，因为挥霍不尽的青春与激情。

像澎湃的大海，他涌起巨浪去接近天空，或者，扑向无垠的沙滩以释放能量。

如今，他已修改了自己血液的纯度，变得越来越安静下来，也像大海，缓缓退回到自身，只在月光下做着舒适的梦。如今，他也不再祈求神灵，认为众神的无所事事才是人间最温馨的祝福。

他不再妄言，可以征服色彩、光线和词语，反而能让自己变得深邃的目光，越过众人，向天空望去。

譬如此刻，他的思绪又经历了从发散到聚合的过程，臻于一种表达，像水晶的拳头攥紧七彩光线的缰绳，却不用去理会是否完美。

因为内心的澄明，他脸上不易察觉的自信的微笑，不再害怕从各个角落向他走来的阴影……

27. 关于仙人掌

虚空里有它看不见的存在。尽管它众多盲目的手企图去抓住什么，可也留不住一丝风。而它自己却因为虚空，才反映出存在，反映这种冷漠的占领，除了灵魂。

应该赋予它什么样明确的含义，才不至于让流经它的四季失去意义？诗人像是在自言自语，更像在向谁发问。有一种声音显然拒绝他的提问方式：仙人掌的存在是它的本源，它与四季达成无须任何人在场的和解。或者说，仙人掌总是那么傲慢地把手掌伸向天空，只是证明我根本就不存在？

面对仙人掌，我无法大胆假设。该如何将一株仙人掌鲜活地移栽进词语的土壤，一时成为诗人左右为难的事……

28. 失去

身边有这样一些朋友，或失去了爱情，恋人因一些不再忍受的原因离开他；或因为太不爱惜身体而早早失去健康；或失去了本已得到的财富和官职。他们总是懊恼不已。作为朋友，我理应劝说：别太在意，失去，只当是不曾拥有过或得到过。我自以为我的劝说会有说服力，能够生效。然而，他们丝毫没有减弱的痛苦表情否定了我的判断。

这不得不让我沉入思辨，来探讨失去的意义。

——如果失去，只是对拥有的一个简单否定，那事情就好办多了，像我前面的劝说，那不过是回到不曾拥有的那种单纯，最多有一种期待。心，也就会是坦然的，或美好的。而失去，不，它断然否定。往往，在拿走一件你已得到的事物的同时，多了一颗种子落在你灵魂和思念里，从而生长成一丛荆棘，让你凭空多了一种莫名的挥之不去的疼痛。

——再冷静地想一想，又发现失去的另一番功效：失去，原是对“拥有”的一种肯定。即让你在后悔中，突然真切地感到曾经的拥有是多么珍贵。也就是说，失去让你再一次“拥有”，只不过这种虚无的“拥有”那么肯定地只存在在你的怀念中。“你不得不靠你勤勉的忧伤把它表现出来。”里尔克在此处体现了他卓绝的诗才和思辨。

而失去之前的“拥有”，恰恰因为你的漠视，让它只成为物理意义上的一种存在。在你的眼里、心里，它已经“失去”……

29. 一面镜子

这是一面古老的铜镜。

曾经，它是那么兴致勃勃地照见从木格格窗洒进屋子里的黎明的柔和的曙光，和那个在曙光里描眉的人。万物皆备于我的自信，让它度过时光的少年和青年。

甚至，漫长的修炼过程中，它具备了唤醒自然界里，那些存在的事物的灵魂的不可思议的力量。但他从来没有感情用事。那些事物的灵魂是自愿随着它的魔咒，静静走过我们身边，走进它那深邃而智慧的大眼睛，进入心灵的。

如今，还是这面镜子，它在你手中，但你再也看不到它光可鉴人的表面了。你会以为它昏迈了吗？不。它的晦暗、冷漠，只是拒绝一切肤浅的映像。这难免让人感到尴尬和恐惧。

如果，我是说如果，你在这面镜子里真切地照见到自己，我敢说，你一定与它有着等高的学养和同样卓越的立场。我因此可以向世界证明，你就是我遇见的怀有远大、阴暗和不确定憧憬的那个中年男子。

30. 她

她本天性自由奔放。娇美的容颜和能歌善舞、擅长琴棋书画的才情，让她的青春曾是那么清冽而高迈。

然而，命运弄人，仿佛再一次佐证那千古不变的古训，她被一条既无退路又无前程的道路诱骗，从此，只能在一切古代美女和李清照那里找到自我。

为了把一段草率开始的婚姻经营得尽可能完美，她选择了孤独，并渐渐认同这种必要。

她爱上了黄昏，爱上那条僻静的山径。春暮落红，秋深飘叶，有什么期待落在她心中？有时，她坐在某块石头上，看山岚从溪谷中升起，若隐若现地漫开，多像梦中情人的侧影，便生发一丝莫名的温暖与感动。有时，听到虫鸣在草丛间闪烁，她会痴痴地问，它们是如何守住自己内心的？

为了不至于让自己的灵魂沉入深不可测的人生底部，她抓住了诗歌的绳索，并在不断地攀缘中获得一种超越痛苦的幸福……

31. 再读《我们为什么热爱心灵》

今天，我又一次阅读我将它移植在我密博里的，聂沛写的《我们为什么热爱心灵——起伦和他的诗》，再一次感动并内心喜悦。这份感动和喜悦，已经持续好些天了，自从5月24日上午，聂沛将它发至我邮箱并作为第一读者阅读之后。

以前，我是抗拒阅读诗歌评论的，我怕那些不着边际的所谓解读误导自己。当我关注某个我认可的诗人时，宁愿读他的诗歌文本，从而达成自己的理解与契合。对于自己的诗歌，我也拒绝并不了解我，或没有认真研读我诗作的人为它们评点。因为，我像一只俄罗斯的白雕爱惜自己羽毛那样,爱惜自己那些孤芳自赏的文字。而此前《人民文学》的韩作荣老师和《文学界》远人老弟分别就我某些诗作所做的认真而中肯的评解，我十分喜欢，并将它们作为师生情谊和兄弟情义的见证而珍藏。

聂沛的这篇充满亲情和友谊的、热情洋溢的、优美的、具有说服力的评论，像故乡清澈的井水，洗去因长途旅行而蒙在我诗歌之脸的灰尘，一定会让它们更加光鲜地展现在大众面前。无论诗歌、小说，还是散文随笔，聂沛简洁明亮的风格、机敏的用典、严肃中妙趣横生的文字，一直是我所心仪并折服的。

这看起来似有相互吹捧的嫌疑了。

好在，在不久的将来，这篇优美的诗评连同我的一些近期习作，会在某个公开场合，一同出现。相信会有一些认识或不认识的朋友读到，并形成自己的判断。而目前，因为某些原因，暂时还得让它处于保密状态……

32. 及时雨

下雨了。

没有预约，显得突然。然细想，则又不然。午间小憩，不是梦见过雨神眷顾的平原?

晶莹的密集的雨点，看似漫不经心，纯属巧合地落在这片草地；在我看来,更像是情人刻意制造的邂逅。仲夏,这个年轻人内心充满热爱与激情,又乐于顺从茫茫不可知的预感。

如果，它只在无人倾听处滔滔不绝地拨动自己的丝弦，我们也不会称之为及时雨。——正因为它点化了沉睡中的生灵以及草皮下那些黑暗中的根子的渴望；恰到好处地浇灭人们因漫长等待而郁结积淀的焦躁之火，我们赋予它一个恰当的称谓。明白这一点，一个下午便在瞬间生动起来。

当你，在冥想中又把这场雨移进自己的灵魂，那是多么喜悦的事啊，因为你在无意识中已全然打开自己，你迎来的已不是一场雨，而是承接一场于世界弥漫开的浩大而美妙的音乐……

33. 失败与成功

这是一对共生的概念、孪生的词。

人们总是那么渴望和崇拜成功，恐惧和躲避失败。

这又是一对无法明确划分区域的定义。

在一些人的眼里，失败了；而在另一些人那里，尤其某些特定人心里，恰恰得出相反的认定。

譬如说，我们众所周知的楚霸王项羽，自刎乌江，不过江东，肯定是失败了。其实，他只不过失败于一场战争，但却成就一段惊天地泣鬼神的爱情。在他的情人虞姬那里，他是永不坍塌的雕像，像天神一样屹立；她甘愿为他赴死，而无怨无悔。就是这个看似胸中缺乏墨水、缺少韬略的人，却很文艺地复活在李清照的词里，也活在我们无数后人的敬仰里。

希腊神话里，有个倒霉人，叫伊卡洛斯[①]。这个葬身于水深火热的人，在他生命坠落的过程中，是否后悔过匆忙做出的决定？是否归咎于失败的飞行？不，这只是我们的猜想和疑问。在他本人，他是微笑着向死。因为他已达到了自己的目的，他逃离了克里特岛。他，成功了。

那么，在诗人那里，你是否总是重复驾轻就熟的风格，轻松地写作？还是，另辟蹊径，在不断地创新中否定自我与已知，学着凤凰涅槃，学着破茧重生？

---

① 伊卡洛斯：希腊神话中设计师达罗斯的儿子，跟随父亲用腊和羽毛制作的翅膀逃离克里特岛，因飞得太高，腊被太阳融化而落水丧生。

34. 真实

要到城南办事。车到二环高桥，堵得走不动了。

今天是儿童节，又是周六。看来，那些被生活磨得麻木不仁的成人们，有了时间，更有了合法理由绑架孩子的这个节日。——陪小天使到植物园或别的地方游玩，其实给自己心情松绑。想想我们的童年，乡下孩子，这一天，只是在野地里疯，或帮着大人做些力所能及的劳动。总之，心身健康。

被一种我还记不住名字的新细菌感染而住院的小王，为了给我，更是给自己解闷，说："老板，你看那台雪佛莱的车标，多像一条护舒宝，那个美女开着多有不雅；再看另一辆奇瑞，微微抖动的白屁股，贴着让人喷饭的招贴——明骚易躲，暗贱难忘。"

看来当下，只有那些灰色、黄色的段子、冷幽默才偶尔让人眼睛一亮。这能怪人的品位低或颓废吗？

坐在小时候想都不敢想的真皮座椅小车里，享受着一份奢侈的难受，我开心不起来。因为还有好些事情必须抓紧落实。

倒是想，何不在这时间里虚构一首诗。什么主题？今天的生活多么美好！可想着想着，又回到路上这些没有童年的儿童；想着科学技术发展，让原本宽敞的生活变得拥挤不堪。想着……

这么想着，车已能够缓缓移动……

35. 譬如落日

有几位大师的话常陷我于沉思。

"活着就是慢慢去死。"这是菲利普·拉金诗作《无话可说》里的诗句。这句话里有太多的含义，但既然说出这句话，其他话可以不说了。当你活到完全接受这一乏味的领悟时，已不再惊悚，也不再悲伤。

“生活就是屈从”。是啊，屈从到家了，也就彻底解脱了。2002年诺贝尔文学奖得主、匈牙利人凯尔泰斯，少年时代曾被关入纳粹集中营。能从这个地狱走到斯德哥尔摩天堂，他发出这样的感慨，我们不会怀疑他有什么矫情，也能理解他的小说《命运无常》。

命运生来一张冷冰冰的面孔，总是不可避免地实现它自己的意志，从来不在我们的预料中。我们来到世上，活在日子中，日子就用它的胃酸，慢慢将我们消化。我想到的事实是，总会有些人不会完全屈从它的消化，他们会用某种形式来抗争和坚持，尽管到头来也是悲伤地败下阵来。如果这些人的悲伤能让另一些人减少悲伤，甚至带来愉悦，这种悲伤是不是显得有了一些意义？

后来，某天，我突然想，其实，所谓与命运抗争都是假的，他们只不过在与自己较劲、作战。一辈子如此，无所谓输赢。只是明白这一点，就多了些悲剧的崇高。所以，我更欣赏里尔克的一句话：“有何胜利可言，挺住意味一切。”

于是，我得出一个或许并不高明的结论：相比于一个贫瘠时代的诞生之困顿与拘束，诗人的老与死是澄明与壮丽的（当然，排除那种自杀行为），因为他一生都在为这个蒙昧的世界搬运柴薪，点燃火焰。在照亮别人的同时，也剔除了自己体内的黑暗。这让我想到在大气中颤动、闪烁的落日，那最后的纯粹的光芒，是多么轻松的微笑。因为它完成了使命，即将卸下重负。所以，你看，落日比任何时候都更加浑圆与广阔。

年轻时，我喜欢日出，那种蓬勃与鲜活。而今，我越来越喜欢看落日，一种无嗔无怨、无悲无喜的谢幕。此刻，我想起自己一句诗：“某种宿命般的力量，在一瞬间带给我的感动犹如惊醒。”

36. 散步

雨停了。

天空恢复了它的蓝色，尽管不久，就从醉心之蓝变为暗蓝。天色已近黄昏。凉意从山谷弥漫升腾。这并不能冷却两颗靠得很近的心。也不妨碍我们继续前行的步伐。

视野之远，是这座名山的最高峰——祝融峰，对我们来说，已没什么高度了。它也必将像我们已经克服的所有山峦，偃伏在我们脚下。所以，我们把这段路途的行进称之为散步，可见我们的心是多么悠然。

现在看来，多好啊，刚才这场雨！像鞭子，恰到好处地把那些胆小的游人赶走了。剩下我们，把山下所有的空想和阻力变成此刻的实现和通途。

沿途的那些树木和花草在向晚的风中摇曳生姿。它们都还带着晶莹的水珠,闪耀着共同的灵性。要知道,这是我们甜蜜的心赋予它们以爱与欢乐。当然，它们也十分礼貌地回赠我们以掌声和祝福……

37. 注意

路过那片小水果店时，女老板一如既往热情地打着招呼，脸上堆满笑容。我也客套地回应着："呃，你家老尹呢？"

女老板灿烂的笑迅疾暗下来，眼睛里露出一丝哀戚，嘴动了动，没说出话。

妻忙扯了扯我袖子，神情怪异。我们快步离开。

"你不知道？她老公走了半年了。"

"走了？到哪去了？"

"死了，癌。"

见我诧异，又说："这店子关门半年多了，你没注意？她老公查出癌晚就回老家了。"

是啊，我怎么没注意？这个老尹，是复员军人，有个亲戚在我单位，凭着这点关系，就带着老婆进城，在院子门口租了小店，摆水果摊度日。

平时你买不买他的东西，路过时，他两口子都热情地打招呼。你买他的水果，他可能会短少一点分量，却在算账时，让你一些零头，让人觉得得了便宜。我经常看见他就着一碗米粉，喝上一瓶啤酒。性情开朗，身体看起来一直很好。

后来又想，我为什么要注意呢？在这个加速的时代，不是身边至亲的人和至关重要的人，谁又有精力和时间注意他人的存在？

这让我想起网络的发达，那么多人都在写诗，一天几首、十几首地写，发表在博客上。你会认真去读吗？即使是那些你认同的诗人朋友的东西，出于礼貌将它读完，你又会记住吗？答案肯定是否定的。如果，他本人认真地修改了，删去一个多余的词或一个用错的标点，你也根本不会在意，不会像读到一首熟知的唐诗那样，如果出现错别字或掉了一个词，那样不舒服甚至愤慨。

如今，生活的原则或公平就是：你千万不要强求别人注意你，因为你压根没认真注意别人。

唉，其实，在这个浮躁的时代，我们谁不是被上帝潦草地写出的一首诗、或不过是一个词和标点？

38. 挖沙船

大型挖沙船装载满满的河沙逆水前行。巨大的重量让船身陷得很深，我们甚至看不见船舷上的吃水线了。柴油发动机的轰鸣声，让河岸震颤，并通过脚心传入我的意识深层。

它多像一把钝刀，吃力而固执地切着河水的身体。河水忍受着，在刀子划过之后，又默默做着自身的修复。这是力量与力量的对比，意志与意志的抗衡。

让我想到词语，那些水滴，它们会遵循某个秩序和意志聚合汇成一条河，于是有了坚韧沉默的力量，可以承载一个人灵魂的重量。而此刻，挖沙船无疑是诗人的化身，挖沙的过程我并没看见，但那必是积累知识与词汇的过程、思考的过程、增加自身重量的过程。当装满一船时，必须将它转运到一个目的地，这一过程便是写作，还得经过艰辛的劳作，在与词语的遭遇与选择中拼搏与抗衡。

最终，我看见诗人与词语达成的和解，从最初的敌意到握手言欢——河水载着挖沙船缓慢、却平稳地前行。它将出现在我们或可期待的远方。

39. 赞美止于怀旧的夜

夕阳说，如果尘嚣淹没心灵的歌唱，我怎能看清幽雅山谷里的风景？

是啊，你看，昔日柔柔的青藤，眠于自己的怀念，在季节蔚蓝深邃的眼眸里。

是谁，按捺不住秋风的不羁之心？震响满身箭羽。

啊，雁阵发出的犀利呐喊，刺穿凉薄夕光；

接下来，回声把月光吹得晃动；万把长箫吹出的忧伤，将缓缓注满宇宙空寂的杯盏。

赞美止于怀旧的夜……

40. 你好，陌生人

曾经，梨花带雨，那用泪水报偿青春与爱的美妙时辰的人，必定走入秋天。

站在渐深的秋风里，想着那时的未来已变成现在的过去，所有骄傲的果子从内心取出，还给季节。

"你好，陌生人……"

对着每一片飘飞的黄叶，都露出一丝浅笑，算是报答人生之哀痛。

其实，什么也没说。影子是另外的陌生人，保持着缄默的尊严！

41. 一把旧提琴

落日余晖。孤独将地平线绷得更紧。

如果秋风能将一个灵魂徐徐打开，请相信，在目光没有完全变冷之前，我将点亮最后的火焰，代替走失的弓，努力完成你未遂的心愿。

呵呵，缠绵在我不再光洁的额头与不堪记忆沉重的弦之间绽放；尽管那里已隔着一个空寂的世纪，尽管逝水流年……

42. 向晚

向晚，是一枚清丽的词，活在自信与自恋中。

宁愿让当初那颗蔚蓝的不羁之心，变成灵魂渐暗仍不失俊美的影子，也不迎合回声女神的顾盼。

终生迷恋镜中花、水中月，才忍受住竹篮打水的空寂和水中捞月的艰辛。

向晚，江水盈盈之秋波，暗送一个季节的风险与甜蜜；蝴蝶与轻风同气相求，传递彼此的沉默；只冷面的霜菊默默做好一切准备，将全身心耽溺于自己绮丽的梦境，孕育夜来相思的清泪。

呵，向晚，留给尘世的，除了美还是美的怀念……

43. 一盆丢失在垃圾桶里的鲜花

没有任何人追究或指责那个将这盆还在活着的鲜花丢进垃圾桶里的人。

我在我们路过，或来倒垃圾的人之中，并没有找到一个勉强过得去的理由，将它捡起，放在自己阳台，或置于某处，让它继续存活下去。

最多，我只发出一声连自己都听不到的叹息。

因为，我知道，很长一段时间，它曾经那么认真地倾听过一个人的疼痛和欢欣；如今，它必须在万众一心的漠视里，独自且迅疾地枯萎……

44. 一切不过是娱乐

园子里要评选最美的树。

消息传开，树们热血沸腾、摩拳擦掌；连小草也欢欣鼓舞，兴奋不已。

评选开始了——

有几棵树因为长得太高，被人拦腰截断；

还有几棵树，因为枝干太硬，风吹过时，没能点头哈腰，被人偷偷连根拔起，当作柴火；

……多轮选拔、淘汰，五强名单新鲜出炉。竞争越来越进入白热化，大家的兴奋点也快达到沸点；

夜里，我梦游，来到园子里，发现有人趁着黑暗在偷偷修改比赛规则——这是惊天秘密！

我义愤填膺，第二天一早，就将这一“重大发现”告诉所有评委；

他们都十分陌生古怪地看着我。其中一位对我说：“你啦，真是个诗人！”

45. 没去成桃花源

去常德的路上，我打定主意要抽出小半天时间去桃花源看看，尽管此时没有桃花。10余年前，我去过两次，都是桃花怒放、争奇斗艳时。此刻必定游人稀少，这正是我所希望的。我想到前年年底，坚持在大雪天登上庐山，独赏一山雪景的惬意，也看到了庐山某个侧面的真实面目。

已是候鸟南迁的中秋。候鸟以南北为向度迁徙，体会世态炎凉；我想，桃花是另一种候鸟，以季节为纬度，领略人情冷暖，此刻全躲进流水。我也修成了候鸟习性，白天沉浮在工作与俗物间，晚上把自己迁徙进诗里，感知灯光的心事。

我最终没去成桃花源。我被一件必须履行的责任和一顿酒挡在了常德市，而家里又电话令我今晨即刻返回。但我还是很开心。昨晚，见到陶令一样瘦削的诗人丘陵兄，一位陶姓小说家（不知是不是陶渊明后代？），还有几朵四季都开在《桃花源诗季》里的诗花。

有意思的是，桃花源没去成，我下榻的凤天宾馆的电梯里挂着一幅桃花源牌坊的广告摄影，它显示什么的同时又像藏着什么。我不得不一天数次地在那牌坊前徘徊，并想象里面的风景与人事。比如，秋水是否瘦了？比如，陶渊明现在都干些什么？“不折腰”后所剩那点可怜的粮食能不能解决温饱？如果还像我这般喜欢饮酒，就不得不挖掘黑夜和内心，写几句歪诗向渔人换几尾红鲤下酒！

没去成桃花源，桃花源就给我制造了一个空白，也留下一个下次再去的理由。

没去成桃花源是有些遗憾。但想着，避免了陶令公因囊中羞涩请不了我喝上一盅的尴尬——我身上倒是还有些许散碎银两，可以请他的，可他那么死要面子，是断断不会接受的。也好！

46. 中秋之月

此前，从没写到中秋之月；从来没有在一年一度的圆月之夜，吐露自己的悲欢！

数千年了，你承载人类多少思念。我真怕缄默的嘴巴不小心松开一个感叹词，成为压垮骆驼的最后一根稻草，让你从天空坠落，泅于无边苦海，从此失去莲花般的脸！

刨去雨水和乌云，一个人一生，能有多少次仰望你的升起？因此，我认为，中秋之月更是逝者之月，一场隔世的交谈；照彻生者短暂的生和死者漫长的死。

这样的夜晚，甚至不宜从眼睛里涌出泪水；最好两眼空空，望着天空发呆。

而我，中秋之月啊，写出这些词句，不是我想向你表达什么，是云母顶上、松针掩映下长眠的父母，托我对你述说的感恩……

47. 写到星空

它如此冷僻、孤寂，不屑于俗世的赞美。

不曾说出的预言，如大鸟聚拢的羽翼，栖息在夜的叶簇间。

尽管，那暗蓝的冰一样的河面有一种善意的期待。天空在更广大的遗忘中，那些银子的光芒低垂的姿态，只有内心澄明者能够看见。

它有着伟大的人性光辉，当你的精神干净得足以与它契合时，无论你生就一张多么美丽的或丑陋的脸，它都会纳你入怀，让你消隐在它无形又无边的大爱中。

无数人的理解力还在半路上，它已把它的世界高高举起在我们的头顶……

48. 变

又一场冷空气到来，又一场雨到来，终于把季节推向深秋。

已是农历九月了。前两天热得中午还须开冷气午睡，晚上蚊子出没让你难以安眠。这些年，季节和气候变得难以把握了。

这个世界好像都在变。速度变得越来越快，高铁缩短了距离；网络产生了无数泡沫文人，垃圾铺天盖地（但我敬重那些用心来真诚写作的人，哪怕他是笨拙的初学者）。可人心变得疏远了；可艺术变得没有标准了……真的，世界变得让我们目不暇接而不辨东西。我们事事都好奇，致使兴趣变得越来越麻木；我们什么都想知道，结果变得一无所知。

只有一样没变——时间！永恒地匀速前进！

是啊，深秋了，我应该离开钢筋水泥人声喧嚣的都市，到旷野走走。在永恒面前，只有旷野保持了它的寂静与广大。让天空的蔚蓝和飞鸟迷醉的弧线来确认我之存在吧。

我想，我也不能变。因为，冬天终归要来，向着忍耐的人们走来……

49. 理所当然

黄昏，我来到这里。我想我是来排解心中郁闷来了。

我突然看见你，一朵枯萎的花，还在枝头上。与其说在寒风中瑟瑟，不如说她在做着最后的坚持。她为什么不愿落入尘土？我虽不能代替她思想，但她确能让我惊心，而且心动！黄昏浩大，那金色的光芒刺向我的眼睛。我强忍着。为什么忍着？难道害怕自己被什么瓦解了信仰和余生？我凝视那朵枯萎的花，陷于冥想。

仿佛有个声音绵绵被风吹送，进入我的耳膜——善良而诚实的诗人啊，你感到惊心是吧？感到怜惜是吧？感到伤怀是吧？你听我说：

我不诅咒命运没让我开在春天。我欣赏“在错过之中成功”这句话。何况，命运的语言里不认识公平这个词汇，只有服从与抗争。我在两者间转换过方式，殊途同归，匆匆便是一季；

我也不诅咒秋风与寒霜。是花，我已开放过了。我不关心自己在多少路人的眼睛里美丽过、芬芳过，我只知道用一生完成了对蓝天的眺望；

但我不服从尘世的法则。如果纯洁之爱已降格到世俗的泥潭，我宁愿在空想和怀念中枯萎，也决不让理想去讨好现实……

是夜，我做了个梦。梦见那朵枯萎的花突然异常生动起来，她展开翅膀，飞向天空的深处。

我没听到独自哀诉，却看到永恒欢乐。多么不可思，却又理所当然……

50. 等待雪莲

雪莲在冰雪与寒风中怒放了，却用拒绝紧紧护住自己冷冽的芳菲。她的冷艳是强大的盾牌，折断所有轻浮且殷勤的箭矢，以及廉价的安慰与歌颂。但有一双愈挫愈勇的目光，闪亮起来。

虽然，他并没有莽撞地靠得更近。他在等待。

因为他相信了连上帝都在人际间的失误中馈赠成功。他在心里一遍遍对自己说：我不能错过雪莲，我一直在寻找那一句只有她才能听见的话……

51. 啊，上帝

“人们首先得在某处找到上帝。”里尔克在《致伊尔莎·布鲁门塔尔·魏斯》的信札中说过这样一句话。我不知道这是他自己的原话，还是引用了某位神学家的话。我品味了很久，认为这位神秘主义诗人在此处说的“上帝”

不是基督的上帝，而是一个人内心的信仰，或者航向，或者灯塔。就像这一时期里尔克本人在久久期待的神恩与天启。他找到了，从而完成了（他自己说是被恩赐的）最为伟大的两部作品《杜伊诺哀歌》和《致奥尔弗斯的十四行诗》。

很多人，尤其是西方人，受强大的基督教精神影响，打记事起，就在苦苦寻找他的上帝。他最终找到了吗？晚年的科学巨匠牛顿，一边担任着大英帝国造币厂厂长职务，一边倾其智慧和精力去证明上帝的存在。其结果不言而喻。

这是早就预料到的结局，当一个人热情耗尽，最终不得不痛苦地抽身撤回。

为什么还有那么些先知和智者出现在人类的文明史上，好像生活从来就是他们面前敞开的一只巨掌，纹路一目了然。他们的言说显得那么真知灼见而令人惊诧？而大多数人，尘世中的我们，一生都置身于迷雾之中，被生活的重负压迫着，日复一日茫然行走在时光里、歧途中……

我想，一个人对于上帝的寻找，说白了就是寻求对现实生活的忧虑和不安之规避。而最终，正是这种永远无法摆脱的生活给了我们真相——上帝其实就像最纯洁的爱情，只存在于古老的传说之中。

那么，既然上帝永远遥不可及，我们为什么不去爱上尘世之人身上的罪孽和迷误？

52. 诗人的目光

记得是1997年10月某个周五。时任《湖南文学》主编、小说家王静怡女士，通知我和聂沛、远人、匡国泰4位诗人到位于东风路的杂志社集合，然后，和编辑部全体编辑编务人员，乘坐一辆面包车，到了株洲的大京山庄。此行目的，是为来年改版的《湖南文学》出谋划策，设计一些打眼的新栏目。

开会兼休闲。

身为小说家的王静怡，为什么只邀请了4位诗人，而没有小说家、散文家？我一直没有问她。我私下猜测，可能是诗人的思维更加发散、想象力更加丰富的缘故吧。她之所以请了我，肯定有当时被王主编邀请担任《湖南文学》诗歌栏目主持的聂沛和远人两位兄弟举荐的因素。另外，我已在《湖南文学》发表了长诗《一年：漫游与还乡》和《雪：熄灭或冥想者之呓语》。其中，《一年：漫游与还乡》居然受到《小说选刊》一个编辑的认可推崇——他来湖南出差，向接待他的王静怡提出想见见我。而我当时正带着毕业学员在汨罗搞演习，与这位可爱的编辑失之交臂。

我和王静怡是第一次见面，此前素无联系。她见到我，上下打量一番，问，你是起伦？我点点头答是。她又问你真是起伦？我感到很纳闷，这还有假？再说，起伦又不是什么人物，未必有人去冒充他！我认真地说：真是。她笑了：没别的意思，你的目光不像个诗人。

这是我第一次听到有人提到诗人的目光。此前，我从来没有想到过这个问题，或者说，我从来就没有认为诗人的目光与别人有什么不同。

诗人的目光到底是什么呢？

在大京山庄的两天时间里，这个问题不时蹦出来困扰我。看来我这个人真有些愚鲁不化。会议结束的那个下午，回长沙途中，我们经昭山，又一起去登山了。我把这个问题反过来抛给了王主编。王主编回答，我也说不上来，只是你的目光里有着职业军人的坚毅，同时又有见到一个陌生女性时的羞涩和回避，不像诗人。

这个评价我赞同，并认为她这位小说家的目光是犀利的。

但“诗人的目光”却一直萦绕在我心里，有些挥之不去。我曾试图用诗来描述，譬如写过这样的诗句：“诗人的眼睛是梅花。在梅花的花蕊里/我看见，一个浴雪的灵魂高贵而内省的光芒。”但，这更像是卖弄文采，虚无缥缈。我还想过，诗人或许有着神和傻瓜相结合的目光，因为，诗人有时像众神一样有智慧，有时比一个傻瓜还傻。总之，还是不得要领。

嗨，不去想了！

或许，正因为缺少诗人的目光，所以我的诗才写得不怎么成功。如今，我的眼已经开始老花了，与诗人的目光相去更远了，奈何？！

53. 回忆之树

原以为，在这个世上，你们是彼此的一个必然存在。现在看来，并非如此。

因此，你更加爱上旷野那棵独立的大树。

那是一棵沉默之树，尽管体内的汁浆仍涌动如潮，但却把根深深扎进无边的寂寞之中。

那是一棵回忆之树，一个时光的旅游者，不合时宜，只生活在过去。

那是一棵善良之树，从不伤害任何人，却承受着来自外界的一切伤害。

是的，在满月的真诚与残月的亏心之间、在梦幻与现实之间、在时间与空间之间、在循环与结束之间，它因孤单而专注；一棵独立的、沉默的、善良的、回忆之树，静静地用生命写诗，而且只写同一首诗。在我们看来，它在春天发出的嫩绿新叶，鸟儿也在它枝头唱着婉转动听的歌谣。告诉你，那只不过是它的假面和虚构。

如果，一份爱一开始便孕育着悲剧的结局。当你想从她身上得到点什么时，总是以失去自我为代价，你一再离开自己，却又无法真正抵达她。在自我与她之间，你反复徘徊。那么，你必然会爱上这棵回忆之树，它永在路上，不知今夕何夕，身在何处。

它越来越排斥虚假的赞美，拒绝充当诗人们淋漓尽致抒写的主题。它宁愿是你的一个象征。它就是你。你们合二为一。你最终相信，能听到来自岁月深处浩大而幸福的天籁……

54. 纪念

闹钟设定在早晨6点40分，自然开机响铃。开机后，有两条信息挤了进来。看来，昨晚关机后，它们在门外已等得有些久了。真不好意思，多有得罪。我这人睡眠不是特别好，最怕睡着后被吵醒，因此，中午午休和晚上入睡，都将手机关闭。

两条信息都是远人弟的。前一条是“起伦兄，我终于写完了五十首，很激动。最后这首发兄看看”。另一条自然是他的《纪念（五十）》。对于远人这么快已写出第50首我并不惊讶。前天晚上，为司机小王儿子即将就读初中，想进一家好学校之事，我请了转业在市教育局的一个老战友喝酒。和远人好些天没见面了，我叫上他——反正他光棍一条，儿子住校，无牵无挂！他告诉我这组诗快写完了。

真正完成这么一组大型组诗，我也很为兄弟开心。先不洗漱，回了信息。我想，这事值得纪念。等他上午起床到办公室后，约他晚上一起喝酒，或者喝茶也行！

关于这组诗，需要说几句。远人刚刚写这组诗时，打算只写10首。他一首首写出贴在博客里，我一首首拜读。我觉得他的状态越来越好，抒发的东西越来越宽泛。他刚写到八九首时，我和他，以及80后小说家郑小驴、总工会的陈永祥兄一起登岳麓山。登山途中，自然聊起目前写作之事，我说这组《纪念》我很喜欢，从容舒缓、摒弃技巧，与心灵对话，我猜初衷是纪念某个具体人，但往后写就远远超出这个范畴了，有几乎全部的人生感悟。我说：“兄弟，你不限定于只写10首。可以继续写下去！”

远人很激动：“起伦兄，我就是想听听你的意见。我也正考虑将这组诗写下去，最好写50首，自成一个体系，到时出一本小册子。”然后，聊到我的散文随笔写作。去年以来，我不再仅限于诗歌创作，萌生了写一些散文和随笔，比如《流水的片断》系列。比如我写的一万多字的散文《1981年的记忆》，一写出来，立即得到远人弟认可，随即拿了去，很快发表在

《湖南文学》今年第一期。我说，我有个想法，自己少年时光有不少趣事，想挖掘出来，可以归在《成长中的若干词条》总题之下，能写到二三十篇。远人、小驴听后，觉得是个好选题，鼓动我立即着手创作。有了兄弟朋友鼓励，顿觉有了信心。

我和远人约定，5 月份前，他完成《纪念》，我完成《词条》。如今，《纪念》已杀青。我的《词条》系列也写了 19 篇，三万多字了，可以算写完了，也可以再补充一至两篇。怎么能不开心呢！

上午，一到办公室。就接到律师诗人袁剑虹的电话。清明节前，剑虹兄将他近作几十首诗通过电子邮箱发给我，说是请我“指点指点。”他问我，收到了吗？我如实说：“收到了，还没拜读。我眼睛近段时间上网写作有些不舒服。能不能打个纸文本给我呢？”

“有什么不能的？我立即叫手下人打一份出来。起伦兄什么时间有空，我们在一起聚聚叙谈叙谈？”

“好啊，今晚如何？远人的《纪念》昨晚杀青，正想约他在一起纪念一下呢。”

“太好了。我来通知远人，晚上我做东。在什么地方好？”

“在哪真无所谓。关键是朋友在一起聊聊就开心。这样吧，人少，就在车站北路竹淇茶馆吧，既喝茶也有简单的晚餐。”

剑虹兄是我回归写作后结识的诗人朋友。那天，在远人家里，我俩就我专辑作品的选取在一起喝着茶，剑虹给远人打电话，远人说他是个性情哥们。我说那就叫过来晚上一起喝一杯呗。晚上，剑虹如约前来，送了两本他自己的书给我：一本诗集、一本散文随笔集，都是漓江出版社出版的。剑虹人长得粗壮高大，却不喝酒。我难免有些轻视他。

散棚后，剑虹先走了。远人送我上车时说：“起伦兄见袁律师不喝酒，有些不开心吧。他的肝脏就是因为喝酒喝出毛病了，现在喝酒不排毒，我们都不让他喝呢。”“原来这样啊，倒显得我小家子气了。”

今年正月某日，袁律师做东，请长沙的部分诗人一聚，十五六人一大桌子。袁律师说："主人不喝，客人不饮，今天开戒，不醉不归！"那晚，我见识了剑虹的男儿真性情。"剑气如虹啊！"我在心里叹道。也因为这一次让我喜欢上这个人了。写诗20多年了，一直不重视理论修养，自己对于诗歌评论也抱怀疑态度，当然，更不愿对别人的诗歌说三道四，指指点点。但对于最好的哥们及其诗作，有时也忍不住连人带诗，夹述夹议地写点小文字。所以，袁律师让我对他近作"指点指点"，我也就不客气答应下来，当一回"大头葱"。

剑虹兄用他的豪车接上远人，到竹淇时刚过5点钟。远人发信息告诉我是一楼的"善竹堂"包厢。我还在上班，如今搞作风建设，不好早退。等下班后我赶到竹淇，是50分钟后了。自然喝茶聊天。晚饭时，不挪屁股，有服务员将菜饭端进包间。袁律师打开一瓶"天罡"酒，说："这么有意义的时刻，不喝点酒达不到庆祝及纪念的目的。"

"天罡"酒是药酒，度数不是太高，袁律师自己要了二两，剩下的我和远人平半分，一瓶酒，轻轻松松就干了。之后又聊到10点多才走人。远人弟送我一本特意从网上邮购的《里尔克：一个诗人》，他知道我一直十分推崇这位德语诗人。剑虹兄送给我一大沓新作打印稿。竹淇的一个经理过来，给我和远人送了一罐子今年的新茶。

我想，吃了，喝了，还拿了，应该写几个文字纪念一下吧！

55. 猫的微笑

院子里多猫。黄色的、黑色的、白色的、杂毛的，都有。当然不是波斯猫等宠物猫，都是些野猫。说明人与自然和谐相处在我们这个院子里得到了充分体现。

相处久了，相互都不害怕。猫的习性自然也渐渐被我们熟悉了。在我们固有的理念里，猫捉老鼠天经地义，可是现在人富裕了，浪费也严重，垃圾箱里总有吃剩的食物供猫享用。猫们一只只养得肥滚滚的，颇有点太平绅士派头，也不再那么辛辛苦苦与老鼠过不去了（家里老鼠就多了起来，这是不是另一种和谐呢）。有时，就能看见一只猫蹲在某辆停泊的小车引擎盖上，无比悠然地晒着太阳，就等人递上一根小木棍子当牙签了。其情状一如诗人聂沛在诗中发出的感慨“啊，时光是用来虚度的”！

也有讨人嫌的时候。就是到了春天，整晚整晚，无所顾忌、声嘶力竭地叫春，让人瘆的慌。但猫才不理会你们人类的感受，也无须向你解释什么，仿佛“那意思，你懂的”。偶尔，晚上回家，走在灯光昏黄的路上，猫会突然从垃圾桶里跳将出来，有点儿像水泊梁山里的剪径大王，只将人小小吓一跳。等你看清是一只猫，胡乱骂一句，心里却多了份惊吓后的莫名欢欣。

院子里当然还有不少狗，都是家养的宠物。对于猫和狗，我都不是很喜欢。但相比较而言，我更喜欢猫一些。那些个宠物狗，要么恃宠撒娇，要么狗仗人势，都是看了主人眼色的。猫总算还是有颗自由的灵魂。因此，我曾为院子里的猫写过两首诗，其一是 2011 年写的《10 月 23 日，在废弃的操场遇见一只黑猫》，另一首是去年写的《猫》。

与猫相处久了，有时，会无缘无故想到它们。譬如，今天上午，看完一堆文件后，喝了口茶，我就突然想起猫，想起一只猫的微笑来。于是，进一步想到若干年后，午后的阳光里，一把怀旧的藤椅里窝着一个老人，他眯缝着眼睛，什么也不想。那个老人，就是自己。

56. 怀疑

远人写完 50 首《纪念》时，我们有个小小聚会，用喝茶来纪念这组诗诞生。

叙谈之中，远人突然说：“起伦兄，写完之后突然觉得很没意思。想想那么多大师写出的好作品，我怀疑这些东西还有什么存在的必要？”

这绝不是矫情，我知道。他说此话时极其严肃认真。我能理解，是因为我知道一个为了文学追求已抛弃了太多的诗人，其真诚无须怀疑；我能理解，是因为我自己就常常生发出这样的想法。

当初，我是信心满满投入诗歌创作实践的。大概学习写诗几年之后，当读到别人的好作品，特别是接触到一些大师文本后，不可抑制地认为自己真没必要写下去了。往下写，即使发表出来，也都是些废话、垃圾。

这就是我写作时断时续的一个重要原因。产生这种想法，自己是有过文字记载的。

1997 年秋冬，我写过四十五则读书札记，辑在一起，取了个题目《笔记：1997 秋冬》，被次年《创作》杂志发表（部分被《青年文学》选发）。2011 年，远人重读这组札记，认为有点意思，征得我同意后，又于 12 期《文学界》刊印出来。我说这些并非炫耀，而是其中第 5 则是这样写的——

“从英格兰的什么秘密的夜晚”。博尔赫斯。

1997 年秋，某夜，风在肋骨间劲吹，一阵一阵，如此震惊！动摇我对工作意义的怀疑。

我画着父亲的像，为了使他更像我自己。

我文中提到的“工作”就是我的诗歌创作。此前，我在《诗刊》《创世纪》获过了奖，也在《人民文学》发过组诗，当年的《星星》诗刊在“独步”栏目也发表我组诗《物质内部的支点》，这组作品还被选入当年的《中国新诗年选》。但，随着我对大师们的作品接触越多，研读越深，特别是当时正在阅读海南国际新闻出版中心出版的《博尔赫斯文集》（陈东飚、陈子弘翻译），再也不敢沾沾自喜了，也就产生对自己所做努力意义的怀疑。

但，总不能一味去怀疑，而放弃努力吧？如果那些我崇拜的大师也像我这般因怀疑而裹足不前，怎么会成就其大师的地位？后来，我读到一篇艾略特的访谈文章，艾略特说过这样的话：“一个诚实的诗人，对自己作品的永恒价值总是持怀疑态度的。”我会心一笑，心中释然。

事物发展总是螺旋式前进的，这符合哲学原理。经过否定之否定，我如今又写诗了。还是那句话，“我画着父亲的像”，我努力向大师们学习，最终是希望有一天形成自己的风格，“更像我自己”。

并不是说怀疑不复存在，我已又卯足发条只管向前。上个月，聂泓来长沙，闲谈中，说到我今年还没写出一首诗。我自我解嘲说：“诗笔枯萎，江郎才尽了。”事实是，今年以来，我还没找到一个突破口，或者一个变化的方向，来提升自己的诗歌写作。我一直在做自我批评。

共产党人总是把“批评与自我批评”作为优良传统和作风，保持和发扬。其实，对于作家诗人，“批评和自我批评”更应成为一种能力和自觉。如果不能自我批评，用艾略特的话来说，“没有后者，那么诗人终其一生也顶多只能重复自己。”再多的重复，于诗艺提高无补。

去年写得太多，一口气写下 120 首诗歌，在《诗刊》《文学界》《创作与评论》等刊也发表了五十来首。聂沛、远人两位兄弟，先后热情洋溢地写出关于这些作品的评论。年底，远人组织“抛物线”诗丛，我将这些作品打包给他后，再也不愿回头去检视它们。因为一读，自己先是气馁了。

我知道，我必须怀疑自己！

57. 我不会对你说我是个诗人

前些日子，在出版社工作的女儿，送我一本她社里编辑出版的《辛波斯卡诗集》。由于近来本职工作繁忙，加上手头一个写作计划未能完成，一直没抽出时间认真阅读这本诗集。但，对一本新书到手，我还是习惯性地翻阅了序跋。于是，对这位 1996 年获得诺贝尔文学奖的波兰女诗人生平有了一些了解。我特别喜欢她的两行诗：“我偏爱写诗的荒谬／胜过不写诗的荒谬。”

我的解读是，在辛波斯卡看来，在别人眼里写诗是个“荒谬”的行为，而自己认为不写诗则更加荒谬。“两害相权取其轻”，只好偏爱了写诗。这位一生都在关注自己身边日常细小事物、明确表示“重要的事物并不比不重要的事物更加重要”，对世界的永恒未完成状态保持敬畏的女诗人，写出这样的两句诗，除了强烈的反讽意味外，也确实道出了当今诗人这个身份的尴尬。这可以从她在斯德哥尔摩盛大的颁奖典礼上所做的简短致辞得到佐证。在这篇致辞中，辛波斯卡说，百行百业亮明自己的职业身份都是容易的、轻松的，唯有诗人是可疑的，一个诗人最好不要在公众面前宣称自己是诗人，比如你在公交车上就要保持沉默，否则会引起司机紧张的。

在致辞中，辛波斯卡说自己熟悉的诗人，都不会干在别人面前称自己是诗人这样的傻事的，除了另一位诺奖得主约瑟夫·布罗茨基（1987 获奖，正好在辛波斯卡获奖当年离世）。布罗茨基特别喜欢强调自己诗人身份是有原因的。我们都知道，布罗茨基加入美国国籍之前，就因为写诗被前苏联以“国家寄生虫”的罪名判处 5 年流放。布罗茨基刻意时时处处宣称自己是诗人，显然是一种反动，有一种报复的快意！——这情状多少有点儿像泰戈尔。泰戈尔没有获得诺贝尔文学奖之前，他的诗句曾被印度高考试卷作为病句让学生修改。当获奖消息传来，国家首脑想接见泰戈尔，被其拒绝了。

我们曾多么自豪地说，中国是泱泱诗国，很早就有了《诗经》。在中华民族的历史文化中，诗和诗人确实曾有着崇高的地位。孔老夫子就教育大家“不读诗，无以言”。再譬如唐朝和宋朝。在唐朝，国家选拔公务员考试，就可以用写诗来取士。哪像今天，高考作文答题特意明确不能用诗歌的形式？至于那种“天子呼来不上船”，国舅脱靴、贵妃研墨的诗人风光，和“凡有井水处，皆咏柳词”的诗歌普及情状；我们只能在回忆历史时才津津乐道，却不能作为当今诗人拿来自慰的谈资。

在今天，中国诗人，同样遭遇着辛波斯卡那样的尴尬。你如果在公众场合说自己是诗人，不被人看作精神有毛病，至少被看成另类。我是从

1988 年偶然开始写诗的，从一开始就没有把写诗作一份事业来经营，因此三天打鱼两天晒网，断断续续。算来也二十几年了。但我真的不敢在任何时候任何地方拿出自己的诗人身份来说事，就更别说炫耀了。记得 1992 年，我担任一个学员队队长，别人通宵打牌甚至上班时间也关起门来打，是正常的。我把业余时间用来读书写作反而为一些人所不容。我请了一周假去参加《诗刊》刊院的“乐山诗会”，就成了别人诋毁的口实：“一个毕业队队长写诗，去参加诗会，能干好工作”（事实是，我带的队在总部考核中被评为了先进单位）？所以，1994 年 1 月，我获得《诗刊》组织的一次全国诗赛二等奖，被邀进京参加在人民大会堂举办的颁奖典礼，我学乖了。当时正值寒假期间，我悄悄去了。结果，有几个同事在中央二台晚间新闻看到了颁奖新闻和我领奖的身影。我用了几近哀求的语气对他们说，千万千万替我保密!

由于某些原因（其中就有避免诗人身份的尴尬），我从 2001 年到 2011 年，干脆 10 年时间没有读诗写诗。如今，我又“偏爱写诗的荒谬”了，不再顾忌别人说什么，更不会像年轻时因为爱诗写诗，而随时准备向人家解释并希望取得领导和同事们谅解了。毕竟混成了单位的“老同志”，有点爱好别人是不好说什么的了。从发表第一首诗到现在，26 年过去，经历了那么多，我现在认为还是写诗作文是自己最喜爱的事。不过，喜爱归喜爱，我也绝不会傻到和别人说：我是个诗人。

58. 写作的态度

几次在心头涌起一个话题：作家的使命。每次，我都动了想写几句话的念头，最后还是忍住了——太沉重了，这话题!

咱古老中国，自古以来，“文以载道”“诗言志”，似乎早就给作家和诗人规定了社会角色和道义担当，是必须遵循的圭臬和不二法门。而我，写了二十几年了，越来越感到自己是一个没有写作使命感的人，也越来越对那种拿出“掌灯人”架势说话的人感到害怕。阿弥陀佛，还是少说为妙。长沙人对某个话题很不感兴趣时，会有句很幽默的话：“你讲点别的啰！”

那就讲点别的吧。本月世界文坛最大的事件，莫过于北京时间18日凌晨，获得1982年诺贝尔文学奖的哥伦比亚人加西亚·马尔克斯的去世。对于我国读者来说，这位魔幻现实主义大师不是陌生人。我们自己的诺贝尔文学奖获得者莫言就公开承认受马尔克斯的影响深远。我在开始文学创作之前，就读过他的小说，因为此翁获诺奖时，我正是一名在校大学生，很容易从图书馆里借到他的《百年孤独》。后来，我写诗了，还读过他的一些中短篇，如《一个没人给他写信的上校》，只不过我立志做诗人，所以对他小说阅读得不深入。

一代巨匠去世，自然把人们的目光从年年出现的新科状元身上，重新引向他。我在自己书架上找出了江苏文艺出版社的《世界著名作家访谈录》——这是1995年大年初一，我回祁东时，诗人聂沛赠我的。有一篇关于马尔克斯的访谈。奇怪的是，从书中某些段落画出的波浪线，显然说明我已经读过了，怎么就没印象呢？而这次，我读得很认真。因为对这个世界来说，马尔克斯已经成为不可复制的绝版了。我得对一个死者付出必要的尊敬。有两点，我想在这篇短文里提到。

其一，马尔克斯的写作态度。马尔克斯告诉我们，在开始写作时，刚刚探索到写作的奥秘，心情欣喜愉快。“每天凌晨两三点钟，我干完报社的工作，还能写四五页，甚至十页。有时候一口气就写完一个短篇小说。”可是，当他已经娴熟地掌握了驾驭文字的技巧，写起来应该更加得心应手时，却慢了下来，他说：“现在一天能写完一个大段落就万幸了。”为什么呢？马尔克斯自己给出了答案：“问题很简单，就是责任心越来越强了。现在我觉得，每写一个字母，都会引起更大的反响，会对更多的人产生影响。”我想我似乎已没必要再发什么感慨了，我不会做这种多余的蠢事。

其二，马尔克斯在访谈时，提到了几个对他文学创作有过深刻影响的人：卡夫卡、格林、海明威。受卡夫卡的影响是在他的文学之初。他17

岁时读到了卡夫卡的《变形记》，于是认为自己准能成为一个作家。“原来可以这么写呀！”

其实，我也很喜欢卡夫卡。

毫无疑问，卡夫卡是20世纪最伟大的小说家之一，而他的随笔和日记，我是拿来当诗歌读的。他文笔明净、想象奇诡，表现手法别开生面，作品中蕴含的多指向性寓意，既是后来各流派写手纷纷追随的先驱，也成为见仁见智的评论者乐此不疲、反复开掘的资源。这是有定论的，无须我置喙。

我之所以在这篇小文又把他给牵扯出来，是因为我读到雅努赫的《卡夫卡谈话录》某些片断。记载了卡夫卡这样一段话：“作家的使命是把孤独的和必死的一切引向无限的生活，把偶然的东西变成符合法的东西。他的使命是带有预言性的。”——你看，我把话题重新绕到“使命”来了。我终于明白，大师都是有使命感的人。

今年，兄弟远人送我一本《无边的现实主义》，看来，我这个人对别人赠送的书阅读要投入得多。因此，如果兄弟们想着意栽培我成为大家，不断赠我一些好书吧，阿门！罗杰·加洛蒂对卡夫卡的研究是深入的，他认为，卡夫卡虽只是“一个否定的弥赛亚，他揭示一个世界内部的混乱和荒谬，却连‘希望之乡’都无法指明。”但他同时指出后者是一个“自认为被赋予预言的使命”，对自己的责任有一种“极端的意识。”

自认为也好，他认定也罢，不过有一个观念是越来越坚定而清晰地扎根于我脑海：凡伟大的作家，对我们的时代我们的生活都负有预言的使命。我认为，伟大的诗人应该更甚！

扯得远了，得回到我自己。我前面已经说过，我不是一个有诗歌使命感的人，这不是说我在写诗时就随随便便。我不期待在自己的诗作里写出什么能够教育人的大道理，我只想每一首诗都是遵循自己内心的。这就足够了！至于对诗歌语言的提高，这，也一直是我孜孜以求的！

59. 坚持

2012年9月,辑录我2000年以前创作的部分诗歌的诗集《沿途的风景》印出来了。是我的兄弟、诗人远人组织的“抛物线诗丛”中的一本。书号由我们的好友、诗人欧阳白无偿提供。我自己则承担了很少的印刷费用。由韩作荣的评论代序,远人的评论作跋。我很开心,因为这是我的第一本诗集——处女诗集。

如果我愿意,或者说当时自己不是那么坚持,我的第一本诗集应该在1996年出版。也是就说,在出版个人专集方面,我本可以在16年前就“破处”的。这里有一些故事。

那年,总部定下在我单位开一个教学改革现场会。对自己晋升调回北京抱有无限期待的单位主要领导,对这次现场会空前重视,几次召开专题会议讨论,事无巨细地敲定各项准备工作。他还别出心裁,要为来参加现场会的上级领导和兄弟单位嘉宾搞一场晚会,而且自编自导自演。我居然被他钦点为主创人员。尽管我对于自己写诗极力做着保密工作,但总有好事者在领导面前搬弄是非,他知道了。在我印象中,这位搞宣传出身的领导,只器重那些写新闻报道的吹鼓手。写诗,一定是无聊的、也是无用的。没想到这“无用之用”派上了用场。

我和其他几位文艺骨干被封闭在单位招待所整整一周。派给我的任务是,写一个反映我单位在抗洪抢险等急难险重任务面前,那种不怕牺牲、勇往直前的大无畏革命精神(得巧妙地把领导感人的英雄事迹放进去)的快板书段子以及一个大抓训练的相声段子。我的个乖乖!我以前除了写诗、写散文,还炮制一些案牍文件外,哪里会弄这些?没法子,这是政治任务。我只好跑到图书馆借了一摞《曲艺》杂志,又跑到袁家岭新华书店买了一本相声创作的书。先下苦功阅读了两天两夜,然后动笔。最后完成了任务。我事后总结过,之所以能顺利完成创作任务,绝不是自己聪明,主要归功于领导在这一周内,两次在晚上提着方便面、水果来招待所亲切慰问我们,给了我们巨大的精神动力。其次，是我一直做着与单位训练和教学相关的工作，情况很熟。

晚会出乎寻常的成功。领导十分开心，特意在招待所设宴为我们这些“功臣”庆功。酒过三巡，领导突然喊了我一声“阿伦”——这是我从来没有听到过的称呼，如此亲切，我简直不敢相信自己耳朵。他说，“阿伦，前一段时间，一个毕业学员出了本诗集寄给我了。知道你写诗，你能不能也出一本诗集呢？”借着几分酒兴，加之听到领导这么亲切的称呼，我有些忘乎所以，嘴巴撤掉了岗哨：“光我在《人民文学》《诗刊》《解放军文艺》《青年文学》以及海外名刊上发表与获奖的作品，都可以出一本诗集。”领导显然没想到，忙问为什么没有出一本？我如实相告，出诗集得自己掏钱。他又问要多少钱？我答大概6000元。领导大手一挥：“这样，给你7000元，你给我出一本像样的！”我自然感激不尽、自然大杯敬酒……

接下来的日子我很开心，迅速整理自己的诗集。其实也简单，把那些发表的东西一复印，编个目录就差不多了。我将自己粗略编好的稿子揣上，去找《环境保护报》的编辑萧金鉴老师。萧老也很为我高兴，说你该出一本诗集的。于是，热心肠的萧老帮我联系上了山东一个叫自牧的出版界朋友。然后，把我的初稿交给报社负责排版的人，一个字一个字重新输入和排版，直到小样出来。

可我这边出了问题。那次庆功宴过去半个月后，领导碰到我，问我诗集准备怎样了？我的激动可想而知，领导日理万机还这么挂牵我的诗集！我忙说已整理好了。他接着说：“这样，你自己以我的口气写个序言，到时我签上我的名字。”

听到这话，我傻眼了！心想，你又不是诗人，要做什么序？尤其还得我自己来写，莫不成我自己还得将自己狠狠吹嘘一番！我没有回答他。再过了一周，领导打发秘书把我叫到办公室，问我序写好了吗？我说我不想出诗集了。领导愣了一下，从牙缝里蹦出一句：不识抬举！

其实，知道领导要我以他名义写序后，我不是没有作过思想斗争，如果我顺水推舟做了这事，那是皆大欢喜的。最得益的还是我——出版了诗集，还和单位主要领导搞好了关系。但我更多想到的是，这是我的第一本诗集（处女诗集），我得请王燕生、韩作荣这样我既熟悉又尊敬的诗坛前辈作序，或者，至少也是熟悉我的诗人朋友吧？否则，宁可不要序。他一个根本不懂诗的人作序，太有些不伦不类了！

“黎叔不高兴，后果很严重。”若干年后的这句电影台词，恰能表达那时的情况。好在两年后，领导如愿以偿提升并调回北京。再后来，他退了。我去北京进修，专程看望他，冰释前嫌。我们重提过诗集的事，他说你小子是不是看不起我？我如实告诉他，真的与看不看得起无关，我出的是诗集，只坚持它的纯粹性，只想要一个诗人为它作序（但那个人不是我自己假借了别人名字）。当然，我又解嘲地说：为自己一个小小的坚持，我真的得不偿失呢！

我一直没后悔过自己的坚持。只是每想到此事，唯有对已经作古的萧金鉴老师心怀歉意！我辜负了他的一片热心。他请人为诗集输字和排版，肯定付了钱的。他没和我透露半点，我居然傻乎乎的从来没问过，也没给他钱。我不是没想过自己把钱掏了出来。可那是7000元，相当于我一年的工资——这个狠心我最终没能下得了！

60. 乌山

太阳好起来了。我们出发。

高等级路、高速路、乡村路；立交桥纵横交错、四通八达；交通规则、道路指示牌、外加导航仪，很容易将我们带到山脚下。但，所有这些不能将我们带到群山怀抱、树木葱茏里的那个洞库。

那是“深挖洞，广积粮”的年代修建的防空洞，两扇厚厚的防护门，外加良好的通风设施，很适合做我们一些特殊器材的存放地。

所有现代技术已然无用，我们甚至把军用地图和指北针也放进包里。凭着记忆、经验和直觉，我们向纵深挺进。

我坚信，当一切生硬的规则变得荒谬和可笑之后，总有一条路在你脚下。它，会通向你心中的迷宫……

第八辑

一个忧郁症患者的笔记

一个忧郁症患者的笔记

1. 深秋

从一叶知秋到无边落林,这中间,是一个人捋干头发里的墨汁,写下“深秋”二字。内心的世界反而更明亮了(我真的盼望是明亮了)。一场孤独的雪,最先从他的头顶落下……

2. 沉默

我发现自己活得越来越不明白了，而且居然乐于做一个糊涂人。我越来越喜欢墙角那只蜘蛛，在自己的阴影里乐此不疲地编织自欺的谎言和故事,并不强求别人相信。但这不是说,我已完全成为一个傻子(如果真这样，或许并不是坏事)！我保留的唯一聪明之举，是沉默。沉默是金，这是中国的古训。而西方《圣经》是这么说的：再多说一句，就是出于那伪善者。

3. 祈求

在我面前，日积月累，堆积了很多碎片。它们完全挡住我对于前途的视线。好心人告诉我（我也乐于相信），可绕开它们。可惯性和惰性迫使我根本不可能置之不顾。

我唯一的祈求是，在我对面越来越模糊的您眼里，我也是一堆毫无意义的碎片！尊敬的、仁慈的先生（抑或是一位小姐，这固然是我所喜欢的）——这个伟大的决心由您亲自定下——将我坚决、彻底清除出视线！

真的，这不是什么玩笑。当然，这也不是什么正经话。

4. 回忆

回忆是一双无形的手，却无限温存地捧着一个人过往的一切。忠实，绝不放手。或许，它捧住的是一个人一生的重量。

5. 脑梗患者

那种由内里向外渗透出来的黑暗，正在不断强化他面部的阴郁表情。当我看望他，简短问候，并打算离开时。

又一场意志中的风暴，在毫无预兆中酝酿成熟。我想，他能顶住吗？能一步步从黑暗的中心全身而退吗？

也许，他面临的是灭顶之灾，彻底沉沦。

另一个问题是，一个人在时间的黑洞里，弯曲的灵魂，能否依靠自己血液燃烧的热力将其拉伸？这好像是一个该由上帝来回答的问题。自己的觉醒，或许是自欺欺人的伪证。

6. 那人

那人以为得到上帝青睐——为他开启了一扇幸运门；他满以为辛劳得到回报——领到一张暂居证。他欢天喜地、乐不思蜀。

不久，他发现自己其实是被一个密不透风的圆形房子软禁了。那墙不是砖石砌成，而是语言。语言的墙是那样牢不可破——他作困兽之斗，以头撞墙，歇斯底里地呼号。但，即使他遍体鳞伤、声嘶力竭，也无济于事，根本没人理睬。

他终于明白，这是个命运与使命的矛盾——一开始，自己就是用无能承担一种不可能的使命。明白这一点时，一支无形的手已坚定地将他推出生活之外……

7. 梦里的信使

我被任命担任邮递员。这是个微不足道的职位，但我十分开心地受领了这一使命。因为，我很乐意走村串户，拥有一个十分正当的理由去认识所有陌生人，并参与他们的生活。

如今，我干这一工作已经超过 20 年了。你问我还像当初那样快乐吗？

怎么回答你呢？是这样的，20 多年来，生活从来没有委托给我任何东西，我也就根本拿不出什么来传递给他人。

我越来越清醒地在梦里走着，无力之手抓不住任何意义的完整性。我不知道，这是不是我一个人的难堪和悲哀……

8. 失眠者

那些用算盘精心计算出自己远远大于这个世界平均值的人们早已酣睡；略少于平均值的人也勉强入睡了。只有他，那个扛着一把梯子守望月亮的人，一直睁着眼睛。除了总是躲着迎面而来的黑衣访问者，这一点古怪外，倒也没什么不正常。

他被赋予了怎样的使命呢？还是担心自己一旦熟睡灵魂就会离他而

去？我不得而知。

我就是那黑衣来访者，我是睡眠之神。我一直不忍心告诉他，上帝其实并没在静夜的顶部默默注视人间——他老人家也睡着了。因此我也不知道——如果他知道了真相，还会认为自己的守夜有意义吗？

9. 委身魔鬼的人

他是从一次地震中死里逃生的人，是灾难让他变成一个忧郁的人。后来，他的确是在一间温暖的房子里待着。可呆得稍久点，就生出麻木的厌烦来，他同时担心这房子会在另一次地震中毁掉。

于是，他打开一扇窗户，逃了出来。他闯入一个荒凉的迷宫，再没有一个人或者一个动物与他为伴。他想过重新回到那座房子，可再也找不到了。百无聊赖中，魔鬼现身了，于是……

10. 幸福观

在大师（卡夫卡）那里，“接近上帝的存在”和“过一种合理的生活”乃是同一件事。凡俗如我者，只希望过一种合理的生活。这是我的幸福观。

当我在青海塔尔寺见到那些长拜的人们，我在想，他们一定渴望自己的灵魂能无限接近白云。这多么像我的一位诗友，他的理想是在诗中建造一座巴别塔，他要登上塔顶，做自己的上帝！或许，这也是他们的一种合理生活？

昨天，我给一位朋友——病急乱投医的失眠患者发了一则短信：你必须平息内心的冲突，腾出一块空地来安放幸福。

11. 打井

打井的过程是一种对生活的召唤。那地下的泉水其实一直在我们身边，那么丰富和甘洌。因为被尘土掩盖才显得深不可测。只有对生活抱有古老敌意的人，才对打井取水表示抗拒，或者充耳不闻。

我又想到在南岳大庙里祈求神灵的人们。他们是不是也在打井？如果找到正确的祈求方法、并正确地叫出神祇的名字，他们的心灵能得到甘露滋润吗？——就像阿里巴巴找到那句正确的咒语：芝麻，开门吧！

12. 诗人

我终于发现，那个在墙边徘徊很久的人，原来是一个对于难度写作乐此不疲的诗人。很显然，他对一切都有着盲目的热忱。

他在阳光下的一举一动是那么清晰，但他只把目光盯住墙上自己那荒诞的投影。他对太阳说，我必须从阴影里确信自己的存在。他还说，我要不断对现实世界的边界发起冲击——这绝不是一种姿态，而是要跨越面前这堵墙，最终抵达希望之乡。

我远远看着他，在想，注定他的这种努力最终不过是一种失败——那墙过于高大结实了！不过，我又想，在失败中体验存在，不是也很好吗？

13. 偷影子的人

一个灵魂走失的人惶惶不可终日。他发誓找遍世界的角角落落也要把灵魂找回来。一次梦里，他得到神启，每个人的影子里都有灵魂的一部分密码，收集 100 个影子，就能组成一个新灵魂。但做这项工作必须十分隐秘小心，一旦被人发现则前功尽弃。是啊，谁也不愿意自己影子被人偷走。

可想而知，这项工作开展得并不顺利。好不容易收集到几个，就被人发现，影子归还不算，还招来一顿暴打。相比没有灵魂的痛苦，受这点皮肉之苦倒也算不得什么。他继续这项冒险的工作。

皇天不负有心人，他终于收集了 99 个影子。但无论如何，再也偷不到第 100 个——因为人们对他鬼鬼祟祟的行为早已高度警惕。正苦于无计可施时，突然灵机一动，何不把自己的影子给偷了凑满 100？他为自己这个绝顶聪明的想法而欢欣鼓舞。

灵魂总算是重新有了，但没高兴几天。因为，某天，他来到一面镜子前，看见四周的物品都在镜子里得到反映，唯独见不到自己这个人。自己到哪去了？

这一惊吓非同小可。没有影子的痛苦比没有灵魂更甚啊。从此，他又开始踏上没完没了寻找自己影子的旅途。

14. 白发

我一直以自己有一头浓密的黑发而自豪！可最近，总有一些不识时务的人当我的面，对我说，嘿，老兄，你的头发怎么白得这么快？都顶着一座雪山了。

对这些人的话，我从来都不以为然。他们的眼睛不是老花了，就是患了眼疾。但有一个特认真的人，硬是找来一面镜子，说，你自己对着镜子照照吧。我还是不屑一顾。我对他说，镜子里的时间比我们现实的要快得多。这一切，不过是镜子提前看到的表象！

15. 荒原狼

黄昏时分，又一场大雪铺天盖地落下来。整个世界被苍苍莽莽的白色统治了。那匹荒原狼的觅食更困难了。此前，它已经历过太多，除了温饱。

但它是狼，就注定得接受这一切，生存下去并始终保持内心那团火焰不至熄灭。

我知道它的存在是在深夜，因为我听到了它的嗥叫——这是它的愤怒。但我同时听明白了，它的愤怒中，除了怒火，还包含着希望。否则，它就是对这个现实世界的逃避和放弃。

但它没有，因为狼的嗥叫持续到了黎明。黎明了，太阳就会出来，新的希望就会出现。

16. 喝彩

传统的现实主义者是“独眼龙”，他们看到的世界是扁平的、静止的景观。倒是青蛙跳出狭隘定义的池塘，大声宣布它们用复眼看到的世界，说那是立体的、运动的。

我对他们并没有特别偏爱和厌烦。只是那天，你问我什么是诗。我记得我是这么回答你的:诗,便是言外之意。我不能肯定自己的说法是否正确。但，如果你认同我的话，你便明白了我为什么总在为另外的某些东西喝彩。

17. 对未来的保证

那位江湖游医拿出老中医诊断病人时特有的庄重自信，对他的女患者说：“你难道没有感觉到，有一股强大的正能量正源源不断通过我的手注入到你体内？你可千万别以为我有这么大的能量，这能量来自千里之外的海南大师。”因此，他更加郑重其事地说，“我为人治病从来不收取任何报酬，只为患者解除病痛。向你要的五万块钱，是敬献给大师的功德。是对你未来的保证！”

18. 别无选择

我不是不知道“一人向隅，满座不欢”这个道理。在众人的高谈阔论中，我发现自己越来越不想讲话，直至失语。

亲们，千万别误会，这与你们对我的话语往往曲解并无半点关系。这好像与我懦弱的天性也没多大关系。实则，因为我一说就错——总是词不达意；更为甚者，就是我口里说出的与我心里要表达的完全背道而驰。

我知道，这样一来，我虽仍然坐在那儿，实际上已被众人踢出局。但，与其让一些轻飘飘的话语夺去我这个人一贯的严肃性和重要性（如果有的话），不如沉默，不如转向写作。这便是我的别无选择。

19. 轻信与盲从

是轻信，让A——我一个至亲的人放弃药物对于自己失眠症的控制，转而听从了一个江湖游医用针灸进行心理调理的方法。事实是，那个他身体的自己与他灵魂里的自己撕毁了停战协议。但他还是确信自己正走在一条能够让晨昏和解的路。直到，我再见到他时，已是在某精神病医院里。

我能够理解A。但我更证实了一个观点——轻信和盲从不是一对暗通款曲的情人，还不是一对心灵相通的双胞胎，它们根本就是休戚与共彼此无法分开的连体人。

20. 习惯

这便是我看到的真实！但我不敢肯定他是否已经神经错乱——因为他自己对此坚决予以否定。可是，我能够肯定的是，他正被一根绳子拴着——而恰恰这是一根我无法看见的无形的绳子。

在他周围还有一些和他有着相同症状的人。这倒也没什么大不了。令人担忧的是，一些潜在的危险也在他身边，他对此毫无察觉。他唯一的要求是，我必须在他身边。他从没害怕过，也实际上从没需要过我为他做任何事情，只是不能离开。但，我是千万不能触动那根绳子的。否则，他就大叫起来。

我想，我是不是他的另一根绳子？

——一切无形的绳子，应该有一个别称，叫“习惯”。

21. 何时转身

那个长得十分矛盾的高晓松，说了句极其骚柔的话：“生活不只是眼前的苟且，还应该有诗和远方。”

问题是，远方这个巨大诱惑同时是一个巨大陷阱。我必须在最终找到诗之前却步，并且忧伤地转身——这个忧伤看上去很美，恰恰是所有人都将嫌弃的。

当然，转身既不难，回到从前也是办得到的。因为，这根本就不是我要想去做的事。

你还一个劲地问我何时转身吗？说真的，这也是正我一直在问自己的。

22. 找不到北

文艺批评的见仁见智，的确是无可厚非且十分正常之事。但如果两种意见完全南辕北辙，未免不使读者无所适从、使作者本人更加气馁。

当卡夫卡的《变形记》发表后，某一期《新评论》同时刊载了这样两篇意见完全相左的文章。卡夫卡在给女友菲丽斯的信中不无调侃地说："一个难题。难道我是脚踏两匹马的马戏团骑手吗？可惜我不是骑手，而是躺在地上。"

当然，他的这个"躺在地上"并没有我们今天惯常用来自我调侃的"躺在地上中枪"的意思。我只是想，对一篇文学作品这样做尚可理解。倘若对一个具体人——譬如历史上的某人的评价，我们便找不到北。

23. 战士、勇士、烈士

"每个人都以自己的方式离开地狱，我是通过写作……而不是通过宁静和睡眠以求留在人间。与其说我是通过宁静赢得写作，不如说是通过写作获得了宁静。"

这是卡夫卡于 1914 年 6 月 6 日写给他格雷特 · 布洛赫的一封信的片段。而后者是受命来给卡夫卡与他已然谈婚论嫁的女友菲丽斯之间发生矛盾——卡夫卡害怕婚姻生活将干扰自己宁静的写作而悔婚后进行调解，遂成为老卡女友的。

我相信卡夫卡在信中所写的都发自肺腑，不是矫情、不是装腔作势。尽管任何时候读到这些话都会让人感到崇高得近乎虚假。但卡夫卡用一生对于世界文学的贡献证明了这一点。

不假，卡夫卡是一个彻头彻尾、地地道道的在婚姻与现实生活中的逃兵（一生三次订婚，三次退婚，终生未娶。当然，他并不排斥爱情和女友，后来他还与密伦娜夫人演绎了一段最真挚、最强烈的爱情绝唱）；但我们又不得不承认，他的确是文学战场上的战士、勇士、烈士。

24. 背后的故事

我敢肯定，她一定不明白自己是在什么时候、是在怎样的情况下，将自己的灵魂托付给了陌生的势力，从而使自己变得比陌生人还陌生。她眼里蓄着空洞的旧光阴，脸上残留虚无的微笑。

如果她此刻只是沉浸在深深回忆之中，那该多好啊！我想。然而，这不过是我的美好愿望。窗外，风标榜着自己在空中的存在，它觉得自己有权力戏谑落叶。事实上，风也确实延长了落叶的生命。

这寒风更像是从我的内心吹出，吹向我那不为人知的悲伤。这是某年某月某日，时令深秋，我到某个精神病医院去看望一个朋友见到的情景：那个白发苍苍的老妇人，用她单薄冷漠的身影坚决拒绝了我去探寻她背后的故事。

25. 存在

一个被自己身上的魔鬼折磨的人，却向着身边的亲人报复着——当我跟这个坚强了一辈子的老人、一个脑梗病人接触了一段时间之后，已经能够理解他了。这种无意识的行为，只是在潜意识里发出信号。他在告诉我们，千万不要忽略他的存在。

26. 煎熬

买上几张商务座票坐高铁到长沙这是我的主意，当我们决定将这个脑梗患者从老家转湘雅治疗。高铁既快捷又平稳，病人能减少乘坐其他交通工具长途颠簸的痛苦。感谢现代科技文明！

外面下雨了。雨水从天上落下都是自由落体运动，无论学没学过物理课程都是知道的。但，我看到了一个新奇的现象：落在车窗的雨滴全部拖着一个小尾巴，像蝌蚪一样横着向后运动，这是迎面高速的风力使然。这多么像外力强力干预下被改变的人生轨迹。方框的车窗像一个画面——我曾经从一部科教片中看到的受孕的过程，那些带尾巴横着游动的雨滴，多像精子在阴道中的运动。这又让我想到生命都来自偶然。

那么，是什么外力和偶然，使我们这位长者患了脑梗塞？亲人们的议论不过是毫无根据的猜测。我看了一眼随我们一起的护士小姐——当然，我的动作是无意识的。但护士小姐给予了热烈的回报，她的脸上瞬间绽放出灿烂的微笑。只是，我知道，她那被微笑修饰着的小巧好看的嘴巴也不能告诉我，患者的内心正在经受着什么样的煎熬。

27. 恍然大悟

这些文字——大师写他自己、同时我已发觉是在写我的文字，通过我辛苦的寻找——认真阅读，或者仔细辨认，它们业已从纸的深处走进我内心深处。这多像一个被拐卖或被寄养在外多年的儿子，重新回到血亲身边，终于认祖归宗。当它们再次从我内心走出来时，已经完全刻上了我的姓氏。

我当然知道自己不是大师。但，经过这段时间反反复复的比对和审视，我认定大师的确是我——这个激动带给我的，犹如惊醒。这是我的恍然大悟。

28. 线条

“这一根线条在无数处断裂了，每个断裂处都象征一个地狱。”心理医生指着白纸上刚刚由患者随意（根据医生意旨，须是在完全无意识情况下）画出的线条，煞有介事头头是道地分析着。“我承认，我在每一个断裂处都感受到了魔鬼般的魅力。”患者——一位披散长发的男画家，貌似附和着医生。这是我在医院精神病科见到的情况。

画家接着说：“如果你根本说不明白，我的忧郁症究竟是由哪几种所谓的客观因素凑合的结果，那它必定是艺术带来的必然结果。你看清楚了，我画的这根线条其实是蓝色时代对于未来的预言。”这下轮到医生瞠目结舌了。

29. 结束语

终于有一天，一个名字在他将身上全部负担卸下之后，最后一个从他身上跳下来，并从容走上一块石碑，从此不再行走。他，走完了平凡的一生。这一刻，是他最大的幸福，在活过、爱过之后。

剩下来的、唯一的事是，得有一个合适的人走过来，在不可战胜的时间里为他写下一句必不可少的结束语……

2014 年 11 月 22 日—12 月 8 日

《诗人爸爸，军人爸爸》

刘诗哲

提到诗人，人们往往会想到玉树临风、放荡不羁的李白，一生落魄为民呼号的杜甫，想到扑朔迷离的杀妻者顾城，多愁善感的自杀者海子……提到军人，脑海中浮现的形象应是坚韧不屈、刚正不阿、恪守职责、保家卫国的真汉子。这似乎是两类人，无论形象还是气质都相去甚远。如果有人拥有诗人和军人的双重身份，那他究竟会是自相矛盾的纠结体还是兼具浪漫情怀和责任心的完美化身呢？我的父亲刘起伦大校，他军中的战友，都知道他是个有点名气的诗人；他的诗人朋友则说他是个标准的军人。

爸爸的诗龄和我年龄一样。那时，爸爸和妈妈两地分居。妈妈生我时，爸爸赶回老家探亲陪产，不会做家务又不懂照顾产妇的他，除了陪妈妈说说话，其余时间略显无所事事。一天，他从《湖南日报》上看到了高中好友聂沛的诗作，彼时，聂叔叔已在全国有了诗名。回想高中时代，他们在那所坐落于镇郊黄土高坡的中学为奔前程埋头苦读上下求索的景象，一下子点燃了本来就喜欢文学的他的激情。爸爸心想，身边的同学已能把诗歌写得这么好且写出影响来了，自己不正好可以试试？那时，他刚好被组织挑中去机关任职，正在发愁怎样为一个精力充沛的单身干部找到一种更好且更能够持久一点的兴趣和事情，以打发郊外的夜晚和业余时间。自此，爸爸开始写诗并很快发表，此后竟一发不可收。

爸爸选择文学，写诗，也缘于他对自己充分的自信。为了体现这种自信和对诗歌的热爱，他为刚出生的宝贝女儿取了个与诗紧密联系在一起的名字（一定还有对于我人生的一种期许和暗示）。据妈妈、爸爸的中学同学们说，他的文字基础一直不错，这得益于他从小对阅读的热爱。上小学时，

《水浒传》等还属禁书，他便从知青的伯父那里借来了。尽管连书中的字都认不全，但不妨碍他如饥似渴地反复阅读。后来，常听父亲说，他受《水浒传》影响太大，中毒太深，以致早早形成了讲义气好朋友的性格。不到10岁，就学着梁山好汉的样儿，大碗偷喝自家酿制的米酒；所以他称自己的酒龄远比诗龄长。他常常从清贫的家里"偷"一些东西和食物周济比他家更贫困的同学。直到参加工作，只要老家有人到长沙找他，不管认不认识，他都接待，都帮着办事（很多事未必办得了，但他的热心肠赢得老家好多人的称赞）；哪怕借钱也要陪朋友下馆子，一醉方休。扯得远了。初中时接触到的文学作品更多了，白天要上课，晚上还要晚自习，爸爸只好利用半夜睡觉时间看，不识字的奶奶以为她儿子是在废寝忘食学习课本知识，总是既欣慰又心疼地提醒他："孩子，可别把眼睛看坏啦。"在那个刚刚恢复高考制度，平民子弟可以通过这一途径实现鲤鱼跃龙门的年代，老爸的行为无疑是叛逆和冒险的。在乡下课外书籍较为贫乏的学校，他甚至在初中毕业那年还模仿《西游记》，写下好几个算术作业本的章回故事，在同学中广为传看，并博得一些好评。只是因为他那些"作品"放在床的席子下，被爷爷看到，以为是用过了的练习本，全部裁掉去卷旱烟了。这才让他心疼之下，暂时放弃了继续写作，而转向课程学习。也许，爷爷的无心之举，挽救了他走向"邪路"。不过，他自己说，他的学习成绩一直都很好。他的眼睛也没因为看小说而看坏，不然若干年后也不能成为一名威武的军人了。

尽管他自己一直不承认，但我认为爸爸中学时代就是个文艺青年。文艺青年的青春期总是比其他青年过得更漫长。爸爸叛逆的青春期远不止熬夜看小说、学梁山好汉饮酒这些。高二时，学校分班，他进入了理科重点班，一次全校作文竞赛，对他还不太了解的语文老师在班上挑选几个同学参赛，但没选中自认文笔不错的爸爸。于是他心中愤愤不平，觉得老师没眼光。恰恰那次，被挑中的同学无一人在学校获奖。毕业前，学校又组织了一次作文竞赛，这次改变规则，要求所有学生参加，实际有为高考备战作文的意图，比赛场设在各班教室。监考老师发下作文纸后，同学们纷纷奋笔疾书，爸爸却无动于衷，他还在为上次没被挑中而耿耿于怀，逆反的他对监考老师说：“我可不可以不参加？”监考老师没想到有学生这么说，错愕了几秒钟后声色俱厉道：“不参加就给我出去！”爸爸顶嘴道：“我不出去，这是我的教室，我的座位，我就要坐在这里自习。”于是，四目相对，相持了好一阵，最后弄得老师不好意思起来，把座椅从讲台搬到了门口。爸爸也觉得无聊了，还是写起作文。但已扬言不参赛的他又不好搬起石头砸自己的脚，在写完后，他平生第一次起用了笔名“刘鸿莽”。那时，他刚学完鲁迅的《为了忘却的纪念》一课，里面有个作家笔名叫“白莽”。比赛结果出来后，“刘鸿莽”的名字出现在红榜上，名次非常靠前。是理科重点班唯一获奖者。因“查无此人”，他自己又不肯现身，弄得那份奖品长时间无法落实。最后还是爸爸的同桌李德宝叔叔公开了“此人”真实身份。还有件事，爸爸常常引以为自豪，他是以当年全校高考语文第一的成绩，进入大学数学系的，比文科班的同学分数还高。那年文科的语文试卷总分 110 分，多出的 10 分，是在理科试卷上加了一道古文题。但爸爸从不提起那次数学考试发挥失常，没有考出理想的分数。

成为诗人后的爸爸，在《诗刊》《人民文学》《青年文学》《文学界》《诗象》《亚洲诗坛》等众多海内外名刊发表了大量诗歌，和一些散文、小说作品。诗作入选了《新中国 50 年诗选》《建国五十周年朗诵诗选》《新中国军事文学大系 · 诗歌卷》《60 年青春诗歌经典》以及诗歌年鉴、年选等几十种权威选本。这些作品中令我印象较为深刻的是那首《酿酒的农妇》，这首诗寄托了爸爸对已故奶奶浓浓的思念。1994 年初，那时我 6 岁，当时还名不见经传的爸爸突然接到通知，邀请他到北京出席在人民大会堂举行的由《诗刊》牵头举办的一个诗歌大赛的颁奖典礼。通知人在电话里告诉他，诗作《酿酒的农妇》获得了诗赛的三等奖。妈妈开玩笑说：“会不会是多写了一横，可能是二等奖呢。”那次比赛影响力颇大，十几个国家和地区的华文诗人参赛。有趣的是，当爸爸从北京回到家，他从帆布背囊里取出来的景泰蓝奖杯真是个二等奖。还有一次获奖与我很有关系，说起来也有意思。2003 年五一前，一天下班，他对我说："女儿，送你一个数码相机吧。"我以为他在逗我玩——因为那时数码相机还是个稀罕物,价格也不秀气（一般都要四五千，而当时爸爸的月工资还不到两千）。我心里想要，却一直不敢开口。原来，他的文章《绵绵不尽的倾诉和畅想》获得了长沙市多家单位联合举办的"十六大礼赞"网络征文唯一的一等奖，奖品是索尼数码相机。那篇文章本是他单位报纸的约稿，是我在电脑上帮他打成文字稿的。当我在网上看到征文启事，想都没想，就偷偷"帮他"投去了。

如前文所述，爸爸是 1981 年在众人艳羡下，以应届高中毕业生的身份和高出重本线不少的分数考入大学，录取进了数学系，成了技术宅、理工男。原因还不全是因为那年头有句众所周知的口号"学好数理化，走遍天下都不怕"。他自己说，他的文科成绩其实比理科还好，只是奶奶听说他初中那些学习不好的同学都进入文科班，就固执地认为儿子必须读理科。孝顺的爸爸从了奶奶的心愿，并通过分班考试进入了理科重点班学习。他还说，进入大学后他确实递过报告申请改读中文系，但没有结果。最后，只好接受了公式和定理。他曾不无遗憾地说："考入数学系，但从中文系毕业才是件可以拿出来一说的事。"那时的大学生们都是天之骄子，国家包分配。他是学生干部，成绩也不错，毕业时有很多好岗位可供选择，参加研究生考试也收到了复试通知。但当时中越边境还有战火，爸爸的几位参军上了前线的师兄回到母校做报告，一下点燃了他血液中的激情。从小就有英雄情结的他动心了，让他放弃就读研究生班和到地方工作的机会，义无反顾地携笔从戎，投身部队。

如愿以偿穿上了军装，并经过一年的严格军训，爸爸认为自己成为扛得起枪、打得好靶的真战士。可那时边境的硝烟已逐渐平息，大学生不再派往战场了。空有一身斗志的爸爸后来做过教员、队干部、参谋、副旅长、旅长等。在我们看来，他在每个岗位上都兢兢业业、恪守职责。但他一直觉得缺了点什么，那就是作为军人没有上过前线。他特别喜欢带兵的感觉，

20 世纪 90 年代，湖南经常发生洪涝灾害，爸爸好几年都作为指挥员带着众多学员战士去了灾情严重的常德、岳阳地区救灾。常常一去就是十天半个月的，回来时又黑又瘦，胡子拉碴的，但他精神特好，说自己总算实实在在履行了一个军人的使命，总算是找到了真正属于军人的骄傲。他连续七八年参与组织毕业生的综合演习。2000 年，爸爸离开院校一年去到广西某装甲团任副团长代职。他很珍惜这个机会，拿他自己的话说，当兵就该在野战部队干，累得让人心甘。他当学员队队长，带出的学生如今师团职干部都有了不少，大家都佩服他。他自己当了师职干部后，还连续两年主动请缨，“降职”担任新兵训练团团长，每一次都连续两月不回家，天天和新兵摸爬滚打，打成一片，以致家属院很多人还以为他与妈妈发生了什么矛盾。他还亲自创作了一首长诗《我是一个兵》，在新兵训练结束的汇报晚会上朗诵出来，让人热血沸腾。

2006 年至 2008 年，年逾 40 岁的爸爸，通过组织推荐和考试，进入国防大学中青班学习联合战役指挥。他满以为毕业后会分配到作战部队带兵，很是兴奋了一阵子。国防大学素被称为“培养将军的摇篮”，而中青班又是个重点培养的班次。但哪来哪去的分配原则，让爸爸去作战部队工作的愿望落空了。回到军校后，也没得到什么提拔。拿破仑说，不想当将军的士兵不是好士兵。我曾问过大校刘起伦：“国防大学回来的高材生，您有没有那么一点点觉得怀才不遇？”他淡然回答：“一个农民的儿子，祖祖辈辈没当过官，我现在已经很不错了。”其实，我知道他心中还是有些遗憾的，但他保持着一贯的诚实期待和不使这种关注过分令人烦恼的淡泊。只是他不说，只是他不会勉强去做他自己不愿意的事；只是他仍然把属于他的本职工作做得很认真；只是他又在业余时间里阅读文学作品，重又写诗了。

还得牵出一件可以一说的事来。20 世纪 90 年代后期，他已在《诗刊》《创世纪》《解放军文艺》等刊获了奖，诗写得开始有了影响。特别是 2000 年，他参加了诗刊组织的“青春诗会”，本可以借此多写多发表，可突然，就停笔不写了。这一停就是十余年。有文友追问原因，他说，想写就写，不想写就停，就这么简单。看来，这两年又开始创作，是因为他又想写了。

在我眼里，爸爸是这样一个有着浪漫情怀的热血男儿。对待朋友特别真诚，对待工作特别认真，对待诗歌创作特别严肃。他长得又还不错，一米七五的个头，挺拔的身姿，加上军人气质，特别是神韵还有点儿像陈道明，一定是不少女人心目中的“男神”吧。可他展现在我面前更多的还是一位慈爱父亲的形象。我作为他唯一的女儿，除了做人原则上的严格要求，他其余时候是宠溺地，以至于工作两年多了，我到现在还时不时能接到他硬塞给我的零花钱（我的记忆里，他对待亲人舍得花钱，接待朋友舍得花钱，自己却很少乱花钱，甚至不太愿意为自己置一身像样的行头，尽管他大小也是一个有几千官兵的单位的领导）。还记得我考研，第一晚由于太紧张而失眠。第二天，正在北京出差的爸爸匆忙办完事飞了回来，陪在我身边像哄婴儿入睡般轻拍我千余下，直到我安然入睡他才离开。

这就是我的诗人爸爸，军人爸爸，一个柔情似水的铁血男儿。

2013 年 5 月 20 日长沙

（本文原载《文学界》2013 年 8 月号）

后记

总算要出一本自己的散文随笔集了。

此前近30年业余写作，我主要精力放在诗歌上，而且对于诗歌的追求煞费心血，是想让自己对得起诗人这个称号。现在看来，这个目的还远没达到。不过，外在的收效还是颇有一些的。譬如，已在海内外诸多大刊名刊发表了400多首诗作，入选过《新中国50年诗选》《诗刊60年选》《60年青春诗歌》在内的各类选本几十个，获得过《诗刊》《解放军文艺》《创世纪》等刊物诗歌奖。还参加了“青春诗会”和“青春回眸”。但，诗歌毕竟太小众了，我身边的亲人同事，就很少人真正能读得懂我的诗作。于是，我想，写本散文吧，好送人；这样，亲友读到这些文字时，便知道我业余爱好确实是码字。我写散文的动机原来这么单纯。呵呵。

现在可以达成这个目标了。需要交代的是，这些文字是我2013年到2015年间写成的。源于一次新疆青海之游、源于对青少年岁月的回忆、源于一次高考、源于我在学诗写诗历程中结识的师友们的一些趣事、甚至源于我单位司机春节回老家给我带回的一只土鸡……这些文字是不是文学，不太敢说，但这些非虚构的文字，真真切切是我生活的写照。当然，集子最后两组随笔，又顽固地回到了诗歌，它们是不分行的诗，不管承不承认。

进一步要交代的，这些文字几乎都在刊物上发表过，譬如，《中国散文家》《西部》《绿洲》《湖南文学》《创作与评论》《芙蓉》《青春》《新疆日报》，以及《桃花源诗季》和我家乡的《衡阳作家》。因此，我得感谢那些最先认可我诗歌之外文字，并让它们得以发表的责任编辑们，他们是：雨馨、张映姝、远人、谢然子、龚湘海、育邦、王晖、高方、罗鹿鸣和聂沛。

当然，这些文字作为一本书出版出来，还得感谢好友远人、方雪梅为之作序；感谢王晓笛兄为我联系出版诸事宜；感谢线装书局原总编辑曾凡华先生和责任编辑姚欣女士为之付出的辛勤劳动。顺带着也感谢一下自己的女儿刘诗哲，作为此书附录，我收入了她的文章《诗人爸爸，军人爸爸》。

最后，要衷心感谢所有阅读到此书的人——无论我们认识还是不认识；无论我免费赠予还是你花钱购买——因为你花了宝贵的时间，已不自觉地走入了一个文字客的内心。

作者 2017 年 4 月 19 日 于长沙

XING ZOU de ZISHI